王不一莹 著

乌影之王

BREAKING
THE SHADOWS

青岛出版集团 | 青岛出版社

图书在版编目（CIP）数据

乌云之上 / 王不，一莹著. -- 青岛：青岛出版社，2025. -- ISBN 978-7-5736-2609-7

Ⅰ．I247.5

中国国家版本馆CIP数据核字第2024D1K590号

WUYUN ZHI SHANG

书　　名	乌云之上
著　　者	王不　一莹
出 版 人	贾庆鹏
出版发行	青岛出版社
社　　址	青岛市崂山区海尔路182号（266061）
本社网址	http://www.qdpub.com
邮购电话	0532-68068091
项目统筹	都兰　杨慧
选题策划	王颖
责任编辑	刘媛
营销编辑	王奕文
封面设计	刘帅
印　　刷	青岛国彩印刷股份有限公司
出版日期	2025年3月第1版　2025年3月第1次印刷
开　　本	16开（710 mm×1000 mm）
印　　张	27.25
字　　数	457千
书　　号	ISBN 978-7-5736-2609-7
定　　价	68.80元

编校印装质量、盗版监督服务电话：4006532017　0532-68068050
本书建议陈列类别：悬疑　畅销　小说

本故事纯属虚构,如有雷同,纯属巧合。

目 录

- 001　第一章　碎尸
- 022　第二章　马丁靴
- 038　第三章　惊弓之鸟
- 062　第四章　青梅竹马
- 085　第五章　母爱
- 102　第六章　前夫
- 122　第七章　姐妹
- 151　第八章　妻子
- 184　第九章　零
- 202　第十章　东州"新贵"
- 234　第十一章　黑警
- 255　第十二章　利民巷
- 275　第十三章　昙花
- 296　第十四章　停职
- 320　第十五章　红桃K
- 346　第十六章　重逢
- 368　第十七章　金环
- 392　第十八章　望天

第一章　碎尸

追逐

　　它们走在这里。

　　幽暗的后巷，弥漫着掺杂雨水的潮腐垃圾味、前街飘来的烧烤味，以及醉鬼四处留下的尿臊味。

　　它们显然不应该走在这里。

　　它们是一双身价不菲的马丁靴。黑色鞋帮上挂着的银链，随脚步跳动。鞋底标志性的血红色，在湿漉漉的地面反光中若隐若现。

　　它们的主人，迈着性感的大长腿继续往前走，并不在乎恶劣的环境。

　　"我进利民巷了。"她发了条短信。

　　它们停下来，鞋帮上的银链轻轻晃动，仿佛意犹未尽。

　　她望着前方的铁楼梯，以及铁楼梯最后通向的二楼的后门，心中涌起一股不快。

　　后门里传出的喧闹声，来自东州大名鼎鼎的贵妃秀场演艺酒吧。这是她5年前来东州打工的第一个夜场。上班第一晚，她在铁楼梯上被秀场资源部的妈妈桑训斥道："嘴巴甜一点儿！笑容亲一点儿！行动快一点儿！脾气小一点儿！"第一晚上班，她就跟其他醉鬼一样在这条肮脏的后巷里吐了，生平第一次被陌生男人强行把手伸进短皮裙，生平第一次对人破口大骂。妈妈桑要她跟客人道歉，她不干，于是当即被开除。妈妈桑没有退给她下午刚交的1000元保证金，虽然当时她全身上下只剩20多元，但她还是头也不回地走了。

　　"上楼梯，进门往左。"对方回了短信。

　　她又看了看铁楼梯尽头的二楼的后门。

白小蕙在两分钟后也来到了铁楼梯下。

她面前有一前一后两组铁楼梯，分别通向二楼的两个后门。她望着它们，像小时候捉迷藏一样，紧张地判断小伙伴的藏身之处。

她忽然在秀场的喧闹声和雨声中听到一声短促的女人惊呼。她确定自己没听错，声音是从前面那组铁楼梯通向的门里传来的。她选择走后面那组铁楼梯，为的是保持安全距离。

她战战兢兢地、轻轻地往上走，一如她偷偷去老板陈彬的办公室。

她轻轻拉开厚铁门，秀场的喧闹声浪扑面而来。她努力屏蔽这巨大的杂音，以免影响判断。她望向前面10米开外的另一道门，从那里进去之后，有一条通道通往秀场前厅。

通道一侧有一堵半高的墙，灯光迷幻。她看到墙边的地上露出来一双大长腿，血红色的鞋底令她感到窒息。更让她窒息的是，从那堵半高的墙后缓慢站起来一个人。

那人穿着风衣，戴着黑礼帽，背对着她。他的右手露在墙外，戴着黑色皮手套的手上握着一把中号羊角锤。白小蕙看见一滴液体从锤子上滑落，滴在大长腿上，鲜红的一点。

他转过脸，看到了白小蕙。他戴着一副黑框眼镜，眼神空洞，苍白的脸上布满皱纹。

在她和他对视了两秒之后，两个人同时冲向各自就近的门口，分头跑下楼梯，朝巷口狂奔。像捉迷藏被发现后一样，两个人要争先到达巷口。跑在前面的白小蕙似乎听到了羊角锤掠过脑后的声音，她预感自己即将死去……

当黑框眼镜老男人追到一条巷子里时，他彻底失去了白小蕙的踪迹。

巷子里有一家螺蛳粉店。黑框眼镜老男人跑过螺蛳粉店，又退了回来，冷冷地望向店里。店里只有零星几桌吃夜宵的食客。黑框眼镜老男人走进店门，巡视着食客，目光中的杀气已掩藏不住。

他低头看了看最近的一桌，一个鼓着大肚子的孕妇正在吃粉。披散的头发、深色的毛衣，明显不是他要追的那个扎马尾辫、穿浅色外套、背着包的女人。

披散的头发下，白小蕙吃着别人的残羹。她甚至能感觉到身后近在咫尺的黑框眼镜老男人的体温，她的后背不由得微微颤抖。

其他几桌也不是。黑框眼镜老男人转身离去。

白小蕙暗松了口气，稍微直了一下身，没想到折叠伞从衣服里掉到了地上。白小蕙的脑袋要炸了。

刚走出店门的黑框眼镜老男人猛然停住，回过头用猎鹰般的目光扫视店内。

白小蕙假装镇定地抓起桌上的纸巾擤鼻涕，制造出一种类似的声效。

黑框眼镜老男人被迷惑了，悻悻离去。

白小蕙用纸巾捂着嘴，终于不用再极力控制颤抖。

没有窗的地下室里，中间有一个用不透光的厚实塑料布从底到顶包裹着的方形囚笼，这样可以确保任何液体不会流出。一双性感的大长腿在囚笼里微微颤抖。黑框眼镜老男人就站在她面前，手中的羊角锤滴下血液，落在厚实的塑料布上。

"对不起……我错了……"

她真的觉得自己错了，她从一开始就错了，她不该来东州打工，更不该在5年后重返这个让她倒霉的地方。

"别杀我，求求你……"

她的声音太过虚弱，以至于听上去并没有那么强的求生欲。

她捂着头部左侧，鲜血不断从指缝里渗出。

她的鼻翼和嘴唇颤动着，竭力循环着生命中最后一分钟呼吸。

"求你了！"她意识到自己虚弱的声音淡化了求生欲，又补了一句。

但黑框眼镜老男人再次举起羊角锤，朝她捂着的头颅左侧狠狠砸下去。

一下，两下，三下……

每砸一下，大长腿都痉挛似的抽动，溅到马丁靴上的鲜血与血红色的鞋底逐渐融为一体。

强降雨

雨水密密地打在捷达的引擎盖上，整个世界像是被浸在滚筒洗衣机里。

"今晨6时，我市遭遇了一场强降雨。据市气象台监测，截至目前，此次强降雨的降水量已超过250毫米，创我市历史新高。受此次强降雨影响，清溪江洪峰流量达到 1765 立方米每秒，已临界保证流量 1780 立方米每秒……"

韩青将收音机转换成 CD，那段旋律缓慢响起。

这是她开车时喜欢循环播放的单曲。她既不是歌手的粉丝，也分不太清音乐流派，她听这首歌仅仅是因为钟伟曾经唱过。

又是无功而返的一夜，和昨天、上个星期、上个月一样。陈彬每天上班、下班、喝酒、打牌、约会，像在执行规定动作一样，周而复始。

不过韩青知道，自己这么做是在搜集素材，虽然她现在还看不到这些无聊的素材里隐藏着什么不为人知的秘密。会有一天看到吗？她并不确信，但她希望会。

每天早上回家，她都会给自己打气。

近两个月来，她不知道多少次濒临崩溃。

父母双亡，没结婚，没有儿女，没有官职，没有上升的欲望。搭档钟伟失踪快两个月了。就在她以为他要向她表白的那天晚上，他失踪了。

痛经如期而至，变本加厉。她要掉进深渊，易如反掌。

捷达缓缓停在斑马线后，等待红灯。

韩青呆滞地看着前风挡上逐渐凝结的雾气将红绿灯变得模糊。

车前滑过一个人影，就在韩青擦雾气的时候。是钟伟！韩青十分确定。她开门下车，看到钟伟跑过了马路。

"钟伟！"她站在大雨里喊。

钟伟停下，回头看向韩青。

钟伟消失了，或者说，他根本就没出现过。

又是幻觉。韩青习以为常。她回到车里。

最近一个多月，幻觉频频出现，钟伟总是悄无声息地出现在韩青最脆弱的时刻。他来得快，去得快，让她意犹未尽。

清溪江在暴雨的怂恿下，一改温和的常态，吐着白沫，拍打着江岸，跌跌撞撞往下游狂奔。岸边的江平公路盘山而上，残损的基建在雨水中强撑。

一辆大切呼啸而过，将悬崖下的清溪江抛在身后。暴雨将本就险恶的环境拉高了一个层级，刺激大切不断轰鸣着提高车速，像要还原《极品飞车》里狂野的山地赛一样。

林嘉嘉沉浸在嘻哈歌手的说唱中，侧滑和颠簸不断地提升他的肾上腺素水平，促使他一次次调教大切，尽享狂野。后座上的旅行箱和户外装备在颠簸中随意翻飞碰撞，毫无束缚，呼应着他此刻的心境。

大切转过一个急弯。

林嘉嘉猛踩刹车，全地形越野轮胎伴随着位移，在泥水里滑了长长一段后终于停住。林嘉嘉后怕地望着前方近在咫尺、散落一地、大大小小的坍塌土堆。

某样东西透过快速摇摆的雨刷间隙被林嘉嘉看到，他的表情变得凝重。

他撑着伞来到一处巨大的土堆前，看到土里露出个黑塑料袋。一只手从黑塑料袋的破洞里戳出，被雨水淋得惨白。

韩青赶到江平公路的时候，塌方路段已经拉起了警戒线。

一些村民冒雨站在警戒线外观望。

"这山头一下雨就塌方，谁会把死人埋在那里？"

"什么死人啊，是装在塑料袋里的人体碎块……"

村民看到韩青走过来，下意识地噤声。

"不是他。不要……"韩青在心里默默祈祷。

东州市局刑侦支队重案大队的人在现场忙碌，队长方波看到韩青走过来，赶紧上前拦住韩青，他知道韩青心里着急。

"韩青，是女尸。"方波轻声说，示意韩青放松。

韩青看着方波的脸，像是要从他的微表情中读出他是否在撒谎。

"给你介绍一下，这是林……"

林嘉嘉刚想礼貌地打招呼，却见韩青没等方波说完就绕过去匆匆走了。

韩青不相信方波的话，她要自己证实。

雨棚里，法医谢敏和几个同事正在处理尸块、拍照。

韩青走进来，一眼就看到了蓝色无菌布上摆放的那条断臂，手腕上一块男士全钢腕表十分醒目——是她送给钟伟的那只。韩青只觉眼前一黑，身子刚要往前倾，就被谢敏扶住。

"韩姐，你怎么了？"

韩青凝神再看那条断臂，腕表却不见了，指尖上还涂着醒目的指甲油。

"没事儿吧，韩姐？"谢敏看着她略显苍白的脸色。

"我没事儿。"韩青松了口气。

"又熬夜了？你看你眼圈黑的。"

"小谢，有止痛药吗？我来那个了。"

"没有，我昨天刚完。"

韩青从雨棚出来，在塌方山崖的边上勘查环境，目光慢慢聚焦在山崖下方不远处一条明晃晃的"带子"上，在雨丝中看不真切，像是一条路。

"那是前庄村去年新修的水泥路。"

韩青回头看，是林嘉嘉，他拿着手机来到她面前。

"这是轨迹地图。从那条水泥路到咱们站的位置直线距离有923米，中间是农田，凶手如果从那儿过来抛尸，就只能徒步。"林嘉嘉语气平和、礼貌。

"从下面的江平公路爬上来只需要几分钟，凶手大概率会就近选择江平公路，而不是那条水泥路。"韩青的声音听起来毫无生气，在雨天里更显寒意。

"呵呵，是啊，江平公路既通国道，又可进城，交通便利，凶手没必要舍近求远，拎着3袋尸体跨沟过坎，摸着黑从那条水泥路徒步900多米过来。一是容易被人看见，二是延长了作案时间，三是提高了遇到不可控的突发事件的风险。但……"

"但是有可能他想要避开我们的调查。"韩青打断了林嘉嘉，"江平公路就在埋尸现场下面，必然是我们调查的首选，而那条900多米外的水泥路有可能被忽略。"

"对！如果我是凶手，我就会选择那条水泥路。想要完美地犯罪，就得付出更高的代价。韩姐，你好，我叫林嘉嘉，今天第一天来队里报到。"林嘉嘉伸出手。

"我没见过完美的犯罪，因为是人就会犯错，凶手也不例外。别站太久，土已经很松了。"韩青伸出手，但并没有和林嘉嘉握手，只是指了指林嘉嘉脚下。

"好……"林嘉嘉有些尴尬地放下手。

韩青来到刚和一个警员交流完的方波面前。

"方队，我感觉当地人作案的可能性不大。"

方波点头，不看韩青，也不表态。

"刚才听村民说，只要下雨，这个山头就会塌方，这应该是当地人都知道的。凶手如果是当地人，应该不会选择在这儿埋尸。尸体我看了，那姑娘涂了一手指甲油，不是干农活的人。埋尸地下方是江平公路，连接市区和外县，交通便利，我感觉开车来这儿抛尸的概率更大。"

"通知视频组调监控，查车找人。"

韩青拿出手机刚要打电话，就听到后方传来一声惊呼，方波也吃惊地望去。只见坡顶边缘又塌了一大块，泥土顺着斜坡翻滚下去，底下围观的村民们赶紧散开。林嘉嘉站在坍塌坡顶的边缘，后怕地望着。

"你悠着点儿！"方波喊。

"好……"林嘉嘉不好意思地朝他这边点头。

方波冲韩青笑笑，问："这小子怎么样？给你做个搭档如何？"

"我有搭档。"

"我知道。不过这小子呢，是从省城调来的，侯局点名要你带带他，你现在是咱队里的顶梁柱，小伙子看着也不错……"

"方队，我的搭档是钟伟。"

韩青打着电话朝坡下走去，方波习以为常地笑了笑。

王学华躺在利民巷的五金店二楼阁楼的床上，在雨声中睡熟了。他从不饮酒，也不打呼噜，但高质量的睡眠并不代表他不会被轻易吵醒。手机刚振动了一下，他的身体就立即有了反应，虽然眼没睁开，但手已经摸到了床头柜上的手机。

他睁眼看了看手机屏幕，什么也没有。不是这一部。他的手伸到床铺下，摸出另一部手机。

头像是一棵大树的望天发来了微信："江平公路发现碎尸。"

王学华愣了几秒钟，望向对面靠墙的神龛，里面供着神荼和郁垒。

上午10点，市局刑侦支队大会议室里座无虚席。

第一章 碎尸 007

局长侯勇、技术处刘志处长与会，方波主持。

"碎尸发现于东南郊江平公路 7 公里处。突发的强降雨造成了山体滑坡，埋在山头上的碎尸被冲到了公路上，继而被发现。"方波汇报。

侯勇望向白墙上的投影，上面是碎尸的照片。

"碎尸发现时间为今天 7:24，报案人是林嘉嘉。顺便介绍一下，林嘉嘉是从省城调到咱们重案大队的见习警官。大家认识一下……"

方波指向坐在外层靠角落位置的林嘉嘉，林嘉嘉起身向大家敬礼。

大家扭头看了看林嘉嘉，方波示意他坐下。

"碎尸共 6 块，两条胳膊、两条大腿和两条小腿，分装在 3 个塑料袋里。6 块碎尸出自同一个被害人。被害人为女性，年龄 25 至 30 岁，血型 AB 型，死亡时间初步推测在昨天 21 点至 24 点。"

警员们认真记录着。林嘉嘉握着笔，笔记本上却是一片空白。

"推测分尸工具为斧子一类，尸块截断处肌肉组织及骨骼上均留有多处砍痕和大量断骨碎屑。凶手分尸的手法笨拙粗暴。"

韩青想象着凶手分尸的场景。

"尸块手指皮肤遭到人为破坏，无法提取有效指纹。从破坏程度和残留物来看，应该是钢丝刷等密集尖锐物所致。"

韩青注视着血迹已风干了的女被害人手指的投影照片。

"足底和运动肌反映出被害人不是重体力劳动者。"投影仪连续播放着足底、肌肉等特写照片。

"埋尸现场没有发现被害人的头部及躯干，没有血泊或喷溅血迹，山头杂草完好，地面没有搏斗痕迹。初步判断是埋尸现场，不是杀人分尸的第一现场。"

侯勇和刘志点头表示赞同。

方波继续："在埋尸现场附近一处偏僻小道上，提取到两枚较为完整的鞋印，经检验，出自同一双男鞋。鞋码 43，推测穿鞋人身高在 1.8 米至 1.85 米。穿鞋人具有重大作案嫌疑。"

韩青在笔记本上写下"43 码""1.8 米"等字样。

"侯局，以上这些就是我们目前所掌握的情况。"方波望向侯勇。

侯勇点点头，匆匆收起笔记本和笔。

"马上成立专案组，方波你来负责，刘处全力配合。"

方波和刘志相互点了点头。

侯勇站起来，动员道："同志们，我就一句话——任务艰巨，尽早拿下！"

穿着雨衣的王学华从店里出来，朝巷子里走去。

他所处的利民巷，严格来说是由5条主巷和七八条支巷组合而成的老城区巷群。由于旧改计划，这些巷子暂被统称为利民巷，并用前巷、后巷、支1巷、支2巷等名称区分，于是有了利民巷前巷、利民巷支1巷、利民巷后巷支2巷等令人容易混淆的地址。虽然听起来麻烦，叫起来啰唆，但是旧改计划屡屡推迟，几年下来，这里的住户和快递员倒也都习惯了。

王学华从利民巷后巷连接泰康路的支6巷走出来，来到泰康路的一排电瓶车旁，打开其中一辆的储物箱。拎着黑塑料袋的手此时才从雨衣里伸出，将黑塑料袋放进储物箱，随后他骑上电瓶车离去。

他并没有在非机动车道上骑行，而是在人行道上。行将转弯时，他朝斜上方瞟了一眼，从浓密的树丛缝隙里，依稀可见高悬的道路监控探头。浓密的树丛几乎完全遮挡住人行道，监控探头难以拍到他骑车经过。

转过弯来，王学华骑着电瓶车紧贴人行道最内侧行驶，看见前方的公共汽车站后面的人行道上站着两个打伞的女孩。两个女孩挡住了最内侧的路。

王学华摁了一下喇叭，两个女孩望向他。

背双肩包的女孩认为她们和公共汽车站之间的距离足以让电瓶车驶过，因此没动。另一个女孩看到王学华冷冷的表情，有些害怕地去拉同伴，想让开最内侧，但背双肩包的女孩不为所动。王学华二话不说，驱车朝两个女孩冲去，两个女孩吓得赶紧让开，电瓶车擦着女孩的背包驶过。

"有病吧！居然在人行道上骑电瓶车！"背双肩包的女孩骂道。

"算了……"另一个女孩采取息事宁人的态度。

两个女孩处在监控画面边缘，而王学华所经过的人行道最内侧恰好在监控画面外，所以他没有被拍到。

隔间里，韩青蜷缩在马桶上，摁着小腹，缓解痛经。

除了用手摁，她还会用梳子顶，用吹风机吹。这些法子都治标不治本，但她也没打算治本。

没那么疼了，她便从隔间出来，到洗手台洗脸。从昨天早上到现在将近27个小时，她才开始清洗那张差不多被她遗忘了的脸。

她的透明洗漱包里只有牙膏、牙刷、洗脸巾和一小瓶乳液。

韩青看了看镜中的自己，黑眼圈儿加晒斑和细纹——一线刑警的标配。

回到办公室的时候，她突然看到钟伟的办公桌前站着一个人。

钟伟正在整理办公桌上的卷宗和资料，他看到韩青走过来。

"一个优秀警察的直觉。"钟伟朝她笑了笑，"你又说对了，这两个案子还真有联系……"

钟伟的笑脸变成了林嘉嘉的笑脸。该死的幻觉！

"韩姐。"林嘉嘉礼貌地点头。

"谁让你往这儿放东西的？"

"啊？"林嘉嘉有些蒙。

"谁让你坐这儿的？"

"方队啊。"

"这个位子有人，你不能坐这儿。"

"那我坐哪儿啊？"林嘉嘉为难地笑笑。

韩青扭头走出办公室，林嘉嘉莫名其妙地看向众人，众人沉默。

"方队！"韩青一嗓子把站在过道里正跟谢敏说话的方波吓得一激灵。谢敏知趣地离开了。

"怎么了，韩青？"方波的语气夹杂着关切和一丝不满。

"方队你什么意思？"

"什么'什么意思'？"

"为什么让林嘉嘉坐钟伟的位子？"

"林嘉嘉分到咱们大队了，总得有个座位吧，可办公室就剩那个位子空着，是吧？"

"那是钟伟的位子！"韩青一下子提高了嗓门。

"我知道那是钟伟的位子，重案大队所有人都知道那是钟伟的位子！"方波也提高了调门。

"你什么意思？钟伟的事你就不管不问了是吗？"

"我怎么不管不问了？钟伟刚失踪的时候，全队上上下下连轴转了多少天？可是没线索，查不到啊！总不能因为钟伟失踪这一件事，就把其他案子都撂下吧！"

"韩姐，桌子都收拾好了，我不坐那儿了。"林嘉嘉跑过来说。

"你坐你的，这事儿跟你没关系！"方波有点儿下不来台。

"方队，我找到地方坐了，真的，我现在坐得挺好。"

林嘉嘉和稀泥地笑了笑，随后离去，留下方波和韩青大眼瞪小眼地站着。

方波最不愿意面对这种时刻——韩青当众让他下不来台，因为他知道，他拗不过韩青。从10多年前韩青进队开始，方波就明里暗里对这个黄毛丫头有看法：有哪个好端端的大姑娘愿意成天跟一帮老爷们儿摸爬滚打？更别提跟匪徒搏斗会随时面临受伤丢命的风险了！韩青不爱社交，不爱回家，不谈恋爱不结婚，不开别人玩笑，也不接受别人开她的玩笑。在方波一帮人眼里，她是个十足的怪胎，可惜了她那张标致的脸蛋儿了。

最要命的是她还较真。干刑警是个苦差事，有时候人被案子拖得精疲力尽，需要暂时丢开案子缓解一下。当年方波和韩青、钟伟等五六个人同在一个专案组办案，蹲了3个多月，辗转跑了5省10多个县市，迟迟没有进展。局里、队里、受害人家属、媒体，来自多方的压力压得大家喘不过气。那天大伙回到东州已经是夜里3点，一进办公室，这帮老爷们儿谁也不想再多动一下，连泡面都没吃，就在地上、走廊长椅上睡着了，一觉睡到了第二天中午，可睁眼看到的是熬了一夜的韩青。她把所有卷宗重新梳理了一遍，不但发现了几种新的可能性，还打印好整理成册，一份份发到他们手中，要他们重新开始。方波提出，这几种可能性之前已经证实过走不通。韩青瞪着布满红血丝的大眼睛看着方波说："走不通不代表不对，可能是你走错了。而且当时走不通不代表现在也走不通，错误是有时效性的。"她的眼睛里除了那股执拗劲儿就是红血丝，别提多瘆人了。最后方波他们还真根据韩青提出的新的可能性抓住了案犯，破获了大案，得了集体三等功。从那时起，方波便对韩青多了一分忌惮，告诫自己不能硬来，因为他知道，韩青比他强。

"韩青，我知道钟伟是你的搭档，他出事儿了，你心里不好受，我心里也不好受，队里所有人都不好受。还有你师父老赵，他更不好受，对吧？钟伟一进刑侦支队就跟着他，一口一个'师父'叫了这么多年。可是能怎么办？咱们还不是该吃饭吃饭，该睡觉睡觉，该办案办案。"

第一章 碎尸 | 011

"方队，你是不是觉得钟伟回不来了？"

"他已经失踪 52 天了啊！"方波叹了口气。

两人忽然都陷入了一种无奈的巨大悲痛。

"韩青，有时候，人得接受现实……"

"我会找到他的。"韩青扭头离去，方波又叹了口气。

"从昨晚案发时间段到今早接到报案，有 85 辆车途经江平公路抛尸路段，从两侧的卡口情况看，每辆车的通行时间都没问题。"图侦警小于在工位上对韩青说道。

"有回头车吗？"

"没有，所有车都是单向行驶。"

"车主信息呢？"

"全部正常，没有前科记录。车也都没问题，没有套牌、假牌。"

韩青迟疑了一下，如果江平公路没问题，那么开车抛尸的推断就可能是错的。她又想到了什么，说："查一下前庄村去年新修的水泥路，就是埋尸现场下方 900 多米远的那条路。"

小于愣了一下，应声"好"，转回身继续忙碌起来。

再次回到办公室，韩青看到门旁多了一套精致的单人户外桌椅，在办公室里显得格格不入。林嘉嘉端着咖啡坐在户外折叠椅上，看着笔记本电脑，冲她微笑道："来杯咖啡吗，韩姐？手冲的。"

韩青没搭理，回到自己的工位一通找，在一个抽屉里找到一块撕下来的铝箔，上面有两片止痛药。韩青吃下药，拿了挎包要走，又看到桌上一袋干瘪腐败的梨，那是一个多月前钟伟放在她桌上的。时至今日，梨虽已腐败，但没人替她扔掉。

那袋梨像一根刺儿，又扎了韩青一下。

起初，韩青刚从警校毕业，被分配到重案大队。当她红着脸走进办公室的时候，方波、老宋等七八个大老爷们儿谁也没注意到她，满屋子烟臭味。就在她不知所措的时候，钟伟拎着一大袋梨从外面回来，看见了她。

"你就是新来的实习生吧？"钟伟友善地冲她笑。

"是……老师好。"

"这儿不是警校，不用叫老师，直接叫名字。我叫钟伟。"

钟伟突然鼓了几下掌，望向众人说："哎哎！都停一下！这是咱们队新来的实习生。你叫——"

"韩青。"

"韩青！欢迎欢迎欢迎……"

众人跟着鼓掌欢迎，韩青心头一暖，冲众人点头示意。众人接着回过头忙自己的事儿。钟伟冲韩青摇头笑笑。

"你知道在这间办公室工作最重要的事儿是什么吗？"

韩青不知所措地看了看钟伟。

"保护好自己的肺。"

钟伟用目光示意了一下，韩青看到办公室上空悬浮着一片烟雾。

钟伟从塑料袋里掏出两个大梨塞到韩青手上。

"多吃这个，润肺。我天天吃。"

"谢谢……"

"第二重要的事儿知道是什么吗？"

韩青局促地望向钟伟。

"我就坐那儿，有什么不懂的就来问我。"

"谢谢……"

"放轻松，别那么拘谨。"

韩青拎起那袋腐败的梨，扔进垃圾桶。

即将关闭的电梯门被跑来的林嘉嘉用手挡开，站在里面的韩青看了他一眼。电梯开始下行，两人略显尴尬地沉默片刻。

"我现在那个座位特好，离门近，空气流通，就跟在户外露营一样……"林嘉嘉说。

韩青没搭茬儿，电梯里恢复静默。

来到停车场，韩青拉开车门，回头看向撑伞跟在身后的林嘉嘉。

"你跟着我干吗？"

第一章 碎尸 | 013

"跟着你去查案啊。韩姐，方队不是让你带带我嘛……"

韩青上车，倒车，从林嘉嘉身旁驶过，来到市局大门前。横杆抬起，韩青踩油门过杆，一道身影蹿到车前挡住去路，韩青赶紧踩刹车。

林嘉嘉站在雨里，望着车里的韩青。

对峙片刻，韩青摁了一下喇叭。林嘉嘉欣喜地笑笑，跑过来跳上了副驾。

"韩姐，去哪儿查案？"

"超市。"

捷达驶入大雨。

100万

白小蕙被手机铃声惊醒，从旅馆床上坐起来，慌张地抓起手机看。不是。

她猛然朝床头柜望去，响声来自上面放着的一只艳丽的女士挎包。白小蕙抓过女士挎包，从里面拿出手机，屏幕上显示的来电姓名为"海龙"。白小蕙赶紧关了机。

她的嗓子眼干得冒烟。从昨晚跑出螺蛳粉店到现在，她水米未进。筹备了一个多月，计划还是出现了重大纰漏。还好她预留了后手，提前谋划了后路，否则现在除了恐慌别无他法。第一步，先回家拿自己的撒手锏；第二步，走那条她谁也没告诉的后路；第三步……目前还没有第三步。

手机铃声再次响起，白小蕙惊呼了一声，是自己的那部手机。

母亲姚汉珍发来了视频，3岁的儿子亮亮冲着镜头喊："妈妈，你什么时候回来？我想你了！……"

白小蕙红着眼圈儿看完视频，不知怎么的，紧张和恐惧在这一瞬间变成了勇气。她来到窗口，从窗帘缝中观察着雨中的行人。

没有警车，没有那个戴黑框眼镜的老男人，没有异常情况。这再次证明了她选择这家不在回家路线上的小旅店是明智的。即使在昨晚那种慌乱的情况下，她也必须做出正确的决定。她知道她没有试错的机会和能力。

当出租车载着她回到出租屋的那条街上时，她在车里待了十几分钟才敢下车，她必须确认附近没有异常情况。

这条街上最打眼的是一栋民国老建筑,白小蕙就租住在里面。房东太太是这栋民国老楼的原主人的外孙女,原主人是当地知名富商,这栋楼和楼前的这条街都是他打拼出来的。后来,他只把二层的三个房间留给了自己的后代,把街和楼里的其他房间都捐献给了国家。白小蕙租下的便是其中最小的一间,房租很便宜,她与其他住户共用楼道里的厕所和厨房。房东太太待人和善慷慨。

白小蕙进入院门,穿过天井,踩着木楼梯谨慎地上了二楼。没有碰到邻居,外廊里也没有邻居家玩耍的小孩。白小蕙蹑着脚走到自己家门外听了听,确认里面没有动静才开门进去。她穿过狭窄的门厅,走进隔成内外间的有小阳台的内间,拿出早已备好的行李箱,收拾要带走的衣物。当然,首先是拿撒手锏。她从衣柜底层那摞冬衣底下摸出一个U盘,放进行李箱,这是接下来关乎她存活的关键。

咔嗒一声,门锁响了。白小蕙凝住。门开了,有脚步声从屋外传进来。

瘦弱的男子走进来,一双眼睛滴溜溜地观察着屋内的情况,慎重地一步步朝内间走,仿佛知道内间藏着什么。他打开隔门走进来,看到衣柜前面摊开在地上的行李箱,嘴角泛起一丝诡异的笑。

黑暗中,白小蕙听到脚步声越来越近。她抑制着急促的呼吸,想象着儿子亮亮,希望他能在这一刻给妈妈带来勇气。

衣柜门猛地被拉开,蹲在里面的白小蕙失声喊了一下,看到瘦弱的男子站在面前,望着她冷笑。

是邱海龙。

"韩姐,你喝桶装水啊?我也是,喝桶装水就是健康。但也不能光喝矿泉水,得和纯净水换着喝,那样更健康……"林嘉嘉一边接韩青递过来的矿泉水一边说。韩青递给他4桶5升装的矿泉水,然后望着他。

"林嘉嘉,你不用觉得不跟我说话尴尬,也不用没话找话,我不聊天,我们就说工作上的事儿。"

"哦,知道了……"林嘉嘉尴尬地笑了笑。

这不是韩青第一次对男同事说这种话。从她10多年前进警队到现在,从20多岁到现在奔四的年龄,有不下十个男同事被她这种不近人情的话吓退,其中不乏追求者。这是韩青拒绝社交的直接且有效的方法,屡试不爽。她并不社恐，只是不想社交。当然也有例外，那就是钟伟。两个人在一起搭档这么多年，基本上是钟伟说九句，韩青说一句，但韩青从不嫌钟伟话多。

"你爱吃什么？"在零食区，韩青问。

"都行，都挺好吃的。"沉默了一路的林嘉嘉赶紧说。

"随便拿。"

"好。谢谢韩姐。"

"不用谢，这是工作。"

林嘉嘉感受着那道鲜明的红线。这个女人要么古板，要么有病，他想。

"你不吃吗，韩姐？"林嘉嘉坐在副驾上问。

"我不饿，你吃吧。"韩青望着窗外的雨，小肚子隐隐作痛。

这样也好，省了社交成本。林嘉嘉心安理得地打开零食吃起来。这个女人，有点儿特别。

火苗烧灼着圆试管，里面的透明颗粒化成一股浓烟，被邱海龙吸入身体。

每次看到邱海龙吸毒，白小蕙都感到恶心。她目睹了面前这个人从纯朴少年变成行尸走肉。人一旦染上毒品，就成了魔鬼的傀儡，所作所为都只是为了抽上一口。

"你行了！起来，把箱子给我！"

白小蕙去拉邱海龙屁股底下的行李箱，行李箱却被邱海龙枯枝般的细手死死按住。

"你还没回答我。她的包怎么在你身上？"

"你管不着！"

"她呢？"

"她有事儿。"

"什么事儿？"

"她去省城了。"

"去省城干吗？"

"跟你说了，你管不着！起来！"

白小蕙一把拉住行李箱的拉杆，使劲儿拽，邱海龙却突然蹿起来让开，一把扯走白小蕙挎着的艳丽的女士挎包,从里面翻出一部手机。

"我说怎么打电话她不接……"邱海龙拿着电话得意地笑了笑,"她去省城为什么不带电话?"

白小蕙生气地抢回手机和挎包。

"我们的事儿你少管!"

白小蕙拉起行李箱就要走,却被邱海龙一闪身挡住,他那灵活劲儿完全不像瘾君子。

"你要去哪儿啊?"

"你让开!"

"借我点儿钱。"邱海龙伸出枯枝般的手。白小蕙清晰地看到他指甲里黑腻的陈垢,一阵反胃。

"你好意思吗,邱海龙?上次借的你还了吗?"

"再借我点儿,下次一块儿还,骗你王八蛋!"枯枝般的手颤抖着,下一秒就要折断似的。

"没钱!"白小蕙推开邱海龙就走,邱海龙绕到她面前跪下来。

"小蕙,看在同乡的分儿上,再帮我一次行吗?就一次!求你了!"颤抖的枯枝死死揪住白小蕙的衣角。

"放手!"白小蕙推倒邱海龙,跑过去拉开大门。

"我知道你俩昨晚干啥去了!"

白小蕙猛地被一股无形的力量拽住,不动了。

"那钱,得分我一份。"

白小蕙听到身后传来一串干咳般的诡异笑声。她慢慢将刚打开的门关上。

捷达在大雨中拐进前庄村新修的水泥路,最后停在一片菜地旁。那片菜地后方的山坡,就是江平公路上方挖出碎尸的塌方处。

"韩姐,相信完美犯罪了?"林嘉嘉有几分得意。

"吃好了吗?"韩青看了看林嘉嘉脚下一袋子空的零食包装。

"吃好了。"

"下车吧。"

韩青下车打开后备厢,林嘉嘉跟过来。后备厢里放着一个行李箱,韩青打开，林嘉嘉看到里面放着各式工具和风格迥异的衣服鞋帽。韩青从行李箱中拿出雨衣、雨靴递给林嘉嘉，自己拿了一把户外折叠铲。

"开始吧。"

"开始……什么？"

"模拟实验。"

林嘉嘉不可思议地看着韩青。

"韩姐，就没有更省时、更省力、更科学的办法吗？"林嘉嘉拎着4桶矿泉水小心地走在菜地湿滑的田坎儿上。

"你有吗？"韩青打着伞跟在后面，手机上的秒表数字飞快地变换着。

"没有。只是这重量会不会太重啊？"

"4桶共20升，约合20公斤，那两条胳膊加两条腿差不多19公斤，不重。"

"好嘞！"林嘉嘉笑了笑，觉得自己的质疑完全多余。

30分钟后，两人穿过菜地、梯田、江平公路，爬上坍塌的土山，来到被挖得坑坑洼洼的案发现场。林嘉嘉放下4桶水喘息着，身上已经沾满泥水，一路不知道摔了多少跤。韩青打开折叠铲，开始挖坑。

白小蕙向跟在身后的邱海龙伸出手，说："把你手机借我用一下。"

"你的呢？"

"你不是要分一份钱吗？"

邱海龙看了白小蕙一眼，递过手机。白小蕙去拿，邱海龙却不松手。

"别跟我耍花样。"他说。

白小蕙拽过手机，出了门，重重叹了口气，计划永远赶不上变化，事情会越来越糟。她用邱海龙的手机编了条短信发出去："100万，就今天，把备份U盘给你。"她已经不去想后果。走到这一步，她只能抓住还能抓住的，其他的都不必去想。

邱海龙透过门上的镂空玻璃窗格盯着白小蕙的一举一动。白小蕙回头望着他，为了一口粉，这个傻瓜让自己陷入泥潭还不自知。

白小蕙又何尝不是？

没过几分钟，对方回复了短信："下午两点，中心广场。"

白小蕙既兴奋又害怕。

"没想到来东州第一天，就重温了一遍警校野外体能考核。"上车后，林嘉嘉接过韩青递来的毛巾，擦着满头的雨水和汗水疲惫地说，"韩姐，用了多长时间？"

"1小时5分钟。"

"这么久！"林嘉嘉停下擦头的动作，"我原以为这923米打个来回最多半个小时，没想到1个小时都打不住，这时间成本也太高了。对凶手来说，抛尸所用的时间是必须考虑的因素，何况在这个抛尸点只抛了四肢，他还有其他的要处理，至少一到两个点，看来我这个假设是错的……"林嘉嘉难掩失望。

韩青沉默地发动汽车，捷达发出一串不情愿的咔嗒声，抖动起来。

小于的电话打过来。

"怎么了，小于？"韩青挂挡的手停住。

"韩姐，前庄村和新丰路的交叉口发现一辆回头车。"小于看着电脑屏幕。

"什么样的回头车？"韩青打开免提，让林嘉嘉能听到。

"一辆银灰色小面，车牌号是江C85K92。它在凌晨1:35从新丰路进入前庄村的水泥路，2:58又从前庄村水泥路返回新丰路。"小于平静地描述。

"1:35到2:58……"韩青快速心算。

"1小时23分钟。咱们的实验是1小时5分钟！"林嘉嘉兴奋起来。

"轨迹明确了吗？"

"这车开得特贼，基本躲着监控开，整个轨迹还不明确，但来路和去路查到了，在同一个地点。"

"在哪儿？"

"北郊六块石路口。"

"我知道那儿，往东是213乡道。"韩青和小于一样平静。

捷达打了几下滑冲了出去。

小于的电脑屏幕上是六块石路口昨晚的监控画面。

35分钟后，捷达进入同一个监控画面。

路口的指示牌显示往右是213乡道。捷达右转驶入。

林嘉嘉望着车窗外匆匆飞过的风景——典型的城乡接合部，莫名荒凉，仿佛被城市遗忘，又被乡村摈弃。忽然，他注意到一堵长长的围墙，中间空缺的一块貌似曾经是大门的位置，墙内有大场院、锈迹斑驳的支架和缺砖少瓦的弃屋。

"韩姐，那是什么地方？"

韩青看了一眼，说："以前是个私人小煤窑，早废弃了。"

捷达没有停留，继续往前开去。

小煤窑锅炉房里，掀开的蛇皮塑料布下，一辆银灰色小面赫然显现。车牌号江C85K92，和小于描述的完全一致。

王学华从黑塑料袋里拿出清洁物品和两个特殊的东西——紫外线手电筒和滤镜，它们是电视剧里经常出现的警察勘查犯罪现场时寻找痕迹的工具。

王学华戴着橡胶手套，里里外外地清洁车体。

捷达停在丁字路口。

"我在213乡道1公里附近的丁字路口，你查一下路口监控是不是坏了，从我这儿看，电线好像是断的。"韩青看着上方高悬的道路监控探头。

"稍等……对，已经故障报修了，银灰色小面就是从这个路口消失的，之后的轨迹查不到了。"小于看着电脑屏幕上的监控画面。

"知道了。"韩青挂了电话，望着前路琢磨着。

"怎么办，韩姐？还往前吗？"

"去那个废弃煤窑看看。"

捷达掉头。

"有J，快走！"

看着望天发来的微信，王学华有点儿不敢相信。王学华狼狈但不失谨慎地用蛇皮塑料布遮盖住银灰色小面。

捷达开进了废弃小煤窑，停在一排弃屋前。韩青和林嘉嘉打着伞下了车，四处张望。

弃屋最末一间是锅炉房，王学华骑着电瓶车从里面出来的时候，一眼看到有两个人打着伞从远处走来，便赶紧退回锅炉房。韩青和林嘉嘉一间一间地查看。王学华如坐针毡，眼中流露出困兽濒死时的凶光。

林嘉嘉掩鼻朝阴湿的破房间里探头看。

"你上二楼看看。"韩青看到前面布满绿苔的楼梯。

林嘉嘉上了二楼，韩青继续沿着弃屋前的走廊查看，慢慢接近锅炉房。

锅炉房门后立着一头困兽，他手里攥着粗笨的电瓶车U型锁。

二楼的林嘉嘉厌恶地踩着碎砖跨过一片积水，生怕弄脏了鞋。

韩青查看完倒数第二间房，朝锅炉房走来。当她经过锅炉房窗口时，王学华举起了U型锁。一想到这个女警即将和那个穿黑色马丁靴的女人一样下场，王学华就感到莫名兴奋。

第二章　马丁靴

黑夜的海

　　他拎着黑塑料袋走在礁石间。

　　他讨厌黑夜，尤其讨厌走在黑夜的湿滑礁石间。他害怕黑夜，因为害怕，所以讨厌。但他明白，即便他再害怕，黑夜也不会令他却步。

　　前面出现的那块黑黢黢的影子是灯塔吗？是的，手机地图上的实时位置不会错。他用戴着皮手套的手推开锈迹斑驳的铁门，上面没有锁。去年来的时候就没有，现在还是没有。一切都没变，东州就这样被遗弃，一天天破旧下去，没人在意。灯塔没亮灯，很早就不亮灯了。他从灯塔旁的阶梯走下去，踩着梯上贻贝的残壳来到下方的混凝土梁架，把黑塑料袋扔到海里。

　　他也讨厌海，因为它深不可测。因不了解而害怕，因害怕而讨厌。

　　离开的时候，他回头看了看灯塔。黑黢黢的，像海的墓碑，也是她的墓碑。

　　除了黑塑料袋，他知道还应该留下点儿什么。

　　他来到一盏昏暗的路灯底下，点着一根烟，抬头望向路灯，以及旁边的监控探头。它会把我戴黑框眼镜的样子拍得很邪恶吗？他掐灭烟头，转身离去。

大自然

　　"喂？方队……野狗？知道了。"站在锅炉房窗外的韩青挂了电话，转身离去。

　　王学华慢慢放下手中的U型锁。他听到韩青叫林嘉嘉下楼，听到两个人匆匆走远、上车，最后看到捷达消失在雨中。

望天的微信来了："东北郊铁路沿线发现碎尸。"

这大概就是他们离去的原因。王学华如释重负，也有些意犹未尽。他还是很想知道U型锁能否敲碎头骨。东北郊铁路沿线发现碎尸，怎么会？他默然地复盘：凌晨4点，下着小雨，漆黑一片，铁路旁杂草丛生的荒地，一列恰巧经过的火车。难道是火车上的人看到后报了警？不可能。车上亮着灯，荒地一片黑暗，车上的人无法看清荒地，这是常识。只有一种可能，那就是老天故意的。

韩青从方波那里得知了大致情况：铁路职工姜红半小时前骑车回家，途经小树林的时候，看到一条野狗挡在路中间嚼着带血的皮肉。远处林子里还有一条野狗在啃食什么，她没看清，那条野狗的鼻子像是钻进了土堆中的黑塑料袋。回到家，她老公把一碗猪血汤端上桌，她闻着就吐了。她想起野狗啃食的东西，那味道比猪血更腥，就像她生孩子时闻到的自己的血腥味。那种味道刻骨铭心，她一辈子也忘不掉，所以她报了警。

碎尸为女性躯干，尸检后确定与江平公路的四肢碎尸出自同一被害人。阴道内提取到一名男性的DNA，表明死者生前发生过性行为。黑塑料袋和江平公路四肢案使用的袋子相同。现场提取到大量43码男鞋鞋印，与江平公路四肢案提取的鞋印吻合。

结论：同一个凶手，同一个被害人。

先是暴雨冲垮了山头，露出了四肢碎尸；然后是嗅觉灵敏的野狗，挖出了躯干碎尸。这种事儿，韩青见多了。去年冬天，一桩失踪案悬而未决，警方和受害者家属都已放弃。哪知春暖花开之时，失踪者的尸体竟从土里冒了出来。这是因为罪犯掩埋尸体时是冬季，地面是冰冻的，等到春天气温回升，泥土会把尸体往上推。还有前几年的一起沉湖案，凶手供认将死者扔进了水库，但打捞队忙碌了一个多月就是找不到尸体。尸体沉入水底后，躺在那里，细菌和肉体产生化学反应，渐渐在尸体内注满气体，使得尸体向水面浮去。再过几天，尸体就会排光气体，再度下沉。尸体可能躺在水底某处，上头可能覆盖着一层泥巴。潜水员接近时，水底泥巴颗粒会悬浮起来，也就是说，即使搜索工作区块划分得很细，尸体也依然可能被泥巴掩藏。要不是意外被一个钓鱼的人用炸弹钩钩住，尸体可能很长时间不会被发现。这些都是大自然胜过人类的地方。不过韩青并不沮丧，作为警察，她无疑是多了一个强大的帮手，她会利用好这个帮手。她甚至期待剩下的脑袋的碎尸也赶快被大自然发现，好早点儿结束案子，让她能专心寻找钟伟。

"韩姐，你看这个。"林嘉嘉打断了她的思绪，他撑着伞指着手机。

他的手机屏幕显示的是轨迹地图界面，他标记了两个点，用一条红线连接。

"上面这个点是我们现在的位置——东北郊铁路沿线。"林嘉嘉指给韩青看，"下面那个点是我们早上发现四肢碎尸的东南郊江平公路。现在四肢和躯干已经找到了，只差脑袋，也就是说，还剩一个埋尸点。"

"你想说什么？"不知怎的，韩青突然有点期待林嘉嘉另辟蹊径的推测。

"我们可以大胆设想一下。"

听到"大胆"的时候，韩青知道有戏了。

林嘉嘉继续说："如果三个埋尸点之间的距离相等，那么在地图上就会出现一个等边三角形。"林嘉嘉从东南的四肢碎尸地点和东北的躯干碎尸地点分别画出长度相等的斜线，并在斜线相交的位置标记一个新点，形成等边三角形。

"如果这个假设成立，那么脑袋就应该埋在这里——红沙村。"林嘉嘉指着斜线相交的那个标记点。

"又是完美犯罪？"她说。

"对，完美的其中一种表现——仪式感。这种情况在国外比较多，很多连环杀手有这种执念，像是在对世人宣告自己有多牛。当然，我也只是一种大胆的假设，毕竟现在发现的两个埋尸点并没有规律可循。"

"国外""连环杀手"，刚毕业的警校生往往有这种理想化的逻辑推导。韩青并不想打击林嘉嘉的热情，她知道这种理想化的热情经不起时间的蹉跎。

"有规律啊。"她淡淡地说。

"什么规律？"林嘉嘉看着她。

"监控盲区。现在发现的两个埋尸点都在监控盲区，银灰色小面的来路、去路也都在监控盲区，这就是规律。第三个埋尸点或许还会在监控盲区。"

下午两点，雨过天晴。

"不会再下了，你看这天空蓝得像不像你颜料盒里的蓝色？"一位父亲拉着刚下图画课的女儿走过中心广场的时候指着天说。他知道女儿喜欢晴天。东州快要进入烦人的梅雨季了，雨过天晴的短暂美好，他要让女儿感受到。

邱海龙望着父女俩从面前走过，也抬头看了看天，心想：天哪儿蓝了？一堆乌云呢，瞎啊！

广场商业大楼的电子屏显示当前时间是 14:01。

懂不懂规矩？！交易这么重大的事儿能迟到吗？邱海龙在毒瘾逼近的过程中渐渐失去耐性。他觉得有一排蚂蚁从脚往上爬，爬过膝盖，爬过大腿根儿，爬过肚脐，爬过心脏，即将爬上脖子。

他使劲儿挠了挠脖颈，短信来了："上天桥。"

对方简洁的命令式语气令邱海龙不爽，他挑衅地扬起眉毛朝四周望了望，极不情愿地来到天桥阶梯前，又四下看了看，然后骂骂咧咧地走了上去。邱海龙站在巨型圆弧天桥上，天桥上除了他，一个人也没有。

"东西呢？"

对方没有回复。邱海龙有些抓狂。蚂蚁大军已经爬到他的耳后，他感到头皮一阵酥麻，他不想再浪费一分钟！

"玩我呢！东西呢？"

邱海龙看着发出去的短信骂了一句脏话，刚抬起头就看到圆弧天桥的另一端站着一个地中海发型的中年男人，他正抽着烟朝自己这边望。

你倒是过来啊！邱海龙盯着中年男人，自己也没动。

中年男人抽完了烟，踩灭了烟头，然后漫不经心地朝圆弧天桥的左边走。邱海龙盯着他，也朝那边走去。不出意外，他们会在半分钟后相遇。

中年男人在离邱海龙还有不到 3 米的地方拐了弯，踩着阶梯走下去。

邱海龙愣在那儿，刚想发信息骂对方，对方的短信就来了："垃圾桶。"

"垃圾桶？！……妈的！……真有意思！"

蚂蚁大军已经爬到了头顶，即将从百会穴钻入脑髓。

邱海龙一路小跑来到中年男人刚才站过的地方，旁边不远处的确有个垃圾桶。他跑过去，围着垃圾桶看了几遍，里面除了几个矿泉水瓶什么也没有。

"垃圾桶"到底是什么意思？！邱海龙愤怒地四下张望，忽然停住。他看到自己刚才站的地方的后面也有个垃圾桶。

邱海龙跑过去，从那个垃圾桶里拎出来两个长方形的黑塑料袋，很沉。他拎着两个黑塑料袋从天桥上费力地跑下来,手机响了一声。他没搭理,来到马路边。红灯。手机又响了一声。绿灯。一辆出租车开到他面前停下,后车门打开,他迅速把两个黑塑料袋放到车里,然后拿出手机。

"东西呢?"

"别耍花样。"

看着对方接连发来的两条短信,邱海龙快意地笑了。

"肯德基,你大爷后面!"

他坐进出租车,一旁的白小蕙警觉地看了看他的四周。

"走吧,师傅。"白小蕙说。

出租车动起来,白小蕙又透过后车窗看是否有车跟踪。

邱海龙打开其中一个黑塑料袋,看到里面是一摞摞码得整整齐齐的百元大钞。

肯德基大门外,上校爷爷的塑像旁,有几个孩子在吃甜筒。一个戴黑礼帽和黑框眼镜的老男人缓缓走来,他戴的黑框眼镜跟上校爷爷的眼镜款式有异曲同工之妙。

戴黑手套的手在上校爷爷的后腰上摸了一把,带走了粘在那儿的一个小号透明塑料袋和装在里面的U盘。

"小蕙……啥也不说了,谢谢你。"邱海龙把5摞百元钞票塞进夹克时小声对白小蕙说。他完全没想到白小蕙会给他这么多。想着马上就可以吸上一口,他脑袋里的"蚂蚁"瞬间变成了天使,轻柔地抚慰着他。

白小蕙仍不时地回望后车窗,脚在底下紧紧护住那两个黑塑料袋。自己的撒手锏终于实现了应有的价值,第二步计划已经成功,接下来还有第三步……虽然还不明朗,但她知道自己现在比任何时候都坚定。

"你在前面下吧,我还有事儿。"她说。

"好!"邱海龙点头。

仪式感

泡面、蛋炒饭、西红柿鸡蛋盖饭、葱花饼、辣椒酱……专案组的成员们吃着简餐,听韩青汇报案情。唯独新来的林嘉嘉面前是空的,他帅气地抄手站在一群吭哧吭哧努力刨饭的同事中间,仿佛不食人间烟火。

韩青手里拿着啃了两口的玉米,站在白板前。

"这辆是唯一的只被东侧探头拍到的车。"她指了指白板上贴着的车牌号为江C85K92的银灰色小面的几张监控截图说。

"什么意思?"

方波一时没反应过来,辣椒酱的辣度于他已经是极限。

"就是说这辆车从东侧进入水泥路后,并没有从西侧驶出,而是在水泥路上逗留了将近一个半小时后,又原路返回东侧。"林嘉嘉代为解释。

方波喝了一大口浓茶压了压辣味,点了点头,问:"车主信息呢?"

"在车管所登记的是一辆黑色轿车,车主和车都没问题,监控拍到的是套牌车。"韩青啃着玉米,盯着林嘉嘉递给方波的几页纸,上面有被套牌的原车辆的车主身份证、车本信息。

"谁是林嘉嘉?外卖比萨。"门口出现一个协警,手里拎着比萨盒。

"我是,谢谢,帮我放门口桌子上。"林嘉嘉冲协警点头微笑。

协警将比萨放到户外折叠桌上,然后离去。梁子看了看比萨,又看了看林嘉嘉,点头微笑,继续吃泡面,不知是羡慕还是别的什么,总之泡面没刚才那么香了。

"拍到的这辆车在水泥路上停留的时间和你们实验得出的时间差不多吗?"方波接着问。

"很接近。"韩青说。

方波凑近监控截图细看,问:"有拍到脸的图像吗?"

"没有,司机全程用遮阳板挡住了脸。"

"轨迹明确了吗?"

"这辆车……"

"林嘉嘉,又是你的外卖,烧鹅饭。"还是那个协警。

"谢谢,麻烦帮我……"

协警不等林嘉嘉说完，熟门熟路地把外卖放在了户外折叠桌上。

林嘉嘉尴尬地冲韩青点头致歉："不好意思，韩姐，你继续。"

"这辆车的来路和去路查到了，在同一个地方——北郊六块石213乡道。我们去查了，但因为后续路段监控报修，没抓到画面。"韩青继续说。

"抛尸轨迹要尽快摸清楚。"方波边说边把最后一堆饭两三下刨进嘴里。

"我让图侦组先集中查监控盲区。"

方波点头，又说："找到脑袋是重中之重，尸源信息就靠它了。"

"未必，凶手毁了指纹，应该也会毁掉面部信息。"

韩青的话音刚落，协警的声音第三次出现："林嘉嘉，还是你的外卖，奶茶、水果捞。"

众人扭头看去，梁子先发出了笑声。协警也笑着把第三份外卖放到桌上，对林嘉嘉点点头离去。林嘉嘉尴尬地笑了笑。

"你这饭花样够多的，吃得了那么多吗？"方波问。

"真吃得了，我这一上午比在警校体能训练还累。"

林嘉嘉在众人的调笑中去门口拿餐食，图侦警小于拿着一张纸走进来。

"韩姐，又拍到了银灰色小面。"小于把监控截图递给韩青，方波等人也来围观。

"哪儿拍到的？"韩青问。

"你让查的城中村监控盲区，具体位置是在红沙村附近的一个卡口。"小于指了指监控截图左上角一行小字——红沙村05。

"韩姐！"林嘉嘉兴奋地跑过来，指着手机上的轨迹地图界面，"红沙村！仪式感！"

轨迹地图上，林嘉嘉当时画出的第三个地点旁边标着"红沙村"。

毛毛雨有一下没一下地落在地面上。

一行警车沿着银灰色小面的轨迹驶向红沙村后方的江边，已趋于平缓的清溪江的江面上笼罩着一片薄薄的雾气，看起来有点扑朔迷离。

捷达和数辆警车在一座跨江大桥下停住，韩青、林嘉嘉、方波、老宋、梁子等人从车上下来。技侦组老杨等一干人带着警犬下到桥墩处的烂泥地和小树林里进行搜索，这是技侦警的工作。按规定，其他人不得进入现场，韩青他们可以稍歇片刻，欣赏一下雨中的江景。

警犬在小树林的某处围着一块土地兴奋地来回嗅闻、刨土。老杨带着几个警员小心地挖开泥土，发现了黑色塑料袋。

韩青等人来到现场时，法医谢敏和几个助手已经把黑色塑料袋放在了蓝色无菌布上，可以看到黑色塑料袋上有个破洞，洞口有红色血迹。

谢敏打开塑料袋，小心翼翼地取出一颗带血的头颅。凌乱的长发上凝结着血污，正如韩青所料，女被害人的脸部被人用钢丝刷之类的工具破坏了，已无法辨认。

"你说得没错，我太乐观了，找到脑袋也未必能提供尸源信息。"方波瞥了那颗头颅一眼，失望地离去。

韩青陷入沉默，这种挫败感是刑警不得不经常面对的。

"老杨。"

正在不远处跟方波交流着什么的杨刚听到韩青叫他，便走了过来。

"怎么了，韩青？"

"得辛苦你们再仔细找找，被害人的衣服和随身物品还没找到。"

"我刚才跟方队说了这事儿，三个埋尸现场都只发现了碎尸而没发现衣服和随身物品，我在想，有没有可能这些东西已经被凶手销毁了。毕竟这些东西不比碎尸，要销毁很容易，没必要埋起来。"杨刚说的不无道理。

韩青点了点头。

杨刚走后，韩青回头望向林嘉嘉，这小子像是在发呆，不知道脑子里又在转什么。韩青不知道是否该相信他提出的所谓的仪式感，毕竟埋尸点印证了他的推测，但也有可能只是巧合。

"仪式感还存在吗，林嘉嘉？"

林嘉嘉像是没听见，愣了片刻才看向韩青："有纸和笔吗，韩姐？"

韩青拿出笔记本和笔给他。林嘉嘉立即蹲到地上，在纸上写写画画起来，没多久，又在手机上折腾了片刻，突然蹿起来。

"我之前忽略了，刚才你提到我才想起来，如果仪式感存在，那么应该还有一个地点用来埋死者的衣服和随身物品！"林嘉嘉眼睛放光，盯着韩青。

"那这个地点会在哪儿？"韩青也盯着他。

"应该在这个等边三角形的中心点，就是这里。"林嘉嘉指着轨迹地图上那个三角形图案的中心点得意地笑,"还好我几何知识没怎么忘,公式都记得。"

"白马观。"韩青念出轨迹地图上的点。

"准确地说,是庆芳街。当然了,白马观是那条街的地标性建筑,如果我是凶手,我也会选那里,因为好记。"林嘉嘉顽皮地笑了笑。

3个小时后,他们从庆芳街走出来,没有任何发现。

"红沙村发现碎尸。"

王学华看着微信,不可思议地笑了笑。

"你低估了J的能力。"望天发来第二条。

王学华没回复。

"没人看到你吧?"

王学华迟疑了片刻,回道:"没有。"

他丢开手机,继续雕那两只小鸟。从选木料到设计图案再到雕出雏形,他没花多少时间。月底应该能完工,他想。

丁玉福又栽了。不出意外的话,两个月后,他将再次回到清溪江监狱,在那里度过几年难熬的时光,或许更久,累犯符合加刑条件。他怎么也想不通自己会被同乡的马条子举报,那小子以前挺仗义的,前两年结婚后就变了样。丁玉福想到了跟自己离了婚的老婆,于是认定女人是祸水,女人都一样!

"摁手印吧,丁玉福,流程你都熟。"白警官调笑地拿来印泥看着丁玉福。

"唉,摁吧,说什么都晚了。"丁玉福在审讯笔录上摁下指印。

"忙完没?开会了。"马警官推门进来。

"完了。开什么会啊?"白警官盖上印泥盒。

"传达市局指示,出命案了,说是碎尸案……"马警官说到这儿,突然看到丁玉福瞪着大眼睛望着他。

"哟,这不丁玉福吗?"马警官笑着走过来。丁玉福尴尬地冲他笑笑。

"怎么着,你又到我们这儿'视察工作'来了?"

"可不嘛,一晚上又弄了20多公斤。"白警官整理着笔录。

"行啊你,爱上监狱了?想回去帮狱警改造新犯人是吧?呵呵……"

"碎尸案……"丁玉福一副苦瓜相,琢磨着什么。

"我先上去，你快点儿啊。"马警官要走。

"行，我把他送过去就上来。"白警官把丁玉福的材料装进档案袋。

马警官笑着拍了拍丁玉福，说："进去多为人民服务啊！"

"碎尸案……"丁玉福闷闷地叹了口气。

"现在知道叹气了，早干吗去了？真是……"白警官解开固定丁玉福手铐的铁环，拉丁玉福站起来，朝门口走去。

"碎尸案！"丁玉福忽然停住。

"你干吗？"白警官瞪了丁玉福一眼。

丁玉福愣愣地站着。

"哎，说你呢！又搞什么幺蛾子？"白警官厉声问道。

"报告！我要检举揭发！我要立功减刑！"丁玉福嚷嚷起来。

凌晨4点左右，丁玉福正在江边的小树林里剥偷来的电缆的外皮，就看见银灰色小面开来。他以为是冲他来的，吓得赶紧把那卷电缆拖到江水里去，结果发现下车的那人似乎并不知道他的存在。那人拎着个黑塑料袋，找了个地方挖坑埋了，之后开车离去。丁玉福心想捡着了便宜，拿着剥线钳就是一顿挖，没想到不小心戳破了黑塑料袋，带出来一些黏糊糊的液体。丁玉福蘸了往鼻子上一凑，闻到了血腥味。他行窃多年，屡进监狱，见过不少事儿。他赶紧默不作声地把土填了回去，他知道多一事不如少一事，虽然自己跟这玩意儿没关系，但也别坏别人的事。

林嘉嘉看了根据丁玉福的描述所作的模拟画像后，把模拟画像递到丁玉福面前，画像上的人戴着黑礼帽和黑框眼镜，面容苍老。丁玉福仔细看了看，觉得没有十分像，也有八分像。

"你确定这个人就长这样吗？"林嘉嘉问了一句。

"确定……脸我没太看清，但是帽子和眼镜就是这样的。"

听完丁玉福的交代，韩青知道，他们终于离凶手近了一步。

第一个目击证人的出现，标志着碎尸案有了突破性进展。

K

"这栏杆有年头了，你别看上面有锈，安全绝对没问题，结实着呢。"耿大爷絮絮叨叨地在前面带路，白小蕙拎着两个黑塑料袋跟在后面。

"上个月你说要租，我就把屋子收拾出来了，电线有点儿老化，我也找人给换了新的，这样你住着也踏实……"

耿大爷扶着铁栏杆爬楼梯，带白小蕙来到楼顶的一处平台。这里用雨棚遮起来，下面是一个半敞开的空间，摆着一张老旧的八仙桌和四条长凳，周围杂而不乱地堆放着各种物品，靠里有一个关着门的房间，靠墙有一个灶台。

"这里可以做饭，使煤气罐小心点儿，缺气了告诉我，我找人给你换。"

"好。"白小蕙应承着。

"那间屋是厕所，可以洗澡。"耿大爷指了指靠里关着门的房间。

"这套桌椅板凳还是我结婚那会儿我爷爷找木匠打的，嘿嘿，有年头了，我没事儿爱坐在这儿看鸽子。"耿大爷摩挲着八仙桌笑着说。

"对了，那鸽子你不用管，我每天会上来喂……"耿大爷指了指楼梯边的双层鸽子笼，话没说完就被白小蕙打断了。

"您不用每天爬这么高，我替您喂就行，还有每天把它们放出去，晚上等它们飞回来把笼门锁好。"

"你行吗？"耿大爷不放心地笑笑。

"您忘了，您上次就跟我交代过这事儿，没问题的。"

"是吗？我忘了。那行，咱们上去看看。"

耿大爷扶着铁栏杆带白小蕙上了楼顶的天台。这里面积不大，除了一间小房子和一窄条绑着晾衣竿的空间，再无富余。小房子里有一张床、一个五斗柜和一个旧的双人沙发，上面铺着20世纪70年代流行的白色镂空沙发巾。这几大件和楼下的八仙桌应该是同时期的物件，都是耿大爷结婚时置办的家当。

"住顶楼就是空气好，还能晒被子、晾衣裳，栏杆底下这一圈儿还能种花，到了晚上，闻着花香，看着底下大马路上的汽车，别提多棒了！"

耿大爷并不是吹牛，在这里，市中心的故城区尽收眼底，这间私建的小房被夹在高楼大厦中间，就像童话故事中的空中楼阁一样。

白小蕙之所以选择这里作为后路，一是因为上面这些优点，二是出于逃亡的考虑。人在逃亡的时候，往往会选择远离城市的荒郊野外，但白小蕙反其道而行之，躲在了城市的最中心，也就是"灯下黑"的地方。这还是从前夫吕建民身上学到的。当初吕建民成天打打杀杀，他为了防止仇家报复经常搬家，专挑令仇家意想不到的地方。当然还有第三点考虑，那就是为了儿子亮亮。为了定期带他去市医院看病，白小蕙不能住得太远。所以综合考虑了很久，她在众多备选项中挑中了耿大爷的这间阁楼。

　　送走了耿大爷，白小蕙把两个黑塑料袋里的95万元现金全部摊在床上。这也许是她这辈子能摸到的最大一笔钱了。

　　她取出事先买好的一卷小号水产袋，这种袋子不仅比普通塑料袋结实，还防水。她将95万元分装在十来个小号水产袋里，用胶带封好口，然后又把这些水产袋塞到鸽笼里的垫草下。这就是她要帮耿大爷照料鸽子的原因。一切早在她的计划中。

　　图侦室的电脑大屏幕上播放着5月6日的监控录像。
　　1:08，银灰色小面纵向驶过一条小街，无法看清车牌。
　　3:57，银灰色小面远远驶过铁道口，仍看不清车牌。
　　4:13，银灰色小面从土路驶入柏油路，还是看不清车牌。
　　4:46，银灰色小面迎面驶来，前车牌清晰可辨，但车内司机的脸被放下的遮阳板挡住了，看不见。
　　方波、韩青、林嘉嘉凑近看了看，有些失望。

　　回到办公室，韩青将新增的监控截图贴到白板上。银灰色小面的监控截图越来越多，它的行车轨迹也逐渐清晰，但开车的凶手仍是个谜。
　　韩青望着贴在白板上的丁玉福提供的模拟画像，思考着。
　　"一个半小时。"在一旁沉默的林嘉嘉忽然开口说。
　　"你指什么？"韩青入迷地看着模拟画像，有点儿无法自拔。
　　"我们目前查到的银灰色小面的行车轨迹中，缺失了大约一个半小时。"
　　"你说清楚。"
　　"凌晨0:25，它第一次出现在北郊六块石的监控中；1:08，它在东南郊江平公路附近；3:57，它又去了东北郊铁路沿线；4:13，它到了红沙村；4:46，它离开红沙村；6:21，它回到北郊六块石。4:46 到 6:21 大约有一个半小时，我们还没找到它的行车轨迹。凶手应该去了某个地方，埋死者的衣物。"

"也可能他车坏了，停在哪里换轮胎。也可能他肚子饿了，去了什么地方吃东西。也可能他什么也没做，只是坐在车里。"韩青还能说出很多种可能。

"我知道，埋死者的衣物听上去有点儿不太可能，毕竟罪犯一般没这种嗜好，但我这次真的强烈感觉到这个家伙跟一般的罪犯不一样。你不觉得吗，韩姐？他太缜密了，太有计划了，他能花一个多小时徒步去埋尸而不肯开车到江平公路去埋尸，可见他为掩护自己下了多大功夫！这个人绝对不简单，我相信他会在这一个多小时里有所行动，而不是什么都不干。我觉得图侦组那边还得加把劲儿，要找出这辆车在这一个多小时里的活动轨迹。"

"这就是图侦组现在做的事情，他们和我们一样都没休息。"韩青的视线始终没有离开模拟画像。

"要来杯咖啡吗？"沉默片刻后，林嘉嘉问。

"不用。"韩青突然想到酒。她已经 3 天没喝了，真想现在就干一杯！

3 个小时后，韩青和林嘉嘉再次来到图侦室。

小于播放了一段监控视频：5月6日早上5:11，在废弃小码头附近的街道上，一个人缓缓走进监控画面，抬起头看向监控探头，然后点燃一根烟吸起来。他那嚣张怪异的行为令人不解，他的面目更让人震惊。可以看到，那是一张苍老的脸。他戴着黑框眼镜和黑礼帽，和丁玉福提供的模拟画像如出一辙。

"韩姐，5:11，正好在缺失的这段时间内。"林嘉嘉说。

韩青点头。她现在有点儿佩服林嘉嘉，他这套分析到目前为止全中，也许他们碰到了一个不守常规的案犯。

"是他！就是他！"丁玉福露出惊恐的表情。

"你确定？"林嘉嘉又问了一句。

"确定！"丁玉福十分肯定地说。

10 分钟后，印有黑框眼镜老男人图片的协查通报从各个打印机、复印机、传真机中吐出，在各个微信群里发出。这个黑框眼镜老男人，在短时间内传遍了东州的各个派出所、看守所、监狱、社区治安机构以及周边地市的公安部门,他成为"蹿红"最快的邪恶之星。

太阳快要落山的时候,捷达来到了黑框眼镜老男人嚣张凝望监控探头的地方。韩青下车朝不远处的废弃码头望去,她知道那儿有座灯塔,已经好多年没有亮过灯。

"韩姐,那是什么地方?"林嘉嘉顺着韩青的视线望过去。

"你觉得灯塔有没有仪式感?"

"灯塔?"林嘉嘉愣了一下,"有!"他笃定地看着韩青。

半小时后,警方在灯塔下方的路基梁架的间隔区水里发现了黑塑料袋,它被渔民放置的捕虾笼挂住,里面装着女人的衣服和随身物品。

这些东西被放置在了重案大队物证室的长条桌上。

"有什么发现?"方波一边戴手套一边走进来。

"塑料袋对上了,和前面的埋尸点的一样。"韩青介绍道。

方波拎起塑料袋查看。

"东西都在这儿。死者从里到外的衣服、一个化妆镜、一管口红,没有手机、钱包、证件、记事本。"韩青准确地陈述。

方波翻看化妆镜和口红,问:"都是便宜货?"

韩青点头道:"生活水平不高。"

"未必。"林嘉嘉说。

方波和韩青一愣,看向林嘉嘉,他正在翻看黑色银链马丁靴。

"这鞋很贵吗?"方波问。

林嘉嘉点头道:"名牌,1万元打不住。"

林嘉嘉把马丁靴放到惊愕的方波和韩青面前。

方波拿起马丁靴来回翻看,问:"1万?"

林嘉嘉笑道:"1993年,设计师把助理的红指甲油涂在了鞋底,之后成了这个品牌的标志。巴黎奢华美学,方队。"

方波放下马丁靴说道:"既然这样,韩青,就从这上面找突破口。"

"好,我们马上去几家大商场和服装批发市场。"韩青回复说。

林嘉嘉忍不住笑了："韩姐，别说批发市场了，跑遍整个东州的大商场也找不到这个品牌。没记错的话，只有省城新开的购物中心有这个品牌的买手店。"

"网上也能买到吧。"韩青反驳。

"网上基本是 A 货，不保真。真货要去专卖店里买或从国外代购。"

"你能确定这个不是 A 货或者假货吗？"

"这个千真万确是真货。"

方波和韩青面面相觑，不太信任林嘉嘉。

"你们信我吧，认名牌我可是火眼金睛，A 货、假货都骗不了我。"

韩青不得不相信林嘉嘉的话，这小子的确有两把刷子。热情也好，天分也罢，他似乎很适合干这行，对人和善又幽默，今后的路他一定走得比自己好。韩青又想到了钟伟，感觉林嘉嘉跟他有种莫名的相似。她不禁转头看向副驾上的林嘉嘉，这小子从坐上车就抱着手机研究，那样子和认真研究牛仔裤的钟伟如出一辙。

"有了丢弃衣物的第四个点，等边三角形就不成立了，那么这四个点又代表了什么呢？……"林嘉嘉像是自言自语。

"除了几何图形就没有别的了吗？"韩青随口一问。

"对啊！"林嘉嘉像是受了很大启发，开始在轨迹地图上给四个点连线。尝试抛开几何规律天马行空地乱画，可越画越没信心，最终不得不回到几何规律上。他以中间的点（发现头颅的红沙村）为起始，分别画出三条直线连接东北点（发现躯干碎尸的东北郊铁路沿线）、东南点（发现四肢碎尸的东南郊江平公路）和正南点（发现死者衣物的南风水库），形成一个类似"爪"的图形。林嘉嘉陷入困顿。

王学华是唯一能解开林嘉嘉困惑的人。在收到望天的微信得知警方找到了死者衣物后，他开始觉得老天爷是在故意找他的麻烦，否则警方不可能在一天之内就把他精心安排的四个埋藏点全部找到。不过这也正是他想要的，虽然来得稍微早了些，但并不影响整件事的意义。他也在地图上画出了近似"爪"的图形，不同的是，他最后又从中心点往上画线连到了另一个点，这是林嘉嘉的轨迹地图上缺失的点。有了这个点，"爪"就变成了英文字母 K。

王学华像欣赏杰作一般,望着地图上这个大大的 K。

买手店的导购小姐正仔细地查看套在物证袋里的马丁靴。
"这双鞋是正品,我们店前不久刚卖出去一双。"
林嘉嘉有点儿兴奋,问:"小姐,顾客留联系方式了吗?"
"肯定留了,一次性消费 5000 元以上的,我们都会让顾客办会员卡,也会让顾客填写售后服务卡,留下联系方式和邮寄地址,以便退换货或者保修。"
"那麻烦你帮我们查一下顾客信息。"
"好的,请您到收银台这边来。"
5 分钟后,韩青走出买手店,拨打电话:"方队,查到了。"
一张户籍信息表从重案大队的传真机里吐出,被送到方波面前。表上的女人没有犯罪记录,她的名字叫白小蕙。

两分钟后,王学华收到了望天发来的微信,上面有白小蕙的照片、姓名、地址等身份信息。但与警方拿到的户籍信息表不同的是,这份资料更像是白小蕙的入职档案,白小蕙的照片也与警方拿到的证件照不同。

安阳镇罗湖村。白小蕙轻手轻脚地打开院门,看到里屋亮着灯。她穿过黑乎乎的堂屋,撩起里屋门帘,看到姚汉珍坐在床上抱着熟睡的亮亮。
"小蕙?"姚汉珍有些意外。
"妈。"白小蕙坐到姚汉珍身旁,看着她怀里的亮亮,流露出浓浓的母爱。
"今天怎么样?"
"嗐,一直喊恶心,吐了几次,刚吃了药,遭罪啊……"姚汉珍幽幽地说。
白小蕙心里一酸,眼眶有些湿润,用手轻轻抚摸亮亮的头。

这几年安阳镇罗湖村这个靠海的小渔村靠小海鲜吸引了一些游客前来,但还没有过半夜来的游客。
戴黑框眼镜的老男人显然是个例外。他把银灰色小面停在村口新修的硕大停车场里,然后顺着海水拍打的回廊朝村子的方向走去。
白小蕙这个女人,今晚不会再让她逃走,他边走边想。

第三章　惊弓之鸟

生日快乐

6年前。

生日蛋糕上的烛火逐渐清晰，戴着生日帽的赵晓菲双手合十，闭目微笑着。赵文斌、祁红、韩青、钟伟拍着手给赵晓菲唱《生日歌》。

韩青从进入警队那年起，就成了继钟伟之后又一个加入赵文斌家庭的人。赵文斌一家的生日宴，她一次都不曾缺席，钟伟亦是如此。

歌声停止，赵晓菲睁开眼睛，吹灭蜡烛。

"生日快乐，菲菲！"

"谢谢！"

"来来来，切蛋糕切蛋糕……"

赵文斌望着又长了一岁的女儿，五味杂陈。女儿从确诊尿毒症那天起，笑容中就多了一份不属于她这个年龄的忧郁。

生日饭吃到一半，赵文斌被两个徒弟叫到饭馆外，他很是诧异。

"干吗？你俩有什么话非得跑外边来说，神神秘秘的。"赵文斌看看他俩。

钟伟从兜里摸出一个厚信封，递给他："师父，这是我和韩青凑的10万块。"

赵文斌愣住了："这是干什么？拿回去！"

"这不是给你的，是给菲菲治病用的。"

"不行不行，听我话啊，拿回去！"

"师父你收下吧……"韩青也说。

"师父，你就别跟我们见外了，菲菲的事儿是你的事儿，也是我们的事儿，我们当哥哥姐姐的，这时候不出力啥时候出力？你就替菲菲收下吧。"钟伟诚恳地说。这让赵文斌更加为难了。

"我不能要你们的钱。"他说。

"师父,你跟我们犟什么?!大丈夫能屈能伸,这可是你教我的!我们的钱就不是钱?那以后你借给我生活费,我也不要啦!"钟伟把钱硬往赵文斌手里塞。

"收下吧,师父……"韩青眼里涌动的泪珠把赵文斌的心击中了。

他希望一切只是一场噩梦,醒来就好。

噩梦

黑暗中,只能听到远处传来的海浪声。黑框眼镜老男人轻轻推开院门,走过没有灯光的窗口,来到屋门前。戴皮手套的手握着中号羊角锤。

他轻轻推开没锁的屋门后静静地站在那里,给自己的眼睛一段时间适应黑暗。

一楼没人。他踩着嘎吱作响的旧木楼梯来到狭窄的小阁楼。

二楼也没人。床上空荡荡的,连被褥都没有。

他知道,白小蕙又逃走了。这个女人,有点儿意思。

隧道里的光一段一段地印在白小蕙乌沉沉的脸上,她和母亲姚汉珍带着亮亮坐在车后座,离开老家,驶向她认为暂时安全的地方。她没有开心的理由,即使已经有了近百万巨款。她曾经算过,如果靠打工,要不吃不喝20年才能挣到这笔钱。如今钱就藏在安全的鸽子笼里,属于自己了,可她就是开心不起来。怀里的亮亮,眼睛半睁半闭地望着车窗外深邃的暗夜发呆。他要是知道妈妈有钱了,一定会很开心。但她不能告诉他,谁也不能告诉。

"妈妈,我们去哪儿啊?"亮亮没精打采地问。

"去城里给你看病啊。"

"现在都几点了,能看吗?"

"天一亮就能看了。"

"那我们为什么不天亮了再去?"亮亮还有一大堆问题,白小蕙只是对他笑了笑,她无法回答。亮亮瘪了瘪嘴,懂事地不再说下去。

姚汉珍心疼地看看亮亮，又看向怀揣心事的女儿。她不知道该说什么，她只希望这一切早点儿结束，怎样都好，只要天能早点儿亮就行。

"警官，这位是我们的店长。"导购小姐带着一个圆脸的中年女人走过来，向韩青介绍。圆脸女人冲韩青点头致意，脸上的肉很饱满。

"我是东州重案大队的，想看一下上个月7号的视频监控。"韩青向圆脸女人一边出示证件一边说。

"哦……不好意思，警官，我们的监控没装存储卡，目前只能看实时的。"由于职业性假笑的缘故，圆脸女人的脸看上去更圆了。

"开业这么久了，你们居然没装存储卡？"韩青觉得自己听错了。

"呵呵，开业才4个月，我们一直忙着装修店面、进货这些事儿。监控是商场统一安装的，让我们自己买存储卡，我们一直没顾上。这两天就准备装了。"

这时候林嘉嘉从外面跑进来说："韩姐，商场的监控没安存储卡，只能看实时的，说是近期统一安装。"

韩青一句话没说，有些生气地转身就走。

"安保部的人说，因为价格没谈好，所以一直没办这事儿。"林嘉嘉追上来的时候说。

下电梯的时候，韩青和林嘉嘉的手机同时响了。林嘉嘉拿起来看。

"韩姐，方队把白小蕙的信息发过来了。"

"念！"

"白小蕙，女，30岁，1987年5月18日出生，户籍地安阳镇罗湖村3组4号，离异，现工作地为野力健身会所……"

野力健身会所？韩青的怒气顿时消散，她仿佛想到了什么。

回到警局，她独自待在大办公室里，看着白板上白小蕙的照片，陷入回忆。

钟伟失踪前几天，她和钟伟在大排档吃夜宵，钟伟突然问她："你听说过野力健身会所吗？"

"没有，怎么了？"

"没事儿，去那儿查个线索。"钟伟继续埋头喝鱼圆汤。

韩青没有多问。那时候她和钟伟分别调查不同的案子，她并未在意。

几天后，钟伟失踪。她去了那个叫野力的健身会所，会所位于东州唯一的五星级酒店的37—39层。在那里，她见到了白小蕙。

"您好，小姐。"身着制服的前台接待白小蕙礼貌地向韩青点头致意。

"市局重案大队的。"韩青向白小蕙出示证件，白小蕙立刻肃然望着她。

"请问您有什么事儿？"

"这人最近来过吗？"韩青把手机递到白小蕙眼前。

手机屏幕上布满蛛网般的裂痕，裂痕之下是钟伟的照片。

"他来过。"白小蕙瞪着清澈的大眼睛望着韩青。

39层一整层是会所老板陈彬的奢华会客空间及办公区域。一个健身房的老板能在里面办什么公？韩青心里嘀咕着，脚下不顾白小蕙的阻拦在隔音地毯上快步走着，推开走廊尽头那扇虚掩的房门，转过隔墙就看到了陈彬。

他正在大水牛皮的沙发上和一个女孩"促膝"谈心，两人的四肢交叠在一起。

"你是谁啊?!"陈彬和女孩立刻分开，陈彬十分不爽。

"你是陈彬？"

"怎么回事儿?! 谁让她进来的？"陈彬站起来，浑身的腱子肉鼓动着……

这就是韩青嗅到的不安的味道。白小蕙……为什么不记得她了？才不到两个月，名字就忘记了，对于警察，这也许是不合格的表现。韩青听钟伟说过，大脑里有个叫梭状回的东西，在人对事物的识别和记忆中起着重要作用，尤其是对人脸识别有显著影响。韩青知道自己的梭状回根本谈不上强大，否则她就不会看着白板上白小蕙的照片也没第一时间想起来。

她在白小蕙照片下写下一行字——白小蕙、野力健身会所，又在这行字下写下另外两个名字——陈彬、钟伟。

钟伟出现在她身旁，拿过她手里的笔，在白板上画起来。

"白小蕙是野力健身会所的员工，野力健身会所的老板是陈彬，我是在跟踪陈彬的时候失踪的，所以你从白小蕙想到了陈彬，又从陈彬想到了我,对吧？"

钟伟在白小蕙、陈彬、钟伟之间画上连线。

"对，我的直觉告诉我，你们之间有着某种联系。"韩青看着连线说。

"直觉是警察的优秀品质。"钟伟对韩青笑了笑。每次他笑的时候，韩青就像站在阳光里。

"这也是碎尸案目前唯一的逻辑关系。"韩青说。

"那你该高兴啊,别总板着脸。我不在的这段时间,是不是没人叫你'不高兴'了?"钟伟投来温暖的笑意,把笔还到她手上。

"不要走……"

还没等韩青说完,钟伟一如往常地消失了,从不肯多待一会儿。

韩青看着空荡荡的大办公室,深吸了一口气,幽幽地吐出来。她并不想摆脱幻觉的折磨,而是希望幻觉每次来得更久一点儿。

没有钟伟,她不会成为赵文斌的徒弟。

那时试用期刚结束,她站在白板前等人来认领入组。

"韩青圆满结束了实习,今天正式分到咱们重案大队,祝贺!"侯勇带头鼓掌,那时他还是重案大队队长,"咱们队终于有了第一个重案女警,大家以后要多多照顾她,保护好这棵独苗啊!"

"侯队……我不用照顾,我跟大家一样。"

"好,有志气。这么好的小姑娘,愿意跟谁一组啊?想好了吗?"

韩青没言语。

"有主动邀请的吗?大大方方表个态!"

侯勇望向众人,没人吱声,都一个个作难的样子。

"哎,我知道你们的小心思啊,是不是觉得一个女警出任务的时候会给你们大老爷们儿拖后腿啊?这都什么年代了,还搞男女有别这一套啊?人家韩青的实习表现好得很!我看比你们中的某些人还强不少!谁表个态?快!"

还是没人表态。一直在看卷宗的赵文斌抬眼看了看大家,叹了口气,说:"侯队,让她跟我吧。"

侯勇很意外,立刻说:"好啊,老赵!交给你我就放心了。"

那必须放心,赵文斌是队里的元老,侯勇都自愧不如。他肯带韩青,那是韩青的福分,所以侯勇由衷地替她高兴。

"韩青,你愿意跟老赵吗?"

"我愿意。"

"行,就这么定了!从今天起,老赵就是你的师父了。"

韩青也没想到傲气的赵文斌愿意带她，赶紧来到赵文斌面前鞠了个躬。
"谢谢赵老师。"
"别谢我，你谢钟伟吧，是他让我带你的。"
韩青望向钟伟的办公桌，没人，于是问："他人呢？"
"他发烧了，在家里歇着呢。"赵文斌说。

打开门看到韩青时，钟伟有些意外。
"是你？你怎么知道我住这儿？"钟伟笑着问，笑容像阳光一样灿烂。
"听说你病了，赵老师让我来看看你……"韩青举起一大袋食品和水果。
"不用举那么高，我看得见。"钟伟笑着接过来。
客厅沙发、茶几、餐桌上摊晾着各式牛仔裤，韩青好奇地环视屋内。
"有点儿乱。怎么样？我这小窝还不错吧？"
韩青点了点头，说："谢谢你……让赵老师带我。"
"咳，我师父才应该谢我，我可是给他找了个好徒弟。"
钟伟将摊在各处的牛仔裤一条一条收了起来。
"这么多牛仔裤穿得过来吗？"
"穿不穿不重要。"钟伟伸手摩挲着心爱的牛仔裤。
"那什么重要？"
"挂在我衣柜里才重要。"钟伟笑了，"这么跟你说吧，往小了说这是一种穿衣风格，往大了说这是一种生活方式，叫阿美咔叽——美式休闲风。你看这条是蓝染的，这条是柿染的，这条是37版本的……"

如今他已经很久没出现在这间小屋里了。自从他失踪，韩青每隔一周左右就会来这里看看，数一数衣柜里的牛仔裤、门口鞋柜里的鞋有没有少，查看卫生间里的牙膏、牙刷、毛巾、洗面奶有没有被动过的痕迹。
韩青从阳台收回晾晒的衣物，这是她上周来的时候洗的。钟伟衣柜里的衣服，她闻到了些许霉味，特意翻出来洗干净。她对自己的衣服可从来没这么上心。
一切检查无误后，她锁门离去。她期待着下次来的时候，能看到门后的那张像阳光一样灿烂的笑脸。

那首熟悉的歌曲在车里飘荡，又从半开的车窗被吸出，裹挟进不眠不休的细雨中，消失不见。

夜已深，捷达孤寂地行驶在路灯下。每每这种时候，韩青都想喝酒。因为那些她不愿想起但又时常想起的过去，只有在酒精的稀释下才能缓解，乃至消融。

韩青调大音量。

过去对她来说是一场噩梦，多年来，她被迫不断学习与之相处。酒精、工作和独处，是她预防自己被过去蜇伤的工具。还有这首歌，钟伟唱过之后，她就爱在独处时循环播放，歌曲中总有一股力量把她不时地往回拽。

回到家里，韩青到卫生间换贴在肚子上的暖宝宝时才注意到地上堆的脏衣服不见了。她来到客厅，看到阳台上晾着的衣服，赶紧把手机拿出来，这才发现有数条姐姐发来的微信语音，时间已是昨天。

"青儿，你几天没回家了？乱得够可以的，我给你都收拾好了。卫生间地上的脏衣服我洗好了，晾在阳台上，你记得收啊。"

韩青听着姐姐周雪曼的微信语音，走到阳台上摸了摸晾晒的衣服，衣服已经都干了。

"冰箱里那盒外卖我扔了，放几天了？你知道吗，一打开你的冰箱，我心都凉了，什么都没有，就一盒外卖剩菜。警察的身体也不是铁打的……"

韩青打开冰箱，里面满满地塞着新鲜食物。

"我给你炖了参鸡汤，放在那个大塑料盒里，不能直接放进微波炉啊，要倒到锅里热开了再喝。你要不想听我唠叨就乖乖记得喝，别又像上次一样把汤给放坏了。"

韩青看了看那个大饭盒，没动，伸手拿了瓶冰啤酒，关上了冰箱门。

"你该来例假了吧？我给你买了止痛药，在电视柜下面第一个抽屉里……"

韩青从电视柜抽屉里拿出金黄色的药盒子，拆开包装拿出一粒药片。

"这两天少吃凉的，别喝冰啤酒啊！"

韩青正要拿冰啤酒就着药吞下，听到这儿顿了一下。她的痛经已经严重到要一天吃四五片止痛药了，她也知道冰啤酒会加重疼痛，但她仍旧要喝——她就是要折磨自己。

韩青听着微信，不知道该怎么回。

她摁住语音键："姐，谢啦……你对我太好了……"

还没说完，她就上滑撤销了语音，编了条文字信息："知道了。"

周雪曼秒回："你终于回家了？参鸡汤是昨晚炖的，你赶紧喝吧，别又放坏了啊！你回家了就赶紧休息吧，别熬夜啊！好了，不说了。"

韩青舒了口气，拎着挎包和冰啤酒来到自己的卧室门前，用钥匙打开了上锁的门。

这间上了锁的卧室是她的庇护所，除了她，谁也不能进，里面是只属于她一个人的世界，有床和零食，有工作，还有墙上的钟伟。10平方米的房间里靠墙摆着一张单人床，中间是一张长条桌，除此之外再无家具。四面墙上贴满了五花八门的东西：照片、便笺、地图、写着字的A4纸等。长条桌上摆着纸张、照片、打印机、电脑、充电器、笔、胶贴等，还有零食袋、方便食品盒、矿泉水瓶、啤酒罐等一些废弃物占据着一部分桌面，垃圾袋堆放在桌下。屋内与屋外是完全不同的两个世界。

韩青从大挎包里拿出相机，将里面的照片导入电脑，再逐一打印出来。打印机吐出来的照片里的男人和墙上大部分照片里的男人是同一个人——陈彬。韩青把它们用胶贴依次贴到墙上去，并在一旁贴上便笺，标注上时间、地点，并简要描述照片内容。

照片中的陈彬在与几个人吃夜宵，这几个人也被韩青标注上了数字标号。可以看到墙上的多张照片里都有这些面孔，他们分别在不同日期、不同地点与陈彬在一起。

还有一些陈彬和不同女性在一起的照片。韩青在每个女人的旁边都添加了备注，如1号情妇徐欣、2号情妇杜小北等。其中一个女人，韩青备注的是老婆董洁。最后一张照片打印出来，是白小蕙。韩青将它贴到墙上，备注的是野力健身会所前台员工白小蕙，并在她和陈彬之间画上一条连线。

韩青来到另一面墙前，这上面的照片主人公只有一个——钟伟。这些是钟伟失踪前在各处的监控录像截图。在这些照片的中央，醒目地贴着一张大号便笺，上面用黑色粗笔写着"52"。韩青揭下便笺，贴上一张新的，写下"53"。这是钟伟失踪的天数。

"我会找到你的。"她在心里说。

梦里，钟伟和黑框眼镜老男人同时袭来，羊角锤击打的钝响声伴随着钟伟呼唤韩青"不高兴"的声音，此消彼长。除此之外，还有一些经常出现在梦中的画面穿插其间：爸爸妈妈慈爱的脸庞，目睹大货车呼啸而来时15岁的自己，周雪曼美丽的脸庞和她没完没了的唠叨……

韩青从噩梦中惊醒。是的，梦中总有一股力量把她拽回过去，令她无处躲藏。

尿毒症

偌大的办公室里一片暗淡的晨光，靠门的角落被露营灯照出一块光亮，林嘉嘉坐在灯下喝着咖啡看卷宗，享受着孤寂时光。

他正在看的是钟伟失踪案的卷宗，里面有多张钟伟失踪前被各处监控拍到的影像截图。这些图和韩青卧室墙上贴的那些照片一样。

林嘉嘉注意到一张截图，拿起来细看。截图上是钟伟在街头行走的背影，画质清晰。林嘉嘉注意到钟伟牛仔裤上的精美袋花图样。

门突然被推开，韩青走进来。林嘉嘉看到韩青，立即将卷宗合上。两个人看到对方都有些意外。

"咦？韩姐，5点多就来了，这么早啊！"

"你更早啊！"

"咳，笨鸟先飞嘛。"林嘉嘉匆忙收起卷宗，脸上洋溢着阳光般的笑容。

韩青走向自己的工位，从抽屉里拿了洗漱包要去卫生间。

"韩姐，你这洗漱用品也太简单了吧。"林嘉嘉说着，打开了自己硕大的洗漱包，里面琳琅满目的瓶瓶罐罐着实让韩青有些吃惊。

"你洗脸只用水吗？不会吧？……"林嘉嘉不敢相信自己的眼睛。

"你洗脸要用这一大包吗？快赶上饭店厨子的调料台了。"

林嘉嘉笑道："用洗面奶、爽肤水、乳液是基础操作，我是干皮，所以加了精华和面霜。防晒是必须的。眼霜我也开始用了，眼周肌肤衰老得最快。干咱们这行，熬夜、风吹日晒是免不了的，所以一周再用两三次面膜。就这些了，没其他的啦。"

林嘉嘉真诚地看着韩青，递上一瓶面霜，说："你就拿水洗脸，没有护肤步骤，这是对脸的不尊重。韩姐，来，你试试我这个面霜，你往上一抹，小细纹立马就少了。你试试……"

"不必了。"

早上9点，韩青和林嘉嘉来到五星级酒店37层的野力健身会所，在前台小姐孟霞的引领下穿行。

听到门外传来的敲门声，陈彬赶紧松开正搂着的女人。

"进来。"陈彬从沙发移回到办公椅上。

女人也瞬间拘谨地坐直身体，双腿优雅地缠绕成"S"形，隔着硕大的茶几望着陈彬，像是在认真聆听陈彬的教诲。

推开门，孟霞带着韩青和林嘉嘉走到屋里。

"陈总，这两位警官找您有事儿。"

"两位有什么事儿？"陈彬望向韩青和林嘉嘉。

"陈老板，咱们之前见过面。"韩青笑了笑。

陈彬一愣。

"怎么回事儿?! 谁让她进来的？"

"对不起，陈总，我跟这位警官说了您在开会……"白小蕙赶紧解释。

韩青径直来到陈彬面前，把手机往他面前一亮，上面是钟伟的照片。

"这位警官最近来过吗？"

"来过，怎么了？"陈彬反感地瞪着韩青。

想到此，陈彬滑头地笑道："是韩警官啊，不好意思，刚才我没想起来，快两个月了吧……"

"找你了解点儿情况，方便吗？"韩青看了看旁边那个身材婀娜的女人。

女人赶紧站起来说："陈总您先忙，我走了。"

"行，不好意思了，小徐。咱们今天第一天认识，往后常联系啊。"陈彬起身和女人礼貌地握了握手。

"好的，陈总。今天真是幸会了。"女人腼腆地笑。

韩青不动声色地看着他们演戏。上个星期蹲守的时候，她在一个地下车库

第三章　惊弓之鸟　｜　047

拍下了陈彬和这个女人亲密的照片。女人叫徐欣，是陈彬的新一任情妇。

"这是我的名片，有什么需要我做的尽管吩咐。"陈彬郑重其事地掏出名片递给徐欣。

徐欣恭敬地接过，随后离去。

"请坐。"陈彬把韩青和林嘉嘉让到沙发上坐下后，自己坐到了沙发对面，中间隔着一张宽大的茶几。

"韩警官，你上次找的那位警官找到了吗？"

"今天找你是为了别的事儿。"

"哦，您说。"陈彬正襟危坐地看着韩青。

韩青把白小蕙的证件照打印件推到了陈彬面前。

"白小蕙在你这儿上班吧？"

"对啊，前台，你们刚才没看到吗？"陈彬有些意外。

"没看到。"

"你们稍等，我问一下……"

陈彬给孟霞打电话证实了韩青的说法，摇头道："这个白小蕙没来上班也没请假，我叫人给她打电话……"

"打过了，一直关机。"韩青平静地望着陈彬。

"白小蕙住哪儿你知道吗？"林嘉嘉突然问。

"不知道。"陈彬转头，上下打量着这个穿着时尚的小青年。

"我问问。"陈彬礼貌地冲林嘉嘉笑了笑。

"是韩警官吧？"房东老太太姓陈，保留着大家闺秀的娴静举止，戴着金丝边老花眼镜，优雅地站在街角，看着从捷达上下来的韩青和林嘉嘉。

"陈阿姨吧？我是市局重案大队的韩青。"韩青向陈老太递出了证件。

陈老太没有往前探身细看，但精明的眼神说明她已看清了证件上的内容。

"走吧，在那边。"

她回头指向民国老建筑时，动作幅度虽不大，但极具韵味，右手拂过胸下，轻轻拽住左侧衣襟，指方向的左手微翘兰花指，有戏剧表演的意味，接下来再无话，只频频回头望向身后的韩青和林嘉嘉微笑，极有分寸。

当他们快要走到民国老建筑的大门时，侧面走来一个瘦弱的年轻人，并先于他们走进大门去。

是邱海龙。

进大门那一刻，邱海龙抬眼朝陈老太他们这边看了一下，正好遇上韩青审视的目光，心里不禁微微颤抖了一下。

邱海龙走在前面，陈老太、韩青和林嘉嘉走在他身后，双方间隔着几米远的距离，先后进了天井。邱海龙留心听着身后的脚步声。

"从这儿上楼。"陈老太说。

邱海龙佯装毫不在意，先走上木楼梯，心里却飞速盘算着。

来到二楼楼梯口，邱海龙的手伸进裤兜去拿钥匙，与此同时，他听到身后传来钥匙的响动。他的手抖了一下，轻轻放下钥匙，脚踏上了二楼楼板，但并未朝白小蕙的租住屋方向走，而是转弯上了通往三楼的楼梯。看到陈老太带着韩青和林嘉嘉朝白小蕙租住屋的方向走去，邱海龙不禁暗自庆幸。

"就是这间。"陈老太来到白小蕙租住屋的门前，拿钥匙开门。邱海龙躲在三楼过道的盆栽后窥视着，看着陈老太带人走进了白小蕙的租住屋。

"几个人住？"韩青问道。

她站在狭窄的门厅里，冷静地四处观看，林嘉嘉则进入其他房间查看。

陈老太像是没听懂，又像是在斟酌该怎么回答，顿了几秒才说："租房子的时候是她一个人，有没有别人跟她一起住，我就不清楚了。"

"您没住这儿是吧？"

"我住儿子家，帮他们看孩子。"

"哦。"韩青点点头，来到墙角的衣架旁。

那里挂着几件衣服，其中一件类似制服的衣服上别着一个胸牌。胸牌上写着"野力健身会所087"。

"她是出什么事儿了？"陈老太问了一句，表情还带着歉意，以示自己并不是一个爱瞎打听的人。

"没有，我们只是例行调查。"韩青回以微笑。

"她挺爱干净的，跟邻居相处得很好，也从不拖欠房租……"

林嘉嘉这时快步走过来，用面巾纸隔着手，拎来一个黑塑料袋。

"韩姐，外屋床底下发现的。"

第三章　惊弓之鸟

黑色塑料袋里，装着一个水烟筒般的透明玻璃器皿。韩青和林嘉嘉都很清楚，这是专门用来吸食冰毒的自制冰壶。两人同时想到刚才那个瘦弱的年轻人，立刻冲出门去。结果显而易见，邱海龙早已没了踪影。他在几分钟前就跑出了民国老建筑的大门，远离了这块是非之地。

戴着胶皮手套的手从刷牙杯子里拿出一把牙刷，装进物证袋。床单上的一根细细的长发，被杨刚用镊子夹起来。紫外线灯照射着卫生间的梳妆镜，寻找着镜面上的指纹。

韩青靠在窗边，望着窗外。

"有什么发现吗？"方波风尘仆仆地走进屋，来到衣柜旁，林嘉嘉正在那儿翻看里边挂的衣服。

"方队，这屋里住的不止白小蕙，还有个女的。"

"是吗？"

"屋里所有东西都能分出两套来，不管是床单、被子还是洗漱用品，衣柜里的衣服也是。"林嘉嘉指了指衣柜，"你看，这边挂的比较暴露，而且都是大红大绿的。那边挂的全是素色偏稳重的样式，区别很明显。"

"嗯……"方波没有急于表态。

"方队，"韩青把野力健身会所的胸牌递给方波，"这是白小蕙制服上的胸牌。"

方波看过之后愣了一下，问道："想起什么了吗？"

"钟伟失踪前去过那儿。"韩青说，"巧了，同一个地方。"

"钟伟查的是毒品杀人案，咱们查的是碎尸案，两回事儿。"

韩青拿起装着自制冰壶的物证袋说："冰壶——吸毒工具，也是在这儿发现的。"

方波看着冰壶沉思着，依旧没表态。

市中心医院肾内科诊区里挤满了人。6诊室里，白小蕙正忧心忡忡地望着看病历的女医生。女医生皱起了眉头，白小蕙的心也随之拧起来。

"有过昏迷状况吗？"女医生头也没抬。

"没有。"

"最近呕吐次数多不多？"

"嗯，这两天每天都要吐几回。"

女医生抬起头问："怎么这么晚才来看？你们应该早点儿引起重视的。"

白小蕙说不出话来。

"以前在哪家医院治疗的？"

"之前去过几家医院，没具体治疗，一直没筹到钱……"

女医生叹了口气说："孩子情况不太好，血红蛋白这么低，尿比重已经降到 1.01 以下了……"

"医生，你救救他！"

"我们肯定会尽最大努力。"女医生无奈地保持着平静。

白小蕙的眼泪流出来，握住女医生的手，女医生点头安慰道："你也别太难过，现阶段治疗尿毒症还是要做透析。最理想的还是找到合适的肾源，做肾移植手术，你要好好考虑，尤其是费用方面，尽一切可能做好准备。"

"我知道了，我会的。"白小蕙坚定地点了点头。

护士领着白小蕙一家三口走进透析室，来到一台没人的透析机前。

"先坐这儿等着，单子给我。"

白小蕙把手里的几张单子递给护士，护士去隔壁备药房拿药。

另一台透析机旁，正在做透析的赵晓菲和母亲祁红望着白小蕙一家三口。

亮亮走了过去，摸摸透析机，又看看赵晓菲。

"疼吗？"亮亮有些害怕地问赵晓菲。

"一点儿都不疼。你几岁了？"

"3岁。"

"你叫什么呀？"

亮亮埋下头，摸着插在赵晓菲胳膊上的粗管子，回道："亮亮。"

赵晓菲和祁红笑了。

"亮亮，别烦姐姐了，过来……"姚汉珍抱歉地向赵晓菲和祁红点了点头。

亮亮听话地回到这边来坐下，仍旧看着赵晓菲和透析机。

白小蕙母女俩和赵晓菲母女俩微笑着点头打了个招呼。

白小蕙和姚汉珍帮亮亮脱了鞋，把他安置在床上，盖好被子，垫好枕头，然后沉默地望着即将做透析的亮亮。白小蕙心里像刀割一样。

安阳镇罗湖村距离东州40公里，是海岸线尽头的村落。古时这里曾是一片蛮荒的浅滩，被一船迷航的海盗偶然发现，海盗将劫掠的财物存放于此，久而久之便有了人烟。20世纪90年代，这里因为偏僻，成了走私油料的通道，经常有大型油轮停靠，意外地兴旺了几年。10年前，政府扶持开发旅游业，大兴土木修造滨海民宿，捕捞小海鲜以吸引观光客，让沉寂多年的小村再次有了活力。小村红火了大半年，很快因为旅游资源过于单一而再度陷入落寞，一蹶不振至今。

韩青和林嘉嘉开着捷达来到了村口铺着平整水泥地面的大广场，昔日观光车络绎不绝的景象不难想见。捷达顺着颇具海港风情的石廊往里开，石廊里似有若无地排布着几个卖土特产的小摊，生活闲适的老渔民聊着天，一旁便是卷着鱼腥味的海湾，大小渔船悠悠地在海湾上漂荡，时间仿佛停止了。

"这地方真不错，有时间我要来这儿露营。"林嘉嘉拿手机一路忙不迭地拍。

因为海水盐碱的缘故，小村里所有的房子都是用石头修造的，又因为依山势而建，一路沿坡而上都有民居。白小蕙家在山腰位置，韩青和林嘉嘉只得弃车拾级而上，这让没睡够又痛经的韩青有些吃不消，兴奋的林嘉嘉却直呼过瘾。要不是因为来办案，他大有可能背着帐篷，在村口买些小海鲜，去山顶烧烤露营。

"有人吗？"林嘉嘉推开铁栏杆门，走进石头小院。

这里面朝大海背靠大山，还能俯瞰小村全貌，林嘉嘉暗自"哇"了一声。

韩青也跟着进了院，一边喘息，一边打量着石头房子。这里似乎住着好几户人家，每家的门头装饰都略有不同。林嘉嘉按照门牌敲响了中间那户的屋门，没人应答。

"有人吗？"林嘉嘉又敲了几下，屋里还是没动静。"韩姐，没人。"林嘉嘉回头看韩青。

隔壁屋门开了，一个老妇探出头来，打量着他们。她是邻居闫彩霞。

"你们找谁？"闫彩霞望着穿得花里胡哨的林嘉嘉问。

"请问这是白小蕙家吗？"

"你们是干吗的？"

林嘉嘉掏出证件，说："我们是市局重案大队的。"

闫彩霞眼里闪过一丝惊异，她凑上前仔细看了看林嘉嘉的证件。

"是她家。"她说。

"这个是白小蕙吗？"韩青把白小蕙的照片给闫彩霞看。

"是。"

"她在家吗？"韩青问。

"不知道，她妈在。"

"屋里没人啊。"林嘉嘉说。

闫彩霞站到窗边朝里面看了看，喊道："汉珍！"她又叫了两声，里面没有回应。"可能出去了，昨天还在呢。"

"她妈妈一个人住吗？"韩青问。

"两个人，她妈妈和她的孩子。"

韩青和林嘉嘉一愣。

"白小蕙的孩子？"韩青问。

"对啊。"

一阵手机铃声惊醒了睡在病床边的白小蕙。她睁开眼，看到姚汉珍拿着手机跑出了病房，熟睡的亮亮仍在做透析。白小蕙跟着跑出病房。

"谁啊？"她问。

"你闫婶儿。"

姚汉珍把手机递给她看。白小蕙看到来电姓名是"闫彩霞"，赶紧拉着姚汉珍跑进旁边无人的楼梯间，打开免提接通了电话。

"喂？"电话那头传来闫彩霞的声音。

"哎，彩霞……"

"汉珍，你没在家啊？"

姚汉珍看了白小蕙一眼，白小蕙凑到她耳边嘀咕两句。

"喂？汉珍？喂？"

"啊，我出去了，你有事儿啊？"姚汉珍看着白小蕙，白小蕙点点头。

"来了两个警察，找你们家小蕙。你等等啊……"

姚汉珍一惊，白小蕙顿时紧张异常。

闫彩霞把手机递给一旁的韩青。

"您好，我是市局刑侦支队的，想问一下您女儿白小蕙的情况。"韩青说道。

"你要问什么情况啊？"

"最近您见过她吗？"

白小蕙对姚汉珍摇摇头。

"没有。"

"打过电话吗？"

白小蕙又对姚汉珍摇头。

"没打过。"

"您现在在哪里？"

"在外面。"

"具体地址是哪里？我们去找您。"

白小蕙使劲儿跟姚汉珍摆手。

"我也不知道在哪儿……"

韩青停顿了一下，她感受到了姚汉珍的紧张。

"阿姨，您女儿现在有可能跟一起案件有关系，我们想找您了解一些情况，希望您配合。"

白小蕙和姚汉珍惊恐万分，白小蕙夺过电话立即挂断并关机。

"喂？喂？"韩青有些意外。

姚汉珍惊惧地望着白小蕙问道："小蕙，到底出什么事儿了?!"姚汉珍很少撒谎，更没对警察撒过谎，心里乱极了。

白小蕙强压着慌张，扶着姚汉珍的双臂拍了拍。

"妈，没事儿，你把亮亮照顾好就行了，我做的一切都是为了亮亮。"

是啊，为了亮亮，她这个当妈的吃过多少苦，姚汉珍比谁都清楚。她没有继续逼问白小蕙，她只希望亮亮的病能早点儿治好，不枉白小蕙为他做的一切。

韩青和林嘉嘉顺着石头台阶往山下走，之前还饶有兴趣欣赏美景的林嘉嘉此时陷入了沉默。

"怎么了？"

"没事儿。"林嘉嘉说,"只是觉得白小蕙还活着,那具碎尸不是她。"

韩青就知道这小子又有了新想法,问:"证据呢?"

"现在还没有证据,只是一个优秀警察的直觉。"林嘉嘉摊手一笑,充满自信,又带有一丝戏谑。

韩青愣住了。这句话钟伟对她说过,几乎一字不差。

"韩姐,怎么了?"林嘉嘉望着呆呆看着自己的韩青。

"没事儿。"韩青摇摇头,继续走。

"我总感觉姚汉珍在接你电话的时候,白小蕙就在旁边听着。"

韩青的手机闹钟响了,她拿出来看,手机屏幕上的裂纹让一旁的林嘉嘉笑了。

"韩姐,够艰苦朴素的,这屏还看得清吗?"

韩青没说话,避开刺眼的阳光,看清了手机上的字:师父生日。

生日宴

"怎么样?行吗?"钟伟穿着一件夹克站在韩青面前,韩青觉得他很帅。

"就这件吧,好看。"

钟伟脱下夹克看了看吊牌,还给了服务员。

"怎么了?"韩青不解。

"太贵,他舍不得穿,到时候又压箱底。"钟伟解释道。他又选了一件,往身上比量,用眼神征询韩青的意见。

韩青有些出神,目光中透出爱意。

钟伟感受到了那份爱意,立刻回馈给韩青更浓的爱意。

"你好,我们要这件。"钟伟笑着对服务员说。

"小姐,这款绿茶的不错,低糖的,特别适合老年人吃。"店员推荐道。

"行,就这个吧。"韩青点头。

"还是黑森林吧,"钟伟说,"师父爱吃。"

"师娘不让他吃那么甜。"

"没事儿,一年就吃一回,就让他痛快痛快吧。"

韩青看了看钟伟，点了点头。

韩青很少逛商场，只有师父要过生日了，她才会和钟伟一道来商场买礼物。钟伟跟了赵文斌多年，对他的脾性最为了解，所以钟伟和韩青挑选的生日礼物总是深得他喜爱。

"小姐，是要这款绿茶的吗？"店员望着发愣的韩青。
"还是黑森林吧。"韩青回过神来。
"好的。"

捷达来到了超级运快递站门外，韩青摁了一下喇叭。正和一个快递员说话的赵文斌看到后，向车里的韩青招手，示意她稍等。

韩青注视着日渐苍老的赵文斌，心里不是滋味。当年那个生龙活虎的赵文斌不见了，生活的不断重击让他看上去比实际年龄老得多。女儿赵晓菲罹患尿毒症，这无疑给了他最沉重的打击，加上事业上的挫败，让这个心高气傲的男人不得不向现实屈服。对，心高气傲。若不是因为这个，他也许就不会离开警队。

在大排档里，韩青和钟伟望着坐在对面喝闷酒的赵文斌。

"师父，难怪师娘要跟你生气，选队长这么大的事儿，你也太不上心了。"全队上下也就钟伟这个爱徒说道赵文斌，赵文斌不生气。钟伟给赵文斌的酒杯满上后继续说："虽说咱条件好、资历高，可也并不是十拿九稳。人家方波别的比不过你，学历可压你一头。要不，我明天陪你找找侯局去？"

"拉倒吧，我不去！"赵文斌端起酒杯又放下。

"行，你不去，我俩去，我跟韩青去找侯局总行了吧？"钟伟依旧玩笑似的说。他爱用激将法对待赵文斌，屡试不爽。

"行。"韩青积极地回应。

"不许去！"赵文斌冲韩青耸了耸眉毛，一般情况下，他是不会凶韩青的，"你俩别瞎掺和啊！丫头，不许跟他去。"赵文斌严肃地盯着韩青。

"哦……"韩青乖乖地答应。

钟伟依旧笑着，叹了口气："行了行了，不说这个。"拿起酒杯要跟赵文斌碰杯。赵文斌半推半就举起酒杯，又重重放下，瞪着钟伟。

没过几天，赵文斌就向队里提出了辞职。

韩青和钟伟得到消息时正在郊区办案，当他们匆忙赶回来的时候，赵文斌正在大家的注视下默然收拾东西。

"老赵，辞职是因为菲菲生病的事儿吗？已经在给你申请大病特困补助经费了，我们所有人——我、方波、刘志，还有局里的其他同志——都不会袖手旁观的，你不要顾虑太多，更不要一时冲动辞职啊。"侯勇劝说道。他此时已升任局长。

"侯局，谢谢局里还有大家对我的关心，我不想给大家添麻烦，我自己闺女看病不能总申请补助金或者让大家伙资助吧？"赵文斌见侯勇还想要说什么，于是赶紧说，"侯局，谢谢你！"他态度坚决地向侯勇鞠了一躬，抱着一箱东西扭头走了。

"老赵……"侯勇在后面追了几步就停下了。他了解赵文斌的脾气，也知道赵文斌心里是气自己被年轻的方波压了一头没当上队长，这个疙瘩一时半会儿是解不开的。

韩青和钟伟追上赵文斌，赵文斌赶紧停下来，一左一右地瞪了他们两眼。那意思再明确不过，是不让他们乱说话。二人忍着没说话，跟着赵文斌下楼来到了车旁边，一直到赵文斌去拉车门，钟伟才挡住他。

"师父，你回去再跟师娘商量商量，离退休还有好几年呢……"

"你小子现在越来越啰嗦了！你呀，好好跟着人家方队干，他人不错，你可别给人家整么蛾子！"赵文斌推开钟伟，拉开车门。

"我说真的，师父，回去再考虑考虑，没当上队长也不至于提前退休啊。"钟伟不甘心地去扯赵文斌手上的文件箱。

"这跟当不当队长没关系，我得为菲菲考虑。"赵文斌使劲儿拽过文件箱，放进了车里。

就这样，赵文斌平静地结束了自己的刑警生涯。

这些都是 6 年前的事儿了。

"我又瘦了吧？"韩青笑着问，她虽然目视前方开车，但感觉到赵文斌在扭头看她。

第三章 惊弓之鸟 | 057

坐在副驾的赵文斌看着韩青，目光充满关爱。

"别那么拼，身体要紧。这两天忙吗？"

"忙，头都大了。"

"又怎么了？"

"昨天出了一个碎尸案。"说到案子，韩青轻松的表情没了。

"碎尸案？……什么情况？有进展吗？"赵文斌的脸上也立刻浮现一片阴云，仿佛回到了曾经办案的时光。

韩青摇头道："刚摸到点儿眉目，线索就断了。不说了，烦。"

"行，不说。还是那句话，自己多注意身体，别不当回事儿，听到没？"

"知道。菲菲最近怎么样？"

提到菲菲，赵文斌的眼神里闪过一丝亮光，旋即又熄灭。他叹了口气："前天空欢喜一场。"

"怎么回事儿？"韩青关切地问。

"嗐，前天来消息说宁州那边的医院有肾源了，正好排到菲菲，让我们做好准备。"

"这不挺好的嘛！"韩青由衷地高兴。

"好什么啊……高兴了还没俩小时,又说没配上型,最后排给后面的人了。"赵文斌故作轻松地笑了笑。

"菲菲难过坏了吧？"韩青自己都感到很难过，菲菲的心情可想而知。

"可不，等了6年多，第一次碰到这种机会，俩小时就没了。"

"师父，别太着急。"

"嗐，干着急没用。"赵文斌摸出药瓶吞了两粒药。

"你怎么了？哪儿不舒服？"韩青瞥了一眼赵文斌手里的药瓶，没看清。

"没事儿，胃有点儿难受，这几天没好好吃饭。"

"还说我呢，你也别那么拼，身体要紧。"

赵文斌叹了口气，说："趁着现在还能干，我得尽量多挣钱。挣得越多，菲菲活下去的机会就越大。"

两人陷入了沉默。

韩青和赵文斌去医院接做完透析的祁红、赵晓菲母女俩，菲菲拉着韩青有一肚子悄悄话讲。他们前脚开车走，白小蕙、姚汉珍就抱着亮亮出现在他们身后不远处，站在路边准备叫车。

白小蕙羡慕地看着赵晓菲他们的背影远去。她不知道的是，赵文斌为了给女儿换肾同样需要付出巨大的代价；她更不知道的是，赵晓菲身旁那个帅气女孩，就是打电话给姚汉珍正满世界找她的那个女警察。

赵文斌的生日宴还是在多年不变的老饭馆举办的。这里地处旧城区，市井气浓厚，窗外满眼是老房屋顶的破旧黑瓦，经常有流浪猫在上面巡游。这地方说起来还是钟伟找的，赵文斌爱吃辣，办案时钟伟带他来吃过一次便餐，他便爱上了这家重口味的江西小炒。虽然饭馆卫生条件差，服务也堪忧，但赵文斌的生日已经在这里办了近10年，雷打不动。大家都不太喜欢这个地方，但赵文斌喜欢，他开心就好。不过今年的生日宴，赵文斌肯定开心不起来，因为钟伟失踪了。

赵文斌一家和韩青已经入席坐定，座次遵从着多年不变的规矩：赵文斌坐主座，韩青坐在赵文斌右首，左首以前是钟伟的位置，现在空着，赵晓菲挨着韩青，祁红挨着赵文斌左首的空座。

赵晓菲黏着韩青说着悄悄话，祁红嗑着瓜子笑眯眯看着她俩，赵文斌试过了韩青买给他的新衣服，就一直在窗边看着外面抽烟。

"姐，钟伟哥有消息了吗？"赵晓菲还是忍不住问了。赵文斌和祁红交代过几次，不让她问钟伟的事儿。

韩青摇了摇头。

"没事儿的，姐，你得有信心。"

"嗯。"

"前天我失去了一次换肾的机会。"

"我听说了。没关系，菲菲，还有机会的，你的病一定能治好。"

赵晓菲点了点头，沉默片刻后说："姐，钟伟哥一定会回来的。"

"嗯。"

正说着，一个服务员过来收左首空座的餐具。

赵文斌突然发飙了："说了别收别收，怎么回事儿？"

服务员僵在那儿，忙赔着笑脸说："对不起，我不知道。"

祁红赶紧圆场："没事儿没事儿，姑娘你去忙吧。"

服务员赶紧退出去。

"这个姑娘不是刚才那个，人家不知道。"祁红对老赵解释说。

"都说两遍了，她们烦不烦！"赵文斌不耐烦地说。

"好了，今天当寿星佬还这么大脾气，一会儿血压又该上去了。"祁红看了赵文斌一眼说。她又对韩青解释道："你师父呀，以前在刑侦支队，说工作压力大，心烦；现在不干警察了，可这脾气是一点儿也没变。我说他，他不听。青儿你得说说他，他就听你的。"

韩青笑了笑。赵文斌闷闷地拿着分酒器给自己斟酒，完了又给身边空座前的酒杯也斟上酒。韩青有些恍惚。

"师父，我自己来。"钟伟笑着去抢分酒器。

赵文斌笑着打开他的手："你别动，洒了啊。"

赵文斌放下分酒器，看着自己的酒杯发愣。

韩青拿起酒杯，不自觉地望向空座。

钟伟端起酒杯站起来，韩青跟着站起来。

韩青端起酒杯，站起来："师父……"

"师父，我说两句。"钟伟一副要做报告的架势。

赵文斌笑道："看你小子今年又捅什么词。"

赵文斌端起酒杯，抬头看着韩青，勉强挤出一丝笑意。

钟伟故意咳嗽了一声，然后说："师父，今年呢，你整体表现得还是不错的，是吧？对师娘呢，照顾得不错，值得表扬。就是这脾气呀，还是太急；说话的态度啊，也还有待改善。对菲菲好那是没的说，继续保持啊！唯一的大问题，就是对自个儿的身体还不够爱护啊！别把自己当领导，要平常心，是不是？

在快递站没事儿时自己多歇会儿，要学会休息，别把事儿都揽在自己身上，好吧？希望你明年再接再厉，老同志嘛，不要放松对自己的要求。我俩祝你今年比去年更年轻，小酒不倒，生日快乐！"

"生日快乐，师父！"韩青说。

"好！"赵文斌愉快地满饮此杯。

"师父，生日快乐。"韩青说。

"好……"赵文斌干笑了一下，和韩青碰杯后又和旁边空座上的酒杯碰了碰。

第四章　青梅竹马

范灵灵

昏暗的灯光下，两副躯体纠缠在一起。

女孩眯着眼望着邱海龙，一脸倦怠的神情，仿佛在说："没有什么可以让我开心，你可以让我开心吗？"末了出其不意地睁大眼睛盯着他，充满挑逗性。她喜欢这样。

邱海龙只是机械地压在她身上，仿佛很麻木。

他俩从小就一起在岩礁间钓石头鱼，在山林里摘覆盆子和桑葚；长大以后又一起来东州讨生活，无家可归的夜晚在公园的长椅上搂着彼此数星星。他们的梦想是安逸轻松地过完一生，可现实却让这个梦想变得越来越难以企及。

短暂的欢愉后，是冰冷的现实。

邱海龙抚摸着趴在身边的女孩，脑中却被白色的粉末所吞噬。

"等拿到钱，我们就离开这儿，重新开始。你把毒戒了，答应我。"女孩说。有了钱，她就可以扔掉那份不体面的工作，避免患上性病了。

"好，我答应你。"邱海龙听到自己的声音宛如天边隆隆滚雷般沉闷，他知道这是脑中的白色粉末在作怪。他坚持不了多久了。

女孩拥吻着邱海龙，憧憬着未来。她叫范灵灵。

为了实现目标，范灵灵在那晚回到了那条充斥着尿臊味的后巷，踏着崭新的黑色的马丁靴，走进了5年前她愤然离开的贵妃秀场。

进门左拐？她迟疑着。

她走上铁楼梯，望着那扇铁门，里面传来聒噪的电子乐。她依稀记得，进门左拐是通向秀场前厅的通道。对方莫非是想让她从那里进入灯红酒绿的前厅后在人群中和她交易？嗯，也许那样反倒是安全的。她这么想着，拧开了铁门上的把手。

进门左拐果然是通往前厅的通道，她的记忆没错。她往四周看了看，迷幻的灯光下空无一人。其实在这里交易就很安全，她想。就在她经过通道旁一堵半高的墙时，她忽然听到身后传来细微的声响。那声响瞬间激起了她身体本能的反应，让她的毛孔收缩、呼吸骤停。一声惊呼后她感到脑袋后部靠左的位置被重重地撞击了一下，她甚至清楚地听到了自己头骨碎裂的声响，就像儿时在山林里行走不小心踩断枯枝发出的那种脆响。她倒下，感觉到后脑有温热的液体流淌出来。她的耳朵里像塞满了棉花，听觉变得沉闷且迟缓。她的鼻翼猛烈张弛，她闻到通道地面消毒水和尿液混合的酸味，以及脑后流出的新鲜液体的甜腥味。

她倒在地上时看到的是一张苍老的面无表情的脸，戴着的黑框眼镜和黑礼帽并没有让那张脸看起来更绅士，而是更加瘆人。

"别……"她只说了这一个字，羊角锤就再次砸向了她。

她抖了抖腿，便失去了知觉。

从此，她再也不用担心会患上性病了，再也没有烦恼和牵挂了。

U 盘

"看什么呢，灵灵？这么开心。"

白小蕙进门放包的时候，就见范灵灵窝在外间床上，捧着手机傻乐。

"啊？"范灵灵依旧傻乐着，"蕙儿姐，你看这双鞋，好看吗？"

范灵灵把手机转过来，白小蕙看到一双黑色带银链的马丁靴，以及过万的售价。白小蕙笑道："好看，价钱更好看。"

"喊。"范灵灵转回手机仍然傻乐，"不就一万多吗？改天送你一双！"

"等我有了钱，我送你。"

"我谢谢你，心领了，还是我送你的可能性更大点儿……"范灵灵开心地大笑。

范灵灵和白小蕙都知道，她们这辈子都不会去买这么贵的鞋，除非她们中了大奖。

"大奖"很快就来了。

一周后的某个晚上，白小蕙突然来云端KTV找范灵灵。白小蕙从没来范灵灵工作的地方找过她，范灵灵预感到她可能出了什么大事儿。

"蕙儿姐，你怎么来这儿了？"

"灵灵，我有个事儿要跟你商量。"白小蕙的眼神里流露着紧张和害怕，范灵灵的预感果然没错。

在卫生间，白小蕙拿自己的手机给范灵灵看了一段视频，而且非要她戴上耳机看，以免被别人听见。范灵灵狐疑地戴上耳机，等她看完视频后，长长舒了口气。

"灵灵，怎么办？"白小蕙害怕地望着范灵灵。

范灵灵陷入沉默。

"我们……报警吧。"说"报警"时，白小蕙压低了声音。

"蕙儿姐，你别慌，让我好好想想……"范灵灵看了惊呆的白小蕙一眼。

白小蕙焦急地等着她拿主意，六神无主的样子就和小时候过家家时白小蕙不小心把家里穿衣镜打碎的那次一样。

"绝对不能报警。蕙儿姐，他们不会放过你的。"范灵灵十分冷静地说。

"是吗？"白小蕙更加害怕了。

"你惹不起，人家势力那么大，收拾你是分分钟的事儿。"范灵灵很清楚她们的处境。

白小蕙想了想，点头道："好吧，我听你的……那视频怎么办？我删了吧？"

"别，先留着。"

听到范灵灵这么说，白小蕙愣了好几秒，然后说："留着多危险啊！"

"但也很值钱。"范灵灵没有一点儿开玩笑的意思。

白小蕙又愣了好几秒，问："什么意思？"

"可以拿这个跟他们换钱。"

"啊?!"白小蕙惊愕地望着范灵灵。

"是有点儿冒险，但如果你想要，我可以帮你。"范灵灵定定地望着白小蕙。打碎穿衣镜那次，是范灵灵挨了父亲一顿打替白小蕙扛了错。这让白小蕙至今难忘。

"灵灵，你别吓我……"

"蕙儿姐，这是个机会，你可以拿到一大笔钱，这样你就能把亮亮的病治好。放心，有我呢，我会帮你搞定的。"

"能把亮亮的病治好"，这句话一下打到了白小蕙的"七寸"上。

中"大奖"的机会不是人人都有，白小蕙想了一夜，终于做出了决定。

把手机里的视频导入电脑，又从电脑分别复制到三个U盘里，电脑里不留备份。操作完毕，范灵灵拿起其中一个，对白小蕙说："这个U盘用来跟他们交易。另外两个，咱俩一人留一个，以防万一。"

白小蕙胆战心惊地接过U盘，心中默默祈祷"万一"不要来。范灵灵把用来交易的U盘也给了白小蕙。

"灵灵……我害怕。"

"别怕，接下来的事儿我来搞定，你只需要做一件事儿。"

"什么事儿？"

"等。"

"等？"

"对，现在就找他们，你有可能会被怀疑。"

白小蕙点了点头。

"先观察一段时间，如果一切照旧，没人找你麻烦，咱们再做。"

白小蕙还有很多疑问，就像签知情同意书的病人家属一样，想要从主刀医生充满不确定性和各种可能风险的描述中获取最大的信息量和安全感。而范灵灵看起来既胸有成竹又讳莫如深，这令白小蕙一时没了主张。

范灵灵的确胸有成竹。在她看来，这个计划虽危险却简单，她要做的就是注意细节，规避风险。

晚上的KTV正是上人的时候，前台几个服务生忙着接待一拨拨的客人。

范灵灵从包间出来，像喝醉了一样歪歪扭扭地朝前台走来。服务生们并未在意，毕竟喝多了是这些小姐的工作常态。

范灵灵走进前台，拖过一张矮凳，坐到柜台下，这样，巡场的经理就不会发现她躲在这里偷懒，她也可以暂时躲开那些烦人的客人，这是她们惯常的做法。她点燃一根烟，疲沓地吐出一股烟柱。

"灵灵姐，又喝多了？"范灵灵旁边的服务生问，他正在电脑上打单子。

"嘘，别喊我名字，当心被罗姐听见。我在你这儿躲一会儿，客人太能喝了，我得缓缓。"

"还有你喝不倒的？"服务生笑了笑。

范灵灵偷偷看了一眼柜台边的失物招领盒。有人来订房，服务生赶紧出去接待。范灵灵趁这个机会迅速从失物招领盒里的一堆车钥匙、钱包、卡和身份证中抽走一张身份证，藏进烟盒。

第二天，这张身份证出现在地下商场一家小手机店的柜台上。

店主是个戴圆眼镜的中年男人，矮小圆润，皮肤黝黑，像个大号中药丸子。他看看身份证上的男人照片，又看看范灵灵。

"美女，这不是你的身份证吧？"

"不然呢？整容能整成我这样吗？"范灵灵轻松地笑，手指在柜台上的宣传页上敲打着。宣传页上写着"0月租，话费每分钟0.13元，全国无漫游"。

中药丸子根本没打算轰走范灵灵，这一天也够无聊的，难得有美女送上门，做不做生意无所谓，能让她多待一会儿就行。他克制着色心笑了笑。

"美女，你也知道，不是本人的话，我不能卖给你。"

范灵灵戴着墨镜，所以中药丸子看不清她的眼神。

"至于吗，老板？不就是一张手机卡吗？"范灵灵依旧带着轻松的笑意。

"至于倒是不至于，可万一出了问题查起来，倒霉的是我，到时候我上哪儿找你去？"中药丸子拿出手机，想要加范灵灵的微信。

"不会有问题，这是我老公的身份证，我帮他办的。"范灵灵拉了拉墨镜，露出眼睛的上半部，好让中药丸子看到她装可爱的眼神。

"不行啊，美女，必须用本人的身份证。"中药丸子欲擒故纵，把自己的手机放在柜台上，手指轻轻敲着屏幕。

这时候范灵灵把柜台上的宣传页推到中药丸子抵在柜台边的大肚腩前。

"我老公病了，求你帮帮忙吧，哥。"范灵灵换了一种软糯的语气，中药丸子听得麻酥酥的。他用粗壮的手指揭起宣传页看了看，里面躺着200元。

"那加个微信好友吧，以后有问题好找你。"粗壮的手指抓着手机递到范灵灵眼前。

最终，范灵灵以多加 200 元和加微信好友的代价，买到了用他人身份证办理的手机卡。

就在范灵灵有条不紊地按照计划做准备的同时，白小蕙也暗自做着准备，她要给自己准备一条后路，以备不时之需。她在下班后四处寻找出租房。如果计划失败，她就要把自己和家人藏起来。本着跟前夫吕建民学的"灯下黑"原则，她最终选定了耿大爷的空中楼阁。在实地看房后，她向耿大爷预付了定金。鸽子笼也是她选择这里的一个重要因素，她当时就拟订了一个大胆的方案——把钱藏在鸽子笼里面。

她并没有把自己这条后路告诉范灵灵，因为这条后路关系到她儿子的生死。当初她答应这个计划也是为了儿子，她必须确保计划万无一失。

几天后，她带着范灵灵来到了省城新开的购物中心的买手店。那里有范灵灵喜欢的那双黑色马丁靴，白小蕙提早做了功课。

"哎！怎么样？"范灵灵注视着镜子里穿着黑色马丁靴的自己，爱不释"脚"。

"好看，你穿上特别好看！"

"是吧，太好看了！比我在网上看的还要好看！"

"我送你吧。"

"好啊，等你哪天成了富婆，必须送我这双！"

"我现在就送你。"

范灵灵开心地笑道："好嘞，小富婆！"

"小姐！"白小蕙朝导购小姐招手，范灵灵才意识到白小蕙是来真的。

"哎！你干吗……"她狠狠拉了白小蕙一把。

白小蕙不理，导购小姐已经走到了面前。

"我们要这双了。"白小蕙指了指范灵灵脚下。

"好的。"导购小姐忙不迭地跑去开单，范灵灵眼睛瞪得老大。

"你疯了吧？"范灵灵知道，这相当于白小蕙几个月的工资。

"我知道你一直在网上看这双鞋，就当我提前送你生日礼物了。"

范灵灵尖叫着兴奋地扑到了白小蕙身上。

白小蕙用自己积攒了多年的微薄工资，买下了这双上万元的奢侈的马丁靴，送给了范灵灵。这是谢礼，也是投资，虽然她不确定这次投资会不会产生具体回报。

因为一次性消费超过了 5000 元，店家为白小蕙办理了会员卡，并登记了白小蕙的姓名、手机号、邮寄地址等个人信息。

这个看似无关紧要的会员信息，成了日后警方查到她的突破口。

买鞋的当晚，白小蕙和范灵灵都很开心，她们在 KTV 包房里喝得一脸通红，仿佛回到了小时候。唱着唱着，白小蕙的笑容变成了伤心的眼泪。

范灵灵像个大姐姐一样搂着白小蕙说："小蕙，等拿到钱，咱们就离开这儿，带亮亮去治病。一定会治好的！你放心，不管怎样，我都陪着你。"

白小蕙感激地看着范灵灵，点了点头。

一个月后，到了计划实施的时间。

范灵灵把从中药丸子那儿买的新手机卡插入手机，用那张从失物招领盒里偷来的身份证注册，激活了手机卡。

"可以跟他们联系了。"范灵灵把手机推到白小蕙面前。

"你确定？"

"已经过了一个多月，现在可以了。"

"好吧……直接打电话吗？"

"千万别打电话！"范灵灵机警地说，"不能让他们听到我们的声音。发短信，那样更安全。"

"好，听你的。"

范灵灵写好一条短信，白小蕙看了看，暗暗吃惊。

"灵灵，钱要得太多了吧？……"

"不多，对他们来说，已经很划算了。"

"好吧。灵灵，等拿到钱，我给你 20 万。"

范灵灵愣了一下，说："那我发了。"

白小蕙又忽然伸手按住范灵灵的手和手机问："灵灵，我们真的要这做吗？"

范灵灵镇定地点了点头。白小蕙看着范灵灵，慢慢松开手。

范灵灵将短信发出，两个人紧张地看着那部手机。

这条短信，从发出那一刻起，就启动了某种倒计时。

出租车缓缓停到路边，范灵灵从车上下来，看到白小蕙坐在车上没动。

"下来呀，干吗呢？"

白小蕙眼中充满胆怯，范灵灵硬将她拉下车，说："你怕什么？！"

白小蕙紧张地四下看了看，说："灵灵，要不还是算了吧……"

"你怎么回事儿？之前不都说好了吗？"

"我还是害怕！"

"都走到这一步了，怕也没用！……蕙儿姐，你想想亮亮，你这么做不都是为了他吗？"

白小蕙点了点头。

"把U盘给我吧。"

白小蕙悄悄拿出U盘递给范灵灵，范灵灵把U盘揣进裤兜，把挎包递给白小蕙。

"你在这儿等着，别怕，我去了。"

范灵灵拿着那部装着新手机卡的手机，朝利民巷口走去。

"灵灵！"白小蕙喊了一声。

范灵灵回头望着她，说："等我回来。"

两个人就这么对望着。范灵灵笑了笑，转身走进巷口，再也没能回来。

白小蕙擦干眼泪，望向车窗外的夕阳。过了隧道就能看到村口的路灯了，白小蕙用围巾把脸遮起来。她乘坐的黑车开进村口的大广场，沿着石廊往村里开。这石廊曾是她和范灵灵玩耍的场所，如今已物是人非。白小蕙不敢多看。

范灵灵的家在山坡下地势平缓的地方，白小蕙踏上石台阶走进院门，看到范灵灵的母亲段玉芬正在二楼晒台上收衣服。

"婶儿。"

"呀，小蕙来了，啥时候回来的？"

"刚到。"

"回来待几天啊？"

"不待，我马上接我妈和亮亮走，带亮亮去治病。"

段玉芬从二楼下来，问："带亮亮去省城吗？"

"嗯。"

"好啊，早点儿治好，你和你妈就放心了。你看你，又瘦了。"

段玉芬像看自己女儿一样打量白小蕙，白小蕙小心地回避着段玉芬的眼神。

"灵灵咋没跟你一块儿回来？这几天连个电话都没有。"

"这几天不是五一大假嘛，她太忙了。叔呢？"

"嗐，别提他了！昨晚上跟人打了大半宿的牌，还睡呢。"

"那我就跟你说吧，婶儿。"白小蕙把段玉芬引进屋。

"啥事儿？说吧。"

段玉芬笑眯眯地望着她，只见白小蕙从大挎包里拿出黑塑料袋放到茶几上打开，里面是20万现金，段玉芬顿时惊呆了。

"小蕙，哪儿来这么多钱？"

"婶儿，这是灵灵做生意挣的，让我带回来给你们。"

"做啥生意啊？咋这么多？！"段玉芬不敢相信。

"好像她的一个朋友赌石头赌到玉了，挣了一大笔钱。因为她出了一部分本钱，所以人家分了她一份，这20万就是她送给你们的。"

"哎呀，这么多啊！灵灵总算是走了回大运，呵呵……"

段玉芬笑得合不拢嘴，白小蕙心如刀割。

"婶儿，灵灵让我帮她拿件大衣回去。"

"去拿吧，知道放哪儿吧？"

"知道。"

白小蕙熟门熟路地爬上阁楼楼梯，来到了范灵灵的小屋，关门那一刻差点儿哭出来。她迅速来到桌前翻找抽屉，没找到。又看到床头上锁的柜子，于是从包里掏出一串钥匙，试了几把，打开了柜子，找出一只绒布袋。那里面有一些金银首饰和她要找的U盘。她赶紧把U盘揣进包里，锁柜子的时候就听到段玉芬的声音。

"小蕙。"段玉芬推门进来，看到白小蕙在衣柜前找衣服。

"婶儿。"白小蕙回头望着段玉芬。

"小蕙,你带亮亮去省城,这2000块钱你拿着,给亮亮买点儿好吃的。"

"婶儿,我不能要……"

"拿着拿着,这是婶儿和你叔的心意。我们帮不上什么忙,你照顾好自己,早点儿把亮亮的病治好!"

"嗯,谢谢婶儿……"

离开范灵灵家,在往自己家走的路上,白小蕙流下了眼泪,把围巾都打湿了。

DNA

白小蕙出租屋的调查情况出炉,韩青在专案会上做了汇报。从出租屋里一共提取到两女一男共三人的生物样本,包括毛发、体液和指纹等。

"其中一名女性样本和碎尸案被害人的DNA完全吻合,可以确定是同一个人。"韩青说。

"是白小蕙吗?"方波望着投影在墙上的DNA检测报告问道。

"还不能确定。"

"男性样本呢?"

"和被害人体内的男性DNA吻合,是同一个人。"

"出租屋冰壶上的DNA也是他的?"

"对,老杨正在信息库里比对。"韩青说着看了看手机上的时间,估算杨刚什么时候能比对出结果。

"白小蕙呢?有线索吗?"方波疲惫地伸出大手在脸上揉搓。

"她在野力工作一年多了,人际不广,目前没查到明显的仇恨关系。"林嘉嘉回答,投影的内容正是他面前的电脑里的资料。

"白小蕙工作的野力健身会所,钟伟失踪前也去过。"韩青说。

在场所有人都停了一下。方波瞟了韩青一眼,他没想到韩青当众提出来了。他不想让这起突发的碎尸案和一个多月前的钟伟失踪案挂上钩,毕竟钟伟案耗费了大量人力物力后仍没有结果,如果现在又和这起碎尸案扯上关系的话,他很担心这起碎尸案也会因此变成悬案。

"抓紧落实白小蕙的行踪,找到她的直系亲属做DNA比对。"方波把话题引开。

韩青明白方波的想法，她也不想在这时候揪住这一点不放，毕竟这只是她的一种猜测，没有证据支撑，所以她并没有继续说下去。

"我和白小蕙的母亲姚汉珍通了电话，刚说几句她就挂了，再打就关机。"她接着方波的话题说。

林嘉嘉反映了白小蕙有个3岁儿子的情况，但目前只知道这个孩子似乎得了某种疾病，具体病种和病况不详。

"要马上落实，排查全市医疗单位。"方波吩咐。

"白小蕙还有个前夫叫吕建民。"韩青说。

投影上出现吕建民的照片。那是一张不到40岁的男人脸庞，眉宇间透露出一种隐含恨意的麻木。

"和白小蕙离婚以后，他一直在省城打工，"韩青翻开卷宗，"去年因为打架斗殴被关了半年，出来之后的情况不详。"

方波接过韩青递来的卷宗看了看，说："白小蕙是重中之重，她的所有关系人要尽快落实，一个都不能落！"

杨刚匆匆走进来说："方队，出租屋男性DNA比对上了。"他递给方波两张单子，一张是DNA比对结果，另一张是吸毒人员备案表。邱海龙的留档照和个人信息赫然在上。

"韩姐，是他！那个和咱们一起上楼的家伙！"林嘉嘉脱口而出。他立即拿出邱海龙的街头监控截图，进行对比。

韩青也注意到了什么，指着备案表："安阳镇罗湖村，和白小蕙一个村。"

捷达再次驶入了罗湖村充满鱼腥味的石廊。几个老渔民围在晒席上的海鲜干货前，脸上洋溢着满足于现状的笑意。韩青看着他们，想到了白小蕙和邱海龙。村子里年轻的一代人走出了这里，租住在城里拥挤的笼窟，穿着体面的衣服在五星级酒店为有钱人服务。他们貌似比围着晒席讨论渔获的上一代更有出息，脸上却失去了洋溢着满足感的笑意。

邱海龙的父母没在家，邻居说他们已经好几天没下船了。韩青和林嘉嘉于是来到渡口，乘一艘小渔船驶出海湾，在一海里外找到了邱海龙父母的渔船。

两个人顺着爬绳登了船，海浪打湿了他们的衣裤。

"你们找谁？"一个黑瘦的高个子老头望着上船的韩青和林嘉嘉。他穿着皮裤和雨靴，手里抓着一大把散绳。他是邱海龙的父亲。

韩青和林嘉嘉亮出证件。

"邱师傅吧？我们是市局刑侦支队的。邱海龙在家吗？"韩青问。

邱父本就严肃的面庞顿时绷得更紧了，很不礼貌地转身就走。远处船舱前，正望着这边的邱母看到这一幕，也赶紧埋下头继续缝补渔网。

有个吸毒的儿子，是够他喝一壶的。韩青理解邱父的反应，她走上前去。

"邱师傅，我们在调查一起很重要的案子，可能跟邱海龙……"

"我们家没这个人，去别处找！"邱父打断了韩青的话，黑着脸再次躲开韩青和林嘉嘉，钻进了驾驶室。

"大婶儿。"韩青转头朝邱母笑了笑，走了过去。

邱母胆小怕事地看了韩青一眼，继续补渔网。

韩青调出邱海龙的照片给邱母看，问："大婶儿，这是你儿子邱海龙吧？"

邱母抬头看了看韩青，看到韩青目光温和没什么恶意后，邱母点了点头。

"他现在人在哪儿？"

"他跟他爸闹翻了，两年多没回过家。"

两年多不曾相见，她有多想儿子，从她看向韩青的眼神中可以看出。

"那邱海龙有没有给你们打过电话？"

邱母摇了摇头。

"这个女人你认识吗？"韩青接着出示白小蕙的照片。

"认识。"

"她叫什么？"

"白小蕙。"

"白小蕙和邱海龙关系怎么样？他们熟吗？"

"熟，他们从小就在一块儿玩。"

果然。韩青看了看邱母，问："他们是男女朋友吗？"

邱母立刻摇头道："不是她。"

韩青听出话里有话，问："那他女朋友是谁？"

"是范灵灵。"

"大婶儿，你知道范灵灵的情况吗？她是哪儿的人？"

第四章 青梅竹马 | 073

"灵灵也是我们村的，她和海龙、小蕙从小就认识，一块儿长起来的。"

白小蕙、范灵灵、邱海龙，两女一男，租住在一块儿，全都对上了。韩青和林嘉嘉坐小船回到了罗湖村，找到了范灵灵家。

"我们是市局刑侦支队的，请问你是范灵灵的母亲吗？"

韩青和林嘉嘉向开门的范母段玉芬亮出了证件。

"是。"段玉芬有些害怕，对她来说警察找上门可是头一遭。

"谁啊？"范父也来到门前，看到二人亮出的证件，也是一惊。

"范灵灵在吗？"韩青问。

"没在啊，她在城里，没回来。"段玉芬说。

"灵灵怎么了？她的电话这两天一直没人接。"范父有种不祥的预感。

"我们怀疑范灵灵和一起案件有关。"韩青说。

范父愕然地望着韩青。

"灵灵出什么事儿了？她前天还让小蕙来给我们送过钱！"段玉芬紧张起来。

她的话立刻引起韩青和林嘉嘉的注意，韩青向段玉芬出示白小蕙的照片："你说的白小蕙，是她吗？"

"对啊，是她。"

"她给你们送了多少钱？"

"20万。"

韩青和林嘉嘉暗暗吃惊。段玉芬把白小蕙来送钱的经过跟二人说了一遍，范父在旁边惴惴不安地听着。

"除了送钱，白小蕙还有别的事儿吗？"韩青接着问。

"她还进了灵灵的屋子，说是给灵灵拿衣服。"

"什么衣服？"韩青嗅到了什么线索。

"她说是要拿件大衣，可她走的时候没拿。"段玉芬说。

"为什么？"

"我也不知道。"

"她走之后，你检查过范灵灵的房间吗？有没有发现少了什么东西？"

"我没检查过。"

韩青和林嘉嘉随后在段玉芬的带领下检查了范灵灵的房间，锁着的抽屉也打开检查了，没有发现可疑情况。

"白小蕙和范灵灵有没有闹过矛盾？"韩青问。

"从来没有，她俩好得跟亲姐妹一样。"段玉芬肯定地说。

韩青环顾着整间屋子，想象着范灵灵在屋里的行为，她会和屋里的物品怎样接触，包括怎么躺、怎么坐，她在尝试着构建范灵灵的形象——这是根据受害者心理学，把自己置于受害者的角度。

"范灵灵最后一次给你打电话是什么时候？"林嘉嘉问道。

"五六天前吧。"

"说什么了？"

"就是问问家里的情况，还说五一放假她太忙，不回来了。"

林嘉嘉顿了一下，问："她经常这样吗？放假太忙，所以不回来？"

"经常这样，越是过节越忙。"

"她情绪反常吗？"

"不反常啊，挺高兴的。"

"邱海龙和范灵灵谈了多久恋爱？"韩青这时候收回思绪，问道。

段玉芬还没说话，站在门外的范父却抢先说："灵灵没跟他谈恋爱，是他老缠着灵灵！"

"你们知道白小蕙一家去哪儿了吗？"

"不知道。"段玉芬说，旁边的范父也跟着摇头。

"白小蕙的孩子得的是什么病，你们知道吗？"

"知道，尿毒症。"段玉芬说。

尿毒症……和菲菲得的是同一种病，韩青再熟悉不过。

案子似乎有了些眉目。

邱海龙今天的运气可不太好。他从白小蕙那儿拿了 5 万元后，就狠狠吸食了顿高品质的 K 粉和冰毒，今天起来发现存货告急，于是外出"觅食"。老毒虫们都知道，即使你再有钱也不能一次买大量的毒品，因为那样极不安全。对毒虫们来说，毒品可比命值钱。如果一个毒虫的家里藏有大量毒品，别说被警察发现会怎样，就是被其他毒虫知道也不行，很可能会赔上自己的性命。邱海龙一直是用多少买多少，绝不在这件事儿上充大头。他跑了大半个城，那些卖主全都没露面，好不容易才从相熟的毒虫手里买了些劣质麻古，悻悻而归。

他并不知道，碎尸案发生后，全城的警力在不间断运转。那些街头毒贩要么被抓，要么躲起来不敢露面，一时间，东州的毒品零售业进入了静默期。

赶紧回家用劣质麻古对付一下吧，最近他经常打冷战，他知道那是"溜冰"太多造成的。刚拐弯，就看见白小蕙从租住屋的楼门里走出来。邱海龙下意识地往旁边闪躲，却被白小蕙看见。白小蕙走过来，同样惊慌失措。

"你来干吗？"邱海龙一边问一边朝楼门那边望，生怕看到警察。

"你怎么还在这儿？不是说要去外地吗？"白小蕙盯着他。她知道邱海龙准是被毒品绊住了。

邱海龙瞥了白小蕙一眼，靠到墙上，掏出烟抽了起来。

"你慌什么？警察找过你了？"

"没有。"

邱海龙冷笑了一下，说："少骗我！我都看到了。"

"你看到什么了？"白小蕙很意外。

"房东带人去你租的老房子了！"

白小蕙吃了一惊，问："带什么人？"

"废话，能让房东开门的除了警察还能是什么人！"

白小蕙心里一沉，转身就走。

"你别走！咱们怎么办？"邱海龙上前拉白小蕙。

白小蕙停住脚步，冷冷地瞪了邱海龙一眼。

"这事儿和你没关系了。"白小蕙说完就走。邱海龙跑到她面前堵住她。

"怎么跟我没关系？谁去帮你拿的钱？警察要是找我，我该怎么办？！"

"所以才让你走啊！"白小蕙着急到差点儿嚷嚷出来，赶忙压低声音郑重地说，"我告诉你，你最好马上离开这儿，越快越好！否则出了事儿，你可别赖我。"

"她是不是出事儿了？"邱海龙突然问道。

"我不知道。"白小蕙差点儿没绷住。

邱海龙一把揪住了白小蕙的衣领，将她抵在墙上。白小蕙没想到长期吸毒的邱海龙能使出这么大劲儿，有些吓着了。

"白小蕙，我告诉你，她要是出了什么事儿，我饶不了你！"

白小蕙喘息着，恐惧渐渐被另一种力量所取代，她狠狠瞪着邱海龙，用力推开了他，匆匆离去。

重案大队的过道里很安静，长椅上坐着范灵灵的父母，韩青在稍远处站着。

这种等待很压抑。韩青看了看范灵灵的父母。他们默然等待着，就像从前一样：在医院等待范灵灵降生，在小学门口等待范灵灵放学，在村口大广场等待范灵灵进城打工后第一次回家过除夕，在派出所监房外等待涉黄的范灵灵被拘后释放……如今又在刑侦支队等待他们的 DNA 跟那具拼凑起来的残破尸体的 DNA 的匹配结果。

门开了，他们朝那边看去。林嘉嘉走出来，看了他们一眼，朝韩青走去。

他们继续看着，看到林嘉嘉对韩青说了句什么，看到韩青的眼神黯淡了一下，看到韩青朝他们走来。他们立刻明白了，以后他们再也不用等待范灵灵了。

投影上播放着市中心医院各处的监控画面，清晰地还原了白小蕙一家来医院做透析的全过程。专案组成员们望着这个身为人母的年轻女人，猜测着她的犯罪动机，她与凶手的关系，以及她是否会是下一个受害者。

"透析科的病历上留的是孩子外婆姚汉珍的身份信息，地址留的是罗湖村老家。"林嘉嘉说。

"咱们市能做透析的只有市中心医院一家，我师父赵文斌的女儿赵晓菲和我师娘祁红那天也在那里做透析，她们证实见过白小蕙一家。"韩青说。

她把白小蕙的照片递给赵文斌一家看时，菲菲一下就认出了白小蕙。

"是她，是那天那个人。"

"师娘，你看呢？"

"有点儿像。"祁红不太肯定。

"没错，就是她。"菲菲肯定地说。

"姚汉珍已经预约了下一次透析，就在后天上午。"韩青接着说。

"轨迹查了吗？"方波问。

"查了。"韩青看向投影，"白小蕙一家离开医院后去了东光小区后门一个大型农贸市场，之后就抓不到画面了。"

投影上出现另一组监控画面，可以看到白小蕙一家在光华路附近下车后，步行穿过东光小区，进入小区后门的一个大型农贸市场。

这个农贸市场只前后两个大门有监控，小出口却有好几处。白小蕙一家正是从其中一个小出口离开农贸市场的，没有被警方发现行迹。这是白小蕙颇具反侦查意识的体现，也是拜吕建民所赐。几年前，他偷东西后，经常从这里避开监控探头。有一次他带白小蕙来这里买菜时，忍不住跟白小蕙显摆过。

老警员老宋虽然实地调查过这几处出口通往的路线，但因这里的环境过于复杂，没能采取进一步行动。这里挨着好几个待拆迁的老小区，人口密度大，监控少，要落实白小蕙一家的行踪会比较费时。

方波了解情况后说："不用查了，后天直接去医院堵她！还有那个邱海龙，要抓紧落实他的行踪！"

一个是范灵灵的闺密，一个是范灵灵青梅竹马的恋人，不论他们是凶手还是潜在的受害者，都必须尽快找到他们，韩青想。

殉情

商场移动唱吧的屏幕上，歌手眯着眼歪着脑袋吟唱着……

韩青盯着屏幕，头脑难得地放空。

身后涌入一阵风，有人开了门，韩青摘下耳机。

"姐。"戴着墨镜的米小虎斜靠着唱吧的玻璃内墙，吊儿郎当地盯着韩青。从外面看，他就像是个闯进来搭讪的小混混。韩青白了他一眼，配合着他的表演。

自从3年前做了韩青的线人，米小虎的行为变得越发谨慎，每次和韩青见面都约在公共场合，都以一种小流氓的样子调戏韩青，以免被熟人看到说不清。做线人，不比当真混混来得轻松，不仅见不得光，还不落好。韩青一直想给米小虎找个稳定工作，不让他在危险的灰色地带游走太久，也好让他的父母放心，但实际上她心里也很矛盾。米小虎之前打过很多份工，只有干这件事儿最成功。他也乐在其中，颇有成就感。但他父母都是老实本分的工人，受不了他天天在街头鬼混，因此家庭关系一直很紧张。每次韩青还不能露面，生怕米小虎的身份泄漏会有人找他麻烦，所以只能事后悄悄帮他把钱补给家里，还不能让他父母知道钱是谁给的。但他父母却认为这是脏钱，打死也不肯要。因此，韩青每次找米小虎帮忙都很纠结，每次都在心里说这是最后一次让他干活。

"帮我找个人。"韩青用微信给米小虎发了邱海龙的照片。

"名字知道吗？"米小虎没拿出手机查看，依旧调戏似的笑望着韩青。

"邱海龙，抽白面儿的。越快越好。"

"OK!"米小虎拍了拍韩青的肩，像是搭讪失败，灰溜溜出去了。

韩青看着他走远，心想等这个案子忙完，一定给他找个稳定工作。

下午6点，便利店门前人来人往，一个送餐小哥坐在电瓶车上刷手机等订单。不远处，一个男子打着电话朝便利店走来，神情轻松。

当他经过送餐小哥身旁时，低头刷手机的送餐小哥突然将他放倒，梁子几个人冒出来，一起将他制伏，戴上手铐。

"叫什么名字？"梁子笑问道。1.85米的大高个儿配上邪性的微笑，黝黑的大脸上戴着金丝边眼镜，脖子上还戴着一条大金链子，梁子看上去更像是应该被抓的人。

"武万奇。"男子答道。

"老七是吧？"

男子不置可否。

"知道为什么抓你吗？"

"不知道。"

"不知道？老七，盯你不是一天两天了。好好说，为什么抓你？"

"卖点儿东西。"

"卖什么？"梁子的语气不是越来越强硬，而是越来越柔和，反倒更具杀伤力。

"粉。"

"什么粉？"

"K粉。"

"还有？"

"摇头丸。"

"见过这人吗？"梁子话锋一转，把邱海龙的照片递到男子眼前。

"有点儿印象……见过。"

"他叫什么？"

"不知道，朋友介绍的，我就见过那么一回。"

"他在哪儿？住什么地方？"

"我真不知道。"

"哪个朋友介绍的？"

这样的情景，在东州各处不断上演。一时间，抽白面儿的邱海龙成了圈里圈外最"靓"的仔，到处有人在打听他。

一段邱海龙的视频出现在黑框眼镜老男人的手机里。此刻的他正坐在王学华清理过的那辆银灰色小面里，像一颗上了膛的子弹，随时准备击中目标。

这是邱海龙5年前自拍的视频，也是一份"投名状"，能让他从陌生卖家手里买到毒品。通常，毒贩为了确认陌生买家的身份，会要求对方提供吸毒的视频，来证明自己不是卧底。

看着这个病入膏肓的瘾君子，黑框眼镜老男人笑了，确信"狩猎"易如反掌。

邱海龙完全不知道外面发生了什么，更不知道满世界的人都在找他。其实他的行踪并不诡异，他的租住地之所以不为人所知，是因为他吸毒的缘故。对他这样的老毒虫来说，毒品的安全是头等大事。他们往往独来独往，不会告诉任何人自己住在哪儿，否则就等于把自己藏匿毒品的地点告诉了对方。所以除了范灵灵和白小蕙，邱海龙的这个租住地没人知道。白小蕙也是因为有一次范灵灵发高烧联系不上邱海龙就托她来这里找，才意外得知的。

邱海龙此时已弹尽粮绝。在联系到卖家之前，他绝不会冒着晕死在街头的风险走出家门。他仰躺在破沙发上，间歇性地抽搐着，额头冒着冷汗。他猛地坐起来，在乱七八糟的茶几上翻找那些装过白色粉末的空袋子，小心地往勺子里倒可能粘在袋子底部的白色粉渣，可什么也没有，他抓狂地大吼。

在过去的两个小时里，他给卖家发了6条微信，打了3次电话，对方微信没回，手机关机。就在几分钟前，他发了一个"在吗"，对方没回。现在他又连续发了3遍"在吗"，把手机扔到破沙发上，痛苦地扭曲着身体。

"等拿到钱，我们就离开这儿，重新开始。你把毒戒了，答应我。"

这个声音在脑际飘忽不定地盘旋。曾经有那么一瞬间，邱海龙因为这句话想过戒毒，他想到了一个明媚的早晨，他和她在渔村里醒来，平静地吃着早饭。但现在他确信自己这辈子戒不掉了，而且这辈子将很快结束在毒品里。

手机铃声突然响了，邱海龙弹射般坐起来。卖家给他发了一个直播链接。邱海龙有点儿蒙。他只记得卖家给他发过暗语照片，里面的街道和时钟代表交易地点和时间。可这个链接是一个他根本不认识的整容脸女主播，坐在一个根本不知道是哪儿的房间里，既没有挂钟、手表等能代表时间的东西，也没有代表地点的图片，只有一堆骗老头老太太的三无产品。

"东州？我不是东州的。东州在哪儿？"邱海龙听到女主播这样说，顿时一惊。

他的目光立刻落到了滚动的留言上。里面有个叫三太子的人在问女主播是不是东州的。这条留言很快被后面的信息覆盖了。邱海龙紧紧盯着，每滚动出一条新信息，他都仔细查看。

终于，三太子再次发问："滚石迪厅知道吗？"

"亲，我都不知道东州，哪里知道什么滚石迪厅啊？"女主播假笑着回应。

"那儿挺好玩的，晚上8点还有抽奖，来吧。"

"好了啦，有机会去找你啦，记得双击加关注哟！"女主播双手比心。

三太子没再留言。

"太棒了！"邱海龙在心里喊。

19:52，邱海龙从出租车上下来，站在街边，虽然心里如猫抓般难受，但他必须等待，严格遵守毒品交易的时间。

19:56，他望着街对面的滚石迪厅，走了过去。

震耳欲聋的电子合成乐中，昏暗舞池里，疯狂扭动的躯体……

19:59，邱海龙的身体开始蠢蠢欲动。他晃动着极不协调的僵硬躯体，在一浪浪疯狂扭动的躯体的碰撞下，慢慢向舞池深处一个正和身旁女孩狂舞的戴着嘻哈帽的人靠近……

音乐戛然而止，传来DJ的喊声。

"哟哟哟哟哟！我们的大奖即将揭晓，朋友们，你们准备好了吗？"

舞池中爆发出一片整齐的回应，邱海龙慢慢挤到戴嘻哈帽的人身后。

"举起你们的双手跟我一起倒数：10！9！"

"8！7！"舞池中的人群高举双手，整齐地喝喊。

"6！5！"邱海龙突然发出喊声。

他从裤兜里摸出一卷百元钞票，碰了碰戴嘻哈帽的人的后腰。

"4！3！"戴嘻哈帽的人喊道。

他头也没回，伸手接过邱海龙手上的百元钞票，塞进裤兜。

"2！1！"

戴嘻哈帽的人将一袋白色粉末塞到邱海龙手中。

"0！恭喜 3327 获得我们今晚的大奖！哟哟哟！朋友们嗨起来！"

人群发出应和的喊声，音乐骤起，邱海龙晃动着僵硬的身躯离开了舞池……

"来点儿牛肉啊，姐，炒着吃还是炖着吃啊？"一脸胡楂儿的牛肉摊主热情地望着韩青和林嘉嘉。

韩青把证件亮了一下，牛肉摊主有些意外，立即收起了笑意。双方默契地沉默了片刻。

"认识他吗？"

牛肉摊主看了看林嘉嘉递过来的邱海龙的照片，点了点头。

"警官，我早戒了。"牛肉摊主的脸充满血色，没有复吸的迹象。

"知道他现在住哪儿吗？"

"不知道。我们从来不问这个，这是规矩。"

"总有人会破坏规矩吧？"韩青笑笑。

"我不会。"牛肉摊主沉静地望着韩青。

破坏规矩的人的确存在，只是不会轻易被韩青他们这些警察找到。即便找到，也未必能套出话来。在这种时候，米小虎这样的角色就有了存在的价值。西北郊一片废弃的楼盘荒草丛生，还未完工即告终止的毛坯楼层白天空无一人，每到夜里就成了毒虫聚集地。米小虎在一楼踅摸了一圈儿，从没有扶手的楼梯来到二楼。问过几个毒虫后，一无所获。他的行动一直被黑暗中的一双眼睛紧紧盯着，直到他准备上三楼的时候，一个黑影才突然闪出来，在拐角处截住了他。

米小虎看着来人，手悄悄伸到后腰，摸到甩棍。

"朋友，我没货。"米小虎说。

那人盯着米小虎没说话，笑了笑，问："警官，找人啊？"

"你从哪儿看出我是那个？"米小虎不屑地笑了笑。

那人死死盯着米小虎，仿佛想从他的脸上看出点儿什么来。

"还有事儿吗？没事儿就走吧，我不是卖货的。"米小虎不想跟那人纠缠。

"我认识你要找的人。"那人说。

米小虎愣了一下，问："你认识谁？"

"邱海龙。"那人眼里闪着狡黠的光。

"你知道他住哪儿吗？"

"我要你身上的货。"那人笑了笑。

米小虎暗暗吃惊，这小子怎么会知道自己身上带了什么，难不成吸毒让他的嗅觉变得灵敏了？

"那你知道他住哪儿吗？"米小虎问。

"知道。"

"我凭什么相信你？"

"前两天我跟过他，本来想去他家偷点儿，结果他全抽了。我估摸着他还有存货，所以又找了几个小时，结果他家里什么也没有，白跑一趟。"那人脸上现出又遗憾又气愤的表情。

"把地址告诉我，这个就归你。"

米小虎拿出一只小塑料袋，里面装着蓝、红、黄三颗胶囊，这花了他1000元。那人看到胶囊后，眼睛里涌现出春天般复苏的神采。

5分钟后，韩青接到了米小虎的电话："三爻村2-165。"

"知道了。"韩青挂断电话，和林嘉嘉朝停在菜市场路边的捷达跑去。

又过了1分钟，黑框眼镜老男人收到了望天发来的微信："三爻村2-165。"银灰色小面一声轰鸣，离开了安静的小街。

掉落在桌子上的粉末被手指拢成一条细线。邱海龙的鼻子一扫而过，吸光了所有粉末。

他仰靠在破沙发上，目光呆滞地望着天花板，浑身颤抖着。他的脑子里快速闪动着范灵灵在逆光中的笑容，笑声仿佛也传进耳朵，越来越近……邱海龙抽搐的脸上有了笑意。

他想起那次范灵灵一把夺过他手里的冰壶，砸碎在地上。他发疯般冲范灵灵叫嚷，趴在地上捡那些白色颗粒，一回头看到范灵灵用冰壶碎片割破了手腕，鲜血不住地往外涌……

邱海龙摇头笑着，仿佛在笑范灵灵太傻。她的电话还是打不通，也许再也打不通了。如果她死了，那邱海龙也不打算继续活着了。

门嘭的一声被踹开，梁子持枪冲入，身后跟着韩青、林嘉嘉等一众警员。他们看到邱海龙躺在沙发上，双眼似睁非睁，身体间歇性地抽搐着。

"赶紧，120！"梁子喊道。

"邱海龙！"韩青上前拍邱海龙的脸，她意识到邱海龙的意识正在涣散。

只见邱海龙抽搐着望向了什么地方，韩青顺着他的目光看到茶几下有一个倒着的相框。韩青赶紧捡过相框，递到邱海龙面前。

"你是要这个吗？"

邱海龙看着相框中的照片，眼神变得柔和起来。

那照片是5年前的情人节那天他给范灵灵拍的，当时范灵灵问了他一个问题："如果有一天我不见了，你会找我吗？"

"会啊，我肯定能找到你。"

"那要是你找不到呢？"

"那我就一直找。"

"你一直找也找不到呢？"

"不可能，除非你死了。"

"那我死了呢？"

"那我也去死……才怪，我没那么傻！"

邱海龙笑了笑，他知道这件事儿已经发生了，他做好了准备。

"邱海龙？"韩青盯着邱海龙的眼睛，她能感觉到那里面的光熄灭了。

第五章　母爱

群架

　　夜幕初垂，人防地下商业街里的人群在一阵骚乱中四散而逃，两伙人叫嚷着相互追砍，吓得路人纷纷躲避。

　　老混混砍人下刀有数，砍出来的多为皮外伤，不及筋骨；小混混刀刀奔着要害来，不计后果。今天张勇这帮老混混就遇到了一群小混混。他挨了第一刀就知道事情不妙，砍他的愣头青比他当年还猛，胎毛还没脱干净，砍人却面无表情，手上的动作又快又狠。张勇预感自己要栽在这小混混手里。

　　"大哥！"一个声音从后面传来。

　　张勇来不及回头，只听见身后一直追赶他的小混混的脚步声戛然而止，随即传来重重跌倒的声音。他回头，只见小混混被一个肩膀往外淌血的人砍翻在地。小混混伸胳膊去挡刀，连续挨了几刀后愣是没吭一声。

　　"建民，小心！"张勇对那人大喊。

　　吕建民——白小蕙的老公，张勇的小弟。

　　这一仗，张勇一伙大败，有三个被砍成重伤送进了ICU。吕建民身中两刀，被赶来收场的警察抓走。另外七八个老混混也不同程度受伤，都被警察带回了派出所。张勇被砍了两刀，其中大腿根儿那刀险些要了他的小命，幸亏吕建民替他挨了后面两刀。最后，他在小弟郭猛的搀扶下逃离了现场，在医院躺了两个月。

　　吕建民被判了半年，在狱中的时候，白小蕙来看过他一次，两个人平静地在离婚协议上签了字。半年之后，吕建民拎着行李卷出狱，刚走出大门下方的小铁门，就看到张勇的车停在外面。张勇从车窗里露出一颗脑袋，望着吕建民笑，他胖了不少。

"建民。"

"大哥。"

张勇打开一瓶五粮液给吕建民漱了口。"你媳妇呢?"张勇四下张望。

"离了。"

张勇点头道:"行了,上我那儿吧。"

吕建民上车的时候想要回头看看住了半年的监狱,被张勇拦住。

"别回头,不吉利。"

吕建民并不知道,这时,亮亮刚被查出尿毒症。

疑点

邱海龙躺在解剖台上,处于尸僵高峰期的脸异常坚硬,角膜高度混浊。

韩青、林嘉嘉和方波站在解剖台旁边,听法医谢敏分析:"死者左小臂内侧有一处新近的注射针眼,周围伴有斑片状暗红色皮下出血。"谢敏翻转邱海龙僵硬的胳膊,让韩青他们查看针眼。

"皮下组织中检出海洛因、吗啡、咖啡因、可待因等成分。"谢敏顿了一下,韩青知道这是谢敏的习惯,她经常在逻辑反转的时候做出这种停顿,"但并没有检测到乳糖、滑石粉、可可粉那些常见的东西。"

韩青和方波听后都有些意外。林嘉嘉对毒品了解不多,没太听懂,小声地问韩青:"韩姐,没检测到那些东西说明什么呀?"

"说明邱海龙注射的毒品没掺假,是高纯度的。"韩青答道。

"啊?毒品也会掺假?"

"市面上的毒品都掺假,一份毒掺九份假,要不怎么叫一本万利?"方波说。

"邱海龙注射的是高纯度毒品?"韩青有些疑惑。

"对,很罕见。"谢敏说。

"像邱海龙这样的老毒虫,应该知道注射高纯度的会死人。"韩青说。

"是啊,除非他脑子不正常,否则绝不会这么干。再说他也不太可能买到高纯度的毒品,因为毒贩都知道高纯度毒品会吃死人,毒死了吸毒者等于断了他们日后的财路,谁会这么傻?"方波解释道。

林嘉嘉"哦"了一声,明白过来。

谢敏接着说:"心血、尿液中也检出相同成分,提示死者有毒品中毒迹象。"

"毒品中毒,这是死亡原因吗?"韩青问。

谢敏又是标志性地停顿,然后摇头说:"不完全是。"

韩青和方波又是一愣。谢敏指向了邱海龙的眼睛。

"死者的双侧睑结膜均有微量点状出血,口唇青紫,指甲青紫,窒息征象明显。口腔、鼻腔未见损伤,颈部皮肤未见损伤、淤血。"

"那就是说,可以排除机械性窒息?"韩青问。

"对,唯一的可能就是猝死。"

"所以是吸毒导致猝死,然后窒息,最终死亡?"

谢敏点头后又是一阵停顿,韩青知道她下面的话又要反转了。

"一开始我也这么认为,可开颅后发现不是。死者内耳挤压引起颞骨岩部出血,说明不是单纯的吸毒导致的猝死,还有捂盖或溺水导致的窒息。"

韩青、方波、林嘉嘉大惊。

"溺死已经排除了,所以死者是被人捂死的。"

这个结论着实令人意外。

韩青:"可是我们到的时候,邱海龙还活着。"

谢敏:"是的,凶手离开时,邱海龙出现了假死现象。在药物过量的情况下,尤其当心脏和呼吸功能受到严重抑制时,他的生命体征非常微弱,看起来就像死了一样。而你们赶到时,邱海龙在药物代谢的作用下恢复了一定的生命体征,所以你们才见到了他最后一面。"

方波凑近邱海龙的尸体,掰开他的口腔仔细看了看,有些疑惑:"牙龈没有出血呀,被捂死的话不是应该出血吗?"

"用手捂压口鼻会造成口腔黏膜的损伤,但凶手如果用了软物垫在手和口鼻中间,就不会造成这种情况。"谢敏解释道。

"软物?"方波回想着案发现场。

"沙发上的靠枕。"韩青回忆着说。

她的脑海里开始想象昨晚的情景:一管高纯度毒品的液体被一股脑推入邱海龙的左小臂内侧静脉……邱海龙面部表情扭曲……一双戴着橡胶手套的手拿起沙发上的靠枕,轻轻捂住邱海龙的口鼻……

"所以结论是邱海龙先被注射了高纯度的毒品,为了确保杀死他,凶手又用靠枕捂住他的口鼻，最终造成窒息死亡？"韩青问。

"是的。"谢敏点头。

"凶手自以为留下邱海龙吸毒过量死亡的假象可以迷惑我们，但还是逃不过尸检这一关。辛苦了，小谢。"方波摘下医用手套。

林嘉嘉突然问了一句："既然这种高纯度的毒品市面上根本买不到，那凶手怎么会有呢？"

所有人短暂地沉默了。

"除非凶手自己就是毒贩。"韩青说。

邱海龙的死为专案组带来了新的切入点，那就是毒贩。这起突发的碎尸案如今跟毒贩沾上了关系，使本就不明朗的案情变得更为复杂，却也为下一步的侦查提供了重要方向。韩青再度联系线人米小虎，约在商场唱吧见面。

"还是这首歌？姐，你是他的粉丝啊？"米小虎一进来就笑嘻嘻地插科打诨，像小流氓一样不屑地指着屏幕上的主唱问。

"你从哪儿打听到邱海龙的住址的？"韩青直奔主题，严肃地盯着米小虎。

"是从一个'溜冰'的老家伙那里，他快40岁了，"米小虎摘下墨镜，收住笑容，"他说他跟踪过邱海龙，本来想去他家偷点儿货，结果没偷着。"

"还有人找他问过邱海龙的住址吗？"

"不知道。"米小虎说，"我去问问。"

韩青点头道："再帮我查一下是谁卖货给邱海龙的。"

"有点儿难度……我想想办法。"

"尽快。"

"OK! 姐，你等我信儿。"米小虎戴回墨镜，笑嘻嘻地拍了拍韩青的肩膀，恢复了小流氓模式。

韩青顿了一下，问："你管快40岁的叫老家伙？"

米小虎愣了一下，笑起来："姐，你除外，你除外……"

米小虎很快传回了信息。他找到了那个老家伙，并且又送给他几粒胶囊，得到的答案却是：除了米小虎，他没有跟任何人说起过邱海龙的住址，也没有人跟他打听过这件事儿。

警方调查的情况也是如此，昨天东州到处有人在打听邱海龙的情况，但都发生在警方向那些社会人员询问邱海龙的行踪之后，也就是说没有人先于警方打听邱海龙，这进一步加重了韩青的怀疑。她没有跟任何人提起过，她认为警方内部可能有人走漏了风声。

昨天她接到米小虎的电话，得知了邱海龙的住址，立即和林嘉嘉驱车前往，路程不到半个小时。方波接到她的电话后也立即派人前往，几乎和韩青前后脚到达。但当他们冲进邱海龙的租住屋时，邱海龙还一息尚存，这说明距离他被人注射高纯度毒品和被捂口鼻的时间并不长。为什么会这样？邱海龙为什么会在警方到来之前才被害？如果凶手能比警方早10分钟知道邱海龙的住址，那么韩青他们冲进房间的时候，就只会看到早已凉透的邱海龙。这说明，凶手先前并不知道邱海龙的住址，他是在警方得到情报后才知道的。否则，他为什么偏偏要赶在警方赶往那里的时候跑去行凶？仅仅是巧合吗？韩青不这么认为。就像她对林嘉嘉说的，她不相信什么完美的犯罪，因为是人就会犯错。她也不相信巧合，因为在她看来，犯罪活动中的巧合都是巧妙编织、符合逻辑的。所以只有一种可能，那就是在她得到邱海龙的住址后，有人将消息泄露给了凶手。她理出的逻辑是：米小虎从老毒虫那里得到消息，然后打电话给她，这个过程没有问题。她打电话告诉方波，方波又向其他人传达，这个过程也没问题——她之所以排除了方波的嫌疑，是基于对他的了解及信任。她虽然看不上方波办案，但一直认可他的人品。问题就出在第三个环节上，也就是得到方波命令的那些人。因为人数越多，扩散的概率就越大。

具体是谁，韩青一时也理不出头绪。但从这一刻开始，她对专案组成员有了戒心，这也为她日后的违规行动埋下了伏笔。

希望

白小蕙忧心忡忡地观察着年轻医生看资料时的表情，她希望能从他这里得到希望，毕竟这里是省城最负盛名的三甲医院中的王牌科室。

"医生，我的孩子可以在你们医院做肾移植手术吗？"看医生一直没发话，她忍不住问了一句。

"可以，"年轻医生轻松地点了点头，"根据孩子的情况，如果配型能上

3个点的话,越快做手术越好。"

白小蕙顿时有些激动,"越快越好"这几个字击中了她的心。

"那能配上3个点吗?什么时候可以配?"她问。

"你先别急,流程是这样的……"年轻医生阳光地笑了笑,"你先把孩子带过来,我们给他做一个初步评估,排除禁忌证,还要做心理和经济上的评估。"

白小蕙认真听着,连连点头。

"没问题的话就进入下一步:让你孩子住院,进行术前评估。时间一周左右,主要做一些血液、脏器的检查,以及移植相关的免疫学检查。"年轻医生流利地讲着,"评估结果出来之后,肾移植小组将进行讨论,适合的话才能进入下一步。"

白小蕙慌忙翻包找纸笔,想要记录,但总也找不着。

"主管医生根据讨论结果告知你们是否适合进行肾移植手术,如果适合,主管医生会给你们一张缴费流程单,让你们连同术前评估表格一起交给11病区护士长。然后……"

"医生,"白小蕙着急地打断,"你就告诉我做肾移植手术总共要花多少钱吧!"

年轻医生又笑了笑,很体谅白小蕙:"肾移植手术费用分为两部分:一部分是肾源的费用,按目前我国肾源的情况来看,费用一般在15万到20万;另一部分费用包括手术费,以及一些抗免疫排斥反应的药物费用,还有配型的费用,总共30万到40万。手术费等部分费用可以通过医保进行报销。另外,术后的药物护理费用也是要考虑进去的。所以,家属要做好充分的准备。"

白小蕙点了点头。

"在缴费之后,你的孩子将进入排队等待期,排到之后再做配型。在此期间,他可以回当地继续做血液透析或者腹膜透析,但要每两个月到我们肾移植术前专科门诊来检查,评估身体状况和透析情况,做出调整以适应手术需要。"

"排队等待期要多久啊?"白小蕙有些着急。

"不好说,一般情况5到10年,有的更长。"

白小蕙愣住了。

从诊室出来,她躲进了楼梯间,捂着嘴,让强忍的眼泪倾泻出来。她不敢相信,刚刚燃起的希望就这么破灭了。年轻医生告诉她,之所以会有那么长的排队等待期,主要是因为东州这边的肾源历来就少,而且移植遵循的是地域性原则。白小蕙的情况也让年轻医生很同情,他建议白小蕙有条件多到外地去跑跑,尤其是平州、上海这样的大城市,没准能碰到好运气。年轻医生的话又让白小蕙从绝望中看到了一丝希望,但她仍然控制不住悲伤的情绪,不为自己,而是为亮亮。亮亮那么小就患上绝症,家里还没钱给他换肾。如今好不容易有了钱,却苦苦等不到肾源……

河东井新,一个地处两省交界的小县城,距离邻省的东州不到70公里,从东州的一条乡道穿越20公里山路,便可到达。山路的尽头与河东省道相接的位置,便是吕建民的建民汽修所在地。去年出狱后,他在张勇的资助下,在这里开起了汽修厂。生意时好时坏,他没挣多少钱,但也算是安顿下来了。这对他来说已属不易,毕竟坐过牢的人重返社会是件很困难的事儿。他原本是想继续打工的,但用工单位一查他的资料就会看到他的服刑记录,所以大多不会录用他。基本上,但凡有五险一金的正式工作,都与他无缘。临时工或者条件宽松点儿的,挣的钱又太少,还可能遭歧视,被恶意压榨,别人挣7000元,他只能挣3500元,这股憋屈劲儿没法说。幸亏有张勇义气相助,但微薄的收入不能满足他的日常开销,尤其离婚后他还得定期向白小蕙支付孩子的抚养费,因此他时不时会做些灰色生意。

一辆跑车熟门熟路地开进了汽修厂的后院,两个打扮时尚的小青年下了车。

"石头,又换车了?"吕建民从厂房里迎出来。这个叫石头的小青年没少照顾他生意,算是个大买主,吕建民不敢怠慢。

"不是,这是我表弟的,刚从沽口提回来。"

石头指了指吕建民,对身旁的小青年说:"叫吕哥。"

小青年咕哝了一句,算是打招呼。吕建民咧嘴点头,打过招呼。

"吕哥,帮忙弄一副车牌呗。"石头递给吕建民一根烟。

吕建民摆手:"石头,我不干这个了。"

"别呀,吕哥,套牌也行,就晚上飙飙车,白天不拿出来。"石头给吕建民点烟,"我你还不放心吗?上次你给我弄的那两块牌子,从没出过事儿。"

"真不干了,没蒙你。"吕建民吐出一口烟,"最近风头紧,你悠着点儿。"

他没瞎说，自从上个月县里开展集中整治交通安全以及相关行业规范排查的双向行动，交警队已经来过他店里好几次。他不想惹麻烦。

"吕哥，这回给你这个数，行吗？"石头向吕建民比出"二"的手势，是上次的两倍。吕建民心里动了一下，但一想到交警队熟人的叮嘱，他还是忍住了。

"石头，你还是找别人吧。"

石头还想跟他聊下去，就听到厂房里有人叫吕建民："哥，有人找！"

吕建民回头看去，是厂里的维修大工柱子，他身后站着白小蕙。

这还挺令吕建民意外的，他半年前就给过白小蕙这里的地址，但白小蕙直至今日才第一次来这里找他，他预感可能出了什么事儿。

修车厂的后院紧靠江边，江风吹得白小蕙头发乱飞，单薄的衣衫禁不住寒意，她微微地发着抖。吕建民看完手里的一大堆医院单据，半天没说话，抽着闷烟望着江心发呆。白小蕙目光呆滞。

"什么时候发现的？"

"半年前。"

"半年前？那时候我不是去看过你们吗？怎么没告诉我？"

"告诉你有什么用？！"白小蕙的回答充满绝望和怨气。

吕建民看了她一眼，掐灭烟头，问："医院怎么说？"

"尽快换肾，但得排队等肾源。"

"等多久？"

"一般情况5到10年，有可能更长。"

吕建民蒙了。他虽然还缺乏对这种疾病的了解，但"尽快换肾"和"5到10年"这些字眼让他立刻就感到无力了。

这对忧心忡忡的父母，面对静逝的江水，无言以对。

回到东州，白小蕙没有直接回家，而是去了火车站。

"有平州的票吗？"

"哪天的？"售票员头也没抬。

"明天的，有吗？"白小蕙问。

"K1165，硬座。"

"几点的车？"

"12点7分。"

"我要一张。"

"198元。"售票员噼里啪啦地敲击着键盘。

平州是白小蕙的希望。她觉得自己现在就像一只身处10级大风的风筝，命运之手随时会放开，将她抛入九霄云外。在一切失控之前，她要为亮亮做最后的拼搏。她把自己的后路交代给了吕建民，现在的她不再惧怕失败，因为吕建民会为她托底，即便她无力坚持到最后，亮亮也至少有一个爸爸能为他继续抗争。

吕建民曾想过儿子亮亮要是在缺乏父爱的环境中长大，最差也就是重蹈自己的覆辙——成为一个没什么出息的人，平庸地过一生。但他没想过，亮亮会这么小就患上绝症。他现在深切感受到了无助，替人挨刀、坐牢什么的都完全不能与之相提并论。他把自己关在修车厂二楼的小房间里，企图用廉价烧酒麻醉自己，把这一切当成幻觉。他还在手机里搜索有关尿毒症的相关信息。他看到一篇标题为"换肾前后花了小100万，砸锅卖铁举债度日"的帖子，帖主是个小白领，条件强过自己。这让他再次感到无力。

楼下传来几声汽车喇叭响。吕建民从破沙发上坐起来，趴在窗台上往下看，是一辆车。两分钟后，他坐上了那辆车的副驾驶，向驾驶座上的人点了点头。

"哥。"

"建民。"张勇咧嘴笑了笑。

10分钟后，吕建民回到二楼的小房间，手里多了一只装白酒的袋子，里面是一个精美礼盒。他打开礼盒，里面装着5万元和一张手机卡。

夜色中，白小蕙走下楼梯，打开鸽子笼外面的铁护栏上的锁，从垫草下拿出装钱的黑塑料袋，从中取出3万，又把从范灵灵家偷来的U盘藏进去，放回垫草掩盖好，最后再用砖头把垫草压牢。

这是三个U盘里的最后一个。第一个害死了范灵灵，第二个换来了100万，这第三个能否为亮亮带来希望，白小蕙不得而知。

第五章 母爱　｜　093

回到楼顶的小屋，她把 2 万元装进行李箱，把另外 1 万元交给了正在床上哄亮亮睡觉的姚汉珍。

"妈，这是 1 万元，你先拿着用，这段时间应该够了。"

"用不了那么多。你要去平州待多久啊？"

"不知道，多跑几家医院看看吧。"

"小蕙，你就不能跟妈说说吗？你到底……"

"妈，别问了，你就帮我照顾好亮亮。"

姚汉珍无奈地叹了口气。她实在是想不明白，从小就胆小怕事的女儿现在怎么这么有主意，连警察都敢糊弄。

"如果亮亮出了什么问题，就给吕建民打电话，让他来帮你。"

"我不用他帮！"姚汉珍顶看不上这个前姑爷，她常常将亮亮的厄运怪罪在他身上。

"亮亮毕竟是他的儿子。"白小蕙也理解母亲，"我今天去找过他，跟他说了亮亮的事儿，他答应会来帮你照顾亮亮的。妈，现在一切以亮亮为重，咱们吃这么多苦，不就是为了亮亮吗？过去的事儿就让它过去吧。"

一切以亮亮为重。是啊，姚汉珍又叹了口气，没再往下说。

白小蕙也有一肚子话想跟母亲说，但现在还不是时候。一切以亮亮为重，母女俩默契地遵循着这个原则。她们挤在狭小的床铺上辗转反侧，这一夜注定漫长。

这一夜对韩青来说也很漫长。下午，专案组在调取邱海龙租住地附近的监控时，发现白小蕙来找过邱海龙。通过视频追踪白小蕙的行动轨迹，发现她最后还是消失在东光小区后门的那个大型农贸市场。为此韩青向老宋详细询问了调查那片区域时的情况，并带着林嘉嘉进行了实地走访，那几处没有监控的小出口成了她关注的重点。随后她又走访了片区派出所，了解东光小区一带的居民情况。但由于范围过大，她无奈地放弃了进一步调查。

回到警局，她反复观看白小蕙来找邱海龙的监控视频，邱海龙威胁白小蕙的时候，白小蕙坚决的表现令她印象深刻。从整个过程看，白小蕙仿佛是在向邱海龙传达某种信息，准确地说是指令。这个外表柔弱的女人先是花了数倍于她消费水平的钱给范灵灵买了一双马丁靴，后来又主动找邱海龙传达指令，而这对苦命鸳鸯现在已相继遇害，只有白小蕙还活着。韩青推测，白小蕙在三人中处于主导地位，并很有可能是她导致了范灵灵和邱海龙的死亡。这种推测又被韩青加以延伸，与陈彬、钟伟那条线相连——虽然目前只是个盲目的猜测。

回到家后，她把自己关在卧室里，将这一个多月来暗中调查的陈彬的资料全部翻出来，查找可能跟白小蕙有关的内容，却没能找到。她的调查陷入僵局，以往这种时候她大多会拿起白酒瓶，让清冽的白酒为紧张的大脑做个放松按摩。不过钟伟失踪后，她就再没有喝过白酒。偶尔喝过几次啤酒，对她来说也不算真正的喝酒。今晚她几次拿起白酒瓶又放下，始终没有喝一口，因为明天在医院诱捕白小蕙的计划并不完善，她有些担心。她分析白小蕙消失在东光小区农贸市场有两种可能：一是白小蕙一家就住在附近，二是白小蕙一家只是借农贸市场的监控漏洞来掩藏行踪。这两种可能性五五开，但她更倾向于第一种，是她低估了白小蕙。她向方波申请了一个四人小组，在明天医院诱捕行动前去东光小区农贸市场蹲守，她要在白小蕙现身的那一刻就做好万全准备，防止再次被凶手抢先。

针对消息被泄露的事儿，她已经开始暗中调查专案组里的人，目前还没有眉目，这将会是一件耗时耗力的繁杂工作，她暂时腾不出手来。在重案大队的这10多年，警察向凶手通风报信的事儿从没出现过，她甚至一度认为自己的这种猜疑毫无道理，但邱海龙的死太出乎她的意料，她绝不相信那只是巧合。

白酒，她此时急切地需要喝一大杯。她明白喝酒对她的职业有什么影响，但她清楚地知道她的世界里不能没有它。从警校毕业后，她一直独身，酒已经成了她生活中必不可少的陪伴，喝酒也成为一种积习，她已经学会了与它和平相处。

她再次放下手中的白酒瓶，她还得预演一遍明天医院的布控和抓捕。今夜注定无酒，今夜注定漫长。

出逃

上午9点，白小蕙抱着亮亮，和姚汉珍从顶楼下来，走出小区，来到了大街上。白小蕙拦下了一辆出租车，姚汉珍和亮亮坐上了车。

"亮亮，要听外婆的话，记住了吗？"白小蕙扒着车窗望着亮亮，依依不舍。

"记住了。"

"亲亲妈妈。"

亮亮噘起小嘴亲了白小蕙的脸一下,白小蕙紧紧抱住亮亮。

车开走之前,白小蕙不放心地凑到姚汉珍耳朵边又叮嘱了一遍。

"记得到东光小区绕一下,换辆车。"

"知道了。路上小心,到了平州打个电话。"

等车开走,白小蕙回了家,3个小时后,她将踏上北上的火车。

医院里,警方做好了诱捕准备,作为现场指挥官,韩青将警员们妥善安排在医院内外的各处位置。林嘉嘉迟到了半小时,和韩青在一楼电梯口附近蹲守。

在东光小区农贸市场,老宋带领三名警员和四名片区民警分别把守五个出入口。根据韩青的要求,有两个出入口是重中之重,由老宋和另一名经验丰富的老刑警把守。这两个出入口都没有监控,一个通往东光小区南门,一个临街。临街的出入口位于农贸市场西北侧,面对的主干道是通往西北郊的必经之路。韩青认为,如果白小蕙一家把农贸市场当中转站,那么她们很有可能是从城郊方向过来,也就是西北郊方向,所以这个出入口由老宋亲自把守。他坐在出入口右侧的水果摊旁,面朝主干道的西北方向,留意着驶来的车辆。

街对面的自行车道上,一辆银灰色小面缓缓驶入画线的停车位。黑框眼镜老男人坐在车里,观察着街对面农贸市场的出入口和老宋。

9:20,姚汉珍带着亮亮下了车,这一幕恰巧被黑框眼镜老男人从后视镜里看到。他和警方一样,没想到他们会从城里的方向过来。姚汉珍抱着亮亮上了过街天桥,下桥后从农贸市场北大门经过,但并没有进去,因为这里有监控。把守这里的警员看到了他们,立即在微信群里做了汇报。

姚汉珍抱着亮亮走过老宋身旁,从西北侧的出入口进入农贸市场。老宋没看到白小蕙,十分意外,立即向韩青做了汇报。韩青要他带两个人跟着姚汉珍,其他人继续留守农贸市场。

黑框眼镜老男人将情况汇报给了望天,很快,他收到了望天的指令:"往回开3公里。"

黑框眼镜老男人佩服望天的当机立断。姚汉珍来的方向显然跟他们之前预估的不同，望天立刻调整了思路，要黑框眼镜老男人先于警方行动，朝着姚汉珍来的方向开3公里，如果警方从姚汉珍那里得到白小蕙的躲藏位置，那么黑框眼镜老男人就会比警方快3公里的路程，这是关键所在。在这个问题上，警方显然出现了疏忽，他们并没有像黑框眼镜老男人那样做，他们只是分为两组，一组跟随换车后的姚汉珍朝医院开去，另一组则留在农贸市场继续蹲守。

　　姚汉珍在医院门口下了车，抱着亮亮进了医院。多个监控探头捕捉到了她进入医院后的轨迹。韩青和林嘉嘉在电梯口跟上了姚汉珍，和她同一部电梯上了楼，一直到透析室门口。姚汉珍抱着亮亮进入透析室，祁红和菲菲已经在房间里，菲菲的透析已进行了一个多小时。

　　"亮亮来啦！"菲菲冲亮亮笑着打招呼。

　　"菲菲姐姐！"亮亮跑过来和菲菲玩闹。姚汉珍冲祁红点头打招呼，她对门外的警察毫不知情，祁红镇定地冲她礼貌微笑，不露分毫。

　　5分钟后，韩青挂断电话，望着身旁的林嘉嘉、老宋和梁子说："方队让我直接去问姚汉珍。林嘉嘉跟我进去，老宋、梁子，你们去一楼大厅做好准备。"

　　吩咐完毕，老宋和梁子匆匆离去，韩青带着林嘉嘉来到了病房。祁红和菲菲看到他们进来，顿时肃然。此时亮亮已经开始做透析，躺在床上用姚汉珍的手机津津有味地看动画片。韩青来到姚汉珍身旁，伸手轻轻拽住她，吓了她一跳。

　　"你……"姚汉珍惊诧地望着陌生的韩青。

　　"姚汉珍，你出来，我问你点儿事儿。"韩青背着亮亮向姚汉珍出示了证件。

　　姚汉珍愣住了，被韩青搡着来到病房外。

　　"白小蕙在哪儿？"韩青劈头就问。

　　姚汉珍低下头，不说话。

　　"姚汉珍，我们怀疑你女儿跟两起命案有关。"

　　姚汉珍愕然。

　　"请你配合我们。她在哪儿？"

　　"不知道。"

　　"姚汉珍，你不说就是在害她。"

姚汉珍陷入沉默。

"范灵灵和邱海龙你认识吧？"

姚汉珍愣了一下。

"他们已经遇害了。"

姚汉珍大惊。

韩青盯着她，故意顿了一下才说："白小蕙现在很危险，凶手的下一个目标很可能就是她。我们必须尽快找到她，才能保证她的安全！你听明白了吗？"

姚汉珍挣扎着，片刻后点了点头。

"她在哪儿？"

"广场路6号……楼顶天台。"姚汉珍吞吞吐吐地说。

就在这个时候，她们听到病房里传来亮亮的声音："妈妈！"

三个人都是一惊。韩青快步走进病房，看到亮亮正在用手机与白小蕙视频通话，看到手机通话界面里白小蕙的脸。她一步步悄悄靠近，近到离亮亮只剩最后几步。这时候，门外的姚汉珍突然挣脱拉着自己的林嘉嘉，冲了进来。

"小蕙，快跑！警察要抓你！"姚汉珍大喊。

白小蕙听到了，惊恐地愣住。

"快跑啊！"姚汉珍带着哭腔喊道。

韩青一把抢过亮亮的手机，和白小蕙来了个近距离对视。

"白小蕙，不要乱来，你……"韩青话没说完，白小蕙就挂断了。

方波接到韩青的电话后，立即给侯勇打电话："侯局，白小蕙要外逃平州。"

"封锁全城，实施抓捕！"

方波挂断电话后，和一旁的技术处处长刘志匆匆朝监控大厅跑去。

白小蕙濒临崩溃，这个视频通话打乱了她的节奏，她拎起行李箱就跑，跑了两步又放下行李箱，她意识到这是她的累赘。她打开行李箱拿出那2万元，其余都不带，匆匆跑下楼梯。

4分钟前，黑框眼镜老男人接到了望天的微信："广场路6号楼顶天台。"他估算了一下距离，车程不到10分钟。他加速赶了过去，6分钟不到就开到了广场路 6 号。白小蕙已经在街边焦急地等了将近两分钟，终于拦下一辆黑车钻了进去，而这一幕刚好被赶到的黑框眼镜老男人看见。

"师傅，去火车站！快！"

黑车司机一愣，说："火车站？那得 60 元，那边不好停车。"

"行！快开车！"

黑车司机一轰油门开走了。

黑车与银灰色小面交错而过，黑框眼镜老男人立即掉头，跟随黑车而去。

韩青完全没想到拿手机看动画片的亮亮会接到白小蕙的视频通话，她当即和林嘉嘉朝电梯跑去。医院的电梯永远是拥挤的，每一层都有人进出。韩青和林嘉嘉只坐了一层就匆匆跑出来，从楼梯间朝下跑。

老宋、梁子和其他警员已经出发，分别前往广场路 6 号和火车站。全市的警力在市局的调配下紧急出动，奔赴交通要道和机场、车站、码头，设卡拦截。方波和刘志匆匆赶到 110 指挥中心的监控大厅，开始调取广场路附近的监控视频，寻找白小蕙。

"停！停！"车行至高架路入口附近，白小蕙突然叫道。

黑车司机来了个急刹车，问："怎么了？"

"师傅，不去火车站了，去省城！"白小蕙反应过来，警察一定会去火车站堵截。她急中生智，想到了新的线路。

"省城？"黑车司机有点儿吃惊，"去不了去不了！"

"师傅，求你帮帮忙！我有急事儿！"

"真去不了……"

白小蕙赶紧递过几张百元钞票，黑车司机为难地看了看，接过了钱。

正当黑框眼镜老男人不知道黑车里发生了什么，犹豫着要不要下车看看时，黑车再次启动，并在路口掉头，与银灰色小面擦身而过。

黑框眼镜老男人透过深色车窗看了一眼在黑车后座上的白小蕙。

梁子带人爬上了顶楼天台，他们冲进屋里，只看到散落在地上的行李。

在韩青车上，林嘉嘉挂断电话向韩青汇报说："白小蕙不在家。发现一个行李箱，里面装着衣物。"

韩青看着前路，没有回应。

"韩姐，"林嘉嘉看着韩青，"咱们去火车站吗？"

韩青仍没有回应。

老宋已经带人去了火车站，方波也必然会调站前派出所的人去围堵。

韩青现在思考的是两个问题：一是白小蕙会往哪儿逃。韩青认为她不会去火车站，从她的谨慎表现来看，她必定知道警方会去火车站堵截。二是如果白小蕙被凶手提前找到，凶手会把她带到哪儿去。这是韩青最担心的，也是最无法判断的。凶手来去无踪，行动异常诡异，这一点已经在前两案上得以证实。如果白小蕙落入他手里，警方想要找到她将会十分困难。韩青很快放弃思考第二个问题，专注在第一个问题上。

自从碎尸案案发，白小蕙就敛迹潜踪，具有极强的反侦查意识。但她有一个软肋，那就是生病的孩子亮亮。为了带亮亮做透析，她不惜被监控拍到也要亲自去医院；她去平州也是为了给亮亮寻找肾移植的机会，这一点姚汉珍已经交代。也就是说，唯一能让白小蕙冒险的，便是给亮亮治病这件事儿。即便在现在这个紧要关头，她也不会完全放弃这件事儿，这是韩青的判断。所以，她认为白小蕙还是要去平州的，只是会换个方式过去，既要躲开警方的追捕，又要继续为亮亮的病奔波。

"告诉方队，我们往省城方向追，让他叫二组往旗台县方向追！"韩青终于发话。省城和旗台县都需从国道走，而国道距离广场路并不远，白小蕙如果往其中一个方向去，就很有可能先于警方的布控逃出封锁线。

韩青判断得没错，白小蕙乘坐的黑车刚驶上前往省城的国道，就有警察在她经过的路口设卡，开始对进入国道前往省城和旗台县方向的车辆进行盘查。

"方队，找到了！"刘志指挥着技术员一顿操作，监控大屏不停切换卡口画面，最后停在某一个卡口画面上。

"这是哪儿？"方波赶紧过来。

"广场路北侧卡口。"监控视频中，可以看到白小蕙上黑车的画面。

方波突然表情一紧，因为他看到了银灰色小面出现在监控画面里，掉头跟着白小蕙乘坐的黑车驶去。

林嘉嘉的电话响起。

"喂，方队。"

"白小蕙找到了！她乘坐一辆尾号537的黑色索纳塔从省道丁字路口右转往省城方向去了！"方波在电话里说。

"明白！我们刚上国道，就是朝这个方向追的！"

"银灰色小面跟在白小蕙的车后面。"

林嘉嘉一惊。

"他们的车比你们快10分钟，抓紧往前赶，注意安全！"

"明白！"林嘉嘉挂断电话。

"韩姐，找到白小蕙了，就在我们前面！比我们快10分钟！还有，那辆银灰色小面也在，它一直跟着白小蕙的车。"

韩青最担心的事情还是发生了，她恨不得把油门踩穿。

黑车司机减速，打着转向灯，朝路边的加油站驶去。

"怎么靠边了？"白小蕙焦急地问。

"没油了！得加油。"黑车司机被白小蕙催了一路，有些不耐烦。

白小蕙看到油表上的报警灯，十分着急。

黑车开进加油站加油，白小蕙下了车。

"师傅，洗手间在哪儿？"

"房子后面。"加油工指了指。

两分钟后，白小蕙匆匆从厕所隔间出来，来到洗手池洗了把脸。

警察似乎还没发现她往省城走了，一路上她都没看到警车在后面。她计划到了省城后转乘汽车前往粤州，从那里坐飞机去某地，再转汽车去平州。这样绕一圈儿，也许能逃过警方的追捕。

正这样想着，她突然感觉到什么，转头看去，顿时不寒而栗。

第六章　前夫

面具

两个月前。

在省城繁华商业街的黄金地段，一家灯光迷幻的临街店面里摆放的价格不菲的派对面具和炫酷的玩偶公仔，吸引着窗外过往人群的目光。

流苏蕾丝纱花面罩、公主面罩、大天狗面具、暗黑王子面具、布偶狗面具、鸟嘴面具、宇航员玩具、加菲猫公仔、少女手办、玩具熊等营造出一个美妙奇幻的展示空间。

店面里间，一双戴手套的手打开了电表箱，关闭了电源开关。

店面外间，灯光熄灭，监控关闭，店内陷入黑暗。

一个黑影从里间走出，来到一面展示墙前，伸手摸向墙下部，按动隐藏在墙饰下的机关。一阵轻微的咔嗒声传来，伴随着声响，一块四方的墙板突出来，向上滑动，露出暗槽，里面摆放着五六个仿真度极高的硅胶人脸面具。

其中一个，就是没戴黑框眼镜的老男人面具。

金蝉

捷达冲进加油站，斜插在黑车前方来了个急刹车，坐在车里玩手机的黑车司机吓了一跳。韩青和林嘉嘉来到黑车旁。

"坐车的人呢？"韩青问道。

"她上厕所还没出来。"

黑车司机惊愕地望着韩青和林嘉嘉朝厕所方向跑去。

两分钟后，韩青和林嘉嘉分别从女卫和男卫跑出来，一无所获。

在加油站监控室，他们目睹了黑框眼镜老男人紧贴着白小蕙的后背，像是用什么东西顶住了她，将她推入银灰色小面后车厢，随后驱车离开了加油站。

"找到了！"一名警员看着面前的电脑屏幕发出惊呼，"银灰色小面两分钟前驶过重阳路路口。"方波和刘志赶紧来到他的工位。

电脑屏幕上，银灰色小面驶过路口，快速开出了监控的范围。

黑框眼镜老男人驾驶着银灰色小面来到新阳路路口，向右转弯。白小蕙被捆住手脚、贴住嘴巴，在后车厢地板上颠簸，像被送往屠宰场的羔羊。

"方队，我们过重阳路路口了。"林嘉嘉在电话里说。

韩青开着车，车速已过百。

"稍等！"方波看着监控大屏，银灰色小面鬼魅般一闪而过。

"继续往前,过下一个红绿灯,然后在新阳路路口右转！"方波冲电话喊道。

捷达来到新阳路路口来了个甩尾转弯，朝右边的省道方向轰鸣而去。

到了省道上一个岔路口，银灰色小面拐进去。黑框眼镜老男人朝后视镜看了看，没有追来的警车。他降低了车速，掏出一根烟抽起来。车里持续播放着交通台的路况信息。他的右耳塞着一个无线耳机，亮着指示灯。

后车厢地板上的白小蕙徒劳地尝试着挣脱。

110指挥中心里，技术员切换到这个岔路口的监控视频，画面里一片漆黑，表示这个监控探头并没有传回图像。刘志核对手中的纸质表格，上面有整个东州铺装的监控设备的详细信息，除了设备信息外，还有监控探头设定的角度参数，以及当前角度的画面截图。在整个市局，除了刘志等少数几个人，其他警员没有权限和机会接触到这份表格，而且只有在特殊情况下才能申请使用，需经过层层审批，专人专用，留下使用记录备查。

"怎么没画面？"方波看着黑屏问。

"A13线路故障，一个月前报修了。"刘志在表格里查到了原因。

"调下个路口，快！"

两分钟后，捷达来到这个岔路口，韩青一脚急刹车停在了路边。
"方队，我们怎么走？"林嘉嘉在电话里问。
"稍等！"方波同样焦急。
韩青抬头望向上方的监控探头，看到监控探头连接处的电线呈断开状态。

不到10分钟，银灰色小面穿过乡村小道进入了城区，消失在一片老小区里。

"找到了，东风路路口！"另一个工位上的技术员喊道。
方波和刘志赶紧过来查看。
"银灰色小面从省道18公里的右侧岔路口进入，穿过215乡道和永信小区，现在刚过东风路路口，下一个路口是……建设北路！"技术员说。

收到信息的韩青和林嘉嘉立即按线路追击，然而耽误的时间更拉长了他们与银灰色小面的距离。方波和刘志也不断发现所到之处的监控探头有各种故障，导致搜索时间延迟，使这场追捕变得不那么公平，就好像人家跑的是百米冲刺，你跑的却是3000米障碍赛。银灰色小面从容不迫地从城里跑到城外，又从城外兜回城里，最后消失在警力最密集的中心城区。韩青像失去嗅觉的警犬，在城里四处乱转，不得其法，气得一拳砸在了方向盘上。

几分钟前，繁华商业街旁边的小街上还有两辆警车经过，此时已恢复平静。银灰色小面放缓车速驶进了小街。沿街是一长排锁着卷帘门的门面房，都是前面商业街上商户的后门，一般作为仓库出入口使用，即使在白天大部分也都处于锁闭状态。这些上了锁的后门造就了这条小街闹中取静的气质。此时其中的一扇卷帘门却突然开启，银灰色小面不紧不慢地碾上台阶，钻进卷帘门。一个戴棒球帽的男人从里面出来，将卷帘门放下、锁闭，然后离去。小街再度恢复了平静。

银灰色小面熄了火，阳光从卷帘门上方的镂空处照进来，打在车身上，像给车子绘制了一排金色的文身。黑框眼镜老男人把一粒胶囊拧开，将里面的白色药粉倒进矿泉水瓶摇匀。他来到后车厢，蹲在惊恐的白小蕙面前，戴着手套的手放在嘴上做出"嘘"的手势。白小蕙停止了挣扎，望着他。黑框眼镜老男人满意地点点头，撕开白小蕙嘴上的胶带，迅速将矿泉水瓶里的水灌进白小蕙嘴里，并用手捂住白小蕙的嘴与瓶口的缝隙，防止她吐出来。白小蕙徒劳地挣扎，喝下去大半瓶。黑框眼镜老男人将胶带粘回白小蕙嘴上，满意地点了点头。

5 小时后，外面的阳光换成了月光。
白小蕙在药物作用下进入了深度睡眠，持续发出均匀、沉重的呼吸声。
手机突然振动了一下，惊扰了正闭目养神的黑框眼镜老男人。是望天发来了一个定位，地址在天泽百货地下车库。
与此同时，他听到卷帘门外传来脚步声，随后响起开锁的声音，紧接着卷帘门哗啦一声被拉起来，那个戴棒球帽的男人站在门外，朝小街两侧谨慎地张望。黑框眼镜老男人发动汽车，迅速倒出卷帘门，朝路口驶去，消失在夜色中。
戴棒球帽的男人将卷帘门拉下，落锁，点着一根烟，缓步走开。

天泽百货地处城区主干道旁，算得上东州大商场的头部品牌，当地人吃过晚饭最爱在这一带闲逛，因而这里也是整个东州城最容易拥堵的地方，但黑框眼镜老男人并不担心这些不利条件会给自己带来危险，他对望天的指令向来深信不疑。他驾驶着银灰色小面，在长长的车龙里走走停停，终于来到天泽百货地下车库的地面入口，自动横杆抬了起来。"江 C85K92 已进场，欢迎您的光临！"喇叭里传来自动播报的女声。
地下车库东北角停着一辆香槟色宝马。银灰色小面缓缓驶来，停在了它旁边的车位上。不远处的监控探头斜对着它们，但仅能拍到香槟色宝马的小半个车头，一旁的银灰色小面则完全处于监控盲区。
黑框眼镜老男人看了看监控探头，下车来到后车厢，将昏睡的白小蕙扛在肩上，又来到宝马车的车尾。宝马车后备厢的门徐徐抬了起来，他看到里面放着一个黑色背包。他取出背包，把白小蕙放进去。回到银灰色小面里，他打开黑色背包检视里面的物品：一大捆上面印有汉字的不干胶，一包安装车牌用的防盗扣等配件，两副新车牌——西 F648H5。

多名市局领导列席专案组案情分析会，坐在正中的局长侯勇神情严峻。

他们都看向墙上的投影，上面是放大的全市地图，方波站在一旁讲解。

"11:13，银灰色小面从国道加油站驶出。"方波用激光笔指向地图上画红圈儿的国道加油站。

"11:49，拐入新阳路，然后在新阳路中段失去踪迹。"地图上，新阳路路口画了红圈儿，新阳路中段画了黑叉。

"大家注意啊，凡是打叉的地方，都是故障报修的监控探头。14:38，这辆车在故城区政府后街被一家农行的 ATM 机摄像头拍到。"地图旁边出现一张监控截图，可以看到银灰色小面驶过画面远端的丁字路口。

"之后再次消失，直到 19:57，它才被桥安区罗江路一个民用探头拍到。"这张监控截图来自一家饭馆门外的监控探头，在画面右上角银灰色小面被拍到大半个车身。

"从故城区政府后街到桥安区罗江路，正常行驶时间不到半小时，这辆车却用了 5 个多小时，说明它这段时间一直躲在某个地方没动！因为这段时间我们正在集结全城警力搜捕它！"方波说。

专案组成员面面相觑，侯勇阴沉着脸，死死盯着投影上的地图。

"20:15，这辆车经过桥安区与周候区交界的齐兴罗街时，被一家店铺的摄像头拍到。"这张监控截图更加模糊，只依稀可见银灰色小面在黑乎乎的街道上驶过。

"之后它彻底消失，再没有被任何探头拍到。"

方波一笑，带着一股邪火走回座位坐下。这个时刻，他丢失了平时的沉稳，一抬眼对上侯勇温和的目光，他赶紧收回情绪。

"从国道加油站到齐兴罗街，这辆车南辕北辙地绕了大半个城，只有一个原因，就是躲监控。他选的全都是监控探头出故障或者报修的地方。"方波用激光笔指向地图，那一个个黑叉在地图上十分显眼，"如果不是被几个民用探头拍到，他的线路堪称完美。"

"来路的情况呢？"侯勇问。

"跟去路一样，全是躲着监控走的，到白小蕙等车的地方才露头。"

侯勇点了点头。

"这和它 5 月 6 日的埋尸轨迹一样，专走监控盲区和探头坏掉的地方。他怎么知道这些监控是坏的？难不成他手里也有一份刘处那样的报修单吗？"方波难以理解。

韩青坐不住了，说："不光有监控报修单，还有人给他通风报信，他才能赶在我们前面劫走白小蕙，才能在全城警力抓捕他的时候躲过风头。侯局，我怀疑我们内部有人走漏风声。我建议彻查这件事儿，先从所有人的手机查起！"她说着就把手机掏出来拍在了桌上，一时间，会议室里的气氛凝重起来。

"韩青，把手机收起来。"侯勇的语气带着几分安抚的味道。

韩青却不领情，僵持着。这是她的本意，而非意气用事，她真的想通过这种极端的方式，把泄露信息的人当场逼出来。

侯勇有些下不来台，就这么看着韩青。这时候坐在韩青旁边的林嘉嘉打破了僵局，他把韩青的手机从桌上拿回来递给韩青，韩青却没有接。

"如果用的是非本人的手机，查也没用。"林嘉嘉悄声说道。

韩青愣了一下。他说得没错，内鬼没那么蠢，不会用自己的工作手机干这种事儿。如果侯局真听了自己的话，把手机查个遍，最后什么也没查到，到时候不光自己下不来台，还搭上侯局背锅。这么做有些草率，幸亏林嘉嘉提醒。

韩青接过了手机，侯勇冲她点了点头，转向方波："现在三起案子可以并案侦查了吗？"

"可以了。"方波肯定地说。

韩青又蒙了，盯着方波问："方队，邱海龙案的凶手还没找到线索，拿什么并？"

"线索已经找到了，"方波沉稳地说，"嫌疑人还是黑框眼镜老男人。"

此话一出，不光韩青，专案组其他成员也是一愣。

"林嘉嘉，你跟大伙汇报一下。"

韩青和其他人又是一愣，扭头望着林嘉嘉。

"今天去医院布控之前，我又去了趟邱海龙的租住地。"林嘉嘉有些不好意思地说，"在走访的时候，一位清洁工指认了黑框眼镜老男人。"

老清洁工看到黑框眼镜老男人的监控截图后，几乎没犹豫就指认了他。

"我见过他，他从那头过来，然后进了这个门。当时我还想，这人看着岁数跟我差不多，脸色怎么这么白？是不是身体不好？得了什么病？……"老清洁工唠起来。

"是这个门吗？"林嘉嘉指向邱海龙的出租屋所在的那座楼的楼门。

"对对，就是2号门。"

林嘉嘉说完，看到韩青瞪着大眼看着自己，尴尬地笑了笑。

"因为接下来就是抓捕白小蕙的行动，所以林嘉嘉没来得及跟大家通报。"方波替林嘉嘉解释，"根据这个情况，可以说邱海龙的死跟这个黑框眼镜老男人挂上了钩。加上范灵灵案和今天的白小蕙案，他显然是这三起案子的重大嫌疑人，所以我认为可以并案调查。侯局，您看呢？"

侯勇点了点头，说："同志们，连续两条人命啊，现在又劫持了第三名受害者。光天化日，胆大妄为！形势严峻，时间紧迫。我们要不惜一切代价，尽快挖出凶手，救出白小蕙！大家有没有信心？"

"有！"林嘉嘉应了一声后，发现整个会议室只有他一个人回应。

"我们一定不辜负领导的期望，把他挖出来！"方波赶紧说。

侯勇神情凝重地站了起来，不怒自威，扫视了一圈众人，道："最后再说一句，严守纪律，不辱使命！"接着便和方波说着什么匆匆离去。

韩青心里着急，也赶紧追了出去，喊道："侯局。"

侯勇看到韩青，停了下来，对她宽厚地笑道："我就知道你不能让我走，有什么担心就说吧。"

"侯局，凶手明摆着有内应，如果不查出内应来，这案子没法破啊！"韩青说。

"韩青，你刚才在会上当着那么多同事说有人走漏风声，还要查大家的手机，有点儿过分了，你这么说影响团结，谁还能全身心地办案？"方波埋怨道。

"方队，抓邱海龙的时候，凶手也是抢在我们前面杀了他。这不可能是巧合啊！你不能视而不见啊！"韩青十分窝火。

侯勇看在眼里，安抚着："韩青啊，这事儿你不要操心了，你的任务是专心搞案子，不要受影响。剩下的，交给我和方队来办。"

韩青还想说什么，侯勇忽然抬手打断她，同时看了看她的脸："看看，脸色太差了，先回去好好睡一觉，睡足了再回来办案子，这是命令。"

"侯局……"

侯勇冲韩青点头笑了笑，和方波匆匆离去。

韩青焦躁又无奈地站在过道里，愤懑难抒。她突然感觉头痛欲裂，一阵逐渐变强的耳鸣遮盖了周遭的环境声。看着来回走过的同事，她又产生了幻觉。

她看到同事们一反常态，脸上露出诡异的狞笑，从两侧慢慢逼近她，她不由得退到墙边。然而这些人越来越近……

这个时候，钟伟出现了，他推开众人，挡在了韩青面前，像一面盾牌。他驱散了众人，缓解了韩青的紧张和恐惧。

他回过身，温柔地看着韩青微笑道："没事儿，有我在。"

钟伟变成了林嘉嘉。

"韩姐，你没事儿吧？"林嘉嘉关切地问。

韩青表情僵住了，接着眼珠一转盯着林嘉嘉问："我们都去医院布控，你为什么一个人去邱海龙家走访？"

"我去医院正好要经过那儿，就顺路去看看。"林嘉嘉解释，"真的，韩姐，不信你检查我手机……"

"我说的不是内鬼的事儿。"

林嘉嘉有点儿蒙，问："那你说的是……？"

"侯局为什么把你从省城调来？"

韩青问得很突然，林嘉嘉不知如何作答。

"进队第一天就参加大案，不仅一次次发现重大线索，还私自查案，甚至侯局还点名要我带你……你恐怕不是见习警官这么简单吧？"

林嘉嘉想说点儿什么，却张不开嘴，只眨了眨眼定定地看着韩青。韩青却转身离去。

车牌

"到了。"

吕建民看了看短信，赶紧关了灯，从厂房里出来。他不想让来人看清自己。他们只是交接，只在今晚，永不再见。

他来到后院的大铁门前，从门缝向外张望。夜色中，一束车灯射来，越来越近，车最后停在大铁门前。吕建民看到一辆带有超级运标志的银灰色小面，车牌号是西F648H5。车没有熄火，驾驶室的门打开，下来一个人。

吕建民静静打量着这个模糊的黑影，这家伙似乎也不太愿意被看到，一直站在车灯后的暗影里，一动不动。双方僵持了片刻，黑影转身离去。

吕建民等他走远直至完全隐匿在夜色中后才打开大铁门，把车开进后院。

与此同时，姚汉珍在市局重案大队询问室里接受调查。她对面坐着韩青、林嘉嘉和方波。

"你们搬家那天晚上，白小蕙怎么跟你说的？"韩青问。

"她就说，搬到城里，亮亮看病方便些。"姚汉珍擦着眼泪。

"她为什么那么着急搬家？"

"我不知道，问她她也不说。"

"这种情况以前有过吗？"

"啊？"

"白小蕙行为异常的情况。"韩青平静地看着姚汉珍。

"没有，小蕙平时做事儿最稳当。"

"她跟邱海龙是不是有什么矛盾？"

"我不知道，我真的不知道。"姚汉珍心绪不宁地摇头。

韩青没有接着往下问。这是她的策略，适时的节奏变化容易引起被询问人的心理变化，她期待听到不那么千篇一律的回答。

可一旁的方波却不懂韩青的策略，继续追问道："姚汉珍，你现在必须全力配合我们的工作，提供更多有价值的信息，我们才能尽快解救白小蕙。她现在的处境非常危险，你明白吗？"

姚汉珍不住地点头："我知道，我知道！可我真的不知道她的事儿。这孩子从小就很要强，从来不跟我说发愁的事儿，什么苦都憋在自个儿心里。我求求你们，一定要把她救回来！我求求你们了！"

"你别激动。"韩青有些埋怨地看了方波一眼，方波不明其意。

"你再好好想想，她走之前有没有跟你说过什么？"韩青只好接着问。

"真的没有，我知道的都说了。"

"她到省城除了去医院，还有没有去别的地方？"

"没有。"姚汉珍说完,忽然想起了什么,"她说她见过吕建民。"

这就是韩青想要的不那么千篇一律的回答。

"吕建民?她前夫吗?"

姚汉珍点了点头。

案情终于有了进展,韩青来了精神。

这边的吕建民也来了精神。大晚上一个人在修车厂里干私活是很久以前的事儿了,如今重操旧业,还有一笔不菲的酬劳,干起来着实带劲儿。

他将银灰色小面开进了厂房,准备大干一场。

"吕建民和白小蕙因为什么离的婚?"韩青问。

"他打架闹事儿,成天不着家。说他两句吧,他脾气还不好,谁说就跟谁呛呛,我们小蕙没法跟他过。"姚汉珍抱怨道。

吕建民抡起铁锤砸向银灰色小面的玻璃窗,凶悍的表情印证了姚汉珍的话。

"他在外面打架闹事儿一定结了不少仇吧?有人来家里找过麻烦吗?"

姚汉珍摇头道:"那倒没有,他的烂事儿他自己在外面解决。"

像拆车这种事儿,吕建民处理起来十分得心应手。他熟练地用角磨机和螺丝刀切开、撬开车牌照扣,取下西 F648H5 的车牌;拆电池,放油放水,拿掉变速箱;将拆下来的可用零件分门别类地归入厂房各处箱柜。

"他跟白小蕙有经济纠纷吗?"

"没有,离婚前两个人都不宽裕,离婚后有那么一两次他没按时给抚养费,不过后来都补上了。"

现在的吕建民手头更不宽裕了,亮亮换肾的费用不时萦绕在他的脑海里。他拆开座椅时,有两副车牌从椅垫下掉了出来,车牌号为江 C85K92。

第六章 前夫 | 111

"他对孩子怎么样？"

"他再没良心也知道疼儿子，那是他自己的后代。"姚汉珍说。

办公室桌上，吕建民的手机铃声大作，却无人接听。

此时，吕建民已经来到了江边，他将轮胎外胎、座套、方向盘套等物品抛入土坑，淋上汽油焚烧。看着熊熊的火光，他祈祷亮亮的病能像火里冒出的浓烟一样，被江风卷走。

10分钟后，询问桌上的手机响了。

"是吕建民。"林嘉嘉说。

韩青把手机递给姚汉珍。姚汉珍点了点头。韩青按下通话键，打开免提。

"吕建民？"姚汉珍问。

"哎，妈。我刚才在忙，没听见电话响。"

姚汉珍对这个称呼有些硌硬，停顿了片刻。

"你知道小蕙去哪儿了吗？"

"不知道啊，怎么了？妈，出什么事儿了？"吕建民问。

"她两天没回家了，电话也关机，现在亮亮发烧了，我都急死了！"

"妈，您别急。严重吗？发烧多少度啊？"

"摸着挺烫手的，我正带亮亮往医院赶呢！"

姚汉珍看了韩青一眼，韩青冲她点头，表示肯定。

"妈，您别着急，我这就过来！哪家医院？"吕建民焦急万分。

"市中心医院。"

吕建民到达市中心医院时已经快半夜12点。医院的急诊楼里灯火通明，人流如织。吕建民急匆匆地跑上台阶，还没等进急诊大厅，就被人拦截下来，塞进了路边的捷达。

"你们干什么？凭什么抓我？"吕建民嚷嚷道。

前排的韩青看着他说："我们是东州刑侦支队的，找你了解点儿情况。"韩青向吕建民出示了证件。

"找我干吗呀？"吕建民动了动胳膊，他的胳膊被梁子和另一名警员控制着。

"吕建民，我们在查一起案子，希望你配合。"坐在副驾的林嘉嘉对他说。

"配合什么呀？"

"别激动，你那么激动干吗？"韩青笑了笑，"我问你，你认识这个人吗？"韩青亮出白小蕙的照片。

"认识。"

"她是谁？"这是警察问话的规范，即便明知是谁，也要让被询问者亲自说出来。

"白小蕙。"吕建民答道。

"你跟她什么关系？"

"她是我前妻。"

"她在哪儿？"

"我哪儿知道？我们早离婚了。"

韩青和吕建民眼神交锋了片刻。

"你不知道？她前天没找过你吗？"

吕建民语塞。

韩青带人来到吕建民的修车厂时，已过半夜1点。他们对修车厂进行了检查，藏得下人的地方统统不放过。两名警员从废料堆旁经过，朝里面大概看了看，随即走开。吕建民暗暗松了口气。

韩青和林嘉嘉注意到了后院的监控探头，他们在电脑前查看这个探头拍到的东西，很快就找到了白小蕙来找吕建民的视频，但因为吕建民和白小蕙见面后走到江边去交谈，所以韩青和林嘉嘉听不到他们具体说了什么。

"白小蕙找你什么事儿？"韩青问。

"她跟我说孩子得了尿毒症。"

"还说什么了？"

"还说她要到平州去跑跑医院，看有没有肾源。如果一时半会儿回不来，要我帮着照顾一下孩子。"

"你昨天一天都在店里吗？"韩青忽然一转。

"对，早上起来一直忙到夜里，没出去过。"

第六章　前夫　｜　113

"你们上次见面是什么时候?"又是一转。

"半年前吧,我刚到这儿的时候。"

"之后就一直没联系过?"

吕建民摇头道:"发过一次信息,催我交抚养费,别的没了。"

"白小蕙找你还说了什么事儿?"韩青突然绕回第一个问题,这才是她想要问的,所以她设计了这个回马枪。

吕建民愣了一下,然后说:"刚才不是说了吗?她要去平州跑跑医院,一时半会儿回不来,想让我帮着照顾一下孩子。"

韩青看着吕建民,点了点头,至少他没有露出明显的破绽。

"韩姐。"电脑前的林嘉嘉打断了韩青的问话。她走过去,林嘉嘉点开一段监控视频给她看。她看到监控视频毫无征兆地突然断掉,灰白一片。

"这是什么时候?"

"昨天下午5点以后,一直到现在。"林嘉嘉说。

"吕建民,这是怎么回事儿?"韩青盯着吕建民。

吕建民过来看了半天不明所以。

"找到原因了。"林嘉嘉破解了问题,他在监控设置里有了发现。

"监控的时间设定的是早9点到下午5点,所以到了昨天下午5点就自动关闭了,今天早上9点才会自动打开。"

"吕建民,这是你设的吗?"韩青问。

"不是,这监控一直是24小时的,我从来没动过。"吕建民一脸无辜。

乱晃的灯光下,伴随着劲爆的乐曲,站在沙发上的陪酒女郎疯狂甩头。她的旁边坐着张勇。

此刻他的手机响起,他看了看,便立刻轰走了陪酒女郎,关掉了音乐。

"喂?"张勇的语气里少了他标志性的大哥范。

"处理车的人靠谱吗?"对方冷淡地问。

"靠谱。是我一兄弟,人绝对没问题,你放心。"

"是叫吕建民吗?"

张勇愣了一下,回道:"是。"

"警察找到他了。"对方的语气更冷了。张勇大惊。

奥特曼

半夜时分，小街空无一人。路边树荫下停着一溜车，香槟色宝马停在其中。

绿化带里的时控变电箱箱门被螺丝刀啪的一声撬开，黑框眼镜老男人打开变电箱，切断了控制路灯的电源。道路两侧的路灯瞬间熄灭，小街陷入一片漆黑。

他知道街口的监控探头有一半被浓密的枝叶挡住，他也知道香槟色宝马停的位置正好在树下，不会被拍到。他从容地来到香槟色宝马的车尾，打开车尾门，把昏睡的白小蕙扛在肩上，随后消失在夜色中。

黑暗中，马达声响起，导轨式升降货梯缓缓落到地面。昏黄的壁灯亮了，黑框眼镜老男人扛着白小蕙走出货梯，来到密室。可以看出，这里就是范灵灵被杀害的地方，只是没有了塑料布，显得空荡荡的。

白小蕙被放到地上，仍然昏睡不醒。

黑框眼镜老男人拿出手机，给望天拨打视频电话。在一间黑漆漆的屋子里，隐匿在黑暗中的望天接起来，静悄悄地看着视频框里的黑框眼镜老男人。黑框眼镜老男人将镜头转向地上的白小蕙，几秒钟后，望天挂断了视频通话。

半夜的高速公路上，韩青闷闷地开着车，林嘉嘉坐在副驾打电话。

"好的，秦所长，感谢感谢。大半夜给您打电话，不好意思。您早点儿休息，再见。"林嘉嘉挂了电话。

"秦所长说，吕建民口碑不错，没有违法经营，也没有邻里纠纷，出狱至今没有任何不良记录，简直是五星好评啊！韩姐，我们是不是白跑一趟啊？"林嘉嘉自嘲地笑笑，看到韩青铁青着脸，又立刻收住笑容。

前方路边不远处有辆车打着双闪，等靠近了一些，韩青看到一辆轿车停在应急道上。韩青减速停在了这辆车前方的应急道上。

"怎么了，韩姐？"林嘉嘉不明其意。

韩青下了车，来到轿车旁，坐在驾驶座的年轻男人看着韩青，降下车窗。

"怎么了？"男人问。

"你的车坏了吗？"韩青问。

"没坏啊，怎么了？"男人有些不耐烦。

第六章 前夫 | 115

"没坏怎么停应急道上了？"韩青继续问。

男人愣了一下，问："你是谁啊？"

韩青朝高速公路护栏外看，看到一个女人的身影在不远处。

"看什么看?！人家上厕所呢！"男人不爽了。

"别在这儿上厕所！前面几公里就是服务区，快回来！"韩青冲女人大喊。

已经准备蹲下的女人听见喊声吓了一跳，赶紧站起来。

"你嚷嚷什么？你是谁啊？"男人不愿意了，下了车来到韩青面前。

"这是上厕所的地方吗？不要命啦！"韩青瞪着他。

"关你什么事儿?！有病啊！"男人往前一步。

"这是高速公路，不是公共厕所，懂吗？没看到这么多的大车吗？"韩青也不含糊，往前一步冲着男人喊道。

没上成厕所的女人此时已翻回护栏内，林嘉嘉也过来了。

"算了算了，别吵吵了……"女人把骂骂咧咧的男人哄上车。

"神经病啊！"男人关门前骂了一句，开车离去。

韩青带着怒火望着车远去。

"韩姐，我来开吧……韩姐？"林嘉嘉发现韩青盯着远去的轿车有些走神，不知道她在想什么。

韩青的确在走神，她的思绪回到了20年前……

"这是高速公路，不能随便停车，你忍着点儿，快到了！"开着车的韩卫国回头看了看女儿，有些不高兴。

"我就要现在上！"15岁的韩青在后座上执拗地嚷嚷。

高速公路护栏外的韩青惊恐地望着大货车在急刹车后滑向路边……

"韩姐？"

韩青回过神来，看了看林嘉嘉，说了句"你来开吧"，朝副驾驶座走去。

回到市局时，天色已经快亮了，专案组成员们拖着疲惫的身体准备回家休息。方波询问韩青和林嘉嘉有关吕建民的情况。

"吕建民有问题吗？"

"这三起案子他都有不在场证明。"韩青疲惫地答道。

方波点头道："要是跟案子关系不大,就尽快放过,抓紧时间查别的。白小蕙被劫持得越久,生还的概率就越低。"

"方队,吕建民修车厂里的监控有问题。"林嘉嘉一边放东西一边说。

"什么问题?"

"监控没有拍到修车厂昨晚的情况,因为有人动了设置,把 24 小时滚动录制改成了只在早 9 点到下午 5 点录制,而且这个设置是昨天才改的。"

"谁改的?"

"吕建民说他不知道,他厂里的小工也都说自己没动过监控设置。我们把厂里近期的监控调回来了,看看能不能找到答案。"

方波点头道："赶紧落实。现在最大的难题还是这个黑框眼镜老男人,查来查去也查不出个眉目……"方波懊恼不已。

"最大的难题是通风报信的内鬼,不抓出来,再怎么查也没用。"韩青说。

"你又来了,内鬼这个词可不敢乱用,这事儿我和侯局……"

这时,方波看到什么,不说话了。韩青感觉到有人在拽她的裤子。是亮亮,他仰头望着韩青,手里拿着一个奥特曼面具。

"阿姨,你别抓我妈妈,我妈妈去平州是为了给我找医院看病。"

韩青看着亮亮,没说话。姚汉珍和一名女警从过道进来。

"亮亮,别乱跑,快出来……"姚汉珍说道。

韩青蹲下来,抚摸着亮亮的脑袋说："阿姨不是要抓你妈妈,是要保护你妈妈,知道吗?"

亮亮似懂非懂地看着韩青,姚汉珍赶紧过来抱起亮亮。

"大姐,你一晚上都没走?"方波问。

"我在等我们小蕙的消息。"姚汉珍说。

"先带孩子回去休息吧,有消息我们会第一时间告诉你。"

姚汉珍叹了口气："都是我不好,耽误了你们的时间,害了小蕙……"

姚汉珍难掩自责,一时间所有人陷入沉默。方波安抚了她两句,她这才抱着亮亮走出去。

"我们一定会找到白小蕙的,你放心。"韩青说。

姚汉珍回头看了看韩青,点了点头："谢谢你们……"红着眼圈儿走了。

第六章 前夫 | 117

"阿姨,我送送你。"林嘉嘉跟上去,和女警一道送姚汉珍和亮亮离去。

韩青看着他们,深感挫败。从碎尸案案发至今,凶手以一种强悍且不可战胜的姿态凌驾于警方之上。他在几处地方埋尸,要不是大自然的帮忙,警方可能至今还未发现;他如有神助般地赶在警方之前杀死了邱海龙,而警方只找到目击证人,其他线索全无;他劫持了白小蕙,把全城的警察玩弄于股掌,而警方目前掌握的线索少得可怜,还有内鬼在走漏风声。这种挫败感就像痛经一样,会定期侵袭韩青。她痛恨这种感觉,却又从中感受到一种挑战。

她把林嘉嘉带回来的吕建民修车厂的监控调出来,在电脑前看起来。这本应该是图侦组干的工作,但她还是想亲自查看,希望从中找到一些线索或指引。

她看到5月9日21:37后的一段视频中,吕建民一个人在修车厂里溜达,从厂房到前门,又从前门回到厂房,然后又来到后院,走走停停,若有所思。

韩青看不出他行动的逻辑,只觉得有些怪异。

吕建民走到监控探头下方时,忽然停下来,抬头望向监控探头,大约看了10秒钟,才走回厂房。

韩青重放这一片段,回味着,她似乎得到了某种指引。她调出黑框眼镜老男人望向监控探头的画面,和吕建民望向监控探头的画面做对比。两者在这一刻似乎有某种相似之处,难道这是巧合?

林嘉嘉回到办公室,手里拿着亮亮的奥特曼面具,有些忧伤地坐回座位。

"亮亮送给我的。"他朝韩青晃了晃奥特曼面具,虽然韩青没有看,"他让我像奥特曼一样,把他妈妈救回来。"林嘉嘉出神地望着面具,把它罩在脸上。

韩青直到这一刻才转头去看林嘉嘉,然后又望向电脑里的黑框眼镜老男人和吕建民。她冲过来抓起林嘉嘉脸上的奥特曼面具,定定地看着。

"怎么了,韩姐?"林嘉嘉有点儿蒙。

韩青慢慢把面具戴在自己脸上,又拿下来,望着林嘉嘉。

林嘉嘉似乎明白过来。

白小蕙慢慢睁开眼,视线模糊地看到天花板上的节能灯。黑框眼镜老男人走上前挡住了她的视线,白小蕙惊恐地退缩。黑框眼镜老男人正在进行视频通话,望天那边仍是一片漆黑,没有声息。

忽然,黑框眼镜老男人蹲到白小蕙面前,揭去她嘴上的胶带。白小蕙大口喘息了几下，在药物作用下突然感到一阵恶心，因为手脚仍被捆着，只得扭过头去；却只吐出几口夹杂胃酸的唾液。

"东西交出来。"黑框眼镜老男人拿着手机对着白小蕙，静静地等她喘匀后冷冷地说。

白小蕙第一次听见他的声音，吓得微微颤抖。

"不是给你们了吗？"她说。

"备份。所有的。"黑框眼镜老男人的语气毫无情感。

"没有了，真的没有了，原件和备份都给你们了……"白小蕙尽量做出没说假话的真诚表情。

黑框眼镜老男人沉默了片刻，凑近了一些。白小蕙吓得往后墙靠。

"你想跟她一样吗？"

"真的没有了，我没骗你！"

"钱呢？"

白小蕙没回应。

"那100万。"

"那是我的钱！"白小蕙不知从何处冒出了勇气。

"交出来。"

"那是我儿子的救命钱！……你杀了我吧！"

白小蕙不是吓唬对方，在这一刻她真的可以做到，儿子给了她最后的勇气。

黑框眼镜老男人看着她，不再说话。这时候，视频通话被望天终止。

早晨6点，东州的面具店都还没开门。即便开了门，韩青和林嘉嘉也极有可能无功而返，因为这些面具店并没有他们想要找的面具。更准确地说，东州就没有专门经营仿真面具的店铺，这一点他们在半小时前就已经查明了。这些所谓的面具店其实是些玩具店、礼品店或成人用品店，里面可能捎带卖一些普通得不能再普通的儿童面具或情趣面具，没有韩青要找的仿真面具。还是省城来的林嘉嘉见多识广，就像上次能立刻找到马丁靴的买手店一样，他带着韩青来到了省城著名的商业街，那里有一家叫潮玩派对的网红店，主要经营面具、玩偶等。

当林嘉嘉开着大切来到店外时，一对打扮入时的年轻男女面带微笑地从店里走出来，手里还拿着啤酒和烤串。从他们毫无睡意的眼睛看得出，他们绝不是在接到林嘉嘉的电话后从被窝里爬起来的，而是刚结束夜生活还没归家。

"这位美女是……？"年轻男孩看到韩青从副驾驶下来，向林嘉嘉问道。

"这是我姐。"林嘉嘉说。

"姐弟恋啊。"年轻男孩坏坏地一笑，和女孩先进了店门。

林嘉嘉有些臊："韩姐，别理他。"

"没关系，只要不妨碍我们查案，他把我想成你妈都可以。"

年轻男女带领他们穿过毛坯装修风的通道，沿着阶梯走向地下室。韩青看着阶梯两侧满墙的各式面具，觉得它们虽然已经比市面上的普通面具要别致许多，但跟她想找的还是差很远。她有种不好的预感，大老远跑来省城，或许又要无功而返。

林嘉嘉像是看穿了韩青的心思，刚下到地下室，他就把男孩叫住。

"哎，我记得去年圣诞节你戴的那个老白面具挺酷的，在哪儿呢？"林嘉嘉四处张望。

"那个啊，我早送人了，你想要的话，我可以让朋友从国外带。"男孩说。

"我不是要那个，我是想找跟它差不多的那种，叫什么来着？……"

"仿真面具？"男孩很聪明。

"对，有吗？"林嘉嘉问。

"哥们儿是谁？"男孩笑了笑，回头向女孩示意，可女孩却面露难色有些犹豫。

"没事儿，"男孩大大咧咧地拍了拍林嘉嘉，"他是干刑警的，跟派出所的人不一样。"

林嘉嘉也赶紧说："我们只是来查案子，看一下就走。"

男孩来到女孩身边耳语了片刻，女孩点了点头，然后来到一面展示墙前，伸手按下了隐秘机关。伴随着一阵轻微的咔嗒声，一块四方的墙板突出来，向上滑动，露出暗槽，里面摆放着五六个仿真度极高的硅胶人脸面具。韩青和林嘉嘉暗感震惊。

"做工不错吧？有你们想要的吗？"男孩得意地问。

"有年纪大一点儿的男士面具吗？"林嘉嘉问。

"之前有一个，被偷了。"女孩说。

林嘉嘉回头看了看韩青,又问女孩:"什么时候?"

"就上周六。"

"谁偷的?"

"不知道。"

"监控没拍到吗?"林嘉嘉指了指店内的监控。

"没有,小偷偷的时候把电闸拉了。"

"是这个面具吗?"韩青把手机递到浓妆女孩面前,上面是黑框眼镜老男人的监控截图。

女孩仔细看了看,肯定地说:"是,就是这个!"

黑框眼镜老男人摘下眼镜,伸手从后脑勺慢慢拽下老男人面具,是王学华。白小蕙望着眼前这个摘下面具的陌生人,惊得说不出话来。

第七章　姐妹

周雪曼

　　早晨 6 点刚过，也就是韩青和林嘉嘉在省城潮玩派对的店里查到仿真面具的时候，站在阳台上看着对面北山发呆的周雪曼兴味索然地摘下耳机，将杯中的威士忌喝完，剩下大半颗冰球在杯中晃荡。

　　最近一个月，她总是心不在焉，耳朵里时常塞着耳机，哪怕是在麻将桌上和牌的时候也是如此。店里的员工都知道，老板最近迷上了悬疑类有声书，不仅没日没夜地听，还常常被里面的剧情感染，一个人傻笑或垂泪，反而凸显出她的感性之美。

　　她回到客厅，把身体陷进空荡荡的大沙发，蜷缩成一团，望着天花板继续发呆，没有丝毫困意。这是她习以为常的状态。经营茶室以来，她除了每周五固定要陪几个老熟客搓通宵麻将外，还经常一晚一晚地陪董洁等闺密、阔太群里的阔太聊人生、吐槽男人，不胜其烦。

　　命运似乎特别眷顾她，就算是这样频繁的熬夜，她的容颜也不见衰老，她依然是令男人们暗自心动的女人。如果说 20 岁女人看外表，30 岁女人看韵味，40 岁女人看气质，那周雪曼则涵盖了以上全部。把男人们对她的评价浓缩成两个字，就是"舒服"。

　　看似简单的两个字，要实现它却并不简单。让人觉得舒服，是一种境界。

　　周雪曼能做到这一点，除了上天的馈赠，更多的是克己的修炼。美丽的外表需要严苛的自律来维护，迷人的韵味需要阅历和智慧来增添，超凡的气质则需要在不断自省中升华。这是周雪曼让人感到舒服的秘诀。所以但凡熬夜后，第二天她都不会安排任何事儿，给身体留出时间静养，让它自愈。然而今天是个例外，她没有心情顾及自己的身体。每年的这几天，她都惶惑不安，无法入眠。

她草草喝了半碗养生粥,就从家开车到了茶室,在员工还没来上班前,自己做起了营业的准备。擦桌子的时候,她失手打碎了一盏心爱的茶杯,十分懊恼。昨天她接到老人院的电话,说她妈妈周雪萍把大便拉在午饭里,差点儿吃下去。前天她去看周雪萍的时候,周雪萍认出了她是自己的女儿。这是近年来周雪萍第一次认出她,为此周雪曼非常开心,本以为周雪萍的阿尔茨海默病出现了奇迹般的逆转,可没想到第二天周雪萍就差点儿吃了自己的大便。这是患病以来最严重的认知错误,昭示着病情的加重,这实在让周雪曼感到挫败。她收拾好茶杯碎片,一起身却撞到旁边的博古架上,两个刚从景德镇淘回来的茶宠从架子上跌落下来,摔得粉身碎骨。她怔怔地望着,又猛地抬起头,想让刚流出来的眼泪流回去。今天周六,还要去买烧鸡,摊主可能提早收摊,必须买到,否则明天去祭拜的时候,爸爸会不开心。她擦干眼泪,俯下身去捡碎碴子。

独行侠

白小蕙的背包摊开在洗手池台面上,里面的东西不多:一部手机、两万元现金、一个旧钱包、一把折叠伞和一包卫生巾。王学华一一检视。他拔掉手机里的 SIM 卡,折断后扔进马桶冲掉。检查钱包时,他从夹层里抽出一张照片,照片中白小蕙和亮亮脸贴着脸,温馨甜蜜地对镜头笑着。

王学华出神地看着这张照片,这勾起了他遥远的回忆。他有一股想要撕碎这张照片的冲动,又硬生生压制了回去。照片中白小蕙紧紧搂着亮亮,充满了母爱,可以想见亮亮能感受到的幸福。王学华抬起头,看着镜子里疲惫的自己——那张一直隐藏在面具后的脸此刻充满血色,也带了一丝人情味。

黑暗中,马达声响起,白小蕙惊恐地朝声音传来的方向望去,只见升降货梯降到了地面上,灯亮着,王学华站在货梯里。

他拿着一瓶矿泉水,揭开白小蕙嘴上的胶带要喂她喝。见白小蕙扭头躲开,于是他自己喝了一大口,证明水没有问题,然后又把矿泉水瓶递到白小蕙面前。这次白小蕙没有躲闪,犹豫了片刻后,凑上前喝起来,很快就把一瓶水喝掉了。他看到她的嘴角有风干的血迹,就去拿来酒精和棉签替她擦去,然后把新的胶带贴到她嘴上。

走的时候,他又回头仔细看了看白小蕙。这眼神让白小蕙不禁揣测他是不是在琢磨那种事儿。白小蕙已经做好了打算，无论如何都不会交出那笔钱。

而他想的则是：面前这个女人，是个好妈妈吗？

应该是，否则她的孩子不会有那么开心的笑脸，和童年的自己一样。

薄雾在江面蒸腾。吕建民站在薄雾中若隐若现，一辆跑车缓缓停到他面前。

"吕哥，不是说不干这个了吗？"石头笑着下了车，他的行头依然光鲜，眼睛却因熬夜玩乐布满了血丝。

吕建民从怀里掏出一个纸包递给石头。石头打开来，看到两副江C85K92的东州车牌。

"靠谱啊，吕哥！"

"快收起来。"吕建民谨慎地四下望了望，虽然后院里只有他们俩。

石头把车牌放回车里，拿来2万元给吕建民，说："谢了，吕哥。"

"别在白天用，这牌子不干净。"

石头懂行地笑了笑，保证道："放心，吕哥。"

吕建民回到二楼，把2万元连同张勇给他的5万元装进包里。

他来到厂房，说："柱子，我去趟东州，店里你盯着点儿。"

"好咧。"

"我给废旧金属回收厂打过电话了，一会儿他们就来，你让他们把后院那些废料拉走，要清空，一点儿也别剩啊！"

"行嘞，哥，我知道了。"

交代完别的杂事儿，吕建民背着包来到后院，不放心地看了看那堆废料。银灰色小面的废料散落其中，像一颗颗定时炸弹，令他不安。

林嘉嘉除了将老男人面具各角度的展示照片贴在白板上，还把黑框眼镜老男人嚣张地望向监控探头的照片贴在旁边，以便对照。

专案组成员们静默地围在照片前。自黑框眼镜老男人被定为重大嫌疑人后，他们的工作重点一直是放在符合年龄段的人群上。面具照片的出现无疑是爆炸性的，这意味着他们的工作前功尽弃。

"除了那副黑框眼镜，其他都一模一样。"老宋打破了沉默。

"难怪我们查遍了符合年龄条件的人都查不到。"梁子接着说。

"这副老男人面具是上周六刚被盗的,时间也吻合。"林嘉嘉说。

专案组成员们开始低声讨论起来,稀稀拉拉的声音充满了沮丧。

方波此时急盼着不同的声音出现,能鼓舞低迷的士气。他忽然想到了什么,四下张望着,发现韩青站在离大家稍远一些的位置,独自思考着什么。

"韩青。"方波望向韩青。

韩青没有回应,似乎仍陷在自己的思索中。

"对这个面具,你怎么看?"方波问。

"这可能会颠覆我们之前的侦查方向。"韩青头也没抬,大家的沮丧并不会影响她查案的心情。就像从前一样,每当经历集体挫败时,往往也是她最富韧劲儿的时候。

她并不比别人坚强多少,她只是更在乎这份工作。对她来说,工作就是她的全部。下班后,她会感到落寞和沮丧。下班后别人憧憬的美好时刻,对她来说是噩梦和炼狱的开始。她的人生中没有生活,只有工作。只有当钟伟出现的时候,她的世界才被照进了一丝阳光。如今这一丝阳光消失了,她的世界又回到了黑暗。只有在办公室、在凶案现场,她才觉得自己活得像个人。这些都是同事们并不了解的。

当大家都沉浸在老男人面具带来的震撼和沮丧中时,她一直在思考两个问题:一、吕建民和黑框眼镜老男人到底是什么关系?或者说他们是否是同一个人?二、泄密的人是谁?现在这个房间里看着老男人面具照片的人里面,哪一个才是内鬼?她一直在暗中观察每一个人,在脑海中调出他们过往的行为,以及不被留意的、可能看似正常却隐藏深意的细节。她现在处于极度疲惫、极度敏感的状态。这案子除去本身的线索,似乎还和钟伟的失踪保持着某种神秘联系,这让她充满了斗志。她才不在乎黑框眼镜老男人是不是真的戴了面具,这只是小伎俩而已,她在乎的是这背后的秘密。

她现在还纠结着一个问题:即将展开的新调查由于内鬼的存在而变得不再安全,她不希望辛苦挖到线索后被内鬼再次抢先,所以林嘉嘉跟着她会增加这种不安全性,如何才能从与林嘉嘉的合作中独立出来呢?

她并不怀疑林嘉嘉是内鬼,她只是对他突然来到东州有疑惑,她不确定林嘉嘉会不会把她的调查汇报给相关人士,比如派他来的人,或侯勇、方波之类

第七章 姐妹 | 125

的领导，这会增加泄密的风险。所以最好的办法就是自己当独行侠的同时，也妥善安排好林嘉嘉，毕竟他是领导安排给她的，这小子也的确有两把刷子，不能浪费。

"林嘉嘉。"她想好了对策。

林嘉嘉赶紧从自己的工位跑过来。

"咱们去哪儿，韩姐？"和韩青一同查出老男人面具后，林嘉嘉的干劲儿也越来越足，他感到有一种默契在他和韩青之间滋长，这令他非常愉悦。

"两个事儿。吕建民修车厂的监控视频还没查完，你得加把劲儿；还有银灰色小面消失的那5个多小时，它到底藏在哪儿了，这需要下功夫查。梁子的组一直在跟这条线，他们一会儿去齐兴罗街走访，就是银灰色小面最后出现在民用监控画面中的那条街。你也去吧。"韩青吩咐完，看着林嘉嘉。

"你不去吗，韩姐？"林嘉嘉觉出些什么。

"我去查别的。"韩青说。

"行……"

韩青挎着包匆匆离去。

她去了吕建民的修车厂所在辖区的井新县下安派出所。她找到所长秦伟民，想调建民汽修所在区域的道路监控。她要看看白小蕙被劫持当晚，这里有没有发生过异常，尤其是那辆银灰色小面有没有在这里出现。但她并没有跟秦伟民具体说什么，有关碎尸案的情况，秦伟民早已收到过东州市局的协查通报，因韩青是作为兄弟单位的代表前来查案，她又是老熟人赵文斌的徒弟，他自然相当配合，所以也没让她出示任何公文，就带她来到了图侦室。

"小魏，这是东州市局重案大队的韩青，想查一下咱们片区的监控。"秦伟民向电脑前的一个警员介绍道。

"好的。"叫小魏的警员冲韩青点了点头。

"麻烦了。"

"韩青，你先忙，我去县里办点儿事儿。"秦伟民说。

韩青对秦伟民表示了感谢，送走他后，她坐到小魏旁边。

"韩警官，你具体要查什么？"

"查一辆车。"

"好的，车牌号是……？"

"江 C85K92，一辆银灰色小面。"

"好的。"

吕建民上一次踏入罗湖村还是在入狱前——去年的 5 月份。那时的他和白小蕙还没离婚，亮亮的病也还没被发现，一家人高高兴兴地回娘家吃小海鲜。

他拎着礼物推开院门，亮亮正趴在石头垒成的围栏边和玩具说话。

"亮亮！儿子！"吕建民拎了拎手里的口袋，里面装着玩具礼盒，"看爸爸给你带什么了？"

"爸爸！"亮亮开心地跑过来，吕建民搂着儿子一顿亲，胡子扎得亮亮哈哈大笑。

他给亮亮买了一把玩具枪，亮亮很喜欢。这把做工不算精良的玩具枪竟花掉了他 400 多元，赶上他一个月的烟酒钱了。

"爸爸，你带我出去玩吧，我好久没有出去玩了。"亮亮撒娇道。

"等你病好了，爸爸天天带你出去玩，行吧？"

"不嘛，你现在就带我出去玩，我现在就想出去玩！"

吕建民忽然看到姚汉珍站在堂屋门口看着他们。

"妈……"吕建民有些尴尬。

姚汉珍也有些尴尬，因为她之前配合警方骗了吕建民。她点了点头以示默许，转身回了屋。

"爸爸，你带我出去玩吧，我保证以后乖乖地扎针。"亮亮央求道。

亮亮说的扎针就是做透析，吕建民听白小蕙说过，亮亮每次都又哭又闹。

"好，爸爸今天就带你出去玩。"

亮亮开心地叫起来。

吕建民把 7 万元放到小炕桌上。

"你这是干什么？"姚汉珍看着钱问道。

"妈，这 7 万块钱是给亮亮治病用的。"吕建民低声说。这是他对丈母娘说话的习惯。他在丈母娘面前总有些矮一截的意味，一方面是因为他确实不算是合格的姑爷，另一方面是因为丈母娘历来看不上他，这让他有些自卑。

第七章 姐妹

"7万？你知道治这病得花多少钱吗？70万怕都不止！"果然，姚汉珍并不买他的账，也不留情面。她的气愤还涵盖了白小蕙的遭遇，吕建民能理解。

"妈，目前我就拿得出这么多，您先收着，剩下的我再想办法。小蕙出了这事儿，我又忙着车厂那摊子事儿，亮亮就靠您多费心了。"

"我自己的大外孙子，有什么费心不费心的。"

"是。妈，以前都是我不好……不过您放心，亮亮治病的钱包在我身上，您不用操心。是我对不起小蕙，对不起孩子，我……"

"现在说这些有什么用！早干吗去了？"姚汉珍眼圈儿一红，说不下去。

亮亮从外面跑进来，拽着吕建民："爸爸快走吧！带我去玩！"

吕建民抱起亮亮，说："妈，那我带亮亮去城里玩会儿……"

姚汉珍挥了挥手，吕建民带着亮亮出去了。姚汉珍在窗口目送父子俩走远，默然掉下眼泪，回头望向小壁橱上的相框。

相框里，是白小蕙的照片。

此时的白小蕙身处黑暗，满脑子都是亮亮。为了儿子，她做了她这一生中最勇敢也最愚蠢的事儿，将自己陷于险境，前路未明。她的亮亮急需她的陪伴，急需她拼死得来的钱换肾，她却被困在这里，无能为力。她默然哭泣，着急得想一头撞死，却没有勇气。在治好亮亮的病之前，她觉得自己甚至没有死的权利。

黑暗中，马达声响起，白小蕙紧张地望着升降货梯降到地面上。灯亮了，王学华走过来，他手里拿着一只空油漆桶和一卷手纸。他把桶和手纸放在白小蕙面前，解开了她的手脚。

"用这个上厕所吧。"他冷冷地命令道。

白小蕙现在有些搞不懂状况了：这个人费尽心机把自己掳来却又不杀自己，到底是为什么？他下一步想干吗？

"我没有备份了，真的。那钱是我的，我不能给你。"白小蕙重申。

"给你5分钟，够不够？"

白小蕙点了点头。王学华起身离去，上了货梯，随着马达声响起，升降货梯载着王学华慢慢升了上去，从白小蕙的视线中消失。

白小蕙仔细聆听着，直到马达声彻底停止，她才站起来，用最轻的脚步来到升降货梯底下。她朝上望去,升降货梯停在上方六七米的空中,黑乎乎一片,看不清楚。白小蕙查看两旁的货梯托梁,琢磨着是否有攀爬的可能。

"你想爬上来吗?"王学华冷冷的声音从黑乎乎的上空传来。

白小蕙吓得赶紧跑开。

啪的一声,韩青的手指有力地按下空格键,将正在播放的画面暂停。她像发现猎物般倾身向前,盯着电脑画面里那个模糊的车影,小魏也凑上前看。

这是吕建民的修车厂所在的光明街南侧卡口5月10日23:48的监控视频,一辆车身印有超级运标志的银灰色小面西F648H5驶入监控范围。因为是晚上,探头角度也受限,司机还用遮阳板挡住了脸,所以无法看清他的面目。

"韩警官,你要找的不是这辆车吧?车牌不对。"小魏说。

"车牌是不对,但车型一致。"

韩青放大画面,盯着这辆超级运小面,以及看不清面目的司机。

两分钟后,韩青从下安派出所跑出来,开着捷达一溜烟没影了。她先去了井新县国道管理处,调取了那晚各个收费口的监控视频。因为她要沿着超级运小面的来路倒查它的轨迹,看它是何方神圣。几经辗转,她查到超级运小面来自东州,离开东州的时间正好是那辆银灰色小面在齐兴罗街被民用监控拍到后不久。她一路匆匆赶回东州市局,来到重案大队图侦室。

"韩姐,查什么?"小于看到韩青急匆匆进来,于是问她。

"你忙你的,我自己查点儿东西。"韩青找了个空座坐下。她不是不信任小于,而是怕节外生枝。既然她决定做独行侠,就会做到底。

很快,她在104国道东州东收费站的监控中发现了超级运小面的身影,狡猾的司机依然是用遮阳板挡脸。韩青继续倒查,没想到这辆超级运小面一直处于道路监控中,并不像那辆银灰色小面一样躲着监控走。韩青因此心里有些打鼓,难道自己精神太过紧张,跟错了车?难道两辆车的车型相同仅仅是巧合?

查到东鹏大道的时候,韩青看到超级运小面是从天泽百货地下车库出来的,于是找到能拍到天泽百货地下车库入口的监控探头,想从这里继续倒查。

然而有意思的事情发生了,她在地下车库地面入口的监控中并没找到超级运小面,却找到了那辆银灰色小面。她兴奋地回看地下车库出口的监控,想看

第七章 姐妹 | 129

看那辆银灰色小面开出来的影像，却始终找不着。

既然超级运小面没有进地库的影像，那辆银灰色小面也没有出地库的影像，那么它们很可能是同一辆车。

灭迹

韩青从图侦室出来，一路狂奔，搞得同事们不知道发生了什么。她来到电梯前狂按按键，好容易等到电梯门打开，着急进入的她和里面出来的方波撞在了一起。

"怎么了，韩青？"方波赶紧问。

韩青不答话，只是冲进电梯狂按关门键。

"出什么事儿了？你倒是说句……"方波话还没说完，电梯门已经关闭，"这急脾气，跟老赵一样一样的。"方波望着电梯门干瞪眼。

韩青来到天泽百货安保部监控室，调取地下车库当时的影像。

可以看到，银灰色小面于 20:43 开进地下车库，停在一辆香槟色宝马旁边，由于监控探头角度问题，拍不到它的影像。一个多小时后，21:57，它从宝马车旁边开走。此时，它赫然变成了超级运小面，车牌还是江 C85K92。1 分钟后，它来到缴费口缴费，狡猾的开车人始终躲在遮阳板后面，让人看不到脸，车牌仍然没变。5 分钟后，它驶出地面出口，此时的车牌已经变成了西 F648H5。

韩青来到缴费口和地面出口之间的盘旋车道，正常情况下，通过这段车道只需不到 1 分钟，银灰色小面却用了 5 分钟。很明显，银灰色小面的江 C85K92 车牌就是在这里被换成了西 F648H5。开车人知道不能提前更换车牌，否则缴费口的电脑系统无法识别，所以他只能在这里更换车牌。

韩青立即驱车返回井新，她的怀疑得到了验证，吕建民和黑框眼镜老男人有着某种关系。她想到了修车厂后院的那堆废料，那晚去调查的时候她没仔细看，那堆废料里东西很多，极有可能留下蛛丝马迹。她加快了车速。

捷达呼啸而至，韩青跑进修车厂，柱子看着她。

"吕建民呢？"

"他出去了。"
"去哪儿了？"
"回东州了。"
韩青猛然跑去后院，不出所料，废料堆已被清空。
"里面的东西呢？"她回头大声问跟出来的柱子。
"拉走了。"柱子看着这个有点儿癫狂的女警。
"拉哪儿去了？"
"废旧金属回收厂。"
韩青暗骂了一句，跑出店门。

东州商场，吕建民和亮亮注视着夹娃娃机，电动夹子在空中移动……
废旧金属回收厂，硕大的钢铁夹子在空中移动……

电动夹子夹住了一个玩偶，拎起来……
钢铁夹子夹住了一堆混杂着银灰色小面切割件的金属废料，拎起来……

电动夹子松手，夹着的玩偶坠落……
钢铁夹子松开，金属废料坠落……

亮亮跳进海洋球池，在球堆里翻滚、笑闹，最后钻进去，被球堆淹没……
银灰色小面金属废料掉进粉碎机，在切刀间翻滚、碎裂，最后被吞没……

推币机前，吕建民和亮亮兴奋大叫，看着出币口吐出无数枚代币……
渣料出口，跑来的韩青喘着粗气，看着传送带口吐出的细碎金属废渣……

韩青急匆匆地冲进了方波办公室，把正在讨论的方波和林嘉嘉吓了一跳。
"方队，那辆银灰色小面到了！"啪的一声，韩青把一摞纸拍在了办公桌上。
方波和林嘉嘉吃惊地看了看韩青，又抓起那摞纸查看，上面全是那辆银灰色小面和超级运小面的监控截图。
"从哪儿找到的？"方波喜出望外。

"天泽百货地下车库。银灰色小面在那里改头换面，变成了超级运小面。银灰色小面从齐兴罗街离开后，进入天泽百货地下车库，在那里贴上了超级运标志，然后在地面出口前的斜坡上，把车牌换成了西F648H5。"韩青按照监控截图的顺序为方波和林嘉嘉详细讲解。

"车子离开地下车库后去哪儿了？"方波有些兴奋地站了起来。

"它从东州东收费站上了104国道，离开东州去了河东井新。"

"好！马上给井新县局打电话，要他们协查！"方波来了精神。

"查过了。"

"什么？"方波愣住。

"我一早去过了。"

方波又是一惊。

"最后拍到西F648H5的地方，是井新县城光明街南侧的卡口，北侧的卡口却没有拍到它离开。"

"就是说光明街是这辆车最后的落脚点？"林嘉嘉问。

"对，更关键的是，吕建民的修车厂就在光明街上。"韩青眼里放着光，"我赶到修车厂的时候，那堆汽车废料没了，说是被送去了废旧金属回收厂。我又赶到废旧金属回收厂，但还是晚了一步，那些废料已经被全部粉碎，什么都不剩。"韩青对方波惋惜地笑了笑。

方波的脸色渐渐发生变化，林嘉嘉看到后有些不安。

"之前我在电梯那儿碰到你着急忙慌的，就是去井新？"方波问。

"对，我从井新赶回来查监控，倒查这辆车的行车轨迹，然后又赶回井新去查吕建民的修车厂。"

方波的脸沉了下来，韩青并没有注意到。

"方队，现在全对上了，这辆车昨晚去了光明街，准确地说是在光明街消失了。吕建民昨晚正好一个人在修车厂，监控还被改了设置，拍不到修车厂里的情况。今天汽车废料又被迅速销毁，我认为那堆废料很有可能就是我们一直在找的那辆银灰色小面，也就是超级运小面。吕建民有重大嫌疑，应该对他采取行动……"

"你等会儿。"方波打断了韩青的话。

"怎么了？"韩青不解。

"你跑去井新，向专案组汇报请示过吗？"

韩青尴尬地笑了笑，明白了方波的意思。

"向我汇报请示过吗？咱俩在电梯口碰着，我问你出什么事儿了，你为什么不说？！我就站在你面前，你连跟我汇报一声的时间都没有吗？"

"事情太急了，我怕来不及……"

"你是怕来不及还是不信任我？"

"我怕搞错了，想自己先去落实了证据再汇报……"

"你这叫落实证据？你这叫无组织无纪律地蛮干！"

"我怎么蛮干了？"

"你这还不叫蛮干？发现重大线索不汇报，私自采取行动不请示，打乱专案组整体部署，你这是严重违规，知道吗？！"

"就这我都晚了一步，等你部署完，黄花菜都凉了！"

"你……"

"特殊情况特殊处理！必要时先斩后奏！你有什么不满意？"

"我……"

"随便你处分，我无所谓！"

韩青撑得方波说不出话，林嘉嘉在一旁悄悄拉她。

"干吗？"韩青甩开林嘉嘉的手。

"好好好，你真是厉害啊，我们队就数你最厉害！"方波气得脸通红，"我看这案子干脆你一个人去破得了，我们都在屋里休息就好！"

"一个人破就一个人破！省得有人通风报信！"

"看看，终于把心里话说出来了吧？韩青，你太不像话了！"

韩青自知失语，没有接茬儿。林嘉嘉尴尬地看着两人。

"专案组那么多同志都在辛苦忙活，你在会上说有内鬼，又追着侯局说有内鬼，你让其他同志心里怎么想？谁能安心办案子？钟伟的案子你也是一个人偷摸在查吧？你把我们所有人都晾在那儿，好像我们不着急、不想查，就你一个人想！"

"你着急吗？别忘了你亲口说的'他已经失踪52天了'！意思是他已经没戏了！死了！不是吗？！"韩青摔门而去。

林嘉嘉无所适从地看着方波，刚想安慰两句，方波却抬手示意，无奈地笑

第七章 姐妹 | 133

了笑，说："她就是这脾气，平常对人冷冰冰，总耷拉个脸，钟伟在的时候叫她'不高兴'。一上案子就全身心投入，其他什么事儿都不管不顾。唉，话虽然说得过了点儿，但心是好的，就是想破案。在办案的韧劲儿这一块，队里谁也比不了她。要没这股劲儿，这条线索未必出得来……"

林嘉嘉看到韩青在办公室门外焦躁地来回走着，赶紧出去叫她："韩姐……"

"你先听我说，你现在就去跟方队说，必须马上去井新查吕建民，查那辆车，哪怕不让我去，也得派别人去，要快！对了，你要说什么？"

林嘉嘉看着韩青，笑了。

韩青着急地拍了他一下，问："你傻乐什么？说啊！"

这一下拍得还挺疼，可见韩青是真着急。

"我要说的你都说了。"林嘉嘉笑着揉胳膊，"方队派我和你，不，是让你带着我，马上去井新调查吕建民的修车厂和超级运小面的去向。他还给下安派出所的秦伟民所长打了电话，要他们协助我们调查。"

韩青兴奋地扭头就走。她刚和林嘉嘉跨进电梯，手机就响了，是米小虎打来的电话。因为在电梯里，她没有接。出了电梯后，她假借上厕所避开了林嘉嘉，给米小虎回过去，才知道出了事儿。

"林嘉嘉，你开你的车先去井新，我去办点儿事儿。"韩青从卫生间出来说。

"什么事儿啊？我陪你一起去吧。"林嘉嘉有些担心。

"不用。还有，别告诉方队。"

"啊？"

"啊什么！快去井新，我跟着就来！"

韩青又匆匆跑了。

作为东州地下空间开发的重要工程，坐落在东州大道上的人防地下商业街总面积达到了 4 万平方米，毫无争议地成为全省最大的地下商业综合体。设计规划者们曾经期望这个庞大的地下空间能够解决城市用地的供求矛盾，然而经过几年的运营，这里逐渐变成了廉价小商品的销售集散地。地下二层的停车场不到一年就因为亏损而荒废，成了流浪者、毒虫和犯罪分子的集散地，像毒瘤一样横亘在东州的心脏位置。

　　韩青穿行在密如蛛网的凌乱通道里，满眼是花里胡哨的廉价小商品，耳朵里充斥着商贩和顾客此起彼伏的对话。在通道尽头她拨开脏污的塑料厚片门帘，踩着锈迹斑驳的铁楼梯下到地下二层的荒废停车场，走了近10分钟才在一堆废纸箱后面找到躺在污水里的米小虎。

　　"你怎么样？"

　　米小虎的样子已经说明了一切，他在电话里说自己挨了打。

　　"我没事儿，应该没伤到骨头……"米小虎强撑着说。

　　"都这样了还嘴硬呢！走得动吗？"

　　"能……"

　　韩青费力地将米小虎扶起来，米小虎疼得吱哇乱叫。

　　"姐，又给你添麻烦了。"包扎好伤口，躺在病床上的米小虎冲韩青不好意思地笑笑。

　　"你老实跟我说，到底怎么回事儿？被谁打成这样的？"韩青虽然着急想走，但看着米小虎的可怜样又不忍心。

　　"姐，你就别问了。我没事儿，你去忙吧。"

　　"什么叫没事儿？非得去派出所才叫有事儿啊？"

　　"姐，我没打架，真的，骗你王八蛋。"

　　"没打架怎么成这样了？米小虎，你不老实交代清楚，咱俩就这样吧。"

　　"别，姐……是涛涛打的。"米小虎嘟囔了一句。

　　"大声点儿。"

　　"涛涛。"

　　"谁是涛涛？"

　　"一个吸毒的，你不认识。"

　　"他为什么打你？"

　　"我打听到他就是你要找的那个人。"

　　韩青一惊，问："他打听过邱海龙的住址？"

　　"对，"米小虎点头，"他不知道从哪儿听说我在打听他，带了几个人过来，把我打了。"

"你怎么不早说？他们人呢？"

"早跑了。不过我知道涛涛在哪一带活动，肯定能找到他。"

"吃东西了吗？"韩青望着米小虎，有些心疼。

"吃了，早上吃了两个大包子。"

"这都几点了？！"韩青无奈地摇摇头。

"姐，你别管我，你走吧，我没事儿了……"

"好好躺着。"她朝门口走去。

15分钟后，韩青拎着一大袋吃的往病房走。她给林嘉嘉打过电话，得知吕建民去过姚汉珍家，还带亮亮进城，两小时前已经把亮亮送回了家，说还要去见个朋友，林嘉嘉给他打电话也不接。下安派出所的警员正在对修车厂所在的光明街进行走访调查，寻找超级运小面，目前还没有结果。韩青刚拐弯，就听见不远处米小虎所在的病房里传来争吵声，门外有一堆病人和家属在围观。她赶紧跑过去，拨开人群，看到一对中老年夫妇围在米小虎的病床旁，情绪非常激动，一名护士在他们中间劝解。韩青一眼就认出来，他们是米小虎的父母。因为和米小虎的特殊关系，她从来没登门拜会过他们，他们也不知道韩青是谁。米小虎看到韩青顿时很尴尬，不知所措。

"您别嚷嚷了，影响别的病人休息……"护士劝着米小虎的母亲。

"我跟我儿子嚷嚷，影响什么了！"米小虎的母亲带着哭腔咆哮。

护士拿她没办法。米小虎痛苦地闭上眼睛。

"怎么了？"韩青上前来，米小虎的父母诧异地看着她。

"你是谁啊？"米小虎的父亲表情并不友善。

"我是米小虎的朋友。"韩青挤出一丝微笑。

"朋友？女朋友啊？"米小虎的父亲不客气地上下打量着韩青。

"你别瞎说！她是我姐。"米小虎冲他爸喊道。

"你是他姐？哦，你们是一伙的！"米小虎的父亲顿时充满敌意，"我问你，小虎被谁打成这样的？你怎么没被打？你不是他姐吗？你怎么好好的啊？你说啊！"他情绪激动地伸手指向韩青。

"跟我姐没关系，你别瞎扯！"米小虎争论起来。

"米小虎！"韩青赶紧制止米小虎，不让他继续说下去。

"哼，都是被你们这帮混蛋带坏的！"米小虎的父亲激动地斥责韩青。

韩青被骂得不知怎么说好。

"妈！你快把他弄走！"米小虎急得要起来，护士和韩青按着他。

"这时候知道叫我妈了！在外边鬼混的时候你想过我们吗？小虎，你不能再跟这些人混了，到时候后悔都来不及！妈求求你了！"

"我求求你们了！你们赶紧走吧！"米小虎痛苦地喊道。

米小虎的母亲见状反而来到韩青面前，眼神悲愤地瞪着她，说："你们积点儿德行不行？别再祸害我儿子了！我们家啥也指望不上，就指望他了！你们放过他吧，我求求你们了！"米小虎的母亲痛哭流涕，说着就要向韩青跪下，韩青赶紧上前拦她。

"你干什么！起来！"米小虎的父亲怒喝着过来，伸手推开韩青，拉着还在痛哭的米小虎的母亲就走，"哭什么哭！走！就当没这个儿子！"

围观的人群也跟着散去。米小虎用被子捂着头，韩青听到他发出了闷闷的抽泣声。

"他没事儿了，我在这儿。"韩青对护士说。

没想到护士叹了口气，说："我说句不该说的，你们也得体谅父母的心情，他们那么大年龄，操不起这心……"

韩青还没说什么，被子里的米小虎顿时急了："你懂什么！滚出去！"

"米小虎，你给我闭嘴！"韩青厉声呵斥了一句，着实把米小虎吓了一跳，也把护士吓了一跳。

"我就是看他父母可怜，没别的意思……"护士赶紧解释了一句，出去了。

韩青瞪着米小虎，想骂他两句又不忍心。米小虎捂着被子号啕大哭起来，哭了几声又慢慢止住，露出脑袋来："对不起了，姐，让你替我挨骂。"

"没事儿。"

"姐，你让我打听的事儿我还没……"

"行了，别打听了。"韩青看着他，叹了口气，"回去好好陪陪你爸妈，等我忙完案子，给你找个工作。"

米小虎看看韩青，惨笑道："姐，我干不了别的，真的，你别为我瞎忙活了。"

韩青看着米小虎，胸口像堵了块大石头。

这时候林嘉嘉的电话来了："韩姐，找到吕建民了。"

"在哪儿？……知道了。"韩青挂断电话。

"姐,你赶紧去吧,我没事儿了。"米小虎赶紧说。

韩青看了他一眼,叮嘱道:"我问过医生了,骨头没事儿,药已经给你开好了,一会儿让护士拿给你。别跟人吵吵,听到没?"

"我知道,不会了。"米小虎笑了笑。

"那先这么着,我走了。"

"姐,谢谢。"米小虎说。

两个人对视了一眼。韩青知道,她本可以问一句"那个涛涛在哪一带活动?",然后自己去查,但她没问。从心底里,她还是想让米小虎去帮她打听,因为有些事儿,警察一旦介入就会坏事儿,她不想让这条线索中断。她太想破案了,她在心里暗暗地骂自己自私。

1个小时后,捷达来到了井新县城东边的一家小饭馆门外。

韩青推门走进小饭馆,就看到吕建民趴在饭桌上熟睡,发出浓重的鼾声,桌上摆着残羹剩饭和一堆空啤酒瓶。林嘉嘉坐在旁边一张桌前。

"他怎么了?"韩青走过来问。

"喝多了呗,从东州回来一直喝到现在。"林嘉嘉说。

韩青拍了吕建民几下,吕建民迷迷瞪瞪醒过来。

"干吗?"吕建民撑起身子,喘着粗气。

"吕建民,遇到什么烦心事儿了,喝成这样?"韩青坐下来,望着他。

吕建民摇了摇头,说:"没事儿。"

"你今天去东州了?"

"对。"

"去干什么了?"

"去看我儿子。"

"还干什么了?"

"还干什么?……哼,还能干什么!给我丈母娘送钱呗!"

"送什么钱?"

"给我儿子治病的钱。7万。"吕建民笑了。

"你笑什么?"韩青盯着他。

"你知道治他这病得花多少钱吗?想要彻底治好,少说得100万。我只有

7万。"吕建民笑望着韩青，"你说怎么办？叫我去偷？去抢？咱小老百姓没有办法啊……"吕建民无奈地摇头。

"听说你还见了一个朋友？"

"是啊，是见了一个朋友。"

"谁啊？"

"张勇。"

"你见他有什么事儿？"

"还能有什么事儿！借钱呗！"

"借到了吗？"

"借到了我还在这儿喝什么酒啊？"吕建民烦闷地踅摸着桌上的酒瓶，没找到剩酒。

韩青不动声色地看着吕建民。吕建民的情绪越发焦躁，吆喝道："老板，再拿瓶酒！"

老板应了一声，见林嘉嘉冲他摆了摆手，于是没动。

"拿酒啊！愣着干吗？"吕建民烦躁地回头看老板。

"吕建民，别喝了。"韩青说。

"不喝干吗？拿酒！"

"别给他拿！"

吕建民回头瞪着韩青，韩青也瞪着他。

"我喝酒犯法吗？你们没正事儿干了？"

"劫持白小蕙的人开一辆银灰色小面，车牌号就是江C85K92。"韩青说。

吕建民一愣。紧接着林嘉嘉向吕建民出示了江C85K92银灰色小面的照片。

"见过这辆车吗？"韩青盯着他。

"没见过。"

"那这辆呢？"

林嘉嘉又拿出了西F648H5超级运小面的照片。

"没见过。"吕建民暗自震惊，但仍强装镇定地说。

"那辆车前天晚上出现在你的修车厂所在的那条街上。"韩青笑了笑。

"你什么意思？"吕建民面露不悦。

"你确定没见过这辆车？"

"我说了，没见过！"吕建民气急败坏地拍了桌子，激动地站起来。

韩青也站了起来："吕建民，白小蕙是你儿子的妈妈，她去平州是为了救你儿子的命，劫持她就等于害你儿子！你最好想清楚。"

韩青转身就走，林嘉嘉看了看吕建民，跟着韩青走了。吕建民望着他们的背影，喘着粗气。

正在享受按摩的张勇感到侧腰下方忽然振动了两下，弄得他怪痒痒的。这儿的按摩小姐他都认识，哪个手重、哪个手欠他都门儿清。

"别闹，好好按。"他闭着眼笑着说。

"谁跟你闹啊，你的手机在响。"按摩小姐说。

张勇坏笑着拍了拍按摩小姐的屁股，拿出手机。

"你先出去，我接个电话。"他看到来电号码后，对按摩小姐笑着说。

按摩小姐出去后，张勇才接通电话："喂，建民啊？"

"哥……"

张勇听得出吕建民的声音有些不正常，问："怎么了？喂？"

"那车是……怎么回事儿？"吕建民有点儿大舌头。

张勇顿时一惊："怎么了，建民？出什么事儿了？"

"哥，你为什么要骗我？"

"你在哪儿呢？"张勇有些警觉。

"我问你为什么要骗我！"吕建民这句是喊出来的，震得张勇赶紧挪开手机。

"你喝多了吧？"

"白小蕙是我前妻，你知道的！她被劫持了，劫持她的车就是你让我处理的那辆！什么意思啊，哥？你为什么要这么做？为什么?！"

张勇把手机拿得老远，还能清楚地听到吕建民的咆哮声。

"建民，你在哪儿呢？"

"哥，为什么要劫持我前妻？你把她弄哪儿去了？"

"建民，你别吵吵！你先听我说，我真不知道你说的这些事儿……"

"你别骗我了，哥！你跟我说实话，到底为什么？"

"吕建民，冷静！你听我说，你先冷静，知道吗？"

"说吧，我听着……"吕建民痛苦地扶着墙。他站在一条窄巷里，四下无人。

"第一，我没骗你，我不知道你说的这件事儿。第二，千万别再瞎吵吵了。第三，这事儿我会查清楚，给你个交代。行不行？信我不，兄弟？信不？"张勇一副赌咒发誓的表情，隔着电话，吕建民都能感受到。

"信……"吕建民无助地挂断了电话，欲哭无泪。

张勇仍沉浸在震惊中，他的脑中快速处理着一些信息。

飞来横祸

有关吕建民和超级运小面的调查暂时结束，韩青、林嘉嘉和下安派出所的警员详细调查了吕建民的修车厂和光明街的情况，既没有发现关于吕建民的新疑点，也没有找到超级运小面的踪迹，调查陷入僵局。一身疲惫的韩青在第一时间向方波做了汇报，然后辞别了秦伟民所长，和林嘉嘉无功而返。车上，两个人都沉默着，各自复盘调查的细节。

"你觉得吕建民说的是实话吗？"韩青先开了口。

林嘉嘉摇了摇头，又说："但我觉得吕建民不会劫持白小蕙。"

"又是一个优秀警察的直觉？"韩青不由自主地想到钟伟，因为这是他的口头禅，他嘚瑟地说出这句话时的样子历历在目。

林嘉嘉莞尔一笑，没有否认："看得出，他是跟白小蕙一样想救他们的孩子，所以他没道理劫持白小蕙，尽管他身上的疑点挺多，那辆车也消失在他的修车厂附近……"

"这就是矛盾的地方。"

"那接下来怎么查？光明街已经彻底查过了，完全没有那辆车的踪迹。吕建民的修车厂也一样，没法确定那些七七八八的废旧零件跟那辆车有关，感觉这条线又要断了……"林嘉嘉有些灰心。

"说明查得还不够，再查一遍。"韩青淡淡地说，"车开进了光明街，这是铁证，它不会毫无由来地出现在这里。"

林嘉嘉认同这一点。

"扩大调查的时间段，白小蕙来找吕建民之前的时间段也要查。光明街、修车厂，查过的地方不代表就没有问题，可能只是还没被发现。"

第七章 姐妹

"明白，最不可能的地方也不能放过。"

韩青听到这句话后顿时愣住，这又是钟伟曾经说过的话。去年的一起入室抢劫案嫌疑人被研判为流窜作案，始终查不到下落，调查陷入僵局，钟伟此时提出凶手可能并没有逃离，而是还躲藏在案发现场附近。事后证明，他的判断是正确的。韩青记得他当时在案情会上这样说："我们为什么不着重走访这个地方（案发现场所在的小区），进行地毯式排查？我们应该考虑这一点，万一他就这么胆大藏在这里呢？虽然概率可能很低，但是最不可能的地方也不能放过。"

韩青扭头望向林嘉嘉，林嘉嘉被韩青看得有点儿不知所措。

"怎么了？"

"你从哪儿听的这句话？"

林嘉嘉愣了片刻，回道："我就是这么想的。韩姐，我说错了吗？"

"没有……"

韩青觉得奇怪，林嘉嘉已经不止一次说过跟钟伟一样的话，这么多的巧合令她无法相信。难道又是幻觉？最近产生幻觉的次数明显增多，她开始担心这会影响她的判断了。就在这时，她猛然听到一阵急促的大车喇叭响，就见一辆大货车呼啸着从她车旁经过。她吓了一跳，回忆像旋涡一样瞬间把她吸入黑洞……

大货车像一堵高墙般轰鸣着冲过来，15 岁的韩青脑袋一片空白……

捷达在应急车道上紧急刹停，亮起了双闪。

"没事儿吧，韩姐？"林嘉嘉也吓了一跳，但不是因为大车，而是因为韩青过激的反应。

"没事儿。"韩青惊魂未定，一边深呼吸，一边平复着心情。

回到东州，韩青先回了市局，和方波碰了碰情况才回家，进小区的时候已过了 9 点。走到楼门口时，她想起车没锁，于是从包里掏出遥控钥匙回过头去锁车，却看到车旁站着一个黑影。

是钟伟。他幽幽地望着她，沉默着。韩青赶紧扭头走进楼门。她像是逃避一样，匆匆地踩着楼梯往上跑，身后却传来脚步声。钟伟赶上她，和她并排往上跑。

"吕建民就一点儿问题都没有吗？你是不是遗漏了什么？"

韩青像没听见一样，继续跑。

"还有白小蕙她妈。一个母亲为了保护女儿，会不会有所隐瞒？"

韩青加快了脚步。

"到底是谁在走漏风声，你查了吗？……"

"够了。"韩青猛然停住，望向钟伟。

"我是不是该去医院了？"她痛苦地望着钟伟。

钟伟看了看她，低下头，落寞地走下楼梯，消失不见。

心情低落的韩青刚打开门，就看到一身职业装的周雪曼站在阳台窗边，耳朵里塞着耳机，正在聚精会神地听什么。

"姐。"韩青喊了一声。

周雪曼浑身一紧，转过身惊愕地看着韩青，赶紧摘掉耳机。

"你吓死我了……"

"听什么呢？这么专心。"

"有声书啊。刚听到杀手走上楼梯，掏钥匙开门，你就进来了……"

周雪曼花容失色地笑着收起耳机。

韩青看到餐桌上放着两个大纸袋，里面装着一些袋装茶叶。

"又给我带茶叶了。"

"对啊，福东的新茶到了，给你带了点儿，放到餐边柜里了。还有桌上的那些茶叶，你拿去分给方队和其他同事们尝尝。"周雪曼说。

"姐，你不用老给我茶叶，队里那帮人都不会喝，糟践了。"

"你呀，总是这么冷冰冰的，你办案子又不是单打独斗，需要别人帮衬。"

韩青沉默着，不置可否。

"锅里炖的是当归乌鸡汤，我是守着你喝完呢，还是你自觉一点儿？不会又像上次一样，等我走了就给我倒了吧？"周雪曼嗔怪地看着韩青。

"我保证喝完，一滴不剩。"韩青赶紧说，"姐，你不用老来给我当老妈子，太辛苦了。"

"我不怕辛苦，我就你这一个妹妹，你也就我这一个姐姐。"

周雪曼温柔地笑了笑，拿了提包就到门口穿鞋，还不忘把收拾的垃圾带上。

"早点儿睡吧，明早准时到啊。"她说。

韩青一愣，问："去哪儿啊？"

"你忘了？"周雪曼有些诧异。

韩青摸不着头脑，问："什么？"

"你真忘了？"周雪曼不可思议地望着韩青，"爸和阿姨的忌日。"

韩青突然反应过来："哦，我存了备忘录的，闹铃还没响。"

"我倒不用闹铃提醒，这么多年了，只要临近爸的祭日，我准会频繁梦到他。他就那么远远地微笑着看我，可能是在提醒我，去看他的时候别忘了带酒。"

韩青心里不是滋味地笑了一下。

"最近出现在我梦里的爸跟以往不一样了，虽然还是远远地看着我，但是不再微笑了，一副忧心忡忡的样子。"周雪曼忧伤地说。

韩青低头不语。

"我一直在想会不会是爸在对我表达不满。"

"姐，你别瞎想了。"

"我没瞎想，爸是在对我表达不满，因为我没照顾好你啊！你看看你，工作不要命，日子过得一团糟……"

韩青打断她："姐！"

"韩青，如果当初我没让你去当警察，你应该早就结婚生子过上安定的生活了，爸和阿姨也会安心。我真的怕你跟钟伟一样……"周雪曼意识到说错话，没往下说。

"一样什么？一样会死？你也认为钟伟死了，对吗？"

周雪曼赶紧说："我不是那个意思……好了，不说了，我走了。"

周雪曼走了，她的话却像钉子一样，把韩青牢牢地钉在了原地。她总是这样，一边对韩青嘘寒问暖，一边又出其不意地刺痛韩青，让韩青无所适从。按说她这样一个女人，说话做事都应该很得体，可偏偏在韩青这里，她总是会说些话刺痛她。韩青虽然生气，但一想到周雪曼从小在他们家受的那些气，她就原谅了周雪曼。

周雪曼刚满 10 岁时，就被她爸爸——也是韩青的爸爸，从外地带回了家。当 5 岁的韩青看着穿着漂亮连衣裙、拎着洋气的小行李箱、长发飘飘的周雪曼像个小公主一般坐在自家沙发上时，眼里充满了嫉妒，心里充满了恐惧，因为她实在太美了。

里屋传来韩青的妈妈和爸爸的争吵声。

"结婚的时候你为什么不告诉我你离过婚，还有个孩子？韩卫国，你个大骗子！"叶敏质问道。

"我不都跟你解释了吗？你老揪着这个不放有意思吗?!"韩卫国喊道。

"那你现在大老远把她弄来是什么意思？你到底什么意思？你还要不要我活了?!"

"我还要跟你说几遍？她妈病了！她妈病了！没法养她了！我能不管吗？"

"好，你管！你管！我跟你离！你滚！你带着你女儿去过吧！"

"过就过！"

只见韩卫国从里屋冲出来，拉起周雪曼就往门外走。韩青看到他拉周雪曼的手的时候，眼泪大颗大颗地掉了下来。

"爸爸！"她大喊。

韩卫国像是没听见，拉着周雪曼走出大门，砰的一声重重把门关上。

叶敏哭着跑出里屋："韩卫国，你走了就别回来！"

韩青哇的一声大哭起来，抱着同样痛苦的叶敏。从那时候起，她就知道，这个漂亮的周雪曼会夺走自己的爸爸。

一天她放学回来，刚进楼门就听到两个下楼的女人说话。

"韩卫国那个大女儿真漂亮，又懂礼貌，说话做事都大大方方的。"

"那是韩卫国在粤州和前妻生的，人家从小在大城市长大，跟咱们这小地方的人就是不一样……"

"是啊，怪不得韩卫国非得把她带回来养着，有这么个女儿多提气啊……"

她赶紧躲到楼门外，心里十分别扭。回到家，她偷偷来到阳台，把挂在晾衣架上的周雪曼的连衣裙扯下来，扔在布满水渍的地上。没想到这一幕恰好被刚回来的周雪曼看到，周雪曼跑过来心疼地捡起连衣裙。

"为什么扔我的连衣裙？你看，全都弄脏了！"

第七章 姐妹 | 145

"我没扔。"

"就是你扔的，我都看到了！"

"没扔没扔就是没扔！"韩青转过脸去。

周雪曼愤愤不平地转到她的面前："你道歉，说'对不起'！"

韩青气呼呼地一把抓过周雪曼的连衣裙再次扔到地上，并且使劲儿踩了几脚。

周雪曼惊呆了："你……你讨厌！"

"你才讨厌！你才讨厌！我爸爸我妈妈总是因为你吵架！你来之前，他们从来不吵架，你讨厌，讨厌，讨厌，讨厌……"韩青冲周雪曼大喊大叫，周雪曼委屈地哭着跑回里屋……

上午的墓园很清静。虽然离梅雨季还有一个多月，但毛毛雨还是试探性地下起来。韩青木讷地站着，看周雪曼默不作声地擦拭着墓碑，那上面贴着韩卫国和叶敏的遗照，看年龄都不超过50岁。

周雪曼擦完墓碑，接着摆布祭品。她买到了韩卫国爱吃的烧鸡和叶敏爱吃的潮州粿条。韩青则打开白酒，给墓碑前的两只酒杯倒满。每年的这一天，她都无法抑制心里的痛，扫墓回去后都会用酒把自己灌醉。今天的小雨似乎起到了和酒精相同的作用，她虽然还没喝，却似乎有些醉。

接着两个人焚香祭拜。周雪曼闭上眼睛，嘴里念念有词，像是在跟墓碑底下的人说着什么，很虔诚的样子。这是韩青做不来的。她只想赶紧结束，离开这里。

"前段时间我妈清醒的时候还让我给她选墓地，回头就在这儿看看吧。"周雪曼敬完香后说。

"周阿姨还好吗？"韩青也跟着敬香。

周雪曼叹了口气："怎么说呢？时好时坏。那天她叫我名字了。"

"是吗？那是不是有好转了？"

"医生说这叫短暂清醒，很常见。阿尔茨海默病的进程是阶梯状的，只会越来越严重。"周雪曼说。

韩青看了看周雪曼，伸手去拨弄她的头发。

"怎么了？"

"别动，有根儿白头发。"韩青小心地拔掉周雪曼的白发。

"我妈家遗传，我外公、我大舅，还有我妈都得了，我也逃不了。"周雪曼笑笑，"等到我也得了这个病，你别忘了继续给我拔白头发。"

周雪曼倒了两杯酒，递给韩青一杯，两人举杯碰了碰墓碑前的那两杯酒。

"爸、阿姨，我和韩青来看你们了。你们在那边都好吧？我俩也挺好的，你们不用记挂。对了，爸，你给我托了梦，我知道你这么多年还是放不下韩青，我会好好照顾她的。青儿，你也跟爸念叨念叨，让爸放心。"周雪曼扭头看着韩青。

"我没什么要说的。"

"爸、阿姨，你看你们这宝贝闺女长这么大还是这么别扭。她没事儿，除了工作上太拼，不好好照顾自己之外，其他都挺好。对象的事儿，我知道你们也惦记，其实她有喜欢的人……"

韩青愣了一下："姐？"

周雪曼像是没听见似的说："小伙子叫钟伟，也是警察，一看就是好男人，所以我特别高兴。唉，如果不是办案出了点儿麻烦事儿，没准今天他能陪青儿一起来看你们。"

"别说了。"周雪曼的这番话让韩青猝不及防。

"钟伟因为调查一个案子失踪快两个月了，这案子也一直没进展。你们了解青儿，她就爱钻牛角尖，没日没夜地查，翻天覆地地找……"

"姐！"

"你就让我把话说完吧，"周雪曼看了看韩青，"你不知道我有多内疚。我觉得，自从我来到这个家，家里就没好事儿。先是爸和阿姨出车祸，现在又是钟伟失踪，都是因为我！虽然我没说，可我心里一直是别扭的，我就像个诅咒一样，接连害了你们！要不是去接我，你们怎么会出车祸？是我害了你们！我对不起你们……青儿，我最对不起的是你。因为我，你没了爸妈，所以我就拼命地对你好、照顾你，以此来减轻自己的负罪感。这些年我一直偷偷许愿，希望你有幸福的家庭、美满的生活。可是事与愿违，你好不容易碰到了钟伟，可他又出了麻烦事儿，我想这也许就是因为我在你身边……"

"别说了！"韩青强忍着伤心，"我先去车上了。"

说完，她头也不回地匆匆离开，只留下周雪曼哀伤地举起酒杯慢慢喝了下去。

韩青坐在车里心情烦闷，她搞不懂周雪曼为什么总要在她最脆弱的时候给她一记暴击。这也许就是报应，是她自己先做了对不起周雪曼的事儿。

记得那天早上，15岁的韩青其实早醒了，可就是不肯下床。两个月前，周雪曼回粤州探望生母，韩青因此度过了两个月愉快的时光。如今周雪曼踏上返程，将在几个小时后回到东州，这让韩青气不顺，因而她故意赖床不起。父亲韩卫国一大早就忙忙叨叨地收拾家，一脸开心，这更让她不爽。

"韩青，快起来，你姐今天回来，赶紧收拾收拾。"韩卫国已经是第三次催韩青起床了，脸上带着些许愠色。

"她回来就回来呗。"韩青表情冰冷。

"什么话，你别又故意找别扭啊！"

"爸，你偏心！"韩青一把拉起被子捂着脸，十分委屈。

这种委屈的感觉随着时间的推移而变得更加明显。在去机场的路上，坐在后座的韩青十分不情愿地望着窗外，无助地乞求着什么。

"接了韩颖咱们去吃顿好的，给她接风。"韩卫国舒心地微笑着。

他说的韩颖就是周雪曼，这是她的本名。

"就在家里吃吧，去外边吃多贵啊。"一旁的叶敏故意不解风情。

"我刚发了工资，吃糊辣鱼吧，韩颖最爱吃了。"

"难吃死了。"韩青说。

"韩青，别跟我添堵啊！"韩卫国从后视镜瞪了韩青一眼。

韩青气不打一处来，憋闷了一会儿。"哎哟！……"她大叫。

"怎么了？"叶敏赶紧转过来看她。

"肚子痛……我要上厕所。"

"憋着！还有一会儿就到了。"韩卫国不悦。

"我憋不住！我拉车上了啊！"

"你是故意的，是吧？"

"她想上，你就让她上吧！耽误不了几分钟。"叶敏自然站在韩青这边。

"这是高速公路，不能随便停车，你忍着点儿，快到了！"

"我就要现在上！"

"忍着！"

"韩卫国你怎么回事儿？韩青就不是你女儿吗？你怎么就对她那么凶？"

"我懒得跟你吵！"

车上陷入了短暂的沉默。韩青瞪着韩卫国，气呼呼的，就要爆炸。

"停车！给我停车！啊……"在韩青的呼喊尖叫声中，车在高速路边的应急车道上停下了。

韩卫国和叶敏又惊又怕地扭回头，望着因愤怒尖叫着的韩青……

停在应急车道上的车打着双闪，车上的韩卫国和叶敏都闷闷不乐。

韩卫国走下车，朝远处的一片杂草丛望去，着急地喊："韩青！你拉完了没有？"

没脱裤子的韩青在杂草丛边假装蹲着，玩着手里的野花，回应："没呢！早着呢！"

"都20分钟了，你怎么回事儿？！你姐快到了！抓紧时间，快点儿！"

"知道了，别催！"

时间一分一秒地过去，终于到了周雪曼的飞机预计到达的时刻。韩卫国急得没招儿，叶敏坐在车里却很平静。

"你呀，就惯她吧！"叶敏白了韩卫国一眼，"她到了就到了呗，等一会儿有什么关系？她是你女儿，韩青就不是了？还非得上饭店给她接风，那么贵。"

"上饭店怎么了？我一年也带她去不了两次，韩青可没少去！"

突然，一阵巨大的喇叭声伴随着尖厉的刹车声袭来，轰隆一声，正玩着野花的韩青吓得猛然站起来，朝应急车道看去。只见烟尘中一辆超长大货车撞断护栏停了下来，韩卫国的小车已在大车底下被碾轧变了形。

韩青跑回护栏处，看到叶敏惨死在大货车底下，血肉模糊。韩卫国被撞出十几米远，躺在血泊中，身体间歇性地抽动着……

医院里，韩卫国躺在病床上已无呼吸，吓呆了的韩青惊恐地站在一旁看着。医生拍了拍韩青问："孩子，你父亲已经走了，你没有别的亲人了吗？"

韩青不知道该怎么回答，眼泪不住地往下流。医护人员离开后，她突然跪

第七章 姐妹 | 149

倒在韩卫国病床前，大哭着说："爸爸……我错了，我不该任性，不该闹着让你停车，是我害了你。爸爸，对不起，你醒醒，对不起，你醒醒啊……爸，我答应你不再找姐姐麻烦，我答应你跟她好好相处，我什么都答应你，爸爸，你快醒醒……爸！"

韩青真不知道究竟是自己还是周雪曼给这个家带来了横祸，她擦了擦眼泪，发动汽车轰然驶去。

第八章　妻子

女东家

　　时间回到两个月前。

　　一个精致的女人坐在天泽百货顶楼绿洲咖啡馆的靠窗卡座里，望着窗外。她戴着品位不错的墨镜，身材有些发福，但气质高雅。她啜饮了一口咖啡，杯壁上留下绛红唇印。她的心情如同窗外压抑的阴云，她很久没有真正开心过了。

　　每个人都有自己的精神支点。这个支点如果是别人，便会极不稳固。女人尤其容易把支点放在家人身上。

　　张爱玲的小说里曾写过"男东家是风，到处乱跑，造成许多灰尘，女东家则是红木上的雕花，专门收集灰尘"，她便是这样的女人。

　　她朝门口挥了挥手。一个女子怯生生地朝里面张望，看到她挥手后，快步走过去，有些局促地望着她。女子是白小蕙。

　　"你好，小蕙，我是董洁。"她摘下墨镜，露出精致美丽的面容，微笑着打量白小蕙，目光温和。

出口

　　从墓地回到市局，韩青没有上楼，而是在停车场的车里坐着。林嘉嘉给她打了电话，说查到了新线索。于是她叫林嘉嘉直接来停车场找她，一方面是她要平复刚刚在墓园里周雪曼带给她的不安，另一方面是因为昨天刚和方波发生了争执，她不知道该跟方波说些什么，所以暂时不见为好。

　　"韩姐，情绪不佳啊？"林嘉嘉一上车就注意到韩青的眼睛似乎哭过，他从兜里摸出一袋什锦水果糖，说，"不开心的时候吃点儿甜的，特别管用。"

"什么新线索？"韩青问。

"哦，我给吕建民的那个朋友张勇打了电话，他证实吕建民是找他借过钱，但他找理由推了。我查了一下这个张勇的情况，他是吕建民的同乡，这些年一直在东州做生意，没有不良记录。我在吕建民的修车厂后院的监控里发现了这辆车。"

林嘉嘉拿出一摞监控截图给韩青看，有人开车来找吕建民，但从画面中只能看到吕建民上车、下车的状态，看不到车上的人。

"车上是什么人？"韩青凑近看。

"没拍到，我调了车的轨迹，都没拍到司机的脸。比较可疑的是，这个人跟碎尸案嫌疑人一样，都用遮阳板挡住了面部。"

"车牌呢？"

"是真牌照，注册在一家租车公司名下。租车的人叫李晓东，是个做汽配零件生意的。"

韩青接过林嘉嘉递来的资料，上面有李晓东的证件照，看上去像个孩子。

见到李晓东的时候，韩青才发现真人和照片有较大的出入，他不仅染了发，打了耳洞，脖子上还刺了一个英文字母 C 的文身，脸也胖了不少。

"你是李晓东？"韩青问。

"你们是谁啊？"李晓东站在柜台里，与身旁的女孩一同望着韩青和林嘉嘉。看到他们亮出证件后，李晓东倒没什么，他身旁的女孩愣了一下后出去了。

"我们是市局刑侦支队的。"韩青看了看那个女孩。

"什么事儿？"李晓东不慌不忙。

韩青突然陷入沉默，一旁的林嘉嘉不明其意，李晓东也有点儿愣。韩青等待着，眼睛看着面前的柜台，这让李晓东陷入思索，也让沉默开始发酵。这种安静迟早会勾出一些东西，可能是谎言，也可能是让人绝望的题外话，而最好的可能则是能勾出真相的话。韩青笑了笑，并未抬眼，想鼓励李晓东说些什么，但又不想打破这种安静。

李晓东的心里确实有点儿发毛，他情不自禁地晃了一下身体，突然感到口渴，咽了口唾沫。这些被韩青收入眼底。

"5月9日那天，你去哪儿了？"韩青开始问话。

"5月9日？我应该在店里。"

"没出去过？"

"没出去……我想想啊……是周一吗？"李晓东似乎乱了方寸。

"周二。"

李晓东点了点头，像是想起什么，转身到挂在一旁的衣服的兜里摸了半天，又回到柜台打开下面小柜子的一个抽屉，在里面翻了几下，拿出几张票据看了看。

"5月9日，我去了井新，这是来回的过路费发票。"李晓东把发票递给韩青。韩青盯着他，直接把发票递给林嘉嘉，接着拿出一张监控截图让李晓东看。

"这是你吗？"

李晓东看了看，是一辆车在高速上被拍到的画面，司机的面目被遮阳板挡住。李晓东看后十分肯定地点了点头："是我。"

"去井新干什么？"

"谈生意。"

"和谁谈生意？"

"吕建民。一个汽修厂老板。"

"谈生意这么重要的事儿，你刚才怎么没想起来？"

"我不是没想起谈生意，是没想起哪天去的。"

韩青看了看林嘉嘉，检查过发票的林嘉嘉冲她点了点头。

"你什么时候认识吕建民的？"

"半年前，他来我这儿买配件的时候认识的。"

"你去井新跟他谈什么生意？"

"他那儿有一批旧零件，想卖给我做回收件翻新。"

"什么车的旧零件？具体车型是什么？"

"什么车型的都有。"

"这种车型有吗？"林嘉嘉接过话茬儿，拿出银灰色小面的照片给李晓东看。

"没有，这种车型的翻新件卖不上价。"李晓东已经从开始时的略显紧张中恢复过来。

"5月5日晚上，你在什么地方？"

"5日？我想想啊……"他打开手机，在微信里翻找，"5日晚上，我和朋友聚会，先是吃饭，然后去了KTV，一直到夜里两三点才回家。这是我朋友那天发的朋友圈。"李晓东把手机给韩青看，上面是他朋友在5月5日21点左右发的一条视频。视频中，李晓东和一个女孩在对唱，旁边有多人在场。

"他们都能证明你刚才说的话吗？"

"能。"

"可以把他们的联系方式提供给我们吗？"

"可以，没问题。"

"感谢你的配合，有需要我们会再来。"

"好。"

韩青不打算拖泥带水，她自有一套问话的策略，不论对方有多可疑，在没有证据的情况下，她通常不会在第一轮问话里表露怀疑。她转身走了几步，又折回来，看了看李晓东。

"刚才那个女孩是你女朋友？"韩青问。

"对。"李晓东又出现了之前那种略显紧张的表情。

"她叫什么？"

"曹依婷。"

曹依婷，开头字母是C。信息核对完毕。

"好。"韩青看了看李晓东脖子上的文身，笑了笑。

李晓东目送韩青和林嘉嘉上车离去，舒了口气。刚才的对话对他来说不亚于一场生死攸关的面试，他感受到了身体里肾上腺素的飙升。他掏出另一部电话。

"警察来过了，还拿出来你去吕建民那儿的监控截图，应该是从租车行找过来的，我已经认了，放心！"他说。

曹依婷慢悠悠地朝他走过来，默然看着他。

"知道了。"电话另一头的张勇没再说什么，挂了电话。他看着面前的女茶艺师给他斟茶，心里不痛快，端起茶喝了一口，吐到地上。

"这是什么茶？"

"这是福东白芽奇兰，今年的新茶。怎么了，先生？"女茶艺师诧异地望着他。

"少蒙我！新茶能是这个味道？叫你们老板来！"

"先生，我们这儿的茶都是正品，有防伪溯源信息……"

"别来这套！听得懂人话吗？赶紧叫你们老板来！"张勇态度恶劣。

大堂里其他几桌喝茶的客人扭头朝这边观望，周雪曼从二楼楼梯走下来。

"怎么了，张哥？我一听就知道是你。"周雪曼笑盈盈地来到张勇面前。

"你问她。"张勇看到周雪曼，先是酥麻麻地一笑，然后马上变脸。

"老板，这位先生非说我给他泡的不是新茶。"年轻的女茶艺师有些委屈。

"你去吧，我来。"周雪曼用眼神安抚了女茶艺师，让她走了。

"不好意思，张哥，给你换白毫银针，昨天刚到的货，我给你泡怎么样？"

"这还差不多。你眼睛怎么了？哭啦？"

周雪曼笑而不语地坐下泡茶。

"是哪个王八蛋欺负你了？跟哥说，哥替你出气。"

"没人敢欺负我。"周雪曼笑笑。

"那是，有我在，谁敢欺负你！"张勇嘿嘿直乐。

从窗外往茶楼里望去，可以看到张勇一直色眯眯地盯着周雪曼，周雪曼则应对自如，将张勇敷衍得风雨不透。这是周雪曼的日常，隔三岔五总有几个像张勇这样冲着她来的男人，周雪曼总能巧妙地拿捏分寸，遂了他们的愿。然而上午在墓园的事仍盘旋在她的脑中，挥之不去。

韩青也一样，这两天发生的不快之事有些多，案件推进得也不顺利，她现在急需什么来缓解一下心情。她把林嘉嘉送回了市局，交代他挖一下李晓东的情况，之后就来到了赵文斌的快递站。

"师父。"她看到赵文斌和一个戴棒球帽、夹手包的男人在店门前聊天。

赵文斌朝她点了点头，又和男人说了两句便握手道别，来到捷达车旁。

"今天怎么有空了？"赵文斌望着韩青笑。

韩青疲乏地笑了笑。

"又碰上难事儿了？"赵文斌了解她。

"想喝酒。"韩青说。

韩青染上酒瘾，赵文斌负有责任。那时候韩青刚跟他，每次案子结束，他都会带韩青和钟伟吃饭喝酒。钟伟滴酒不沾，赵文斌收了韩青这个徒弟后，就有意给自己培养个酒搭子，所以总编排各种理由让韩青喝。没想到韩青也真有酒胆儿，从不拒绝，虽然喝的时候基本没话，缺乏乐趣，但胜在持久，能一杯接一杯地跟赵文斌碰，从不含糊，久而久之还真成了赵文斌的酒搭子。即便钟伟不在，师徒俩也可以喝一晚上不带冷场的。其实赵文斌让韩青喝酒还有一层原因，他看出来这个姑娘有很重的心事却没有宣泄的出口，所以想用喝酒的方式让她适当排遣、放松。

韩青喝酒却有另外的心思，她一个人混在男人堆里，又不善言辞，总觉得自己格格不入，所以赵文斌叫她喝酒，她并不排斥，认为这是拉近自己跟男同事关系的一种方式。她虽然不在乎职场中的人际关系，但办案子不能一个人，别人老看你不顺眼也会影响工作，所以她想通过这样的方式融入大家。

她和赵文斌来到大排档档口，老板娘笑盈盈地过来打招呼。赵文斌按照惯例，自顾自去挑选下酒菜，留下韩青和老板娘说话。

"韩警官，有日子没来了。"

"最近有点儿忙。"

"想吃点儿什么？"

"还是老样子。"

"行嘞。"

"老板娘。"韩青看老板娘要走，叫住她。

"哎！"

"他来过吗？"

"钟警官？没有……你放心，他一来我就给你打电话。"老板娘笑了笑。

老板娘知道钟伟失踪的事儿，这条街上的其他商户也都知道。韩青这一个多月没少往这儿跑，来打听钟伟的音信，商户们背地里都唏嘘不已。

看老板娘和她一瘸一拐的老公在店里忙活，韩青想起了第一次来这儿的情景。那时候她还留着长发，腼腆地跟在赵文斌和钟伟身后。

"生意好啊，老板娘！"赵文斌开心地跟老板娘打招呼。

"来啦，赵警官、钟警官……哟，钟警官带女朋友来啦？"老板娘笑盈盈地望着韩青。

"什么呀,这是我们单位新来的同事,韩警官。"钟伟赶紧解释。

"哦,你好,韩警官。"

"你好。"

"不好意思啊,我以为你是钟警官的女朋友,看着挺般配的,呵呵……"

韩青低头不语,钟伟也有点儿不好意思。

"老板娘,这是我师父新收的徒弟,所以今天你这儿有什么好吃的尽管上,我师父请客,知道了吧?"他说。

"对,我请客,他买单。"赵文斌说。

"我买单?"

"对啊,我收徒弟,你不表示表示?"

"好好好,我表示,我表示,行了吧?"

"哎,就等你这话!池子里的海鲜是今天送来的吗?"

"是,一大早送来的。"老板娘跟着起哄。

赵文斌起身,和老板娘说笑着去了海鲜池,准备捞点儿什么。

钟伟冲韩青笑了笑:"老板娘人挺好的,就爱开个玩笑。"

"嗯。"

"你先坐一下。"

钟伟过去把老板娘拉到一边说话,从兜里掏出一沓钱硬塞给了老板娘,然后回到座位上。韩青一直看着,又好奇,又不好意思问。钟伟看出了她的心思。

"她老公前两天买菜的时候被车撞了,要住一两个月的院。他们两口子起早贪黑地干这个挺不容易的,要供两个孩子上学,农村老家还有几个老人要供养,手里头不宽裕。我给他们拿点儿钱应个急,就几千块。"钟伟坦然地笑笑。

"哦。"韩青埋着头瞎琢磨。

"你怎么了?不舒服吗?"钟伟看着她。

"没有啊,我挺好的。"

"你来队里这么久,我就没见你真正笑过。"

韩青沉默。

"以后就管你叫'不高兴'吧。"钟伟开玩笑地说。

"我吧……我以前……"韩青欲言又止。

钟伟看着她说:"无论以前发生过什么,做过什么,都别再想了,就从现在起,做个好警察,做个好人,你就可以开心地笑了。就像我这样,哈哈哈……"

钟伟对韩青阳光地笑着,突然起身抓住身旁走过的一个人的胳膊。那人吓了一跳,韩青也愣了。

"你干吗?"那人望着钟伟。

"这是第几票啊?"钟伟对他笑。

那人愣了一下,突然发力甩开钟伟的手朝档口跑去,反应非常快。

"师父!"钟伟大喊。

正在档口看海鲜的赵文斌一扭头看到那人跑来,迎上前,只一伸手、一转圈儿,就把那人按倒在地。钟伟随后赶到,麻利地给那人上铐。韩青也跑过来。

"他怎么了?"赵文斌问。

钟伟从那人兜里摸出一个女士钱包,朝赵文斌晃了晃。

"我一坐下来就盯上他了。"

韩青不可思议地看着钟伟……

一晃 10 多年过去了,钟伟在这里给她留下的印象挥之不去,她每次来都会想起。看着赵文斌拎着一提啤酒过来,韩青收回了思绪。

"想什么呢?"赵文斌开了两瓶酒。

"没什么。"韩青和赵文斌碰了瓶,"菲菲怎么样?"

赵文斌"嗐"了一声,没说话。

"怎么了?"

"没事儿,还那样。情绪总是起起伏伏,除了家里就是医院,烦了呗。"

"改天我看看她去。"韩青又和赵文斌碰了瓶,节奏不慢。

"你忙你的,有工夫了再说。"

"师娘呢?她还好吧?"

"她呀,好着呢,壮得跟头牛似的。"

"别那么说师娘。"

"真的!那天我端洗脚水进厕所,她从里边出来,把我撞得肋骨疼了好几天。"

"说明师娘身体好,不用你操心。"

赵文斌摇头道:"操心菲菲一个还不够啊?"

韩青和赵文斌碰了第三下，两个人都吹了瓶，赵文斌又开了两瓶。

"说到你师娘我想起来，她说上午在茶楼打扫的时候，看到你姐从外边回来，一个人躲在包间里哭。她是不是遇到什么事儿了？"

韩青愣了一下，说："今天是我爸妈的忌日。我俩去扫墓了。"

"哦……你没事儿吧？"赵文斌探头观察韩青埋着的脸。

韩青摇摇头，伸过瓶子要跟赵文斌碰，赵文斌赶紧笑着拦住："你悠着点儿，照这速度，菜还没吃我就得倒下。老板娘，给拿两个杯子！"

赵文斌感觉出了韩青今天的异样，特地要控制节奏慢慢喝。

KTV包房里，站在沙发上的还是那个陪酒女郎，而她身旁坐着的人则换成了吕建民。他喝着闷酒，不安地看着天花板上晃动着的炫彩镭射灯。

张勇推门进来，在他的示意下女郎出去了。吕建民局促地站起来，张勇安抚吕建民坐下。两个人在聒噪的劲曲声中说着什么，基本上是张勇一个人在说，吕建民在听。最后，张勇从内兜里摸出几沓百元钞票，硬塞给了吕建民。吕建民执意不收，最后推脱不过，只好收下。

他感到张勇是在敷衍他，也许劫持白小蕙的事儿，张勇真的不知道内情；也许张勇只是在耗着自己，仗着他是同乡老大哥的身份，把这件事儿无限期地拖下去，不让自己报警；也许张勇有某种苦衷，现在不便对自己说，有朝一日会给自己一个交代；也许白小蕙已经遇难，张勇就是参与者，他把自己当傻子一样稳住，等事发后再把自己塞给警察，让自己替人背黑锅；也许这几万块就是封口费……吕建民胡思乱想着，在酒精的作用下感到飘飘忽忽，不知不觉流下了眼泪。

酒精会令人失控，警察喝了酒也不例外。虽然赵文斌已在极力控制，但韩青还是喝掉了四瓶啤酒，正在打开第五瓶，而赵文斌自己还在喝第二瓶。

"你慢点儿，这么一会儿都喝四瓶了。"赵文斌有些担心。

韩青笑着摇头，喝了一大口后，吹着瓶口若有所思。

"遇到什么麻烦了？是案子吗？你跟我说说。"

韩青仍然摇头，说："师父，我有点儿醉了。"

赵文斌本来想笑，但仔细一看，韩青又不像是在开玩笑。

"那别喝了,早点儿回去睡吧,你最近一定是累坏了。"

"不是累,师父你知道吗?……"

"知道什么?"

韩青像噎着似的想说说不出来,摆了摆手示意放弃。

"走吧,别喝了。"赵文斌赶紧起身过来扶起韩青,韩青笑着做出"没事儿"的手势。

结完账,赵文斌扶着韩青来到街边,韩青想吐,手里比画着"纸",赵文斌赶紧跑回档口要纸。韩青扶着路边的小树干哕了几下,赵文斌拿来纸递给她,拍着她的后背。韩青没吐出来,边擦嘴边喘息。

"我是个混蛋。"

赵文斌愣了一下,说:"你真的醉了。"

韩青转过头来看着赵文斌说:"是不是?师父你说是不是?"

"还好还好……"

"还好?一点儿也不好!"韩青摇头,"师父,我跟你说,我一点儿也不喜欢自己,真的。我又跟方队急了,我也不知道怎么回事儿,说着说着就急了。我想破案啊,我着急啊,我要当个好警察啊。我有一个小线人,他因为给我找线索,昨天被人打了,我嘴巴上说让他别混了,帮他找个正经工作,可心里还是想让他继续帮我找线索。我够混蛋吧!哈哈哈哈……"

赵文斌默默看着她。

"还有钟伟,快两个月了,我就是找不到他。那个案子本来还是我俩搭档去查,知道后来我为什么没参与吗?"

3个月前,韩青从外面回来,刚到办公室门口,就听到里面同事的对话。

"洗浴中心杀人案是谁负责的?"

"钟伟和韩青啊。"

"他俩不是负责万海强的案子吗?"

"洗浴中心杀人案也是分给他俩的。"

"他俩就应该各负责一个,别俩人都扎在一个案子上,多影响进度啊!"

"可他俩分不开啊,有什么办法……"

"啥意思?"

"哈哈，自己琢磨吧。"

"啊，不会吧？"

"我觉得有点儿那意思……"

韩青明白他们在说什么，担心这种猜忌会变为流言影响他们的搭档关系，甚至会拆散他们——把其中一个人分到别的部门以避嫌，所以她找到方波，提出她和钟伟各自负责一个案子，这才止住了流言。

"如果我跟他一起办万海强的案子，他就不会失踪，对不对？我为了不让人说闲话就……还有我姐，我心里特别愧疚。小时候我总欺负她，因为她又洋气又漂亮，她一来我爸妈就吵架，我心里就不舒服。尤其我爸，我跟我姐闹别扭，他总是向着我姐，我就更生气，总找碴儿欺负我姐，所以我姐早早地就去打工了。后来我爸妈出事儿了，我姐一直在外地打工挣钱，供我读书、上警校。再后来她回东州开了茶楼，三天两头来给我打扫卫生，洗衣做饭，照顾我的生活。其实我特别想跟我姐亲近，她是我在这个世上唯一的亲人了，我怎么会不想跟她亲近呢？可是我真的做不到啊！我心里难受，今天她说是因为她，我爸妈才出事儿的，其实不是…… 其实是……"韩青哽咽着说不下去。

"还有我爸妈，我对不起他们，呵呵……"韩青笑着指了指空气，似乎要为接下来说的话先加个着重号。

"我真的恨我自己，我……"韩青胃里一阵翻腾，扭头吐了。

"不高兴，不高兴……"钟伟微笑着叫道。

"别喝凉水。你看看你屋里乱成什么样子了？"周雪曼一脸嫌弃。

"韩青！你拉完了没有？……快点儿！……"韩卫国十分不耐烦。

大货车呼啸着冲过来……

黑框眼镜老男人挥舞着羊角锤……

高速公路外路边野花丛中15岁的韩青猛然回头，一脸惊恐……

韩青像被人拴在了游泳池底，徒劳地挣扎。她感觉自己就要被水淹死了，恐惧在血管里像冰河一样流窜。泳池上方出现一张逆光中的脸，伸出长长的手想要去拉她，但距离不太够。韩青拼命去抓那只手，就差一点儿。那只手绝望地缩了回去，逆光中的脸越来越远，韩青终于看清那是钟伟的脸。她拼尽最后的力气挣扎向上，耗尽了体内最后一丝氧气……

韩青发出一声沉闷且深长的呼喊，从噩梦里醒来。她喘息着，模糊的视线重新聚焦，那张逆光中的脸渐渐清晰起来，是赵晓菲。

"姐，醒啦？"赵晓菲饶有兴趣地盯着她看。

"菲菲……"韩青这才发现，自己躺在赵晓菲的床上。

"我怎么睡你家来了？"

赵晓菲哈哈一笑，问："你不记得啦？你昨晚喝醉了！我爸不放心你一个人在家，就把你背回来了。"

韩青觉得自己的脑子一片空白，对于昨晚的事儿，她能记住的少之又少。

"快把这个喝了，我妈说这是解酒的。"赵晓菲递给她一杯水。

"这是什么？"

"蜂蜜柠檬水，我给你加了好多蜂蜜，可甜了。快喝吧！"

菲菲看着她迷瞪的样子，觉得很好笑。

"师父，师娘呢？"韩青端着蜂蜜柠檬水，和赵晓菲走出房间。

"我爸做早饭呢，我妈给你熨衣服呢。"

"熨衣服？我的衣服？"韩青没明白。

"对啊，你昨晚吐到外套上了，我妈给你洗了，晾了一晚上还没干透，早上起来就赶紧拿下来熨……妈，姐的衣服熨好了吗？"赵晓菲走到主卧门口问。

"好了好了……"祁红拿着韩青的外套从主卧出来，笑呵呵地看着韩青，"青儿，还难受吗？"

"师娘……"韩青有些尴尬。

"衣服干了，快穿上……"祁红把还暖手的外套给韩青穿上，韩青的心里感到一阵温暖。

"师娘，都是我不好，太折腾你了……"

"傻丫头，这叫什么话，我不给你熨，谁给你熨？我……"

"我不心疼你，谁心疼你？我妈就会这一句。"赵晓菲笑着抢答。

赵文斌端着一大碗汤和一盘刚出锅的烙饼从厨房出来，看到韩青笑了。

"来来来，吃早饭，趁热。"

"师父……"

"快坐下吃，烙的葱花饼，还有酸辣汤，给你解酒。菲菲，端菜。"

"我来吧。"韩青赶紧说。

"你坐着吃你的。"

赵文斌扭头回了厨房，赵晓菲和祁红叽叽喳喳地跟了进去。韩青坐到餐桌前，闻了闻带着浓郁白胡椒和陈醋味道的酸辣汤，顿时神清气爽。晨光从窗外暖暖地照进来，韩青一瞬间几乎觉得自己成了赵文斌家的一员，她体会到了一个家该有的温度。透过厨房的透明玻璃门，她看着赵文斌一家乐乐呵呵的样子，忽然意识到那才是一家人该有的样子，而她，始终是个外来者。想到这儿，那股阴冷和孤独又开始笼罩全身，即便在这样温暖的晨光中，她依然感觉寒冷。她赶紧喝了一大口酸辣汤，眼圈儿有些发红。

"姐，你怎么了？"赵晓菲出来看着她。

"辣。"韩青笑了笑。

5 万元

周雪曼才是自己的家人。

在停车场，韩青打开后备厢放伞的时候，看到了周雪曼给她带的茶叶。

她想起昨天把周雪曼一个人丢在墓地，自己跑了，突然很后悔。平心而论，周雪曼是这个世界上最关心她的人，自父母离世，她的生活是靠周雪曼支撑下去的。但是越这样，她越觉得愧对周雪曼；越逃避周雪曼，就越逃避她带给自己的家的温暖。看着这些茶叶，韩青心中最柔软的地方再次被触碰了，她觉得自己不应该那么任性，她应该尝试改变。

电梯门即将关闭的时候，韩青两手拎着茶叶跑来，刚要进电梯，就看到方波站在里面。她停住脚步，有些进退两难。

"上来啊，有地方。"方波看着她。

电梯里有四五个人，的确还有富余。

"你们先上，我等下一趟。"韩青说。

"上来吧，快！"方波伸了伸手，像是要帮她拿茶叶。

第八章 妻子 | 163

韩青硬着头皮进去了，电梯关上了门。她把茶叶悄悄往身后藏。

"拿的什么呀？大包小包的……"方波哪壶不开提哪壶。

"茶。"

"哟，是你姐那儿的吗？"方波两眼冒光。

韩青点了一下头。

"那可是好茶！这是要送谁啊？"

韩青想找条地缝钻进去。旁边几个人听方波这么问，有些想笑。

"你姐那儿的茶可不是街上卖的普通台地茶，台地茶你懂吗？"

韩青低头不语。

"不懂啊？跟你姐学啊，她可是个行家。在咱们东州，我喝过那么多家的茶叶，就属你姐卖的茶叶最地道。真的，你们没喝过，她姐家的茶是真好！"方波向其他几个人比着大拇指。

电梯门开了，其他人出了电梯，只剩下韩青和方波，两人瞬间尴尬地盯着显示屏上的楼层数字。六楼到了，电梯停下。开门的一瞬间，韩青忽然把一袋茶叶塞到方波手上，说："我姐给你的。"接着就一个箭步跨出电梯，快步走了。方波看着茶叶，笑了。

意外地过了方波这一关，韩青松了一半的气。她拎着剩下的茶叶走进办公室，明明是要送给同事们，却连眼睛都不敢抬。以往周雪曼给她的茶，都是善解人意的钟伟帮她分发给同事们的，如今没了钟伟，她看了看各自忙碌的同事们，就只剩踌躇了。

"哎，都停一下。"韩青回过头，看到方波在门口喊。

方波拿着茶叶走进来，同事们都望向他。方波来到韩青身旁，接过她手里的茶叶向众人示意。

"你们又有口福了啊，人家韩青的姐姐给你们带了新茶，这可是好东西，来来来，都自己过来拿！"

同事们纷纷上前，方波主动帮韩青把茶叶分发给大家，嘴上也没闲着："好好谢谢人家韩青和她姐姐，总给你们这么好的茶，我都羡慕你们。"

同事们纷纷向韩青道谢，方波冲韩青挤了个鬼脸，进了自己的办公室。

韩青跟着进了办公室，说："谢了，方队。"

方波笑道:"我谢谢你才对,也替我谢谢你姐,她的茶是真好,我说真的。"

"方队,前天……是我不对。"

方波大度一笑,说:"咳,工作嘛,哪有锅铲不碰锅沿的。你啊,工作没毛病,就是脾气太急。听过'慢则稳,稳则快'这句话吗?别总吊个脸子,对待同志要像春风般温暖,你有时候比严冬还冷,是不是?你看看你,长得挺好看的,就是不会笑,其实你笑起来挺好看的。别那么严肃,看谁都跟看罪犯似的。"方波一边说一边观察着韩青的脸色,生怕说重了。

韩青沉默了片刻,点了点头,说:"方队,听你说过那么多话,今天的话,我记住了。"

方波愣了一下,哈哈大笑:"看到没,你姐的茶叶就是好,一拿在手里,我这说话的水平都提高了不少!"

韩青难得露出了微笑,不过旋即又收住了。

韩青推开门的时候,看到谢敏正在操作台上摆弄血液培养皿。

"小谢。"

"哟,韩姐来了。"谢敏停下手里的事儿。

"给,我姐给的新茶。"韩青递给谢敏两袋茶叶。她跟谢敏是同期进入警队的,曾一起住过半年多的集体宿舍,所以给谢敏茶叶她倒不觉得别扭。

"谢谢韩姐,每次都想着我。"谢敏没有直接拿,而是用脚钩开办公桌下面的一个抽屉,让韩青自己放进去。

"韩姐,你是不是最近严重缺觉?我看你脸色不太好。"谢敏关切地打量着韩青憔悴的脸。

"我就是为这事儿来的。"韩青开门见山。

"是吗?你说。"谢敏有些意外。

"我记得你好像说过,你有个老师在省城开了个专家门诊?"

"对,马教授。"

"我想去看看,你能不能帮我约一下?我在网上查了,他的号特别难约……"韩青回头看了看,不远处站着另外两个法医,所以她压低了声音。

"你怎么了,韩姐?"小谢也压低了声音,但脸上并没有诧异的表情,仍然充满知性的淡然。

第八章 妻子 | 165

"我……最近老出现幻觉。"韩青决定实话实说。她之所以犹豫，是因为这可能关乎她的职业。如果一个警察出现了精神方面的问题，那意味着必须停下工作，该治疗治疗，该休假休假，甚至可能被上面以"不再适合或胜任当前工作"为由调离警队。她相信谢敏不会把这件事儿泄露给别人。谢敏是那种沉迷于自己的工作的独立女性，为人谨慎，有距离感，不会嚼舌头根子。她和韩青一样，是别人眼中的怪胎，甚至有同事私下里开玩笑，说她之所以不谈恋爱不结婚，是因为她成天待在法医室，看谁都跟看尸体一样。

谢敏听到韩青的症状后并没有吃惊，只是淡然点了点头。

"多长时间了？"

"有一阵子了，一个多月吧。"

谢敏顿了一下："钟伟失踪以后？"她用不容置疑的眼神看着韩青。

"是。"

"行，我帮你约，你等我信儿。"

"谢了，小谢。别告诉队里的人。"

"放心，韩姐，我懂。"送韩青出来的时候，她安慰了两句，"没事儿，别觉得自己跟正常人不一样了，心理咨询跟普通看病没什么区别。尤其干咱们这行，难免会出这种问题，职业病嘛！我以前也经常去我老师那儿。"

"你也出现过幻觉？"韩青有些意外。

谢敏摇头说："不是。以前我看不了那个。"她用脑袋往旁边示意了一下。

隔着玻璃窗，韩青看到了装尸体的不锈钢冰柜。

"不光看不了，一想都恶心，有段时间，看谁都跟看那个一样。"

看来同事的玩笑不是乱开的。

"这么严重……"韩青真是没想到，她一直认为谢敏是法医界的天选之女。

小谢淡然地点了一下头，一副往事不堪回首的表情。

回到办公室，看到所有的茶叶都已经分发完毕，韩青松了口气。这些年，周雪曼持续地用茶叶这种看似漫不经心的小东西，为韩青薄弱的人际关系默默做着贡献，也算是煞费了苦心。韩青不是不知道感恩，但她有自己的困境，她也尝试着去做出改变。

她在手机上写了删，删了写，最后用微信发了出去："姐，对不起。"

周雪曼几乎是秒回，立刻有几个亲吻拥抱的表情出现在了对话框里。

午后阳光中的别墅二楼落地窗前，站着喝养生茶的女人。

电视里的新闻播报声在二楼卧室里回荡。扫地机器人在一尘不染的硬木地板上滑行，被一只精致的小牛皮拖鞋阻挡后，失去方向感，开始围着拖鞋打转。

女人把半杯养生茶放到梳妆台上，可以看到茶里面有当归等奇奇怪怪的草本植物。女人坐下，一只白皙的手握着眉笔勾画着眉头，另一只手上的半支烟在阳光里升腾缭绕着蓝幽幽的烟雾。

"下面插播一条我市警方的悬赏通告。2017年5月5日至9日，我市连续发生两起恶性杀人案件及一起绑架案，已造成两名受害者死亡、一名受害者失踪。凶手至今在逃。"

一听到"杀人""绑架"这样的字眼，她的大脑主动地选择略过并快速扫除，人间的邪恶不能在她脑中停留。她抽了口烟，继续画眉。

"经查明，三起案件为同一嫌疑人所为。两名身亡的受害者是：范某某，女，28岁，某KTV员工；邱某某，男，29岁，无业吸毒人员。一名遭绑架的受害者是：白某某，女，30岁，某健身会所员工……"

女人的动作顿时停住。她从化妆镜里盯着电视屏幕，怀疑自己听错了，可电视上白小蕙的照片粉碎了她的怀疑。

她是董洁。

五金店的柜台上摆着一台20世纪的国产电视，因为显像管老化，屏幕带着一圈儿暗影，画质还算清晰，没有雪花和横杠，保养得很不错。店里还摆放着一些奇奇怪怪的老物件，都是20世纪的国货，夹杂在五金件和生活用品中，整个空间散发出悠悠的怀旧气味。

王学华停下雕鸟的活计，盯着近在咫尺的电视屏幕。

"三起案件的重大嫌疑人信息如下：具体年龄不详，身高1.8米至1.85米，体态中等偏瘦，戴方形黑框眼镜，作案时戴仿真老人面具，驾驶银灰色面包车，身着灰褐色夹克、黑色牛仔裤、高筒皮靴……"

王学华仿佛在欣赏自己的传记片。

"为尽早抓获该嫌疑人，消除社会隐患，望广大市民积极提供线索。市公安局对提供重要线索抓获该嫌疑人或解救受害者的单位或个人，给予人民币10万元的奖励，并为提供线索者保密。我台记者还了解到，受害人白某某是一个收入微薄的单亲妈妈，她的孩子患有重病，她遭绑架前正在为孩子努力筹措资金治病。在此我们呼吁广大市民积极提供线索，协助警方尽早找到受害者，解救这对陷入困境的母子……"

王学华脸上的兴奋渐渐僵化。

"尿毒症。"白小蕙不知道王学华为什么要问，她隐隐感到不安。

王学华面无表情地看了看她，要把胶带贴回到她嘴上。

"别碰我的孩子。"白小蕙躲开他贴胶带的手，"求求你了，我什么都可以做，真的，你想怎么样都行，只要别碰我的孩子，求你了……"

王学华沉默地把胶带贴上，转身离去。

"从目前掌握的情况看，虽然范灵灵的社会关系复杂，但还没发现具备杀人动机和作案时间的人。"老宋说。

方波挠了挠头，问："梁子，打听邱海龙的人有线索了吗？"

"情况不理想啊，方队。"梁子用纸巾擦拭着脖子上的大金链子。这玩意儿戴久了容易掉色，毕竟是假货，这是他为了办案方便置办的行头。

"我们把之前摸过的全市吸毒前科人员重新摸了一遍，"他接着说，"那些认识邱海龙的人还是那一套说辞，都不知道邱海龙的住址，也没打听过或者帮谁打听过。根据我们的排查，没发现他们有新的问题。"

这是一项艰巨的工作，因为被排查的人分布得很散，光找到他们就是件费功夫的事儿，还要询问、甄别，涉及的人就更多了。全部摸排一遍，工作量可想而知。

"街面上那些游商毒贩，被咱们抓的抓，跑的跑，尤其是邱海龙被杀之后，基本上见不着影。好多吸毒人员断了顿，不得不跑到外地去购毒。咱们抓了那个老七之后，本地的毒贩基本上都猫起来了，想要找到他们更是难上加难。我们准备重新调整思路，先放一放，对他们不盯那么紧，再找一些吸毒人员配合我们引蛇出洞，看看能不能有新的进展。"

这又是一项艰巨的工作。抓人本就是复杂的事儿，从找到抓，涉及多个环节,稍有不慎,前功尽弃。抓到还要做思想工作,套话,套出话来就得一一核实,虽然到最后发现基本是没用或错误的信息,但不得不做。蹲人更是折磨人,没日没夜,毫无成就感。这就是一线警员的真实状况,劳碌繁重,却收获甚少。

方波点了点头,转向韩青:"你们去找吕建民,情况怎么样?"

韩青汇报了吕建民那边的情况,包括张勇和李晓东的情况、吕建民的手机通话记录的核实情况,都没有发现异常。

"嫌疑车轨迹情况呢?有新进展吗?"方波无奈地看向另一个专案组成员。

"我们把侦查范围又扩大到侯马镇以北到左庄镇之间,目前没发现可疑情况。另外我们还排查了旗台县与嫌疑车同款车型的153辆车,都没有发现问题。"

"还有什么我没提到的?"方波停止挠头,指头在衣服上随意蹭了几下。

没人回应。

"这可能是咱们东州有史以来最难的一个案子了吧?"他向后靠在座椅靠背上,双手交叠在胸前,"是挺让人挠头的。我想起前两年那个冰柜藏尸案,当时也是一头雾水,没有任何线索。你们知道,当时给我印象最深的是什么吗?……是韩青。"他指了指韩青,笑了笑说,"我记得她当时把一个看似毫无疑点、我们已经放过了的线索又反复捋了好几遍,一个环节一个环节地捋,每次捋的方式跟之前一样,没有创新,只是重复。按咱们的话说,就是'砸笨'。哎,就是因为她这样砸笨,才把这个几乎要变成积案的案子给救活了。其中的一个目击证人经过她三番五次的询问,终于出现了证词前后对不上的细微瑕疵。韩青正是抓住了那个细微瑕疵,才最终攻陷了这个所谓的目击证人,摸清了案子的真相。"

韩青最怕方波拿她举例子,尤其是拿她当榜样。

"厉害吧?一个到现在还在坚持用砸笨的方式办案子的人。品品吧,同志们!我先声明啊,我不是因为韩青今天送了我茶叶才这么捧她的。"

有人发出了笑声,韩青也很无语。

"我的意思是啊,现在看确实是没有什么线索,但实际上呢,还是挖掘出了很多细节,而这些细节有没有可能埋藏着线索?我想,可能还真得靠砸笨的方法来重新琢磨,把这些细节彻底落实、完全吃透,说不定就会迎来转机。市局已经向社会公开发布了悬赏通告,现在碎尸案已经传遍了咱们东州的大街小巷,'倒计时'了,各位。"他看着众人苦笑了下,又说,"虽然大家都为这

第八章 妻子 | 169

案子熬更守夜、风餐露宿、体力透支、神经衰弱，但不管这案子有多复杂、多难办，只要案子不破，我们就只会得到一句'无能'。各位——"

办公室陷入可怕的沉默。

有人仰躺在椅子上，望着天花板发呆；有人趴在办公桌上，回看笔记本上记录的内容，不住地打哈欠；有人索性趴在桌面上睡着了，发出沉重且均匀的鼾声。

韩青像雕塑一般站在白板前，盯着上面的照片、文字等资料。与她岿然不动的身体相反，她的大脑像高速旋转的涡轮，在飞快地转动着。

一直在整理资料的林嘉嘉这时候来到韩青面前，手里拿着一张纸。

"韩姐，这是白小蕙的银行流水单，你看这一条。"

林嘉嘉指给韩青看一条用红笔标注的存款记录，金额是5万元。

韩青看了一下日期，3月2日。

"这是白小蕙的银行卡自建卡以来最高的一笔金额，远超过她的平均月收入。"林嘉嘉说。

"这单子是谁给你的？"

"我从你桌上那摞资料里找出来的，你没看过吗？"

林嘉嘉指了指韩青桌角堆放着的一摞资料。

韩青顿时火了，拿着单子看向众人。"这单子是谁放我桌上的？"

她这一嗓子把所有人吓了一跳，把几个睡觉的也喊醒了，怔怔地望着她。

"白小蕙的银行流水单是谁给我的？怎么不打声招呼？"

没人回应。

杀毒软件

野力健身会所的前台小姐孟霞正在玩手机，看到董洁朝她这边走来，赶紧把手机放到柜台下，刚快速发了条微信，董洁就走到了跟前。

"来了，董姐。"她恭顺地点头致意。

"你又瘦了。"董洁笑着打量她。

"没有吧……"孟霞不好意思地笑。

"陈总在吗？"

"在。"

"在健身房？"

"在办公室吧……他好像刚练完。"

"好，你忙。"董洁笑了笑，走了。

拉着窗帘的昏暗中，茶几上的手机响了一下。被陈彬压在下面的郑佳琪停止了呻吟去拿手机。陈彬被搅了兴致，不悦地说："等会儿再回。"接着就霸气地要拿走她的手机。

"万一谁找我……"

"哪个男客户啊？"

"你老婆来了！"郑佳琪看了微信后惊慌地从陈彬身子下面钻出来，迅速穿上衣服。陈彬扫兴地看着她赤裸的后背。

董洁来到 39 层，她其实可以直接从停车场坐电梯到这里，但她每次都先坐到 37 层，经过会所大堂，再从旋转楼梯走上来。她不想看到令她作呕的画面。孟霞发微信她都知道，但她不想当捉奸在床的怨妇，不想见到那样令人不快的场面。她走在长长的走廊里，眼睛盯着走廊尽头华丽的大门，她在计算着时间、控制着步幅，好给门里的人留出余地。

门开了，郑佳琪拿着一个文件夹走出来。董洁和她远远地对视了一眼。郑佳琪向董洁点头致意，礼貌地微笑着走过来。

"董姐。"

"你是新来的舞蹈老师吧？"

"是。你好，董姐。"

"你好，你叫什么名字？"

"佳琪。"

"佳琪……真好听。"

微笑间，董洁已将郑佳琪的脸、胸、腿、臀，以及其衣品、气质迅速扫描评估完毕。

"陈总在吗？"她笑问。

"在，我刚跟他排完课表。"

第八章　妻子　| 　171

"好，你忙吧。"

"好的，董姐再见。"郑佳琪绕过董洁，迈着轻快的步子走了。

董洁头也没回。她听到郑佳琪转弯下旋转楼梯时才深吸了一口气，又徐徐吐出来。

"老公，今天练得怎么样？"当陈彬打开门时，董洁笑眯眯地问。

陈彬笑了笑，上前抱住董洁，去吻她的嘴。董洁半开玩笑地躲开，捏了捏他发达的肱二头肌，走进门去。

"往哪儿捏呢，今天练的腿。"

陈彬跟了进来，嘚瑟地向她展示着充血的大腿肌肉。

董洁微笑着来到沙发区，她一眼就看到了上面的压痕，还闻到了异样的气味，于是她改变线路，折向另一个落座区，那里的大落地窗有阳光射入，将胡桃木躺椅晒得很干净。

"雪曼给你送新茶了吗？据说这次的福东新茶比往年的都要好，说是因为那边雨水充沛的缘故……"她推开窗，让干净的空气涌进来。

"没有，前几天她倒是拿了些云安的新茶来。"

陈彬在沙发前脱得一丝不挂，董洁一扭脸看到后赶紧拉上窗帘。

"看不见。39楼。"陈彬冲她挑逗地笑了笑，鼓着两排腹肌转身去了卫生间。看着他那硬挺的屁股，董洁情不自禁地原谅了他几分。也不全怪他爱招蜂引蝶，他的身材会吸引那些野蜂浪蝶们飞蛾扑火般地汹涌而来，自己当年不也是这样？如今他虽年过四十了，但靠着常年的健身锻炼，风采不仅不输当年，还增添了几分成熟男人才有的魅力，对女人的杀伤力更大。

陈彬裹了条浴巾出来，去岛台拿了蛋白粉和计量杯，开始冲调。

"老公，你看新闻了吗？"董洁走过来。

"什么新闻？"陈彬熟练地搅拌蛋白粉。

"公安局的悬赏通告。前台那个白小蕙……被人绑架了，你知道吗？"

陈彬愣了一下，问："绑架？谁会绑架她呀？图什么？"

"警察来这儿找过她吗？"董洁观察着陈彬。

"找是找过，可没说是绑架啊。"

"警察问过你话了？"她有些意外。

"问了。"

"问你什么了？"

"嗐，能问什么，白小蕙的事儿我又不知道。这个白小蕙，平时看着蔫答答的，没想到还招惹上杀人犯。"

董洁愣了一下："老公，你怎么知道她招惹的是杀人犯？"

陈彬也愣了一下："新闻里不是说那人还杀了其他两个人嘛！"

"你不是说你没看新闻吗？"

"是啊，我是没看新闻。"

"那你怎么知道？"

"我当然知道啊，刚才健身房有个哥们儿也在说这事儿，我大概听了一耳朵，现在才知道你们说的是同一件事儿。"陈彬镇定自若地喝了口调好的蛋白粉。

"你说，白小蕙会不会已经被……"董洁没往下说。

"嗐，你跟着瞎操什么心，你又不是警察。"

"我是担心……她的事儿会牵连到我们。"

陈彬看了她一眼，说："跟我们能有什么牵连？你这话说得。"

董洁赶紧解释："我是怕警察因为这事儿又来缠你。之前因为失踪的那个警察，他们缠了你那么久，我怕白小蕙万一有个什么……他们又来……"

"他们要想来，我也拦不住啊。"陈彬打断道，"我算看出来了，这帮警察就是一群吃干饭的，真正的凶手抓不着，就会找我们这些小老百姓的麻烦，跟苍蝇似的，赶都赶不走。"

"别这么说，你这样，他们更要找你麻烦了。"

"找呗，我怕什么，我又没犯法。"

"你昨晚怎么没回家呀？"董洁话锋一转。

"昨晚上陪几个外地来的朋友。太晚了，就带他们去千禧开了房，又陪他们玩炸金花，之后在那儿眯了会儿。"

"别老熬夜，今天早点回家啊！"

"我这也是没办法，健身房的生意不好做，我琢磨着弄点儿别的，最近可能老得这样，等忙过这一阵吧。"

陈彬一口喝完冲好的蛋白粉，打开衣柜开始换衣服。董洁这才注意到他背

第八章 妻子 | 173

上有一排纵向的细小划痕，从新鲜度看，才留下不久。她在心里暗骂了一句。

离开会所之前，她去了舞蹈教室，把正在上课的郑佳琪叫了出来。
"董姐，有事儿啊？"
郑佳琪可不是那种单纯的女人，至少她表现出了与其他女人做贼心虚的态度相反的一面，董洁能感受到她暗藏着的挑衅。
"咱俩加个微信吧。"董洁拿出手机。
"好呀。"郑佳琪也立刻掏出了手机。

监控视频来自一台 ATM 机的内置摄像头，它完整记录下了白小蕙当天存入 5 万元的全过程。
"小于，倒查一下轨迹。"韩青说。
很快，白小蕙存钱之前的活动路线被一段段监控拼接组合，呈现在韩青和林嘉嘉面前。小于始终让监控视频处于倒放的模式，这让监控中的白小蕙显得很诡异。她倒退着走出自助银行，坐上出租车，在大街上倒退着行走，穿过一条小街，进入天泽百货，最后倒退回顶楼咖啡馆的大门。这是小于能查到的最后的位置。
"天泽百货，韩姐，黑框眼镜老男人换车牌的地方。"林嘉嘉意味深长地说。

咖啡馆里慵懒惬意的氛围让人浑身软绵绵的，睡眠严重不足的韩青愈发昏沉想睡，但咖啡刺鼻的味道又迅速消解了她的睡意。
"韩姐，喝咖啡吗？"林嘉嘉并不知道这一点。
"不喝。"
"不爱喝咖啡吗？"
"我爱喝酒。"
"那晚上忙完，我请你喝酒。"
韩青看向林嘉嘉的方向笑了笑，林嘉嘉有些不好意思，却突然发觉韩青并不是在对他笑，于是扭过头，看到咖啡馆店长从楼梯上走了下来。
"韩警官，视频调出来了，请上来吧。"店长说。
"辛苦了。"

林嘉嘉才明白自己会错了意。

"咖啡和酒还是留着请别人喝吧。"韩青说。

倒放的监控视频里，白小蕙在和背对镜头的女人交谈中，从包里取出一个大信封放到桌上，接着继续交谈，然后背对镜头的女人拿走大信封。如果视频正放，则是背对镜头的女人拿出大信封，白小蕙收下。

"钱是这个女人给白小蕙的。"林嘉嘉说。

"看看她是谁。"韩青盯着画面。

监控视频继续倒放，直至背对镜头的女人起身，倒退着走出咖啡馆时，她的面目才被看见。

"停。"韩青叫停了播放，"放大。"

女人的脸被放大，清晰可辨。是董洁。韩青的嘴角露出一丝了然于心的笑容，正好被林嘉嘉看到。

"韩姐，你认识她？"

"她叫董洁，陈彬的老婆。"

陈彬、白小蕙、黑框眼镜老男人、天泽百货，当这些元素交织在一起时，他们预感到这次的调查找对了方向。

"我之前找你打听白小蕙的事儿，你没跟人说过吧？"

"没有，你放心，我绝对不会向任何人泄露你的隐私。"

董洁看了看面前戴眼镜的男人，点了点头。对这个叫安连的人，董洁还是放心的，毕竟认识了很多年，而且他还对自己暗怀情愫，应该不会出卖自己。

"这本是这个月的工作情况汇总，另外一本是你要的那个女人的资料。"安连递给董洁两个文件夹。

董洁翻了翻工作汇总那本，全是陈彬在各处活动的照片，旁边还配有文字，记载了时间、地点、人物、事件等要素。

"辛苦你了。"

安连笑了笑。

董洁翻开了另一本，里面是另一个女人的照片和资料。从照片中不难发现，这个女人和多名男性保持着不正常的男女关系，包括陈彬。

"她跟陈彬认识多久了？"

"不到一个月。"

"哟，还是个有夫之妇。"董洁看到了那个女人的结婚证复印件。

"是的，她脚踩好几条船。"

董洁冷笑了一下。

"需要我做什么？"安连看着董洁。

"你不用操心，我会处理。"董洁拿出手机给安连发了条微信，"帮我查查这个女孩。"

"有名字吗？"安连查看手机。

"就是微信号上的名字——郑佳琪，是健身会所新来的舞蹈老师。"

"明白。"

董洁从包里拿出一个厚信封，递给安连。

"这是这个月的费用，我又多给了你一份。"

"不不，这怎么好意思。"安连想推脱，却拗不过董洁，只好收下。

"郑佳琪的事儿，你帮我抓点儿紧。"

"没问题。她也是……？"安连小心地问。

"是的。"

安连会意地点了点头。

董洁开着保时捷朝别墅驶来，看到一男一女站在别墅院门外。她开到他们旁边停下，降下车窗。

"你们找谁？"

"你是董洁？"韩青看着她。

"你们是……？"

"市局刑侦支队的。"

韩青和林嘉嘉向董洁亮出证件，董洁看到韩青的证件后一愣。

"你就是韩青？"

韩青不明其意。

"我和你姐是好朋友，经常听她说起你。"

董洁把手伸出车窗，和韩青握了握。

音响上的相框吸引了韩青的目光，里面是董洁早年跳芭蕾的一张剧照。照片中的董洁四肢纤细，身姿婀娜，体态高雅。现在的董洁身形发福，背影宽阔，仪态却依然雍容。她守在炉子旁烹煮现磨咖啡，颇有仪式感。

宽大的客厅里飘荡着《b小调弥撒曲》，林嘉嘉的手指跟随着旋律轻轻点动。

"听过这曲子？"董洁端着咖啡过来。

"巴赫的《b小调弥撒曲》，很经典。谢谢。"林嘉嘉接过咖啡。

"巴赫通过音乐抒发对人类遭受灾难和痛苦的怜悯。要糖吗？"

"还有对和平与幸福未来的渴望。来一块吧。"

"可他深受生活带给他的痛苦，逐渐消极、屈服，没能找到改变这种生活的途径。"董洁说着给林嘉嘉递过来一块方糖。

董洁和林嘉嘉默契地笑了笑。

"你也有这种痛苦吗？"韩青过来坐下。

"我们谁都逃不过这种痛苦，不是吗？你要糖吗，韩青？"

"她不喝咖啡。"林嘉嘉赶紧说。

"哦，不好意思，我给你拿果汁。"董洁给韩青拿来果汁。

"谢谢。你认识白小蕙吗？"韩青没有像询问李晓东那样故意先抑对方一下，而是直接发问。

"认识啊，她在我老公的健身会所上班，不过听说她这几天没去。"

"她被人绑架了。"

"我听说了，今天新闻里报了。太可怕了……"董洁摇了摇头。

韩青没接着往下问。

"为什么会这样？她太可怜了。她的孩子更可怜……"董洁感慨完，抬眼看向韩青。

"你知道她孩子的事儿？"

"知道，小蕙跟我借过钱，为了给她孩子治病。"董洁坦然地望着韩青。

"借了多少？"

"本来我打算借10万，但她说还不起。我了解到她孩子目前只是在做透析，还没到换肾的地步，所以只借了5万给她。"

"什么时候借的？当时的情况可以讲一下吗？"

第八章 妻子 | 177

"应该是3月初吧,我约她去了一家咖啡馆,在那儿借给她钱。"

"她跟你很熟吗?为什么会找你借钱?"韩青注意到董洁下意识地擦拭着左手中指上的钻戒,从问话开始已经是第二次了。

"不是很熟,大概她听说过我的事儿,才会冒昧来找我。"

"你的什么事儿?"

"我一直在做慈善,快10年了,从希望小学到农民工子弟就业,只要条件允许,我都会做。我们有个太太群,经常举办慈善活动。你姐也在群里。"

韩青点了点头:"白小蕙最近跟你联系过吗?"

"没有,我借她钱的时候说好不着急还的,其实我也不指望她还。等她儿子换肾的时候,我们太太群还会资助她一笔钱的,没想到发生了这种事儿……韩青,哦,韩警官,是什么人绑架了小蕙啊?她得罪谁了吗?"

她第三次去擦拭钻戒,韩青看在眼里。

"得这种病的还有很多,你们都资助吗?"韩青没回答她的问题,继续发问。

"以前没有,不过自从了解到白小蕙的孩子的病,我们就把资助尿毒症患者纳入未来的计划了。"

"陈彬有没有跟你提到过白小蕙?比如她工作上或者其他方面的事儿。"

"没有,我觉得他都不知道这个员工的存在。"董洁笑了笑。

"是吗?我去问他的时候,他倒是很清楚。"

"是吗?也难怪,我差点儿忘了,小蕙是前台,会经常带人去他办公室。"

董洁望着韩青淡淡笑了笑,随即在沉默中漫不经心地喝着咖啡。韩青也陷入沉默,像是在思考什么。林嘉嘉坐在一边,望着这两个沉默交锋的女人,也沉默不语。

"董洁借钱给白小蕙这件事儿有点儿问题。"离开别墅后,沉默的林嘉嘉突然说。

"什么问题?"韩青边开车边问。

"白小蕙给范灵灵父母的20万,应该不是范灵灵赌石挣的。我查过,范灵灵根本没投资过玉石生意,她的关系人里也没有做这行的。"

"你的意思是白小蕙说谎了?"

"对。给白小蕙的孩子做透析的医生说,白小蕙表示只要有肾源,钱随时可以到位。换肾前前后后得花大几十万，再加上她给范灵灵父母的 20 万，这可是一笔近百万的巨款。如果这么多钱都可以随时到位，那她怎么会仅向董洁借区区 5 万？"

"行啊，查了不少线索。"

"学习你嘛，多调查了一下而已。"林嘉嘉笑了笑。

"你忽略了一件事儿。"

林嘉嘉一愣："什么事儿？"

"时间。"

"时间？"

"白小蕙找董洁借 5 万元的时间是 3 月 2 日，她跟医生说钱随时可以到位是最近几天的事儿，前后差了两个多月。"

"哦，是。"

"如果两个月前百万巨款并不存在，那 5 万元对她来说就是巨款。你不是说过吗？这是她的银行卡自建卡以来最大的一笔金额。"

"那如果两个月前这笔巨款就存在呢？"

"两个月前，白小蕙的孩子在另一家医院治疗，主管医生说白小蕙明确表示根本无力承担换肾费用，就连一两万的住院押金她都凑了一周才交齐。"

林嘉嘉哑口无言，嘿嘿笑了笑："服了，还是韩姐的工作做得细。这么看来，董洁借钱给白小蕙这件事儿应该没什么问题。"

"有问题，问题是她为什么要借给白小蕙钱，为什么只借给白小蕙。"

"我没懂你的意思。"

"我师父的女儿很早就确诊了尿毒症，我姐还捐过钱。董洁是我姐的闺密，应该知道这件事儿。"

"对啊，"林嘉嘉反应过来，"就算她不知道，那你姐要是知道了她把资助尿毒症患者纳入慈善计划，肯定会提你师父的女儿的事儿啊。都是尿毒症，既然可以资助白小蕙的儿子，为什么不可以资助更早得病的你师父的女儿呢？"

不需要三次擦拭钻戒这个细节，光凭上面这一点，韩青就确定她撒了谎。

茶楼里飘荡着古琴音乐。韩青从茶盘上拿起一杯倒好的茶递到林嘉嘉面前。

"韩姐，刚喝完咖啡又来喝茶，我这胃……"

"喝吧，清茶配古琴，不比咖啡配巴赫差。"

林嘉嘉笑笑。他看着在一桌桌茶客间应酬自如的周雪曼。

"这女老板看着挺洋气的，应该不是本地人吧？"

"眼力不错。待会儿介绍给你认识一下。"

"你认识她？"

"她是我姐。"

"你姐？"林嘉嘉看看韩青，又看看周雪曼，"亲姐呀？"

"同父异母。"

"哦……"

"看着不像一家人对吗？我姐比我漂亮多了。"

"你也挺漂亮的，你俩气质不一样……韩姐，刚才我看到门口贴了钟伟哥的寻人启事，是你贴的吧？"

"是。他失踪的巷子就在茶楼的后面。"

"有线索吗？"

"这条街上的住户都没见过他，茶楼的监控我也反复查过。这儿呢，姐。"

周雪曼笑盈盈地走了过来："我以为看错了，还真是你。"

"给你介绍一下，这是我的新同事——林嘉嘉。"

林嘉嘉站起来说："您好，姐。"

"你好。"周雪曼伸手和林嘉嘉握了握，坐到韩青旁边摆弄茶具。

她在茶台上洗茶、冲泡，娴静雅致，气定神闲。林嘉嘉的目光被她的动作吸引，他赞叹道："韩姐果然说得没错，清茶配古琴别有一番滋味。"

周雪曼笑了笑，对韩青说："你这都好几个月不来茶楼了，今天突然跑来是有事儿吧？"

"董洁你熟吧？"韩青不废话。

周雪曼一愣，说："你不知道我们是闺密吗？她怎么了？"

周雪曼望着韩青和林嘉嘉，笑容慢慢收住。

"没什么，想找你了解一下她的情况。"

"她到底怎么了？韩青，你跟我说实话。"

"姐，你知道我们的纪律。"

周雪曼不可思议地看着韩青，连茶都没心思弄了。

"你别紧张。"

"你想打听她什么？她这人没什么呀，挺好的……"

"你们有个太太群是吗？"

"是。"

"是做公益的吧？"

"对。"

韩青笑道："姐，你别一个字一个字地蹦。"

"你搞得我很紧张，你知道吗？我看新闻才知道你最近又在忙什么重大刑事案件，真可怕！董洁到底怎么了？是跟这案子有关吗？"

"你们是不是把白小蕙的孩子纳入资助计划了？"

周雪曼愣了愣："哦，可能吧，具体情况我不太清楚……"

周雪曼看了看韩青，被她冷冷的眼神击中，有些不自然。

"姐，我们是为案子找你了解情况的，你得如实回答。"

"好吧，我没听说过白小蕙孩子的事儿。"

"董洁有没有说过将来要把尿毒症患者纳入资助计划？"

周雪曼想了片刻说："好像没有。之前咱们资助菲菲时，我记得我提过这个设想，董洁没表态。后来这事儿就不了了之了，在我印象里没人再提过。"

韩青和林嘉嘉对视了一下。

"董洁和陈彬的关系怎么样？"

"挺好的。"

"怎么挺好的？"

周雪曼看看韩青，不知如何作答。

"陈彬在外面养情妇，还不止一个，你如果知道这些情况还认为他们挺好的话，原因是什么？你应该知道陈彬在外面养情妇吧？"

周雪曼倒吸一口气，看着韩青。韩青平静地看着她，等待着。

周雪曼点点头说："既然你都知道了，那我就直说吧。这些年，董洁过得可是够苦的……"

韩青喝了口茶，静静听着，林嘉嘉拿出小本子记录着。

"陈彬在外面的事儿，她都知道。不仅知道……还在陈彬面前装得像没事儿人似的，我想任谁都受不了这种憋屈吧。"

"那董洁为什么能受得了？"

"因为她离不开陈彬。她说她爱陈彬，所以才这么委曲求全，一直跟陈彬在一起。不管我们看着多别扭，她却不觉得。她说男人爱在外面玩不是问题，只要不真动感情就没事儿，总会有玩累的那一天，所以她就放任陈彬在外面拈花惹草。陈彬呢，也越发肆无忌惮，三天两头地换人。陈彬对那些女人是来得快也去得快，好像也确如董洁所说。有时候陈彬遇上甩不掉的女人，还得董洁出面帮他化解，给他擦屁股，我们外人再看不惯，也没法说什么。还有一个原因，那就是董洁可能觉得她对不起陈彬。"

"怎么对不起？"

"董洁怀过陈彬的孩子，但那时候她还想继续跳舞，就偷偷把孩子打掉了，没想到岁数一大就再也怀不上了。不过，即便是这个原因，陈彬现在这么放肆地玩也太过分了。"

"董洁不觉得陈彬过分吗？"

"她看得开，她知道生气也拴不住陈彬，反而会招人烦。她知道陈彬虽然贪玩，但绝不会让别的女人缠上，所以就由着他胡闹，时间长了也就习惯了。"

周雪曼其实并不知道董洁会定期"帮"陈彬甩掉那些女人，董洁就像电脑里的杀毒软件一样捍卫着系统，使家庭系统不受病毒侵害。

戴着墨镜的董洁经过办公室时，悄悄从门缝里塞进去一封信。

某董事长回到办公室看到了信，拆开后看到一堆妻子出轨的照片。

妻子回家刚打开别墅门，站在门里的某董事长就把那堆照片摔在了她脸上。

不远处，董洁坐在车上，欣赏着这一幕。

"她也不生那些女人的气吗？"

"不生。她是个善良的女人，这也是她能做慈善的原因。我认识她这么多年，从没听说她对那些女人做过什么，甚至都没听她对那些女人说一句脏话。她有她的调节方式，她听音乐，去福利院当义工，我相信这些都会帮助她消解恨意。"

安连搞到了郑佳琪的资料，董洁得知郑佳琪的父亲是当地一位名人。

酒吧里，一个年轻帅哥搭讪郑佳琪成功，去酒店开房后拍下了郑佳琪酒后抽大麻的视频。董洁收到视频，爽快地给年轻帅哥转了两万元。早上，一丝不挂的郑佳琪醒来后发现年轻帅哥早已没了踪影，却收到了董洁发来的几条微信。一条微信是她酒后赤身裸体抽大麻的视频，一条是她父亲出席政府会议的新闻照片，最后一条是文字："离我老公远点儿！"

一夜无眠的董洁还在玩扑克，郑佳琪的微信就发来了："好的，姐，对不起。"

董洁幽幽地抽着烟，享受着快意和哀愁……

林嘉嘉叹了口气说："我真理解不了董洁对陈彬的情感，明明知道陈彬这样，还能一直跟他过。"

周雪曼笑了笑说："人的情感太复杂了！你恨他也爱他，想把他置于死地但又不想离开他，这些感情可能都是同时存在的。"

周雪曼若无其事的一句，在韩青听来似乎有别样的意味。她看到周雪曼笑着望着她，就像平时一样。

闪着警灯的 110 巡逻车缓缓停在路边，两名警员下了车，查看着车祸现场。

只见撞变形的跑车抵在了路灯杆上，石头和表弟满脸是血地躺在地上，石头还在蜷缩着呻吟，表弟已陷入昏迷。一名警员在表弟颈动脉上摸了摸，迅速拿起对讲机呼叫 120 救护车，另一名警员打着手电查看跑车车牌，看到车牌时愣了一下。

"指挥中心，开发区发生一起车祸，事故车与碎尸案嫌疑车的车牌号一致，为江 C85K92。"

第八章 妻子

第九章 零

照片

　　20 年前，在《天鹅湖》乐曲声中，董洁在台上翩翩起舞。
　　台下的安连不停按动快门，抓拍董洁的精彩瞬间。

　　排练室里，独自练舞的董洁青春勃发。安连轻轻推开门，望着董洁，有些动情。董洁看到他，也停下音乐走了过来。
　　"你找谁？"董洁问。
　　安连羞涩地向董洁点头，他手里拿着一个硕大的牛皮纸袋。
　　"董洁小姐，我是晚报记者安连，上星期你演出结束后我给你拍过照。"
　　董洁想起来："哦，您好，找我有事儿吗？"
　　"照片洗出来了，我挑了一张送给你。"安连从牛皮纸袋里拿出一张大照片。
　　"谢谢！"董洁惊喜地说，她看到照片上是自己跳小天鹅的舞姿，抓拍得非常到位，"您拍得太好了，比我本人漂亮得多。"
　　"你本人比照片漂亮……你继续，我走了。"安连羞涩地点头，离去。
　　"谢谢您！"董洁追出来。
　　安连回头，和董洁的目光相碰后羞涩地走了，董洁开心地回去继续练舞。

　　10 年前，排练室改变了装潢风格，董洁的舞姿也不再轻盈。就在她停下音乐擦汗休息时，敲门声响起。
　　"谁啊？"董洁望去。
　　门开了，安连出现在门口。他依旧背着摄影包，脸上却戴上了眼镜。
　　"您是……？"董洁慢慢走过去，突然间认出来，"您是晚报记者吧？"

"是我。好久不见，董洁小姐。"安连礼貌地微笑着。

董洁看着安连，一阵唏嘘："真的是你啊，快 10 年没见了吧？……"

"正好 10 年。你没变，还是那么漂亮。"

"哈哈，您真会夸人。"

董洁突然觉得回到了 10 年前，她看了一眼镜子里的自己，立刻打碎回忆。

"您今天来有什么事儿吗？"

安连的微笑渐渐收住，他正色说："我有些东西想给你看一下。"

"什么东西？"

安连关上门。董洁觉得有些奇怪，只见安连从包里拿出一摞照片递给她，竟然是陈彬出轨别的女人的照片，而且还不止一个。

董洁震惊地望向安连："你为什么要拍这些给我看？"

"我没别的意思，只是觉得你们刚结婚就发生这种事儿，实在是……我只是想提醒你一下，这些照片可以作为证据，日后如果离婚……"

"我不需要！"董洁跑了出去。

安连愤怒地看着照片中的陈彬，抓起来撕得粉碎。

1 年前，安连驾车跟随一辆奔驰从市中心开到了开发区，在奔驰开进万和机械租赁公司大门后，安连把车停在门外，并没跟进去。他下车来到门前，看了看挂在上面的万和公司的牌子，看到有个建筑工人从门里走出来。

"师傅，跟您打听一下，万和公司的办公楼怎么走啊？"安连问。

"进去顺着这些钢板走到头，再左拐。"工人说。

"谢了。"

安连顺着钢板走到尽头，然后左拐，远远地看到那辆奔驰停在一个小院门前。陈彬和一个妖娆的女人从奔驰里下来，站在那里说着什么。安连拿出相机，躲在一摞钢板后面开始偷拍。张勇从小院里出来，和陈彬说着什么，两个人来到院外的一辆铲车前蹲下，张勇向陈彬指点着铲车底部，说着什么。

安连虽不知道拍陈彬和张勇同框的照片有何用处，但还是连续按下了快门。

孙悟空

两辆推车一前一后朝手术室推去，从医护人员的匆忙脚步看，推车上的人情况危急。韩青和林嘉嘉追上来，看到后面推车上石头的表弟昏迷不醒，于是跑到前一辆推车旁，躺在上面的石头不时发出呻吟。

"车牌哪儿来的？"韩青朝他喊道。推车的几名医护人员吓了一跳。

石头看了看韩青，没搭理。

"问你话呢！车牌哪儿来的？"林嘉嘉有些着急。

"你们是谁？家属吗？"护士问。

"市局的。"林嘉嘉亮出证件，"问你话呢，车牌哪儿来的？"

"你们先别问了，病人马上要手术！"

"车牌哪儿来的?！"韩青大声问。

"你们怎么回事儿……"另一个护士责怪道。

石头就是不回答，偷眼瞟了韩青一下，被韩青的目光震慑，把脸侧到一边。

手术区的大门打开，推车眼看要被推进去。

"里面是手术室，不能进去，在外面等！"护士毫不客气。

林嘉嘉要强行进入，被韩青拉住。大门关闭之际，石头朝韩青瞟了一眼，再次与韩青的眼神相碰。门关上了。

"这小子，太气人了！"林嘉嘉说。

"走吧。"

韩青和林嘉嘉刚要走，就听后面有人喊。

"他说'吕建民'！"护士站在门口说。

"什么？"韩青没听清。

"'吕建民'，就三个字。"护士匆匆跑进去，门关了。

"来啦，韩青、小林。"下安派出所的秦伟民所长站起来。

"秦所长，怎么回事儿？"韩青问。

"我们接到你的电话立即赶到了修车厂，但是吕建民已经走了，电话也关机了。这是他厂里的工人柱子，他当时在场。"

韩青看着柱子，她很熟悉。柱子也对她印象深刻，神色有些慌张。

他向韩青讲述了经过。

柱子在车间里加班，就见吕建民匆匆过来，递给他一串钥匙。
"柱子，这两天你帮着盯一盯厂子，我出去办点儿事儿。"
"行。哥，你要出去多久啊？"
"不好说，总之你多上上心，有什么事儿我给你打电话。走了。"
吕建民拍拍柱子的胳膊，几乎是跑出修车厂的。

"你知道他为什么突然要走吗？"韩青问。
"不知道。"柱子说，"但我好像听见他的手机响了，然后没多久他就来找我，说要走。"
"他有没有说是谁来的电话？"
"他没说。我也没问。"
"吕建民把厂子交给你代管，以前有过吗？"
"没有，这是第一次。"
"吕建民最近有没有其他反常举动？"
"不知道。"
韩青望着他，让空气中的寂静发酵。柱子刻意避开了韩青的眼神。
"柱子，他最近有没有其他反常举动？"韩青第二遍问。
"我真的不知道。"
韩青走过去，坐到柱子旁边，问第三遍："他最近有没有其他反常举动？"
柱子陷入沉默。
"柱子，吕建民现在涉嫌重大刑事案件，你要配合我们的工作，别到时候把自己给搭进去。我再问你一次，吕建民最近有没有其他反常举动？你想好了再告诉我。"
"你们上次来厂里调查的前两天，吕建民问过我监控的开关时间怎么设定。"柱子的回答证实了韩青的推测，监控果然是吕建民调的。
韩青看着柱子，继续追问："除了监控，还有什么异常情况？"
"没有了。"柱子很笃定地摇头。
"那堆废料是怎么回事儿？为什么那么着急处理掉？"

第九章 零　　187

"我上次跟您说了，是吕建民让处理的，具体原因我不清楚。"

韩青把银灰色小面的监控截图给柱子看。

"你看看，你们店里最近有没有多出来这辆车的零部件？"

柱子凑近看了看："零部件我倒是没注意，但我好像在废料堆里看到过这个车型的钣金。"

那天废旧金属回收厂的工人在搬废料时，柱子就在旁边看着。当清理到废料堆下层时，他见到几块成色比较新的切割件，就上前拿起来看了看。

"你能确定是同一款车的吗？"韩青问。

"差不多，这种车我们常修。"

"颜色对吗？"

"颜色对，银灰色的。"

调监控，销毁嫌疑车，吕建民与案件的关联似乎已经板上钉钉了。

井新县城的中心广场上有一帮跳广场舞的老头老太太，吕建民在离他们不远处的树下已经坐了半个小时了，他焦虑、饥渴。他能看见广场的另一头有超市和小卖部，里面有水和吃的，还有酒，但他明白现在不是喝酒的时候，甚至连去买水和吃的都是危险的。广场上的巨幅电视屏又在播放那条有关白小蕙失踪的悬赏通告，他半小时前刚到的时候，那条悬赏通告就播放过一次。跳广场舞的人开始拿出扇子挥舞，让他想起《西游记》里孙悟空被囚炼丹炉、众神仙观看嫦娥跳舞的桥段。孙悟空从炼丹炉逃出，练就火眼金睛。而他只是个凡人，能否逃过警察的追捕就很难说了。他拆了辆车，这车正好是绑架白小蕙的车，而他恰巧又是白小蕙的前夫，事实仅此而已。但他猜想警察不会这么理解。现在他跑了，这一跑就更解释不清了。他稀里糊涂地卷进了东州有史以来最大的刑事案件。他还有案底，如果二进宫，年限肯定短不了。他真想变成孙悟空。手机响了，手机卡是张勇上次给他5万元时一并给他的，所以来电的只可能是张勇。

"喂？哥，你到了吗？"他四处张望。

"有人跟着你吗？"张勇在电话里问。

"没有。我在这儿坐好长时间了。"

张勇在电话那头沉默了片刻后说："朝你的左边看，有一辆白色越野车。"

吕建民的视线越过跳广场舞的人群，落到路边停着的一辆白色越野车上。

"看到了。"

"上车，别挂电话。"

"好。"

吕建民把电话放在耳边，走了过去。白色越野的车窗上贴着深色车膜，天又黑，他隐约看到前排坐着两个人。他来到后座，拉开车门上了车。

"大哥……"他跟前排打招呼，才发现那颗脑袋不是张勇的光头。

前排发出一声女人的惊呼，有两颗脑袋转过来，一男一女惊讶地望着他。

"你是谁啊？干吗上我车？"男人喊道。

"赶快报警……"女人小声提醒男人。

吕建民错愕地看着他们，然后拿起手机："喂……"

张勇挂断了电话。

"你要干什么?! 下去！"男人急了。

吕建民赶紧下车，前排的男女摇下车窗咒骂了两句，把车子开走了。

吕建民不明白张勇这是整哪一出，再给他打电话就被挂断了。

这时，一辆车悄然开到他身旁，下来两个壮小伙迅速把他拉进车里。整个过程不到一分钟，车子甚至没有完全停稳，就加大油门开走了。

"通话记录拿到了。"林嘉嘉回到办公室，把一摞纸递给白板前的韩青，"给吕建民打电话的尾号1508的机主是一位过世老人，手机号明显是被盗用了。这个1508近期和吕建民有过多次通话，最后一次就是在今晚吕建民逃走之前。"

林嘉嘉标注出多条通话记录，韩青发现了这些通话记录的规律。

"5月9日，白小蕙被劫持前一天；5月12日，我们第一次去修车厂搜查的第二天；5月13日，吕建民回东州借钱；还有今天，车祸发生后不久。他给吕建民打电话都在重要时间节点上。"她看了看林嘉嘉，"1508的对端全要梳理。"

林嘉嘉耸了耸肩说："又要熬夜了。"

万和机械租赁公司坐落在开发区边上，整个场地有一个半足球场大。里面除了挖掘机、铲车等租赁设备，还堆放着各种钢板建材，以及吊装这些笨重物体的滑轨、吊架、吊车等；靠角落一侧还有一排简易工棚，里面住着几十个建筑工。不熟悉的外人如果看到这些，很难搞清楚这家公司到底是做什么的。其实这里最早是张勇一个人租的，后来生意不景气，他缩减了规模，把部分场地转租给一家冶金企业做仓库、一家建筑公司做临时工棚。

那辆掳走吕建民的车开进大门，穿过工棚和钢板仓库，进了万和公司所属的小院，停在了二层铁皮房子前。两个壮小伙一前一后夹着吕建民上了二楼，穿过进门处的小办公室，来到后面一间稍大的办公室中。只见张勇靠在办公桌前叼着烟，似笑非笑地看着吕建民。

"大哥……"

"兄弟，委屈你了。"张勇上前拍了拍吕建民的肩膀，"放心，这儿很安全，警察找不到你。"

"警察真在找我？"虽然知道车牌的事儿因石头的车祸被发现了，但吕建民还是心存侥幸，以为张勇是在吓他。

张勇严峻地点点头："已经发协查通报了。"

"哥，这到底咋回事儿啊？你说，我就是帮你拆了辆车……"

"对不住，兄弟，你先委屈一段时间。放心，这件事儿，哥一定给你做主。"

张勇的手机振动起来，他看到来电号码后，冲吕建民做了噤声的手势。

"喂？"

"送走了吗？"对方问。

"送走了。"张勇看了看吕建民。

"最好别再让他回来，你懂我的意思吗？"

吕建民听清了这句，惊愕地望向张勇。

"放心，我会处理好。"张勇这句话不光是对电话里的人说的，也是对吕建民说的，他用手挡住略有些激动的吕建民。

"电话卡不能用了，所有人的。"

"知道。"

对方挂断了电话。

"哥，他是谁？"

"我老大。"

"他是在说我吗？"

张勇不置可否。

"他刚才说'最好别再让他回来'是什么意思啊？"

"建民，我可是瞒着我老大把你留在东州的，不然……"

"不然怎么样？杀了我吗？哥，为什么要这样对我？我做错什么了?！"

张勇赶紧伸手去捂吕建民的嘴，待吕建民略微平静后才慢慢放开。

"建民，你别急，我会弄清楚的，信我不？"

吕建民痛苦地点头："哥，小蕙呢？她在哪儿？"

"我真不知道。我要是骗你，不得好死，行吗？"

吕建民心乱如麻，像被念了紧箍咒的孙悟空。

韩青和林嘉嘉逐条研判 1508 的通话记录，在分析了通话频率、时段、时长等后，发现了 5 个可疑号码，手机尾号分别是：8377、4491、0230、5974、3862。

与此同时，张勇从通讯录里调出这 5 个号码，向他们群发了一条短信"0"。之后，张勇销毁了发短信的 1508 手机卡。

韩青在白板上写下第一个可疑尾号"8377"。

夜总会舞台侧幕旁，中年男主持人看到短信后拔出手机卡，丢入侧幕夹缝里。

韩青在白板上写下第二个可疑尾号"4491"。

麻将馆包房里，浑身文身的寸头小混混拿起面前一排手机中的一部，看到短信后拔出手机卡，用打火机烧掉。

韩青在白板上写下第三个可疑尾号"0230"。

酒店情侣套房中，正在给客人按摩的红发女子进了卫生间，从包里拿出手机，看到短信后拔出手机卡，扔进马桶冲掉。

韩青在白板上写下第四个可疑尾号"5974"。

戴嘻哈帽的李晓东和嚼着口香糖的曹依婷在舞池中轻摇，李晓东的裤袋里发出炫彩的闪光。他看到短信后拔出手机卡，用曹依婷口中的口香糖裹住，顺手粘到旁边的音响底座下。

韩青在白板上写下最后一个可疑尾号"3862"。

水产批发市场里，中年鱼贩江涛一边扫着污水，一边背着老婆悄悄从防水皮裤里摸出手机。他看到短信后拔出手机卡，扔进排水口。不远处，江涛的儿子江云杰拎着涮干净的大塑料盆走来，看到父亲的举动后，和父亲沉默地对视了片刻。

韩青和林嘉嘉依次拨打这 5 个号码，电话里都传来"您拨打的电话暂时无法接通"的语音播报。

韩青把 1508 的通话记录单丢到桌上，指给方波看。

"21:48，你打电话告诉我车祸现场发现江 C85K92 车牌的事儿。两分钟后，吕建民就接到了 1508 的电话。厂里的小工说，吕建民就是接到这个电话后逃走的。太明显了，1508 打这个电话就是给吕建民通风报信的，要他赶紧走。"

"查到线索了？"方波不明白韩青的意思。

韩青看着方波问："你什么时候知道车祸消息的？"

"我接到电话马上就打给你了，一分钟都没耽搁。"

"谁给你打的电话？"

"老宋啊，是他先接到交警电话的。"

"当时知道车祸消息的还有谁？"

"就你、我、老宋，还有林嘉嘉。"

两人对视了一下。

半夜，一辆车远远驶来，停在公园围墙边。

一个矫健的身影从公园围墙里翻出，来到车旁。是江云杰。

车窗落下，是老宋的脸。

他们简短地说了几句，老宋给了江云杰一个信封，两人各自离去。

油漆桶

捷达停在了万和公司的小院外，韩青和林嘉嘉走了进去。面前的二层简易房上下加起来有五六个房间，他们走进一楼敞开门的大屋子时，看到一堆人正围着牌桌看张勇等人打扑克。

"谁是张勇？"林嘉嘉明知故问。

"两位，租设备啊？"张勇头也没抬。

"市局刑侦支队的。张勇呢？"林嘉嘉亮出证件。

这伙人回头看了看。

"我就是。"张勇看了看林嘉嘉，"找我什么事儿？"

"问你点儿事儿，方便吗？"韩青说。

张勇抬眼看了看韩青，回道："方便。"

清走了人，张勇和韩青、林嘉嘉来到沙发前。

"坐。"张勇点了根儿烟，"说吧，什么事儿？"

"13号吕建民来找过你？"韩青和林嘉嘉都没坐，韩青直接发问。

张勇不胜其烦地点点头，说："找过，我电话里跟你们的人说过了。"

"他找你干什么？"

"嗐，能干吗？借钱呗。"张勇苦笑了一下。

"借多少？"

"20万。"张勇看着韩青和林嘉嘉，笑着说，"胃口够大的吧？呵呵，我都吓一跳。他拿什么还？"

"你借了吗？"

"我傻呀？再说我就是想借也得有啊，现在我都闹饥荒了。你们也看到了，外面停的那些吊车、挖掘机已经闲了好几个月没租出去了；别看这场地就这么一块破荒地、这么几间破房子，租金也不便宜；工地的欠账更是要不回来，人家是大爷，什么时候工程尾款到位才给你。你们是真不知道这钱挣得有多不容易……"

"这能看吗？"韩青问。

张勇一愣，顺着韩青所指，看到了他头顶上方的监控探头。

监控视频里，吕建民被人带进办公室，和张勇寒暄了几句，随后张勇便带着吕建民走出办公室，接下来他们说了什么，就听不见了。

韩青和林嘉嘉走出办公室时，张勇在后面相送。
"感谢你的配合。"韩青说。
"没事儿，应该的。"张勇苦笑了一下，"二位放心，他要是再来找我，我一定第一时间通知你们。"
就在捷达开走的时候，一辆铲车迎面开了过来，和捷达擦肩而过。韩青看了看铲车上的司机，铲车司机也看着她。他是郭猛，当年打架事件中救走张勇的那个小弟。张勇和他远远对视了一下，相互点了点头。

韩青端着一杯咖啡上了车，在副驾熟睡的林嘉嘉听到动静后醒过来。
"不好意思，韩姐，我睡了多久？"
"不到半小时。"韩青把咖啡杯递给他。
"谢了。"林嘉嘉有些意外，他喝着咖啡，朝车窗外看了看，"韩姐，这是哪儿啊？"
"五方街。"韩青系上安全带。
"咱们来这儿查什么？"
韩青递给林嘉嘉一张打印的网页地图，中间有一个红色标记。
"这个红色标记是……？"
"1508给吕建民打完电话关机前的定位。"
"就是咱们现在的位置吧？"林嘉嘉反应过来。
"方圆1公里都在范围之内。"
"明白，咱们从哪儿开始查？"
"不是咱们，是你。"韩青看了看林嘉嘉那一侧的车门，又看看林嘉嘉，示意他下车。
林嘉嘉下车后，探头望向车内的韩青，问："韩姐，我怎么查？"
韩青皱了皱眉，林嘉嘉笑道："明白，用脑子查，用心查。"

"来啦，韩警官！"西装革履的电信营业厅经理笑容可掬。

"吴经理，又来麻烦你。"

"您客气，昨天开会，领导专门提出要大力协助你们专案组的工作。您今天来要查什么？"

"查几个电话。"

韩青递过去一张纸，上面写有方波、老宋、林嘉嘉和她自己的号码。

韩青把4份通话记录单放到方波的办公桌上。

"这是什么？"方波问。

"你、我、林嘉嘉、老宋自碎尸案案发到今天的全部手机通话记录。"

方波明白过来，无语地望向韩青。

"可疑的通话我都标出来了。"

方波笑了笑，问："韩青，你就把时间浪费在这些事儿上？"

"这四个人里头有人给1508透露了车祸信息，所以吕建民在我们抓他之前跑了。侯局说，找出内鬼的事儿由你俩来办，所以你现在应该把这个人从我们四个中间找出来，以免再泄密。我还有事儿。"说完她匆匆离去。

方波还没来得及说什么，她又折返回来："我们现在的调查之所以陷入停顿，我认为是调查方式不合理造成的。我们每个组单独追一条线索，时间又紧，很多线索被快速过掉，没有展开。我建议各组重叠，不局限自己追的线索，也可以追别组的线索。不同的调查方式和调查角度会有不同的发现，就算重复相同的工作或者同一个线索被不同小组追很多次都没关系，浪费时间也没关系，我认为有发现、有进展才最重要！我说完了。"韩青向方波摊开手。

"嗯……"方波无可辩驳地点点头，"我消化消化。"

"尽快，方队。白小蕙还一点儿线索没有呢。"韩青一步不让。她觉得所有参与这起案子的警察在这一刻都应该咄咄逼人，不给对方一丝喘息的机会。只有这样，这个案子或许还有点儿希望。

捷达从城东一路向西，来到了西郊翠屏山下的东州儿童福利院。她刚把车停到福利院斜对面的路边，米小虎就拉开副驾车门溜了进来。

"辛苦你了。"韩青看着米小虎，他脸上的伤还没完全恢复。

"不辛苦，这可是美差，有吃有喝，还有车开。"米小虎很开心。

他说的"有车开"是指路边停的那辆本田 GB400 摩托车。那是几年前钟伟"斥巨资"淘来的宝贝，韩青坐过一次。这次为了让米小虎帮忙盯梢董洁，她想了很久才从钟伟家楼下的地库里把这辆车开了出来。她想过电瓶车，但那根本追不上董洁的保时捷。好在米小虎以前玩过摩托，对这款大名鼎鼎的摩托车比较向往，也很爱护。

"她有什么异常吗？"韩青问。

透过福利院的铁栅栏，可以看到董洁正在院子里带着一群孩子做游戏。

"没有。中午从家出来，直接就来这儿了，已经两个多小时了。"米小虎说。

"你回去吧，我盯着。"

"别呀，姐，你忙你的，我接着盯。"

"回去继续养伤吧，有事儿我会找你。"

米小虎有些失落。

"车你开着，别到处去嘚瑟。"

失落秒变开心。

"不会的，姐，我会像对女朋友那样对待它！"

米小虎下车离去，韩青拿出一袋面包啃起来。

这时候方波的短信来了："我已向其他组通报了小组重叠的建议，我赞成这一想法。通话记录我会查的。"

方波有一点挺好，就是能虚心接受别人的意见。

小院门头上方的路灯突然熄了，周围可视的一切立刻变得影影绰绰。黑暗中出现两束手电筒的光，从小院里移出来。光束移动到铲车前熄灭了，一分钟后再次亮起，而这次是在铲车底部。

张勇和郭猛打着手电，用电动起子拧开铲车平衡杆上的螺丝，卸下方形的钢制底板，从中空的杆身里拉出一个装有长方形硬物的黑色塑料袋——里面装着 200 万现金。

密室的顶灯亮着，这又是王学华的"开恩"，他知道长时间的黑暗环境会给人造成身心损害。

白小蕙望着油漆桶发着呆。现在白小蕙的脑子空空的，她不再考虑自己能否活着离开这里，也不再担心亮亮，她现在唯一担心的就是吕建民。她希望他能靠得住。

"治这病，得花多少钱？"吕建民问。

"100万。"

"100万？"吕建民蒙了。

"钱不用你担心，我有。"白小蕙神情笃定。

吕建民愕然问道："你哪来那么多的钱？"

"你别问了。总之，给亮亮治病的钱已经有了。剩下的事情，就是把这钱藏好，花到亮亮身上。"

"小蕙，你到底是什么意思？我怎么没听明白？"

"这笔钱我已经藏好了，这事儿只告诉你了，我连妈都没告诉，你一定要保密。建民，如果我出了什么意外，你一定要保护好这笔钱，把它花在给亮亮治病上面，好吗？"

白小蕙望着油漆桶流下眼泪，她希望在自己死后，吕建民能替她履行接下来的责任，保住亮亮的希望。

帅警察

深色越野车开进泰康路，停在了路边。郭猛从后备厢里拎下来一个行李箱，走进巷子。这条巷子有个拗口的名字——利民巷后巷支2巷。

他穿过后巷支2巷，在交叉口没有停留，直行到通往利民巷前巷的利民巷支1巷。他和这里的住户一样熟悉这些道路，熟悉这些拗口的巷名。

他来到利民巷前巷的中段，在一排垃圾桶前停下。前面一段路没有路灯，黑漆漆的，什么也看不清。他尝试朝黑暗中看了看后，把行李箱放在了垃圾桶旁边，然后原路返回。

王学华从黑暗里走出来，拉走了行李箱。

"快递已签收。"回到五金店，王学华给望天发去微信。

望天没有回，可能在忙，也可能是故意的。

王学华打开行李箱检查，里面正是张勇和郭猛从铲车里拿出的 200 万。

今天他和望天爆发过一场不算激烈的争论。望天决定放弃白小蕙，要他处理掉。他第一次对望天说了不。他坚称白小蕙还有备份，表示再给些时间，他就能让白小蕙松口，但望天用冷酷的口吻命令他照做，由此两人爆发了争论，最后以望天勉强答应再给几天时间收场。他越了界，触碰了作为工具人不该触碰的权力——决定权，而望天容忍了他，答应了他的无理要求，这更让他骑虎难下，摇摆不定。他不知道还能多留白小蕙几天，他捡起地上摔裂的木雕小鸟，这是争论后的杰作。他不确定能否把这只小鸟修复如初，就像他和望天的关系。

用脑子查，用心查。林嘉嘉践行了他的承诺。

方圆 1 公里，如果放在城郊或城里较偏的地方，这个搜索范围并不算大，可若是放在地处市中心繁华地段的五方街，搜查起来就显得尤为困难。林嘉嘉没有盲目地四处走访，而是先让小于去查 1508 一共在五方街留下了多少次定位，以及出现的时间规律。结果发现：这个月 1508 有 3 天在五方街留下过定位，时间都是在 20 点至 24 点之间。这样，他就首先排除了营业结束时间在 20 点之前的商铺和办公楼宇，虽然会存在疏漏，但大概率能奏效，这无疑会为短时间的排查节省出大量时间。接着他又去了辖区派出所，对剩下的调查对象做了比较和分类。他首选的是夜间娱乐场所，这是 1508 在 3 个晚上最有可能重复出现的地方，这就又排除了商场、超市、饭馆和咖啡厅。接下来再结合 1508 的犯罪属性，排除了电影院、羽毛球馆、游戏厅这些不含私密空间的娱乐休闲场所。最后只剩下了棋牌馆、洗浴城、KTV、足疗店和酒店。整整一个下午，他详细地调查了其中几家，到晚上 9 点，还剩两家足疗店和一家 KTV 没去。

此刻他正喝着可乐吃着薯条，坐在一家足疗店外的阶梯上补充体力。一个打扮入时的年轻男孩坐到他旁边，端着半杯可乐对他友善地笑。林嘉嘉以为遇到了熟人，仔细一看却发现是个流浪汉。看似潮流的乱发其实是露宿街头造成的压痕；潮牌 T 恤是假货；5 月里穿夹脚拖鞋不是嘚瑟，而是实属无奈；最离谱的是他手里端着的可乐，和林嘉嘉手里的那杯竟出自同一家店。林嘉嘉无奈地笑了笑，把还没吃的汉堡给了他。

这一幕在张勇看来，就是一对落难街头、衣品雷同的流浪汉在分食捡来的垃圾。他丝毫没看出林嘉嘉就是上午和女警一起来找他的那个小警察。林嘉嘉就这么看着张勇神奇地出现在自己眼前，大摇大摆地走进了身后的足疗店。

林嘉嘉来到二楼楼梯口，看到张勇和一个服务小姐说笑着朝包房走去。
林嘉嘉停留了片刻，来到前台。
"欢迎光临，先生做按摩吗？"
"啊……"
"先生做泰式还是中式？"
"我先看看……"
林嘉嘉关注着走廊，他看到张勇进了一个包房。
两分钟后，前台小姐把林嘉嘉引进了张勇隔壁的包房。
"您先休息一下，按摩师等一下就来。"
"好。"
前台小姐走后，林嘉嘉来到墙边，偷听隔壁的动静。隔壁传来敲门声，能听到张勇应了一声，随后有女人进入，和张勇说着什么。林嘉嘉拿起桌上的玻璃杯，贴在墙上搜寻最佳收音位置。门开了，按摩小姐进来，林嘉嘉赶紧对按摩小姐比出噤声的手势。没想到按摩小姐会心一笑，轻轻关上了门。
"先生不是来做按摩的吧？"按摩小姐略带神秘地小声问道，"我知道的。"
她毫无诧异之色，走到床边脱了鞋坐到床上，很轻松地看向林嘉嘉，笑了笑。林嘉嘉怕产生误会，亮出了证件。
"不好意思，我在查一个案子，麻烦你配合一下。"他小声说。
"好，我配合，你忙吧，就当我不存在。"
按摩小姐愉快地刷起了手机，这种处变不惊的从容反倒让林嘉嘉有些不知所措。
"干你们这行的怎么都这么帅？……哦，你忙你忙，别管我。"按摩小姐又看了看他，羞涩地笑了笑。
林嘉嘉愣了一下："什么意思？"
"没有啦，就是说你很帅……"按摩小姐悄悄用手机查看自己的妆容。
"我是问你为什么说'都'。"

第九章 零　　199

董洁 6 点来钟从儿童福利院离开回到城里后,在一家新开的泰国风味的餐厅里和两个女性朋友共进了晚餐。快 9 点的时候,她从餐厅出来,去了附近一家酒吧。韩青一直蹲守,把车停在酒吧对面,透过车窗,酒吧里的情况尽收眼底。董洁是来赴约的,等她的是安连。韩青并不认识,她用带长焦镜头的相机拍下他们见面的照片。

董洁坐下后微微皱眉地左右环顾。她不喜欢人挨人的社交环境。

"您最好点个喝的,看上去更自然。"安连小声地提醒。

"长话短说吧,着急约我来干吗?"董洁有些烦躁,因为安连带给她的只能是有关陈彬的令人不愉快的信息。

安连看着董洁宽容地笑了笑,从背包里拿出一个文件夹,他有些谨慎,不知道该从桌上还是底下递给董洁,董洁见状不耐烦地直接伸手抓了过来。

文件夹里是陈彬和一个年轻女孩在大街上的一组偷拍照片,后面还有这个年轻女孩的个人信息。

"什么时候的事儿?"

"今天才开始的,是个新会员。"

"够快的……"董洁的笑容里难掩醋意和愤慨。

"所以我才急着向您汇报。"

董洁从包里拿出一个厚信封推到安连面前。

"不用,您刚给过我……"

"拿着吧。"董洁合上文件夹,低头陷入沉默。

"恕我直言,陈总是有点儿……过了。本来,我不该多管闲事儿……"

"你是不该。"

安连赶紧住口。

"以后不用随时汇报,还是按月见面吧。"

"行,一切看您方便……"

董洁起身。

"等一下。"

"还有事儿吗?"

安连赶紧从包里拿出一个一看就是用心包装过的迎合董洁品味的小礼盒,说:"生日快乐。"

董洁愣了一下。

"没别的意思，就是祝福一下……"

"谢谢。"

董洁接过礼物快速离去，只剩安连还站在那儿，深情地看着董洁远去的背影。

他们之间的关系耐人寻味，这给韩青留下了深刻印象。

韩青跟着董洁的保时捷，按董洁回家的路线行驶。保时捷忽然毫无征兆地拐到路边停住，韩青没有防备，只好硬着头皮开，超过了保时捷，只见董洁坐在车里哭泣，看上去十分悲伤。韩青在前方不远处靠边停下，继续从后视镜里观察着董洁。没想到手机突然响起来，透过蛛网般碎裂的屏幕，她看到来电显示为"林嘉嘉"。

当捷达轰然离去的时候，董洁已经哭得失去了控制，泪如雨下。副驾驶座上放着拆开的礼盒，里面摆着个极富美感的芭蕾舞者造型的音乐盒。

"韩姐，就是她。"韩青推门而入的时候，林嘉嘉向她指了指一旁的按摩小姐。

"你见到过他？"韩青问。

"就是你跟我说以前来过这儿的另外一个警察。"林嘉嘉对按摩小姐说。

"嗯，见过。"按摩小姐点头。

韩青把手机递到按摩小姐面前问："是他吗？"

碎裂的手机屏幕上，是钟伟的警官照。

"是他，当时他就在那面墙边，拿着一只玻璃杯听隔壁屋。"按摩小姐说。

韩青怔怔地望向墙壁。

钟伟站在那里贴着墙壁用玻璃杯窃听，向韩青做出噤声的手势。

"不好意思，我在查一个案子，麻烦你配合一下……"钟伟亮出证件。

第十章 东州"新贵"

消失

每晚 8 点半，唱诗班的歌声就会从教堂里传出，利民巷前巷的居民们都习以为常。陈彬每次来利民巷，都会坐到祷告长椅的最后一排静静聆听一会儿，可他并不喜欢这样的音乐，也不喜欢见谁都咧嘴笑的神父。

3 月 15 日这天，他照例把奔驰停在利民巷外的大街上，走进巷子。经过教堂时，他却没走进教堂，只是看了一眼，就匆匆走开。他并不是不想进去，也不是无法忍受唱诗班的音乐，更不是因为身后跟着一个叫钟伟的警察，而是他这天有些疲倦，想早早进入温柔乡，仅此而已。

就这样，他和钟伟一前一后进入了利民巷，监控探头记录下他们走进巷口的影像。第二天早上，陈彬的身影再次出现在监控中，显示他从这里离开了利民巷。然而钟伟再也没有出现过，从此消失在利民巷里。

闭环

"车祸发生的时候，张勇就在 1508 定位区域里的一家足疗店。你打电话告诉我车祸信息后两分钟，张勇就接到一个电话。按摩女技师被他赶到走廊里，她听到张勇接完电话后又打了一个电话，这和吕建民接到 1508 电话的时间完全吻合。"韩青说。

方波看了看她和林嘉嘉，问："张勇的电话尾号是 1508 吗？"

"不是。他名下的两个手机号尾号都不是 1508。"林嘉嘉回答。

"那他名下的这两个手机号在你们说的这个时间段有通话记录吗？"

"没有。"林嘉嘉说。

"1508的定位有没有在张勇的租赁公司和他家的范围内出现过？"

"没有。但是钟伟失踪前就盯上张勇了。"韩青说。

方波深感意外地看向韩青。韩青把手机里的视频播放给方波看。可以看到，张勇走进一间包房不久，钟伟走进了隔壁的包房。

"按摩小姐证实，钟伟在隔壁偷听张勇。"韩青说。

"她当时还给朋友发过微信。"林嘉嘉补充。

"来了个好帅的警察！"按摩小姐发完微信后花痴般地看着贴墙偷听的钟伟。

"当时钟伟在调查万海强案，如果张勇跟案子没关系，钟伟不会无缘无故去查他。"韩青看着方波说。

"但是钟伟没有传回来过任何有关张勇的证据或是调查报告，而且目前没有实证确定张勇就是1508的使用者，所以要局里批搜查证应该很难。我可以去争取，但你不要抱太大希望。"方波说。

"那你就当不知道。"韩青的急脾气又上来了。

"不行，绝对不行啊，韩青！别又犯驴脾气。"方波最怕韩青跳出规则做些冒险的行动。

"方队，这是目前唯一的线索了！押对了，能搜出那个1508，搜出吕建民，甚至白小蕙，还有泄密的人；押错了，就牺牲我一个人，行吗？"

"不行。不行不行……"方波的头摇得像拨浪鼓。

"那我现在就给侯局打电话，看他怎么说。"

"我来打吧。你越过我直接找侯局，别人会说你闲话的。"方波说着，看了看挂钟，"侯局好像去市里开会了，我问问……你是对的，这事儿不能拖。"

方波在手机通讯录里搜索……

"没戏。"方波从办公室出来，找到韩青，说，"侯局不同意对张勇采取侦查措施，搜查令就更别提了。"

韩青扭头就走，方波赶紧拦她："韩青，你别冲动啊，我觉得侯局的意见是对的……"

第十章 东州"新贵" | 203

"哪里对？你没告诉他张勇这条线索是现在唯一可能带来突破的吗？"

"我跟他说了，他给你的指示是先啃现有的骨头，谨防'丢了西瓜捡芝麻'。这是他的原话。我觉得很有道理，咱们还是得深挖董洁、吕建民、银灰色小面、黑框眼镜老男人这些现有的线索，张勇身上没有明确的疑点，可以先放一放。"

手机响了，方波接通电话："喂……好，我马上来。"

"那内鬼呢？他查了吗？我给你的通话记录，你查了吗？"韩青问。

"我还在查，你别着急，给我点儿时间。"

"方队。"

"你说。"

"要是因为我们没查张勇这条线把白小蕙耽误了，你后悔都来不及。"

方波其实赞成韩青的想法，无奈侯局有指示，他只能站一头。韩青走后，他匆匆来到了图侦室。

"方队。"小于站在电脑前，已经等他一会儿了。

"有什么发现？"

"车祸发生当晚，我在1508的定位区域五方街一带发现了这个。"电脑上是老宋和江云杰在公园外密会的监控视频，由于角度问题，看不到老宋的脸。

"这两个是什么人？"

"那个翻墙的年轻人不认识。开车的人……前面卡口拍到了他的脸。"小于没有直说，快速在电脑上切换到前面卡口的监控画面。

开车人的脸被放大，是老宋。方波暗暗吃惊。

"老宋？他是内鬼？他自己说的？"韩青差点儿惊掉下巴。

"不是说他就是内鬼，而是怀疑。"方波也很烦躁，"反正先停职，让他回去自己好好想想怎么给大家一个交代。"

"这个年轻的是谁？"韩青看着照片中的江云杰。

"不知道。"

"老宋没说吗？"

"他不解释。有关那小子的事儿一概不提。"

"为什么？"

"我也想知道。"方波一摊手。

门打开，老宋一脸苦瓜相，看到韩青后略感意外。
"韩青？你怎么来了？"
韩青看着老宋不说话。
老宋笑道："你干吗呀？跟我玩审犯人那套心理战。"
"你是内鬼吗？"
老宋的笑容有些僵。
"怎么不说话，老宋？"
"我没什么说的。"
"那就是默认了？"
老宋抬手要关门，被韩青抵住。
"为什么？钟伟失踪的事儿跟你有没有关系？"
老宋看了看韩青，执意要关门。
"他救过你，别忘了！"
韩青愤然离去，老宋沉默了片刻，关上门。
他老婆听到声音从厨房出来，刚想张口问，老宋就吩咐道："以后凡是局里的人来找我，就说我不在！"然后他走进卧室，重重关上门。
韩青没走远，甚至想再回来找老宋问个明白。她不相信老宋是内鬼。老宋兢兢业业干了大半辈子，是队里最稳重且值得信任的伙伴。他入行时是赵文斌的小跟班，现在是队里的老前辈，警衔比方波的还高。他和钟伟的关系比较好，两人一起执行任务时，钟伟曾帮他挡过一枪。韩青不相信这样一个老大哥会通风报信，他图啥？韩青很想问他：车祸那晚为什么会跟张勇一样也在1508的定位区域里？那个年轻人是谁？他为什么不说？但她打消了这个念头，她知道老宋不会告诉她。

清溪江公园有市中心最大的一片绿地，锻炼的人遍布其中。一身西装的安连在人群之中显得极不协调，另一个不协调的人是韩青，她穿着夹克和牛仔裤坐在长椅上。安连老远就看到了她。
"您是……？"安连问。

"对，是我打电话约的你。"韩青笑了笑。

安连"哦"了一声，礼貌地点点头，在旁边坐下。

"您电话里说，您是董洁的朋友？"

"对。"

"哦……其实我不是私家侦探，因为董洁是我的老熟人，所以我才义务帮她的忙……"

"义务？不对吧，你没收过她的钱吗？"韩青看着他。

"那是她非要给我的辛苦费，给不给其实都无所谓。这样吧，既然是董洁的朋友，那么能帮忙我就帮。您在电话里说遇到了点儿麻烦？"

"对。"

"方便说说是什么样的麻烦吗？"

"董洁的麻烦。"

安连扭头望向韩青，有些不解。

"咱们都爱替别人解决麻烦。"

韩青掀开外套，向安连露出别在夹克内兜上的警官证。

安连沉默片刻，站了起来。

"别紧张，不找你麻烦。"

"笑话，我能有什么麻烦？……"

"你麻烦不小呢。"

安连吓了一跳，突然发现背后的长椅上不知何时起又坐了一个人。

"根据《中华人民共和国治安管理处罚法》第四十二条，偷窥、偷拍、窃听、散布他人隐私的，处五日以下拘留或五百元以下罚款；情节较重的，处五日以上十日以下拘留，可以并处五百元以下罚款。"林嘉嘉流利地说。

安连不可思议地笑了笑。

"根据《最高人民法院、最高人民检察院关于办理侵犯公民个人信息刑事案件适用法律若干问题的解释》第五条，非法获取、出售或者提供公民个人信息，具有下列情形之一的，应当认定为刑法第二百五十三条之一规定的'情节严重'。条目太多了，随便给你说几条：（三）非法获取、出售或者提供行踪轨迹信息、通信内容、征信信息、财产信息五十条以上的；（四）非法获取、出售或者提供住宿信息、通信记录、健康生理信息、交易信息等其他可能影响人身、财产安全的公民个人信息五百条以上的……"

林嘉嘉说话的同时，韩青将一张张截图照片递给安连看，全是监控探头拍到的安连跟踪各种女人并偷拍其照片的瞬间，以及安连偷拍、偷听陈彬与其他女人约会的画面。

"（七）违法所得五千元以上的。"

韩青递给安连昨晚他收下董洁的厚信封的照片、随后他去自助银行存钱被ATM机探头拍下的截图，以及被红笔标注了多笔收入过万的银行流水单。

"来钱够快的，昨晚上一笔就是两万。现在还觉得你没有麻烦吗？"林嘉嘉问。

安连沉默不语。

"你认识她吗？"韩青适时亮出了白小蕙的照片。

安连看了看，沉默了片刻，点了点头。

"她是谁？"

"白小蕙。"

"你怎么认识她的？"

安连再次沉默。

"是董洁让你调查她的吗？"

安连叹了口气，点头。

"我们想看一看你拍过的跟陈彬有关的女人，方便吗？"

安连看了看韩青，没说话。

安连带着韩青和林嘉嘉来到小街上一间有着落地玻璃的门面房，上面挂着"安连图片工作室"的招牌。进入工作室一楼，就听到屋角的大型复印机正在工作的轰鸣声，一个小工站在那里忙碌。安连带着韩青和林嘉嘉爬楼梯上了二楼，这是安连的起居室兼私人工作室，放着一套小型沙发、茶几，靠窗是一张台面很大的工作桌，上面摆着几台相机、电脑和各类照片。

"坐吧。"安连垂头丧气地向韩青和林嘉嘉指了指沙发，然后去靠墙的文件柜里找出了十几个文件夹，很沉。林嘉嘉过去帮他抬到茶几上。

"都在这儿了。"安连看着这些文件夹。

韩青和林嘉嘉拿起文件夹翻看。

"你从什么时候开始偷拍陈彬的？"

"有几年了。"

"几年？不止吧？"

韩青将正在看的文件夹里的一张照片翻过来对着安连，看着他。那是董洁和陈彬办婚礼时的照片。

"就是从他们结婚那时候断断续续开始的，差不多10年吧。"

"你够执着的，挣了不少吧？"林嘉嘉吃惊。安连低头不语。

韩青这时候放下文件夹，走到二楼顶头的一扇挂着厚绒布的小门前。她上楼后第一眼就看到这儿了，直到现在才漫不经心地走过去，从安连不安的眼神中就知道，里面藏着什么秘密。

"能进去看看吗？"

"里面没什么，你们要的东西都在这儿……"

韩青看着他，什么也没说。安连沉默了片刻，点了点头。

韩青拉开绒布帘，打开小门，里面是一小间简易的冲洗照片的暗室，因为没开灯，只能看到里面挂了很多绳子，绳子上夹着许多大大小小的照片。韩青打开灯，才发现四面墙上也贴满了照片，不夸张地说，这里不像暗室，倒像是照片陈列室。所有的照片都是一个主题，就是董洁。从年轻时登台演出的董洁到现在风韵犹存的董洁，这些照片让整间屋子充斥着一股狂热的氛围。靠里的位置放着一张单人折叠床，上面有枕头和被子。床正对的天花板上有一张巨幅照片，是董洁在辉煌时期跳《天鹅湖》的舞台抓拍肖像。韩青一眼就认出来，这和董洁客厅里的那张是同一张。

"请替我保密，我不想让她知道。"安连站在门口幽幽地说。

"放心，跟我们案子无关的，别人不会知道。"

韩青赶紧出来，这种狂热氛围让她有点儿透不过气。

"韩姐，意外收获。"林嘉嘉拿起一个文件夹。

韩青凑过来看，发现是一组陈彬和张勇在万和机械租赁公司的照片，的确意外。韩青的视线很快落到最后一张上，照片里，陈彬和张勇蹲在铲车平衡杆下说着什么。

"他们趴在底下看什么呢？"林嘉嘉不解。

"这是什么时候拍的？"方波看着这张照片问。

"去年5月份，具体日期安连不记得了。"韩青说。

方波看着照片点了点头："逻辑倒是说得通，陈彬认识张勇，张勇认识吕建民，吕建民是白小蕙的前夫，白小蕙是陈彬的员工，看上去闭环了。"

"你漏掉了一环。"

"哪一环？"方波不解。

"钟伟暗中调查过张勇，钟伟是跟踪陈彬时失踪的，这两个跟钟伟有关的人被拍到在一起搞事情。"韩青说。

方波笑了笑，说："牵强了点儿吧，你怎么想？"

"我怎么想有用吗？你能用这些照片换来侯局的搜查证吗？"

"不能。"方波没开玩笑，"我现在发现侯局是对的，他之所以不给咱们搜查证，就是怕咱们查到一点儿蛛丝马迹就忙着下手，这样很容易出错，而且惊了真正的凶手。"

"呵，"韩青冷笑了一下，"那你告诉我谁是真正的凶手。"

"韩青，我理解你的心情，对这张照片我也打问号，但是我们要耐着性子，越接近真相越要慎重。如果这两个人真有问题，那就绝对不是一张搜查证就能解决的。"

韩青沉默了片刻，点了点头，转身离去。

方波感到一种莫大的安慰，他觉得自己似乎说服了韩青。

方波高估了自己。

韩青带着一个工具箱，在夜色中来到了万和机械租赁公司。场地里停放着两辆和照片中相同的铲车，韩青悄悄钻到铲车平衡杆底下，用手机电筒照射查看。她看到了那块四方的钢板，用工具卸下了钢板，用手机电筒朝平衡杆内腔照射，里面是空的。另一辆也是如此。她突然接到了米小虎的电话，于是匆匆跑走了。

万和公司的二楼窗口，郭猛在黑暗中看着韩青跑远，拿出手机。

"那个女警察走了。"他对着电话说。

雨越下越大，捷达开到了旧城区一片老平房附近。车刚停稳，米小虎就溜进了副驾，满头是水。

"姐。"

"什么事儿这么急？"韩青看到米小虎脸上的伤痕在雨水的浸润下显得尤为浮肿。

"还记得那天打我的那个涛涛吗？"米小虎有几分得意。

"记得，你说他打听过邱海龙的住址。你找到他了？"韩青来了精神。

米小虎一笑，说："在街上碰到的，我就说肯定能找到他。这小子刚去买了毒品回来，我一路跟着他到了这儿，看着他进的门，这回他肯定跑不了。"

"在哪儿？"

"那条巷子，门牌号8号。"米小虎指着不远处的一条巷子。

韩青打着伞走进巷子里，看到了8号的门牌，还有几步之遥时，8号的门突然开了，出来一个精神萎靡的小青年，手里拎着两袋垃圾。他和韩青都有些意外，对视了一眼，但都没有表现出异常。韩青没有朝8号的门里走，而是继续往前，小青年则朝不远处的垃圾箱走去。除了雨点打在地上和伞上的声音，就是两人踩在水里的声响。很快，他们听到对方停下了脚步，虽然都是背对对方。小青年突然扔下两袋垃圾撒腿就跑，韩青几乎同时扔掉雨伞朝他追去。两人的速度不相上下，熟悉路况的小青年略占上风，在几条交错的街巷里左突右闪地改变方向和线路。他不像韩青那么在意脚下的湿滑，而是不留余地地狂奔。突然，在一个岔口拐弯时，他滑倒在雨里。紧随其后的韩青捡了个便宜，麻利地上前把他摁住，戴上手铐。

"我上中学的时候得过短跑冠军，"他愤愤不平地说，"要是不滑这么一下，你根本追不到我！"

"你再吸两年试试，老太太都能追上你。"韩青一把把他拎了起来。

"1508开通不到一个月，总共与18个手机号有过46次通话，我们从中筛选出了这5个尾号的号码，值得注意。"林嘉嘉在白板前向方波、梁子等七八名专案组成员讲解。白板上画了一张类似组织结构图的图表，最顶端是6940，中间是1508，下端是8377、4491、0230、5974、3862。

"车祸发生后，1508给5个号码群发了一条短信，内容是——"林嘉嘉在白板上写下了数字"0"。

"什么意思？"方波问。

"应该是个警告，因为这5个号码在收到短信后就都打不通了。"

方波点头。

"我们发现，这5个号码和1508的通话及短信都是由1508发起的，有一种上下线的关系。"

"这很像电诈团伙和贩毒组织的形态，1508应该是这5个号码的上线。"梁子插了一句。

"而且这5个号码都只跟1508有联系，彼此之间从没有联系过。"林嘉嘉接着说。

"对，他们一般都单线联系，平级的人相互之间都不认识。"梁子点头。

"这个6940呢？"方波指了指1508上方的6940。

"6940也是用挂失身份证办理的，全部通话记录只有4条，都是和1508的，而且都是由6940发起的。照这个规律看，6940应该是1508的上线。还有，这些号码的开通时间差不多都在一个月内，有种统一发放、统一使用的感觉。"

"组织结构清晰，内部管理规范，具备成熟团伙的性质。"方波挠了挠头，"我想起钟伟在失踪前调查的万海强被杀案，钟伟给我看过毒贩万海强的手机通话记录，也有类似的规律……"

"方队。"韩青出现在办公室门口。

"你去哪儿了，韩青？"方波刚才还在想韩青为什么不在。

"打听邱海龙住址的人找到了。"

办公室里的人都为之一振。

"是谁？"方波问。

"一个外号叫小春的街头毒贩，他曾经让一个叫涛涛的吸毒人员帮他打听过邱海龙的住址。"

"小春？梁子，这名字你们有印象吗？"方波转向梁子。

梁子摇头道："没。街头层面的毒贩咱们基本了解，这个名字还是头一回听说。"

"马上问问禁毒支队的弟兄。"

"好。"梁子起身离去。

"有小春的照片吗？"方波问韩青。

"没有，涛涛从没见过小春本人。他们都是通过微信联系，小春给涛涛发直播链接，涛涛进直播间后，在评论里找出交易暗语，然后按照暗语到指定地点交易。小春在直播间里用的是三太子这个网名。"

这和邱海龙的购毒方式一致，但警方此刻还没有发现这一点。

"小春托涛涛打听邱海龙住址时给过他一个手机号，说不到万不得已不让他打，就是这个号。"韩青来到白板前，指向1508下方那5个号码中的5974，"这个5974，就是小春的手机尾号。"此刻她还不知道，小春就是她去调查过的李晓东。

"邱海龙死于高纯度毒品，小春托涛涛打听过邱海龙的住址，小春是1508的下线，1508是6940的下线。小春是街头毒贩，那上线1508就应该是市区级的大毒贩，他的上线6940就是地区级以上的大毒枭，所以他们手里才会有市场上买不到的高纯度毒品。也就是说，杀邱海龙、范灵灵，劫持白小蕙的，可能是一个咱们从没在东州听说过的手机号秘密贩毒集团。"

韩青看向众人，最后将目光落在方波脸上。

方波点头道："这个手机号秘密贩毒集团的发现很重要，要尽快落实它的真实性，以小春为切入点，把整个组织挖出来。韩青、林嘉嘉，跟我来。"

方波把韩青和林嘉嘉叫到办公室，先给档案室打了个电话。

"找到马上送上来。"方波挂断电话，看了看韩青。

"韩青，你真厉害，出去了几个小时，就找到了小春这么重要的线索。"

韩青听出话里有话，立刻问道："你想说什么，方队？"

方波笑了笑："我想说的是，不管去哪儿找线索，你都得带上他。"他指了指韩青旁边的林嘉嘉，"不能破坏规矩，对吧？"

"这条线索是我的线人找到的，我去见他，不方便带人。"

"那下次遇到这种情况，你提前告诉我，也跟嘉嘉说一声，毕竟你们现在是搭档，相互有个照应。这大晚上的，一个人也不安全。"

韩青知道是自己违规在先，另外，方波说的也没错。这让她想起钟伟的失踪，不也是由于她这个搭档的缺席造成的吗？

"好，我知道了。"她说。

门外有人敲门，进来的女警递给方波一份档案："方队，你要的档案。"

女警离去。

方波打开档案看了看，点了点头，递给韩青说："关于你刚才说的那个手机号秘密贩毒集团，我们现在显然没掌握资料，我想到了一个人，你俩可以去会会他，看看有没有机会得到些线索。"

档案里是一份服刑人员资料，配着一张男人的照片。

"这是谁？"韩青问。

"何力，一个老混混，他是陈彬当年的好哥们儿，1998年因故意伤害罪被判了22年，现在还在清溪江监狱服刑，是个老江湖，知道的事儿比较多。"

"我听说过这个人，横得出了名。"韩青说，"有必要吗，方队？去找一个关了快20年的囚犯查线索，他恐怕连智能手机都没见过吧。"

"可不是嘛，1998年进去的。"林嘉嘉也笑。

"试试吧，就算不知道贩毒集团的事儿，他多少也能说一些陈彬的事儿，这不是你很想知道的吗？"方波宽慰道。

这话倒不假，韩青点了点头："这种老混混，就怕撬不开他的嘴。"

"蹲了那么多年监狱，没准改好了呢。"林嘉嘉说。

狱警推开门，带进来一个戴手铐的中老年犯人，看上去毫不起眼。坐在桌前的韩青和林嘉嘉望着何力，狱警把何力带到座位上坐下后就出去了。何力扫了韩青一眼，眯起眼睛坏笑了一下。这让林嘉嘉有些反感。

"何力，我们是市局刑侦支队的，找你了解点儿情况。"韩青先开口。

"妹子，当警察可惜了。"何力依旧坏笑着。

"陈彬你认识吧？"

"有烟吗？"何力笑望着韩青。

"没有。"林嘉嘉回道。

"报告。"何力朝门口喊，狱警开门望着他。

"干什么？"狱警问。

"我要回去。"

"我们还没开始问呢！"林嘉嘉有些生气。

"何力，好好配合人家工作。"狱警瞪了何力一眼，出去了。

"行，你说了算……"何力苦笑了一下。

"烟没有，但给你带了这个。"韩青从桌子下拿出一个食品纸包放到何力面前。何力打开看了看，是一只烤鸡。

"西北路那家老店买的，听说你就爱这口。"韩青看着他。

何力仔细看了看那只鸡，笑了："辛苦妹子了，骨头都剔干净了。"

"应该的，为了你的安全。"韩青笑了笑。这也是探视规定，以防发生意外。

何力抬眼盯着韩青笑，韩青迎着他的目光，静静看着他。

20分钟后，何力把整只鸡吃得干干净净，意犹未尽地嘬着手指头，把旁边的一瓶矿泉水喝光，才惬意地抬头看着韩青笑，说："谢了。"

"不客气。满意了？"韩青问。

"要是再来口烟就完美了……"

"有点儿得寸进尺了。"林嘉嘉忍不住了。

何力从始至终没看林嘉嘉一眼，现在也是。

"报告。"他又喊。

"报告什么？"林嘉嘉站起来。

"去给他买包烟。"韩青看着林嘉嘉。

"韩姐……"林嘉嘉不可思议的表情中还带着少许怒气。

"去吧。"

林嘉嘉没办法，恨恨地出去了。何力幸灾乐祸地指着林嘉嘉的背影冲韩青说："现在这些小崽子，一点儿规矩都没有。"

"我给你面子，你也得给我面子吧。"

何力抱拳，冲韩青使劲儿点了点头。

"陈彬跟你是铁哥们儿？"

"是吧，至少在我这儿是。"

"什么意思？"韩青看着他笑了笑。

"嗐，都过去的事儿了，不提了，没意思。"

"你和陈彬一块儿混的时候，除了打架，还干些什么？"

"帮人看场子呗，还能干什么？！"

"你知道陈彬做过别的生意吗？"

"什么生意？"

"你说呢？"

韩青盯着何力，何力不解地望着韩青。韩青用指头在鼻子上抹了一下，模仿吸毒的姿势。何力笑着摇了摇头。

"是不知道还是不方便说？"

"妹子，我就是真知道，你觉得我能告诉你吗？"何力说着，掰起指头算了一下，"不算立功减刑啊，还有两年半，我就解放啦！"何力冲韩青开心地笑着，随即笑脸一收，"你让我当点水雀，合适吗？"

韩青笑了笑："明白，你怕出去了没法混。"

"哎，对喽！"

"你都多大岁数了，出去还混？"

"不混，你这样的妹子能来看我吗？"何力又笑起来。

"陈彬可早就不混了。"

"我没他命好。"

这时林嘉嘉拿着一包烟进来，气呼呼地把烟丢到桌上。何力连眼皮都没抬一下。韩青把烟推给他，他却推回到韩青面前。

"我早戒了。"

"你玩我呢？"林嘉嘉气极。

何力终于翻起眼睛看向林嘉嘉，眼神中瞬间出现一丝阴狠。

"我就高兴玩你。报告！"

狱警走进来，何力起身说："不好意思，妹子，没帮上你的忙，让你白跑一趟。"何力笑笑，冲韩青又抱了抱拳，被狱警带走。

韩青有些失望，林嘉嘉更是憋了一肚子气。

狱警关门的时候，何力忽然扒开门望向韩青，说："对了……"

韩青和林嘉嘉望向他。

"你说的那生意，"何力用指头在鼻子上抹了一下，"找黑炮聊聊没准有戏。"

"黑炮是谁？"

何力笑了笑，说："妹子，你的消息还没我这蹲大狱的灵通啊。这人是新起来的，据说是现在圈儿里最红的，我就知道这么多。谢谢你来看我。"

何力冲韩青抱拳笑了笑，转身离去。

"黑炮？"

第十章 东州"新贵" | 215

方波和其他人都愣了片刻，在脑中快速搜索同类项。

方波问："有人听说过吗？"办公室里的人都面露难色。

"我问了禁毒支队老雷，他们也没听说过东州贩毒圈儿有这么一号人。"韩青说。

"省里的重点名单和部里下发的协查名单也都没有这个人。"林嘉嘉补充。

方波思忖片刻后道："之前是小春，现在是黑炮，还都没人认识，咱们东州真是'藏龙卧虎'啊！"

雇主

在方波的软磨硬泡下，侯局终于批了调取野力健身会所监控的通知函，韩青拿到后，第一时间就带着林嘉嘉来到了野力健身会所。

"您好，韩警官……"看到韩青和林嘉嘉一起走过来，孟霞打心眼里发怵。

"你好，我们来调会所的监控，这是调查取证通知函。"韩青平和地笑了笑。

林嘉嘉把通知函递给了孟霞。

"哦……韩警官，你们稍等，我得先问一下陈总……"孟霞有些为难。

"你问吧。"韩青保持着微笑。

"不好意思啊……"孟霞避到一边打了个电话后，很快跑回来。

"韩警官，陈总已经通知保安部了，你们直接去拿就行。"

"谢了。"韩青朝林嘉嘉示意了一下，林嘉嘉转身离去。

孟霞本以为韩青和林嘉嘉都会走，没想到韩青仍站在那儿，平静地看着她。她略显尴尬地冲韩青笑了笑。

"在这儿干多长时间了？"韩青问。

"六七年了，会所刚开张的时候我就在。"

"老员工啊，那白小蕙呢？"

"她干了一年多。"

韩青点了点头，问："白小蕙跟董洁熟吗？"

"不太清楚，应该不熟吧。"孟霞的回答有些含糊。

韩青望着她，似乎在等待正确答案。

"我真的不太清楚，韩警官。"孟霞赶紧解释。

韩青点了点头，问:"董洁有没有跟你打听过白小蕙？"她盯着孟霞的眼睛。

孟霞的目光稍微回避了一下，转瞬即逝，但还是被韩青捕捉到了。

"算了，不问这个。"韩青笑了笑。

孟霞看了她一眼，也跟着笑了笑，点了点头。

"别紧张，第一次被警察问话吧？"

"是，第一次。"孟霞看着韩青笑，"我也不知道紧张什么……"

"不用紧张，放轻松。"韩青表示理解，"你要知道，被警察问话的不一定都是罪犯，还有给警方提供线索的证人、知情人士和热心市民。"韩青稍微停顿了一下，"那我还是问吧，你好好想想，董洁之前有没有跟你打听过白小蕙的情况？什么情况都算，她的家庭啊，为人啊……"

"有。"孟霞点了点头。

孟霞有些意外地看着手中的口红，递还给董洁。

"董姐，这太贵重了，您自己留着用吧。"

"别跟我客气，"董洁笑着说，"你用这个色号特合适，拿着吧。"

"那就……谢谢董姐了。"孟霞将口红收下。

"小孟，新来的那个白小蕙你觉得怎么样？"

"董姐，什么怎么样？"

"她做事儿认真吗？偷懒吗？"

"她挺踏实的，让做什么就做什么，不迟到早退，做事儿也认真……"

董洁认真地听着。

韩青点了点头："董洁向你打听过几次？"

"有那么三四次吧。"

"都是在白小蕙刚来不久的时候吗？"

"对，都是在白小蕙刚来那几个月，之后就没再打听了。"

"每次打听的内容都相同吗？"

"对，主要是问白小蕙为人处世方面的情况，还问过她儿子得病的事儿。"

"尿毒症？"

"对。"

"你是怎么跟她说的？"

"就跟她说白小蕙的儿子得了尿毒症，去了好多家医院都看不好，好像要换肾什么的，得花好多钱。我就知道这些，都告诉她了。"孟霞信誓旦旦。

韩青点了点头，说："谢谢，你帮了我不少忙。"

没多久，林嘉嘉拎着沉重的手提包回来了，里面装着健身会所近3个月的所有监控素材，这又将是一个工作量巨大的任务。其实查监控只是韩青的借口，她最主要的目的是用这些监控拴住林嘉嘉，因为她接下来要做的事不想让林嘉嘉知道，换句话说，是不想让方波知道。

"你先回去吧，我还有事儿。"

林嘉嘉愣在那儿。

韩青明白他的意思："放心吧，查案子我会带着你一起的。我要去趟我师父家，看看他女儿，还要去看看钟伟的父母。你先回去吧，任务挺重的。"韩青看了看林嘉嘉拎着的包。

"好的，韩姐，那我先回去了。"林嘉嘉这才放心地离去。

韩青松了口气。

陈彬在跑步机上挥汗如雨，运动中的他显得精神饱满。突然有一只手摁停了跑步机，陈彬被这个"急刹车"搞得差点儿没站稳，心里有些不高兴。

韩青站在旁边望着他笑。

"韩警官，有事儿啊？"陈彬拿起毛巾擦汗，面有愠色。

"看新闻了吗？市局发布的悬赏通告。"

"听说了，你们这次大手笔啊，10万是有史以来最高的悬赏了吧？"

"有兴趣吗？给我点儿猛料，钱就是你的。"韩青和陈彬对视了一下。

"这钱倒好挣，无本万利。"

"你知道董洁和白小蕙是什么关系吗？"韩青疑惑地看着陈彬。

陈彬愣了一下说："这可把我问住了。"

陈彬干笑着走到窗边的把杆处压腿放松，韩青跟过来。

"你不知道吗？"

"不知道。"

"那你和白小蕙是什么关系？"

陈彬笑了笑，问："韩警官，你这是查案呢，还是刺探我的隐私啊？"

"我对你的隐私没兴趣。"

陈彬又笑了笑，问："我和白小蕙是什么关系您不知道吗？她是我的员工，我是她的老板，您说是什么关系？"

"我没问工作关系。"

"那就是我的隐私了，您不是不感兴趣吗？"陈彬迎着韩青的目光笑着，"这么跟您说吧，白小蕙的事儿我什么都不知道，至于她跟我是什么关系，您要感兴趣就自己查吧，反正我说什么您也不信，是吧？我还有事儿，您先忙。"陈彬转身要走。

"你不觉得白小蕙的孩子很可怜吗？"韩青平静地看着他。

陈彬扭回头看着她："世界上可怜的孩子多了。"他又笑了笑，转身要走。

"感谢了，陈老板。"

听到这话，陈彬又停住，像是没听懂，转回来望着韩青："什么？"

"感谢你协助警方工作，让我们提取会所的监控视频。"韩青微笑。

"别客气，我只是尽公民的义务罢了。"

"那就是说，我们不会从里面查到什么了？"

陈彬笑了笑，说："再见。"

米小虎嘚瑟地坐在本田摩托车上面，看着捷达从野力健身会所的酒店大门出来后开到了自己跟前。

"嗨，美女，车不错嘛，一起兜风啊？"米小虎望着摇下车窗的韩青。

"机灵点儿，别被发现了。"

"回头见，美女，慢走不送。"米小虎给了韩青一个飞吻。

"陈彬开的是一辆黑色奔驰，尾号 L29。"韩青升起车窗。

透过福利院的铁栅栏，韩青看到院子里正在玩耍的孩子们和董洁。

董洁回头看到了韩青，她走到栅栏前，朝韩青点了点头："韩警官，找我有事儿吗？"

"还是那件事儿——给白小蕙的 5 万块钱。"韩青望着董洁。

董洁笑了笑，说："是不是当警察的都不肯轻易相信别人说的话？"

"要看说的是不是真话。"

"韩青，我没必要骗你。"

"太太群根本不知道白小蕙的孩子，也没把尿毒症患者纳入资助计划。"

"是吗？那可能是我记错了。年龄一大，脑子就不如从前了。你姐经常开玩笑说我跟她妈一样得阿尔茨海默病了。"董洁笑道。

"你很喜欢孩子？"韩青看着玩耍的孩子们，问道。

"是啊。"董洁也回头看着孩子们。

"你怀过一个孩子？"

董洁愣了一下，转回头冷冷地望着韩青。

"我听我姐说的。"

"韩青，我说了，那5万块钱是白小蕙找我借的。"

"她找你借钱，你就找人偷偷调查她，怕她骗你钱？"

董洁又是没想到："是。有问题吗？"

韩青微微皱眉："可你找人调查她的时候，还不认识她，怎么会知道她要找你借钱？"

"我是不认识她，我是听陈彬说过她的事儿，我猜她可能会……我觉得一个单亲妈妈总会扛不住的，而且她早晚会知道我做慈善的事儿，因为健身会所的员工都知道，所以我猜她会来找我的。女人的直觉吧。"

"你还是在说谎。"韩青笑了笑。

"你凭什么这么说？"

"跟你一样，直觉。"

董洁笑了笑说："那我真没什么好说的了。对不起。"董洁转身要走。

"是因为流产的事儿觉得对不起陈彬吗？"

董洁愣住，猛地转回身来到栅栏边，这一次距离韩青非常近。

"你不要以为知道点儿别人的隐私就可以肆无忌惮！警察就这么办案吗？找不出证据就拿别人的隐私说事儿，是吗？"

"所以你才一直纵容陈彬在外面胡来。"

董洁瞪着韩青，气得说不出话。

"然后暗中调查那些小三儿，再一个个定期清理掉。"

董洁隔着栅栏狠狠地抓住韩青的胳膊，怒吼道："对，怎么了？我会想尽办法把我爱的人留在身边，你行吗？你连说都不敢说。我也是听你姐说的。呵，你就跟那个安连一样，每天晚上想着别人的样子入睡，窝囊废！"

董洁松开韩青的胳膊，韩青笑了笑，转身离去。董洁怔怔地望着她，哽咽着。

"阿姨，给你纸。"一个小女孩站在董洁身后，递给她一包纸巾。

黑暗中，手机界面出现金环的视频通话请求。一只手按下通话键，手机屏幕里出现王学华的脸。

视频中，王学华先看了看摄像头，然后将摄像头翻转对着坐在地上的白小蕙。他撕开白小蕙嘴上的胶带，白小蕙惊恐地看看他，又看看摄像头。

"把备份交出来。"王学华蹲在白小蕙面前冷冷地说。

"我真的没有备份了，都给你们了。"白小蕙带着无奈的哭腔。

王学华沉默地盯着白小蕙，突然抡起手打在她脸上。白小蕙被这惊人的力道掀翻，倒在地上。王学华冲上去一顿拳打脚踢，白小蕙发出了一声声惨烈的叫喊。

"说。"王学华冰冷地命令道。

"真的……没有了……"白小蕙断断续续地发出哀号。

又是几脚，正踢在白小蕙的肚子上。白小蕙疼得连叫喊都停滞了。她痛苦地蜷缩着，伸手示意王学华不要再打了。王学华上前又一把揪住她的头发。

"再不说，就跟你朋友一样。"王学华发出最后通牒。

白小蕙喘息着，眼泪不住地往下流，说："还有一个备份。"

"在哪儿？"

"你们找不到的……杀了我……你们也得死。"白小蕙望向镜头，眼神决绝。

那只手按下了结束键，视频通话中断，恢复一片黑暗。

王学华收起手机，他和白小蕙几乎同时发出了一声叹息，松了口气。

白小蕙蜷缩在地，捂着肚子默默流泪。

"我必须真打。"王学华看着她。

白小蕙痛苦地问："这样能行吗？"

王学华沉默了。他不知道望天会不会看出破绽，毕竟这是他第一次背叛望天，他没有这样的过往经验。

"谢谢你……为我这么做。"白小蕙看向王学华，挤出一丝微笑。

王学华此刻惴惴不安，他不知道望天的下一步会是什么，以及白小蕙还能活多久。

客厅里飘荡着巴赫的经典乐曲。一片黑暗中，只有沙发旁的阅读灯亮着柔和的光。董洁坐在灯下玩扑克牌，她的目光中透出不安和焦躁。

别墅外面的街边有辆捷达，早已凉透的发动机说明车已经停了很久。

透过落地大玻璃窗，韩青注视着董洁，她感受到了董洁的焦躁和慌张。

这就是她想要的。她对陈彬和董洁说那些话都是出于同一个目的——她试图激怒他们。人在害怕时容易发怒，一旦发怒，常常会说出有违本意的话，或者做出原本不想做出的行为。而这些话和行为的背后，往往蕴藏着被隐瞒的真相。案子查到现在，警方的优势正在一点一点地散尽。韩青知道如果案情没有突破口接下来会发生什么，她不想让这起案子成为悬案，因此即使明知自己不按套路出牌会给队里惹麻烦也要争取一下。

她看了看表，已经快夜里12点了，距离米小虎上一次的汇报已经过了4个多小时。米小虎跟踪陈彬到了利民巷，看到陈彬进了情妇杜小北开的美甲店，然后他一直在外蹲守。韩青拨通电话。

"姐。"电话那头传来米小虎压低的声音。

"在哪儿呢？"

"还在美甲店外面。"

"有情况吗？"

"他两个小时前出来倒了回垃圾，回去以后就再也没出来过。大概半个小时前，那女的把卷帘门拉上了。我刚才溜到门口去听了听，里面没动静，估计是睡了。"

"你回去吧，不用守了。"

"我没事儿，不困……"

韩青让米小虎撤了，她知道陈彬不会再有什么动静。钟伟失踪后，她没少去杜小北的美甲店外蹲守，对陈彬的活动规律比较了解。

她注视着董洁，那个一直在玩扑克的背影是那么落寞和隐忍。董洁突然站了起来，韩青的困意顿时消失，她预感到有什么事儿要发生。

几分钟后，别墅的车库卷闸门打开了，一辆保时捷开了出来。

经过捷达时，董洁并没有怀疑，甚至连看都没看它一眼。

又是利民巷，来的路上，韩青就猜到是这儿，她略感失望。她估计自己看到的将是一出正房半夜抓小三儿的闹剧，而不是她所期待的与白小蕙或毒品有关的重头戏。

董洁的车经过利民巷外的大街时，她看到了陈彬的奔驰停在那里。她没有停车，而是开进了利民巷。她是来抓奸的，不必像陈彬偷情那样遮遮掩掩。

保时捷停在了教堂门口，这让韩青有些意外，这里离美甲店还有几分钟车程，韩青不明白董洁为什么不直接开到美甲店门口。大概董洁有精神洁癖，不想让美甲店里的污秽沾染爱车。韩青远远跟着董洁来到了美甲店附近，躲到了一个岔口的废旧机器旁，看着董洁走到美甲店的卷帘门外。

没有韩青以为的一顿狂敲，董洁克制地，甚至有意压低声响地敲了三下。即便这样，在接近午夜1点的时候，这声响也足够引起里面人的注意。很快，卷帘门拉了起来，穿睡衣的杜小北看到了站在面前的董洁。她们知道彼此的存在，所以都没太意外。

"陈彬呢？我跟他说两句话。"董洁语气平和，听不出丝毫怒气。

"陈彬！有人找你！"杜小北也不是吃素的，故意大声地喊。

两个女人对视着。

陈彬看到董洁后并没有惊慌，而是有些无所适从地点了点头。

"你怎么跑这儿来了？"

"回家吧。"董洁朝他淡淡地笑了笑。

陈彬盯着老婆，用余光感受着情妇热辣辣的目光。他什么也没说，转身回到卷帘门里，不到两分钟，就穿好衣服走了出来。

"走了。"他看了看就快要爆炸的杜小北，淡淡地说。

"陈彬！"杜小北不相信自己的眼睛，她刚才设想了无数个结局，却没想到会是这个。她几乎用尽全身力气，将卷帘门重重关上。

陈彬和董洁默契地并肩走着。

就这？韩青很失望。

第十章 东州"新贵" | 223

董洁和陈彬走来，韩青躲到废旧机器和一排垃圾箱的中间。她突然感觉脚下有些异样。伴随着一声清脆的响声，她踩到了一个易拉罐。

　　陈彬突然出现在废旧机器的另一侧，这声音无疑挑动了他敏感的神经。

　　他和韩青仅仅隔了一台80厘米宽的废旧机器，韩青甚至能听清他略显不安的呼吸。她的一只脚前掌着地，后半部分卡着易拉罐，她万分小心地保持着姿势，脚既不能低到制造出新的声音，也不能高到让易拉罐脱落。

　　"别看了，走吧。"董洁在陈彬身后说，"这儿野猫多，你不知道吗？"

　　"野猫"暗指从事特殊职业的女性。陈彬听出来了弦外之音，他朝黑漆漆的巷子里看了看，扭头走了。

　　韩青听着陈彬和董洁的脚步声渐远，才弯下腰轻轻摘下了易拉罐。她走到岔口，看到陈彬和董洁上车走了，才长长地呼出一口气来，一回头看到身后站着个人，是王学华，她吓得往后退了一步。

　　"韩警官，是你啊。"他似笑非笑地望着韩青。

　　"王老板。"

　　"我还以为是小偷呢。"王学华笑了笑，往后退开，韩青的压迫感顿减。

　　"你怎么在这儿？你不是住在巷口吗？"

　　"我倒垃圾。"王学华拎了拎手里的黑塑料袋，将其扔进一个垃圾箱里。

　　"给我吧。"王学华伸手，示意韩青将手里的易拉罐给他。

　　"谢谢。"韩青把易拉罐递给他。

　　两人从岔巷出来，朝五金店方向走。

　　"韩警官，这么晚了，来这儿查案子？"

　　"对。"

　　"钟警官找到了吗？"

　　"还没有。"

　　"为这事儿，你没少往这儿跑啊。"

　　"是啊。"

　　"你给我的钟警官的照片，一直贴在柜台上，凡是来买东西的，我都指给他们看，但可惜谁都没看到过钟警官。"

　　"多谢了。"

"应该的。"

接下来的几分钟，两人再没有说话。

快到五金店门口时，王学华笑了笑："那您忙，韩警官。"

"好，再见。"

王学华走上台阶，掏出钥匙准备开门。

"王老板。"

王学华突然感到一股莫名的紧张，随即转过脸挤出一丝笑："啊？"

"你的东西掉了。"

王学华顺着韩青所指，看到脚边落着一样东西，是一块胶带。他刚才忘记把这块胶带贴到白小蕙的嘴巴上了。如果白小蕙此刻发出叫喊，那么在这寂静的深夜中韩青肯定能听到。他强作镇定，把胶带捡起来，揣回了裤兜。

"回见啊，韩警官。"

"回见。"韩青转身走去。

捷达缓缓停到别墅对面的路边，熄火，灭了车灯。

韩青透过贴着深色车膜的车窗望着别墅里的灯火。

别墅一楼大厅亮着灯，透过没拉窗帘的落地窗可以看到，陈彬和董洁各自坐在一个沙发上，情绪都不太好。通过带长焦镜头的相机，韩青看清了他们的脸。董洁很忧郁，陈彬则有些愤懑，陈彬朝董洁说了句什么后就怒气冲冲地上了二楼。

长焦镜头跟随陈彬转到了二楼卧室。他拉上了窗帘，随后隔壁卫生间的灯亮了。透过百叶窗缝隙，可以看到陈彬就在卫生间的窗口附近。只见他弯下腰拿出了什么东西，若有所思。从韩青的角度只能看到陈彬的侧面，看不到他手里的东西。她有些着急，猜测那东西有可能很重要。她悄悄下车，在黑暗的掩护下向前跑了10多米，躲到一棵树后，将镜头对准陈彬。从这个角度能清晰地看到陈彬的正面，以及他手里拿着的电动刮胡刀。他只是在清理刮胡刀里的毛发碎屑，没有韩青期待的重要线索。

董洁仍保持着刚才的姿势和失落的情绪。

韩青也很失落，事情没有朝她期待的方向发展，董洁和陈彬并没有在愤怒的驱使下做出任何异常举动。她决定继续蹲守。从钟伟失踪到碎尸案案发，她蹲守了陈彬一个多月，结果和今天一样一无所获。蹲守，通常是为了等待犯罪嫌疑人出现并实施抓捕，或是在犯罪嫌疑人实施犯罪时取证而采用的调查方式，而韩青却用这种方法来了解犯罪嫌疑人。

董洁继续播放之前没听完的古典音乐，整个空间顿时回荡起充满巴洛克史诗悲剧情绪的弦乐声，以及唱着愤懑宣叙调的男高音。她关上灯，踱到窗前点了根儿烟，静静吞吐着烟雾。

韩青也回到车里打开了那首歌。

"这检查可交不了差。"方波把检查还给老宋。他拉开百叶窗，让温暖的晨光洒进来。迎着窗的老宋略微用手挡了挡刺眼的阳光。方波回到办公桌前，看着老宋。

"老宋，不能避重就轻啊，"方波笑了笑，"不把跟你见面的那小子的问题交代清楚，你过不了这一关。"

"行，我回去再想想。"老宋一副死猪不怕开水烫的架势。

"好好想想吧。"出于安慰，方波伸手去拍老宋，手悬在半空，想说什么又没说，最后轻轻拍了拍老宋的肩膀。

等电梯的时候，老宋把检查揉成一团扔进了垃圾桶，从同事们看他的眼神里已经看出，他就是他们眼中的内鬼，所以交不交检查已经无所谓了。电梯开门了，老宋看到了正要走出来的韩青。两人愣了片刻，老宋冲韩青点了点头，韩青却没有搭理他就走出了电梯。无所谓，老宋心里这么想着走进电梯，按下一楼按键。电梯正要关门时韩青却突然回来，用手撑住门。

"你不是内鬼。"她没看老宋，只摇了摇头，"如果你知道谁是却不愿意说，我可以理解。但这个案子和钟伟失踪已经越来越相关，我知道你跟我一样想找到他，想破了这案子，所以你不能就这么放弃。"

韩青看了他一眼，松开手，电梯门关上了。

王学华在给白小蕙的面条里加了两个鸡蛋。

然而白小蕙似乎没什么胃口，只吃了一点儿面条，鸡蛋一个没动。

"你不饿吗？"

她摇摇头说:"谢谢。我还能活多久?"

这个问题王学华也想知道,他无法回答。

"你把备份交出来,那100万你留着,我有办法。"他没想到自己会这么说。

白小蕙惨笑了一下:"交不交,我都不可能从这里走出去,不是吗?你帮我拖不了多久,我知道。"

"你把备份交给我,剩下的我来想办法。"

白小蕙对他笑了笑,什么也没说。

他的心被深深地刺痛了一下。

"既然何力说黑炮是现在东州贩毒圈儿里最红的,我们却从来没听说过,那就说明黑炮绝不是街头小角色,而应该是个重量级人物,至少是1508这一级,或者更高,6940这一级。"韩青指向白板上的手机号组织架构图,梁子等人表示认同。

"何力还透露了一个重要信息,他说想问陈彬的事儿,可以找这个黑炮,说明黑炮和陈彬的关系非同一般。如果黑炮是东州现在最红的大毒枭,那么跟他关系非同一般的陈彬又是什么角色呢?不可能只是个花天酒地的健身房老板吧?"韩青望向方波。

方波点了点头:"有关陈彬的问题,侯局已经做出了批示,我们可以对他采取外围调查,但一定要注意纪律。韩青,你负责调查陈彬这条线,但切记不能违规操作,这是侯局再三嘱咐的。"

"知道了。"韩青点头。

"另外,你们调回陈彬健身会所的监控后,有什么发现吗?"方波问。

"林嘉嘉从昨天回来到现在一直在图侦室,还没看完。"韩青说。

"其他组有什么情况吗?"他看向众人。

"我们昨天跑了省城两个监狱,查了5年内刑满释放的犯人,符合体貌特征的没有,主要是年龄不符合……"梁子话没说完,就被一个警员打断。

"方队,有个叫陈彬的说有重要线索提供。"警员站在门口说。

不光方波和韩青,其他专案组成员都有些意外。

陈彬脸上挂着谦逊的笑,坐到方波办公室的沙发上。方波和韩青不知道他葫芦里卖的什么药，看着他。

"陈彬，找我什么事儿？"方波问。

"方队，你们上次调查那个钟警官的时候，我是不是很配合你们的调查？"陈彬礼貌地问道。

"是啊，我们很感谢你的合作。"

"那这次你们调查白小蕙，我是不是也很配合？"他看着方波。

"是。陈彬啊，你想说什么就直说吧，出什么问题了吗？"方波笑着问。

"好。"陈彬站起来，拿出手机，调出一段视频递给方波，"这是我们小区监控昨天半夜拍到的，您看看吧。"

方波接过来看，视频里是韩青拿着带有长焦镜头的相机偷拍陈彬别墅的画面。方波看了韩青一眼。

"方队长，我和我媳妇到底犯什么罪了，你们大半夜趴窗根儿偷看？这太过分了吧！"

"陈彬，你先坐下……"

"这算非法取证吧，方队？"

"消消气消消气，坐下谈……"

"方队长，谈可以，但总得有人先给我个说法吧！"

陈彬看了看韩青，大刺刺地坐回沙发。他把一只脚踏在茶几边上系鞋带。这个动作激怒了韩青，她刚要发作，一个人走进来挡在了她前面，是林嘉嘉。

"把脚放下去。"他对陈彬说。

陈彬看了看他，说："我系鞋带。"他又向方波问道："方队，这是谁啊？……"

"我叫你把脚放下去！"林嘉嘉大喝一声，吓得陈彬赶紧起身后退。

"你什么意思？你是谁啊？"陈彬问。

"我叫林嘉嘉，家住吴东省禹州市钱塘首座A-1604，请你放尊重点儿！这是重案大队，不是你家！"林嘉嘉大声说。

"林嘉嘉……"方波只是叫了一声他的名字，没有进一步指示。

"呵呵，年轻人，火气不要那么大……"陈彬笑了笑，给自己台阶下。

"没想到你还挺冲。"去图侦室的路上，韩青说。

"对付这种人，就得这样。"林嘉嘉笑道。

"谢了。"

"嗐……"林嘉嘉刚想谦虚两句，还没来得及，就看到陈彬突然冒出来，拿着手机对着韩青拍。

"你干吗？"林嘉嘉去挡他的镜头。

陈彬躲开后继续拍，边拍边说："不干啥，把她的照片发给我的亲朋好友，要他们小心点儿，晚上睡觉记得拉窗帘！"

经过过道的其他警员都停下了脚步，看着他们。

"你差不多得了啊，我再说一次，别拍了！"

韩青拉开林嘉嘉，迎着陈彬的镜头说："陈彬，想玩是吧？好，我陪你。"

"拍完了。"陈彬笑了笑，把刚拍的照片用微信分享出去，转身走了。

"这小子最好别有问题！"林嘉嘉看着他说。

"看了一晚上，有什么发现？"韩青问。

"嚯！"林嘉嘉瞪大熬得通红的眼睛说，"白小蕙真不简单啊！"

方波推开门，墙上亮着一块方形的投影白光，韩青和林嘉嘉望着他。

"有什么发现？"方波过来坐下。

"放吧。"韩青说。

林嘉嘉在电脑上播放视频，方形白光里出现白小蕙的身影。

"白小蕙收了董洁5万块钱后，在野力做出了有规律的异常行为。"韩青说，"她每天早晚各去一趟陈彬的办公室，她去的时候陈彬都不在，会所其他员工有的还没来上班，有的已经下班走了。她每次进陈彬办公室的时长也很固定，基本在一两分钟之内，就从办公室出来。"

视频里，白小蕙拿着文件夹来到陈彬办公室门前，鬼鬼祟祟地用钥匙开门进入，没过多久，又从办公室出来，快速离去，手里依旧拿着文件夹。

"这种情况持续了10多天，直到钟伟失踪后的第二天。此后白小蕙再也没去过陈彬办公室。"

"为什么？"方波不解。

"不知道，但董洁应该清楚，因为白小蕙去见了她。"韩青说。

从野力健身会所所属酒店楼下的监控视频可以看到，白小蕙走向停车场，鬼鬼祟祟地上了董洁的保时捷。

"白小蕙，一个前台，怎么会有老板办公室的钥匙？"方波好奇。

"应该是董洁给她的。"韩青说。

"让她每天一早一晚去陈彬办公室待几分钟，干什么呢？"

"换卡。"

"换卡？换什么卡？"

"偷拍或者偷听设备的存储卡。"韩青说。

"董洁让白小蕙帮她在会所监视陈彬，所以给她5万块作为酬劳吗？"

韩青点头："董洁做事儿很周全，先是花了两三个月侧面打听白小蕙为人处世的情况，了解她的人品。接着找人秘密调查白小蕙的家庭及经济情况，发现她孩子患了重病急需钱。时机成熟后，就约白小蕙面谈，达成了交易。"

"董洁雇白小蕙偷拍陈彬才10多天，就给了5万块？董洁这么大方？不是说她每个月给那个安连才一两万吗？"方波有些疑惑。

"所以白小蕙应该是临时终止偷拍的，但具体原因只有她和董洁知道。"

韩青望向方波，像是在等他做决定。

方波沉默了片刻，点了点头："再去找董洁谈话，这次正式一点儿。"

陈彬开门看到韩青、林嘉嘉和两名警员站在门外，有些不可思议地笑了笑。

"韩警官，你这又是唱哪出啊？"

韩青淡淡地笑了笑："我们依法传唤董洁，请你配合。"

林嘉嘉向陈彬出示传唤证明，陈彬扫了一眼。

"行，请吧！"陈彬一面笑一面摇着头往里走，把韩青他们带进了客厅。正在玩扑克牌的董洁看到韩青后，有些紧张地从沙发上站了起来。陈彬却一屁股坐下，跷起二郎腿端起酒杯。韩青走到他面前，他略显紧张地笑了笑。

"怎么，又想赶我起来？我可是坐在自家的沙发上。"

"我们要在这儿问董洁话，请你回避。当然，如果你觉得我们妨碍了你或者觉得不方便，我们也可以带她回局里谈。"

陈彬望着韩青，怒火在一瞬间闪过眼眸，他立刻又恢复了微笑。

"好好，我回避，我回避行了吧。"

他满不在乎地端着酒杯上了楼梯，韩青示意两名警察跟上。陈彬来到二楼后，在二楼小客厅里坐下，两名警察站在门口望着他。

韩青和林嘉嘉坐下后，董洁仍站着。

"你们喝点儿什么？咖啡？"董洁笑着望向林嘉嘉，林嘉嘉摇头。

"坐吧。"韩青向她示意。

董洁不安地坐下。

"你给白小蕙那5万块钱是怎么回事儿？"

"韩警官，我说过了……"

韩青立刻打断："董洁，我希望这是我们最后一次谈这个问题。让陈彬回避，是最大限度地保护你的隐私。白小蕙的问题不交代清楚，陈彬迟早会知道你找安连、找白小蕙监视他的事儿，到时候我就帮不了你了。"

林嘉嘉从包里拿出一堆监控截图放在董洁面前，有白小蕙从保时捷车里下来的，有白小蕙用钥匙开门进陈彬办公室的，董洁暗自惊心地看着。

"我问过安连，他说你曾经提出让他以员工的身份混入健身会所，帮你监视陈彬，可他拒绝了。所以你为了填补健身会所这个监控盲区，物色了正在为孩子筹钱治病的白小蕙，从而实现对陈彬的全方位零死角的监控。"

董洁依旧沉默不语，但眼圈儿开始泛红。

"我对你的家务事儿不感兴趣，可跟我们的案子搅在一起，我就要查到底。现在已经牵扯了两条人命和白小蕙。"

"我有一个请求。"

"说吧。"

"别让陈彬知道这些事儿。"

"行。"

董洁擦了擦眼泪，起身来到音响旁，打开玻璃柜门，从一摞唱片底下拿出一个硬盘，放到韩青面前，说："这是我让白小蕙偷拍的陈彬在办公室的视频。"

韩青把硬盘递给林嘉嘉，继续问董洁："为什么不接着拍了？"

"白小蕙说她怕被发现，不干了。"

韩青看了看董洁，点了点头。

韩青一行人走后，董洁关上了门，陈彬回到了一楼客厅的沙发上。两人四目相对，什么也没说，各怀心事。

投影里播放着陈彬办公室的偷拍视频，其中有陈彬和多名女性的不雅视频。

第十章 东州"新贵" | 231

韩青、林嘉嘉、方波看得焦头烂额。

"这是最后一个视频文件。"林嘉嘉说。

"也是最后一天的？"方波问。

"对，钟伟哥失踪的第二天。"

视频中，陈彬在沙发上和一个女人暧昧，有人敲门，白小蕙和韩青进入办公室。韩青离去后，陈彬独自坐在沙发上喝茶。

"说说吧，看完发现有什么问题吗？"方波起身活动腰背。

"陈彬这个人看上去没什么特别之处，除了健身就是玩女人，典型的花花公子。"林嘉嘉打开一罐咖啡，他刚才已经喝了两罐。

"重要的是这跟咱们的案子有关吗？"

"从视频看不好说。"林嘉嘉看向沉默的韩青。

"韩青你有什么想法？"方波问。

"我没想法。"

"那怎么着？"方波望着她，仿佛韩青是他领导，他在等候指示。

"我再过一遍。你们先去休息。"

方波和林嘉嘉对视了一下，他们同时想到了一个词——砸笨。

方波看表的时候，已经是晚上8点，距离离开会议室已过了9个小时。他起身来到窗边活动腰背。看着夜色下的城市，他觉得可以回趟家，把早上忘拿的护腰带戴上，顺便吃口老婆做的热乎饭菜，再给韩青和林嘉嘉带一些回来。他们不能总是吃外卖，不健康。他愉快地做出了决定，一转身看到韩青不知什么时候进来了，靠在门口的墙上盯着他。

"你吓我一跳……"方波说。

韩青又关门出去了。方波愣了，难道她走火入魔了？他打开门，看到韩青站在过道里等着他。

"如果把我刚才进来的那一段剪掉，你会发现吗？"韩青问。

"什么？你说什么乱七八糟的？"方波觉得韩青确实是走火入魔了。

他们来到会议室，林嘉嘉正趴在桌上熟睡。

"他睡多久了？"方波问。

"3个小时。"

韩青和方波坐下，韩青在电脑上打开一段视频。

"这是最后一天的视频中我从陈彬办公室走后的那段。"

陈彬坐在沙发上喝茶……视频时长不过10秒。

方波看完，愣愣地看着韩青："这有什么问题？"

"你仔细看。"

韩青再次播放视频，方波仔细地看了一遍，还是一头雾水。

"看不出什么毛病啊。"

"看时间码。"

韩青又播放视频，这次方波将目光锁定在视频左上角的时间码上。

时间码进行到14:21:16的时候，突然变成了14:22:09，而从画面上看几乎没有任何变化，只是陈彬的身体轻微晃动了一下。

方波恍然大悟地大声说道："中间少了一段！"

"少了53秒。"韩青说。

"我再看看！"方波兴奋地盯着电脑。

林嘉嘉被方波兴奋的叫喊声吵醒了，看着他们。

"怎么了？"他也凑过来看。

韩青再次播放视频，方波盯着屏幕又看了一遍。

"是视频故障还是被人剪掉的？"

"应该是被人剪掉的。"韩青说。

"什么被剪掉了？"林嘉嘉迷茫地问。

第十一章　黑警

更衣室

3月15日，下午1点。

钟伟坐在野力健身会所的休息区沙发上，悠闲地翻阅着健身杂志。

他红扑扑的脸上不时渗出汗珠，可见刚才的运动量不小。他尽量让自己看起来是在专注地看杂志，余光却关注着那个朝男更衣室走去的男人。

男人叫蔡国权，来自旗台县，入行这些年，早已为年迈的老娘攒够了棺材本儿。也许是幸运女神眷顾，他从未失过手。今天他穿了运动服，背了双肩包，配上他还算匀称的身材，看上去甚至比钟伟更像常年健身的人。几分钟后，他从男更衣室出来，离开了休息区。

钟伟看完介绍专业健身餐的文章，起身去了男更衣室。他打开1688号日租柜，看到了放在大黑塑料袋里的20万现金。

暗语

董洁开门看到韩青和林嘉嘉，有些意外。

"韩警官、林警官，这么早……"

"那些视频你都看过吗？"韩青直奔主题。

"是啊，我全都看过。"董洁回身看了看，她不希望陈彬听到。

"你剪辑过吗？"

董洁愣了一下说："没有啊。"

"最后一天的视频，3月16日的，你有印象吗？"

董洁几乎是立即回答："我记得，那天你去找过陈彬。"

"你确定没有剪辑过这一天的视频？"

"真的没有，我也不会啊。"

韩青看着董洁。

"我都把硬盘给你了，还有什么好隐瞒的？"董洁迎着韩青的目光。

"之后白小蕙到你车上去了一趟，对吗？"

"对。"

"她找你有什么事儿？"

白小蕙从包里拿出一个 U 盘，递给董洁。

"董姐，这是昨天的视频。今天没机会录……"

"好，没关系。"董洁把 U 盘放进包里。

"董姐……我不能再干了。"

"怎么了？"董洁有些意外，"被他发现了吗？"

"差一点儿……"白小蕙有些为难地看着她。

董洁笑了笑说："行，那就先这样吧，辛苦你了。"

"董姐，那我把钱还给你吧。"

"不用，咱们说好的，那是给你的酬劳。"

"可我才干了十几天，你给我的钱太多了。"

"没事儿，小蕙，就当我给亮亮治病的钱吧。"

"董姐，我太不好意思了……"

"你好好给亮亮治病，有什么困难再找我。"

白小蕙眼圈儿泛红，点了点头："谢谢你，董姐。"

"她后来还找过你吗？"韩青问。

"没有。"

"你找过她吗？"

"也没有。我没想好接下来怎么办，就没再找她。"董洁说。

"董洁不知道那 53 秒。"车子开进市局大门的时候，沉默了一路的林嘉嘉终于张了口。

第十一章 黑警 | 235

韩青依旧保持沉默。

"停止偷拍的人是白小蕙，所以剪掉那53秒的人应该是她而不是董洁，这才说得通。"林嘉嘉分析道。

捷达开进了停车场，韩青倒车。

"董洁约见白小蕙，提出让她不要继续偷拍，也说得通啊。董洁发现了视频中某个不可告人的秘密，所以剪掉了那53秒。之后约白小蕙见面，试探白小蕙是否看过那53秒，结果发现白小蕙对此有所隐瞒，所以起了杀心。"韩青稳稳地把车停到车位上，拉起了手刹。

"董洁？杀了范灵灵和邱海龙，还劫持了白小蕙？"林嘉嘉不肯相信。

"怎么，看着不像？"韩青冷笑了一下。

林嘉嘉也笑了，一个劲儿摇头道："别跟我说什么'最毒妇人心'。"

"只要动机足够，任何人都有成为杀人犯的可能。"韩青话锋一转，"被剪掉的那53秒，应该是一通电话，或者是陈彬在办公室里藏某样东西。"

林嘉嘉认同地点头道："是的，这么短的时间里也不可能有其他人来，否则过道的监控会拍到。"

"陈彬应该是一直坐在沙发上，没起来过。我仔细看了那53秒之前的视频和后面的视频，他坐在沙发上的位置完全一致。如果他起身去拿什么东西再坐回来，不可能坐得那么准，跟起身前一模一样。"

"那你的意思是他接打电话的可能性最大？"

韩青点头道："那个手机号秘密贩毒集团里1508的上线6940，你查一下它的情况。"

"6940？查过了呀，它的通话记录……"

"定位。"韩青打断道，"我说的是6940的定位，你查一下它有没有在野力健身会所的区域出现过。"

"你怀疑陈彬就是6940！"林嘉嘉一下子明白过来。

"你那天说，这个手机号秘密贩毒集团有统一发放手机卡的规律，一般一个月左右换一次。那按这个规律，6940应该只在4月到5月使用。视频是3月的，他有可能用的是别的号码。"

"对。"林嘉嘉很认同，"还有个规律，那就是这些手机卡都是用挂失身份证的人或过世人口的身份证办的。我可以全面筛查一下这些手机卡，看看有没有在野力范围内出现过的号！"林嘉嘉有些兴奋。

韩青掏出手机，她收到了一条短信："往左看。"

她看向车窗外，远处孤零零停着一辆车，车里坐着的人正在看她，是老宋。

"你赶紧去吧，我打个电话。"她对林嘉嘉说。

"好咧！"林嘉嘉下了车朝办公楼跑去，干劲儿十足。

看到他跑进办公楼后，韩青把车开到老宋的车旁边，降下车窗。

"什么事儿？"韩青看着他。

老宋用手机给她发了条短信："哥，打扰了，我是野力健身会所销售代表小黄，我们会所正在搞春季促销大酬宾，年卡优惠幅度达到1299元，找我办卡还享半年延卡特权，欢迎到店咨询，电话是130016880279。"

"这是什么？"韩青看完后问。

"这条短信可能跟钟伟失踪有关。"老宋说。

韩青面色一沉："为什么？"

"短信最后那个电话号码多了一位数，可能是某种暗语。"

"为什么要给我这个？"

"你自己说的，不要放弃。在你查清楚之前，不要告诉局里任何人。"

老宋一轰油门开车走了。

韩青默念那个号码"130016880279"，发现的确是多了一位数。

"我想看一下你们的员工名单。"韩青又来到了野力健身会所。

"您稍等。"孟霞赶紧从柜台下拿出一个文件夹，找出几张纸递给了韩青。

这时陈彬从楼上下来，一身健身打扮，看样子是要去锻炼。

"陈老板。"韩青朝他打了个招呼。

陈彬无语地笑了笑，本想说点儿什么，想了想又算了，便朝有氧厅走去。

"你们陈总经常健身吗？"韩青看着名单，随意地问道。

"陈总几乎每天都健身，有时候还一天两练呢。"孟霞说。

"精力够旺盛的。"

"您不知道，健身很辛苦的，需要常年规律地训练才能保持状态。"孟霞解释道，"我们陈总特别有毅力，从不偷懒，比会所里那些健身教练练得都勤……"

韩青抬眼看了看有点儿花痴表情的孟霞，孟霞赶紧恢复了矜持。

"这个黄伟斌是干吗的？"

"是清洁工，喏，就是他。"

韩青顺着孟霞所指，看到一个正在拖地的老大爷。

"除了他，还有姓黄的员工吗？"韩青看完名单问。

"没有，就他一个姓黄的。"

"以前离职的员工有没有姓黄的？"

"没有。"

韩青抬眼看着孟霞问："回答得这么快，你都认识？"

"对啊，我是会所的第一批员工之一，所有入职的人我都记得。"

"厉害。"韩青拿出手机。

"这是你们会所发的促销短信吗？"

孟霞看了一遍，有些皱眉。

"内容看着是，但我们这儿没有姓黄的销售代表。"

"你们的销售一般怎么给客户发促销信息？有统一的短信范本吗？"

"这个得去问销售部。不过据我了解，他们都是直接打电话跟客户聊，或者加微信，再不然就是到街上发传单。"

韩青点了点头。短信内容是假的，人名是假的，暗语才是关键。

韩青在健身会所里溜达。130016880279，她满脑子都是这组数字。

在有氧厅，她经过一排跑步机，绕到跑步机后面查看序列号；在休息区，她查看饮水机背面的出厂编码；在力量器械厅，她依次查看器械序列号。

"这可都是正牌厂家的产品，没有假冒伪劣的。"陈彬拎着哑铃站在她背后。

"假冒伪劣不归我管。"韩青头也不抬，自顾自地走开。

陈彬气不打一处来，却懒得发作，转回身去继续举铁。

来到休息区，韩青坐到沙发上，观察着周围。这里有一些桌椅供人休息，两侧是男女更衣室，中间是带镜子的盥洗台。她拿出刚才拍过的那些序列号、编码等奇奇怪怪的数字，和130016880279对比，没有发现相似之处。

她有些懊恼，也许这串数字超出了她的智商，她不应该再浪费时间。她看了看休息区墙上的电子钟，已接近中午12点。就在她的目光即将移开电子钟时，液晶屏里的阿拉伯数字发生了变化，从11:59变成12:00。

她心里一动：1300是不是时间？16880279是不是地点？

她在脑中回想。她去过有氧厅、力量器械厅、游泳池、舞蹈室、动感单车房、瑜伽室……整个健身会所，她没去过的地方只剩眼前的男女更衣室。

韩青一走进女更衣室，目光就被一排排的储物柜吸引。每个储物柜上都有四位数的号码牌，都是以"1"打头。很快，她停在了第四排储物柜前，那里有个柜子——1688号柜。她打开虚掩的柜门，里面空空如也。

如果1300代表时间，1688代表地点，那么0279又代表什么？

她知道答案就快揭晓，但不能着急，方队说"慢则稳，稳则快"。

她站在1688号柜前思索着。

一个洗完澡的女会员擦着头发来到这排储物柜前，打开了其中一个柜子。韩青注意到，她打开的那个柜子上挂着一把四位数的密码锁，解锁后才能打开柜门。

"麻烦问一下，这密码锁是健身房提供的吗？"

"不是，健身房不提供锁，都是自己带的。"女会员说。

"谢谢。"韩青这才注意到柜子上挂着的几乎都是四位或三位的密码锁。

0279——开锁密码。数字谜题的答案揭晓了：13点，野力健身会所女更衣室1688号柜，开锁密码0279。

不对，还有男更衣室。韩青来到男更衣室门口，有些犹豫地探头张望。

"哎哎，这是男更衣室！"

韩青回头看到陈彬汗淋淋地站在她身后。

"怎么着，韩警官？想上里边参观参观？那就等晚上10点以后再来吧，现在是营业时间，不方便！"

他故意用汗淋淋的胳膊擦着韩青走进更衣室，关上了门。

米小虎背着健身包，戴着墨镜，穿着夹脚拖鞋，从电梯出来后径直走向会所前台，他穿着显露肌肉的大背心和大短裤，虽然也没什么肌肉好秀的。

"先生您好，请先登记会员卡号。"孟霞朝他微笑致意。

米小虎从裤兜里掏出一张纸拍在柜台上。

"这上面说可以免费体验，是真的吧？"

孟霞看到那是他们的促销员在楼下大街上发的宣传单，上面写着"免费体验券"，于是回道："是的，先生。请问您是哪位促销员的客人？"

"这上面没说非要带会籍吧？我自己来的，不行啊？"米小虎有些横。

"好的，请您稍等，我找位教练带您进去。"

"快点儿。"米小虎不耐烦地说，一只耳朵里塞着耳机，亮着指示灯。

捷达车上，韩青听着手机里米小虎在模仿她常播放的那首歌曲瞎哼哼，忍不住想笑。

身材壮硕的健身教练带着米小虎走进了男更衣室。

"先换衣服吧，我去有氧厅等你。"

"好。"

"带锁了吗？这儿的柜子没配锁，得自己带。"

"带了。"米小虎拍了拍健身包。

等健身教练离去，他立刻在一排排储物柜间搜寻，很快来到了1688号柜前。柜门上挂着一个四位密码锁。

"找到了。"他小声说。

"有密码锁吗？"韩青问。

"有，四位的。"

韩青为之一振，说："试试0279。戴手套。"

"OK！"米小虎从包里拿出一次性手套戴上，去拨弄密码锁。他转动锁盘，拼出0279，锁开了。他压抑着兴奋低声说："开了！"

"打开看看。"韩青也很兴奋。

米小虎打开柜子："里面是空的。"

"仔细找找，别漏了。"

米小虎拿出手机，打着电筒把柜壁仔细照了一遍："什么也没有啊。"

"把密码锁带走。"

"好咧。"米小虎用一次性手套将密码锁包好，放进了健身包。

指纹

"老杨。"

杨刚回头看到韩青走进了技侦室。

"哎,什么指示?"他问。

"帮我个忙。"

"行咧。"杨刚停下手中活计。

韩青从包里拿出装密码锁的一次性手套,递给杨刚。

"这是新线索?"

"对,帮我查一下上面的指纹。"

"没问题。"杨刚接过密码锁。

"老杨,先别告诉别人,查到什么直接给我打电话。"

"明白,放心。"杨刚圆滑地笑了笑。

韩青推开信息技术室的门,看到林嘉嘉正在忙碌,面前堆着许多单据。

"怎么样?有情况吗?"韩青来到他旁边。

"野力区域的手机定位还没查到,但是查到一件有意思的事情。"林嘉嘉找出一张手机信息表递给韩青,指了指表上打钩的一个手机号,"这个号,2901,也是用过世老人的身份证办的,2月25日开通,3月29日之后就打不通了。这是它全部的通话记录。"林嘉嘉递给韩青另外两张表单。

韩青看着这些通话记录说:"和1508的通话规律很像。"

"是的,而且最有意思的是,它的定位在张勇的租赁公司区域和张勇去按摩的足疗店区域都出现过。"林嘉嘉望着韩青,笑了笑,"能同时满足这两个条件的人,除了张勇,还有谁?"这的确是个不小的发现。

"2901的对端呢?"

"正在梳理,依次调查这些对端的定位需要花点儿时间。"

"辛苦了。"

回到办公室,韩青在电脑上查看刚从图侦室拿回来的硬盘,上面的标签写着"野力健身会所08 休息区/盥洗台"。她找到3月15日的视频文件,直接把进度条拖到 13:00 的位置，开始播放。

画面中，蔡国权背着双肩包走进男更衣室，可以明显看出，双肩包里装着东西，很鼓。13:07，他走出了男更衣室。

韩青暂停画面，她注意到此时蔡国权的双肩包比他进男更衣室前瘪了不少。韩青把他进出更衣室的画面进行截图，放在一起对比，这种变化更为明显。

她把蔡国权的正脸放大、截图。桌上的打印机发出响声，一点儿一点儿地吐出蔡国权的截图照。

"韩青。"门口传来方波的声音。

韩青赶紧把蔡国权的照片扣过来。方波身后，跟着杨刚。

"方队，怎么了？"

方波面露愠色，杨刚则不好意思地看着韩青。

"韩青，这事儿我必须汇报……"杨刚为难地说。

"当然得汇报！韩青你说说吧，这是怎么回事儿？"

方波生气地抖了抖装在透明物证袋里的密码锁。

"我得到一个线索，还没落实，所以没汇报。"韩青看了看杨刚。

"谁给你这个线索的？"方波问。

"一个线人。"

"可靠吗？"

"当然可靠，怎么了？"韩青问。

方波懒得说似的放下物证袋："老杨，你跟她说！"

"韩青，你给我的密码锁上一共有两个人的指纹，其中一个跟前几天旗台县抓获的毒贩蔡国权匹配上了，另一个……跟钟伟匹配上了。"

"什么？"韩青愣住了，有点儿不敢相信自己的耳朵。

"是钟伟的指纹。"杨刚重复了一遍。

方波烦躁地递给韩青一张照片，是蔡国权被抓后的入档照。

韩青愣住了，把她刚打印出来的那张截图翻过来，正是同一个人。

"这是在哪儿拍到的？"方波抓过截图和照片对比，也愣住了。

"野力健身会所。时间是 3 月 15 日，钟伟失踪那天。"韩青望着方波。

蔡国权终于还是失了手，如今身陷囹圄，来日无多。

他接过韩青递来的钟伟的照片看了看。

"不认识。"他把照片还给韩青，活动了一下被铐着的双手。

林嘉嘉又把陈彬、张勇、李晓东、吕建民的照片摆在桌上，让蔡国权辨认。

"这里边有认识的吗？"

"没有。"蔡国权几乎只瞟了一眼就说。

"你看仔细了。"林嘉嘉有些不满。

"没有！"蔡国权很不耐烦。

林嘉嘉又拿出白小蕙、范灵灵、邱海龙、董洁等人的照片让蔡国权辨认。

一脸不耐烦的蔡国权看到这些照片后突然笑了。

"蔡国权，你笑什么？有认识的吗？"韩青问。

"这几个女的我认识。"

"是吗？在哪儿认识的？"

"床上。"蔡国权狂笑。

"蔡国权，满嘴放炮是吗？"林嘉嘉瞪着他。

"我真和她们睡过，不信你问她们……"蔡国权笑得快抽抽了。

"3月15日你去哪儿了？"韩青平静地继续问。

"警官，现在都5月了，我哪儿想得起来。"

"给你提个醒，东州。"

"东州我常去啊，你要说那天我去了，那我就是去了呗。"

"具体去了哪儿？"

"不记得。警官，你就别瞎耽误工夫了，从我这儿得不到你想要的。"蔡国权冷笑。

"是吗？"韩青沉稳地笑笑，拿出野力更衣室门外的监控截图给他看。

"这是你吧？"

蔡国权看了一眼，不说话了。

"你去野力健身会所干什么？健身？卖蛋白粉？还是去交易毒品？"

"不记得了。"

韩青把截图收走，望着蔡国权："蔡国权，你这点儿量我们都清楚。这次你的情况不好说，现在是你自救的时候，路都是自己选的。如果你想，我们就好好聊聊；如果不想，就不要浪费时间了。"

第十一章 黑警 | 243

蔡国权沉默着。韩青望着他，片刻后点了点头，站起身朝门口走去。

"我这回是死定了，如果想让我立功，除非你能保住我这颗脑袋。"他说。

韩青转回身看着蔡国权。

"如果不行，我也没办法帮你。"蔡国权无所谓地笑笑。

"行，我试试。"韩青看着他。

蔡国权的笑容僵住，他没想到这个女警会来这么一句。

林嘉嘉听到这话也愣了，望向韩青。韩青转身走出门去。

1个小时后，韩青和林嘉嘉又推门进来了。蔡国权看了他们一眼，心里七上八下。

"帮你问了，你这颗脑袋想保住希望不大。"韩青说。

蔡国权爽快地点头："行，那就这么着。"

他高估了这个女警，很丧气。1个小时前，他还天真地以为自己会有一线生机，其实从被抓那一刻起他就知道了自己的结局。这一天迟早会来，他现在很坦然。所以无论这个女警接下来还要说什么，他都不会再给她机会。

"你多久没见过你母亲了？"

蔡国权愣住了。

"想跟她说几句吗？"韩青拿出手机，"以她的身体状况，应该没法亲自来见你最后一面。"

蔡国权怔怔地看着韩青手中的手机，点了点头。

韩青拨通视频通话，画面中出现蔡国权母亲苍老哀伤的脸。韩青将手机屏幕转向蔡国权。他看到母亲后有些绷不住了："妈……"

"权儿……权儿呀！"蔡国权母亲上下打量儿子，只是哭。

蔡国权突然跪倒："妈，你保重身体……我下辈子再孝顺你。"

蔡国权流着泪朝着屏幕磕了三下，蔡国权母亲泣不成声。

韩青适时地关掉了视频，她望着悲伤的蔡国权，沉默了片刻。

"你母亲病在床上，身边连一个照顾她的人都没有。我的同事已经在你家了，他们会送你母亲去市里的医院，后续我们也会照顾她。如果你母亲知道她儿子在人生的最后时刻给警方提供了重要线索，是立了功的，我相信她心里一定会好过很多。"

蔡国权抬起头望向韩青。

市局大会议室一般用作多部门联合行动的会议地点，侯勇把这次案情分析会安排在这里，还叫来了缉毒支队的何文庆支队长，可见对案子的重视程度。

墙上的投影是野力健身会所的监控视频画面，分别出现了陈彬、钟伟、蔡国权在健身会所里活动的影像。

"3月15日，野力健身会所有一笔毒品交易，现场有1公斤高纯度海洛因和20万现金。当时，去调查万海强案的钟伟、野力健身会所老板陈彬，以及涉案毒贩蔡国权在同一时段出现在毒品交易地点——男更衣室。"韩青说。

她和林嘉嘉作为主要讲解人，一个人讲，一个人控制墙上的投影。

"11:50，陈彬挎着健身包从楼上走下来，一路和遇见的员工们轻松打着招呼，随后进入男更衣室。几分钟后，从男更衣室出来，来到力量器械厅开始热身。

"12:25，钟伟来到健身会所前台，与孟霞、白小蕙交谈，随后白小蕙带他参观了会所各处。

"12:50，钟伟进入男更衣室，几分钟后出来，在旁边的休息区坐下开始看杂志。

"13:00，蔡国权背着背包来到休息区，进入男更衣室。

"13:07，他走出男更衣室，之后离开了健身会所。钟伟在他离开后进入了男更衣室。

"钟伟再次进入男更衣室后，一直在里面滞留。"韩青继续说，"在这期间，陈彬和另外五名男会员也进出过男更衣室。"

监控视频中，陈彬和五名男会员相继进出男更衣室。陈彬神色轻松，在盥洗台吹头、聊天，还打开自己的大挎包，拿出调制的蛋白粉及健康餐跟别人分享经验。他的大挎包敞开着，旁人可以轻易看到里面装着的东西。此时休息区墙上的挂钟显示的时间为14:02。

"14:33，钟伟最后一个离开男更衣室。之后他在酒店的停车场蹲守陈彬。19:30左右，陈彬来停车场开车离开。钟伟开车跟着他离开，接着到了利民巷，再后来就失踪了。后来的事大家都知道。"韩青汇报完毕。

侯勇点了点头说："说说指纹的情况。"

"好的，侯局。"杨刚赶紧清了清嗓子，"我们从涉案密码锁上提取到两个人的指纹，一个是毒贩蔡国权的，一个是钟伟的。从使用痕迹来看，这把密

第十一章 黑警 | 245

码锁成色较新，使用次数较少。除了今天带回来时产生的新鲜痕迹外，残留的灰尘显示这把锁已有很长时间没使用过。情况大致就是这样。"

"侯局，也不排除有人用不留指纹的方法使用过密码锁，比如戴一次性手套，我的线人就是这样把密码锁带回来的。"韩青补充说。

"还有什么吗？"侯勇点点头，略为严肃地看着她。

"蔡国权交代，叫他来交易的人是黑炮，是继万海强之后垄断东州毒品市场的新毒枭。我们调查了蔡国权的通话记录，发现黑炮就是尾号1508的机主。"

"就是你们发现的那个手机号秘密贩毒集团的1508？"侯勇问。

"对。这个1508，也就是黑炮，是这个贩毒集团的重要环节，上有对他发出指令的6940，下有进行终端销售的街头毒贩小春等人。我们现已查明，小春曾托人打听过邱海龙的住址，而邱海龙体内残留的高纯度毒品与黑炮和蔡国权交易的这批高纯度毒品成分完全一致。黑炮还打电话通知吕建民逃跑，所以他不光是涉毒这么简单，还跟我们调查的碎尸案相关，是我们目前锁定的重大嫌疑人。"

听到这儿，侯勇和何文庆相视一笑。

"怎么，韩青，怕把黑炮移交给我们缉毒支队？"何文庆看着韩青。

"何支，黑炮涉嫌碎尸案，没法移交给你们。"韩青回得直截了当。

何文庆笑着点头道："明白，明白。"

"之所以把何支队请来，就是要把咱们这场合成战打好、打扎实。不光是缉毒支队，只要有需要，市局的其他警种都应该参与进来，帮助咱们的506专案组把案子漂亮地拿下。"侯勇说。

"对对对，何支队来了，我们在涉毒这一块就更有信心了。"方波附和道。

何文庆笑道："方队，我们就是来给同志们鼓舞信心的。根据刚才韩青介绍的案情，以及之前从侯局那儿了解的情况，我们分析，你们发现的这个手机号秘密贩毒集团很有可能跟去年的毒贩万海强被杀案有联系。"

专案组成员们听到这儿都认真起来。韩青点了点头，有种"终于被认可"的感觉。

何文庆接着说："万海强的毒品就是以纯度高区别于其他毒贩的，据我们当时的调查，他也有隐秘的上线，这和你们发现的手机号秘密贩毒集团在组织架构上很相似，万海强就相当于黑炮的角色，他有一个我们至今都没查到的上线，下面有一批为他卖货的街头混混。万海强死了之后，市面上的高纯度毒品也随之消失，但没过多久又慢慢多了起来。结合目前你们调查出的情况，我感觉这个黑炮手里有和万海强一样的毒品，有可能是万海强的继任者，甚至有同一个上线。也就是说，那个对1508发出指令的6940，很有可能是万海强和黑炮的总供货商，也是隐藏在咱们东州地区的幕后大毒枭。"

"何支队的分析我很认同，看来506案的情况越来越复杂了。先是连续作案——碎尸、毒杀、绑架，现在又被发现跟毒品交易有关，再加上钟伟失踪案、去年的万海强案，案情的复杂程度和难度都在不断提升。同志们，有没有破案的信心啊？"侯勇严肃地说。

"侯局，钟伟就是因为重新调查万海强案失踪的，现在又跟506案有瓜葛，我建议并案调查钟伟失踪案。"韩青提议。

"嗯，恐怕还得捎上万海强案吧。你说呢，何支队？"侯勇问何支队长。

何文庆点头赞同。

"方队，你看呢？"侯勇问道。

"我也同意。"

"那就这么定了，将钟伟失踪案、万海强被杀案一起并入506系列案。"

"好！"不知道韩青是带着气还是高兴，她一个人喊了一声。

"另外，关于钟伟同志，我就一句话——彻底调查，如有问题，绝不姑息。"

韩青愣住了，看向侯勇。

"林嘉嘉，你主要负责钟伟失踪案。"

"好。"林嘉嘉也愣了一下，看了看旁边的韩青。

韩青心情复杂地用钥匙打开钟伟家的房门，林嘉嘉、梁子和一些警员跟着她走进来，又沉默地各自散开，四处搜查。这一幕让韩青觉得十分荒诞。

她觉得侯勇对钟伟的处理有些欠考虑。十几年前他还在重案大队时，钟伟是他的得力干将，在人品方面侯勇不止一次表达过对钟伟的认可。密码锁上的指纹还有太多需要进一步调查和证实的地方，在这种时候，他派人来钟伟家搜查，无疑会给大家一种已经定性的感觉，把钟伟涉毒的嫌疑变成板上钉钉的事情。这是极不谨慎的，甚至是草率的。

韩青走进卧室，看到林嘉嘉正戴着手套小心翻看床头柜抽屉。

"有什么发现吗？"她的问话带有某种情绪，林嘉嘉听得出来。

"没有什么，我们也就是看看近期有没有人来过，虽然这种可能性很小，但……"林嘉嘉笑了笑。

"不用解释，你继续。"

林嘉嘉略有些尴尬地转回身继续翻看。韩青来到衣柜前，打开柜门朝里看了看，她也好些天没来了。正要关门的时候，她突然发现不对劲儿。

堆叠在隔板上的衣物应该有4摞，现在只剩下3摞，少的那摞正好是她上次从阳台收过来叠放好的。她记得很清楚。

林嘉嘉看到韩青在衣柜前发愣，走了过来，问："怎么了，韩姐？"

"衣服少了。"

"什么衣服少了？"林嘉嘉有些吃惊。

"应该是4摞衣服，我上周来的时候还没少，现在少了1摞。"

韩青立即查看挂着的一排牛仔裤，查对数目。

"牛仔裤也少了2条，之前一直是20条！"她愣住了。

韩青又跑去客厅，检查鞋柜里的鞋。林嘉嘉也跟了过来。

"怎么样？鞋少了吗？"

"少了1双运动鞋。"韩青不可思议地笑了一下。

他还活着！他失踪了快两个月，为什么现在会突然回家，还拿走了衣服和鞋？难道真的是被牵扯进毒品案之后失踪的？现在回来是因为警方已经查到了他涉毒的证据，内鬼通知了他，所以他赶紧回家收拾东西，准备外逃……不可能！韩青无法相信，但这个想法不停地在她脑子里徘徊。

她知道自己此刻有些失去理智，她无法判断，她现在急需要佐证。

她急匆匆来到钟伟的父母家，看到钟伟的父亲正在入户平台上侍弄花草。

"钟叔叔。"

"哟，小韩来了，快上屋里，我刚沏的茶……"钟伟的父亲热情地向她打招呼，听到声音的钟伟的母亲也立刻从屋里出来。

"阿姨。"

"怎么了，韩青？出什么事儿了？瞧你跑得！"

女人更敏感，钟伟的母亲看出韩青神色不对。

"你们最近有钟伟的消息吗?有没有接到过陌生电话之类的?"

"没有啊……"钟伟的父亲有些诧异。

"你是不是找到什么线索了?"钟伟的母亲顿时警觉。

"在钟伟租住的房子里,我们发现少了一些衣服和鞋。"韩青没有隐瞒。

钟伟的父母大惊:"什么时候?"

"今天刚发现的。上个星期我去过,那时候还没少东西。"

"是不是我们小伟没出事儿啊?他就是去执行什么保密任务了,不能告诉大家,所以大家就以为他失踪了。是不是啊,韩青?"钟伟的母亲眼圈儿一下就红了。

"阿姨您别急,有消息我一定马上告诉你们。"

"他还活着!他肯定没事儿,韩青,你赶紧去找他!你跟他说我们都急死了……"

"阿姨,你放心,我一定会找到他。"韩青尽量冷静地说。

敲门声很急,老宋老婆赶紧跑来开门,看到韩青站在门外。

"韩青?"

"老宋呢?"

"他不在,去他妈家了。"

"多久回来?"

"说不好……"

"他妈家在哪儿?"

"在省城。"

"我给他打电话,他的手机关机了,我怎么才能联系上他啊?"

"啊?关机了,哎哟……"

"方便跟我说一下他妈的手机号吗?我有急事儿找老宋。"

"呀,我记不住,他妈的手机号存在他的手机里呢。"

"行,他如果打给你,你告诉他我着急找他。"

"哎,行……你怎么了,韩青?"老宋老婆看着韩青。

"啊?"

"出什么事儿了?你别着急……"

第十一章 黑警 | 249

韩青突然意识到眼泪流出来了,赶紧用手擦去。

"没事儿。"她转身跑了。

"哎,你慢点儿,韩青,别急……"

老宋老婆关门回了屋,一脸问号地望向躲在门背后的老宋。

老宋不胜其烦地看了她一眼,什么也没说。

韩青跑出老宋家单元门,像溺水之人重返水面似的大口呼吸着。他还活着。她拨打钟伟的手机,跟往常一样,无法接通。他一定还活着!

约会

办公室里只有韩青一个人。

电脑屏幕上是3月15日的两段监控视频:一段是14:18,陈彬健完身回到办公室放包;另一段是19:24,陈彬离开前从柜子里取出同一个包。

韩青放大,倒放,快进,往复数次。她的情绪异常亢奋、焦躁,这从她模仿陈彬放包拿包的动作、神经质地在桌面上敲击手指、嘴角不时挂起冷笑、嘴里快速默念等行为中就能看出来。

她看上去几近癫狂,林嘉嘉走进来看到她这样,有些心疼地说:"韩姐。"

韩青猛地抬头看到林嘉嘉,一把拉住他激动地说:"你快来看,陈彬绝对有问题!"

"怎么了?"林嘉嘉被韩青拉到电脑前。

"这是陈彬从更衣室回到办公室的视频,你注意看他把健身包往柜子里放的细节——肌肉状态、包的重量,看到了吗?你再看他晚上走的时候从柜子里拿包的细节……"韩青的手有些抖,她焦躁地按按键盘,键盘啪啪作响。

"你的意思是,那20万是被陈彬用健身包从更衣室带回了办公室,又用包转移出了野力?"

"是吧?你也看出来了吧!虽然从监控里看不到那20万,但是从他的动作细节、肌肉状态、包的重量……"

"韩姐,这个视频不能证明那20万是陈彬拿的……"

"我敢肯定陈彬的包里装的就是那20万!"

"韩姐,那个时间段进过男更衣室的除了陈彬,还有钟伟哥和另外五个人,你光凭这一点就认定是陈彬也太牵强了……"

"一点儿也不牵强!另外那五个人我全都查过,跟陈彬和钟伟没有任何瓜葛,跟贩毒不沾边,也没有任何前科!"

"韩姐……"

"钟伟也没问题!他是警察,不是毒贩!"

韩青狠狠地瞪着林嘉嘉,林嘉嘉挤出一丝难言的苦笑,痛苦在两个人的沉默中传递。韩青的目光垂下去,又再次朝向林嘉嘉。

"如果钟伟是和蔡国权进行交易,那为什么他在交易完之后没像蔡国权一样赶紧离开,而是在更衣室里又待了一个多小时,身上还背着20万现金?只能说明钟伟是在里面蹲守!他在等黑炮或者别的什么人去拿走这20万!然后他等到了陈彬,他看到陈彬拿走了这20万!所以他才回到停车场一直蹲守,跟着陈彬到了利民巷,然后就莫名其妙地失踪了!这才符合逻辑!"

韩青激动地喘息着,林嘉嘉默默地望着她,她朝林嘉嘉边摇头边挥了挥手。

"我得出去透透气……"

市局大门对面有一家小商店,韩青经常光顾,给钟伟买泡面……韩青站在街边,望着店面陷入了回忆。林嘉嘉从店里拎着两罐啤酒,递给她一罐。她摆了摆手,没要。这时候她不需要用酒精来麻醉自己,只想透透胸中的那股恶气。

"你查得怎么样了?"她问。

"还在查2901的对端,定位太多……"

"我是问钟伟家查得怎么样,有问题吗?"

"哦,没发现什么别的,除了你说的衣服和鞋……"林嘉嘉把两罐啤酒揣进兜里,"我跟你一样,不相信钟伟哥是毒贩。"

韩青冷笑道:"他当然不是毒贩,他是警察。"

"我是说,虽然他和蔡国权的指纹在同一把锁上,我也不相信他们是一伙。"

"听你这意思,你很了解他?"韩青有点儿嘲讽地说。

"我不了解钟伟哥,但我了解你。"林嘉嘉看了韩青一眼,"我相信你对钟伟哥的判断。"

韩青摇头道:"你不用相信任何人,侯局现在让你主抓钟伟的案子,你去

第十一章 黑警 | 251

查就会知道钟伟是不是毒贩。"

"说起钟伟哥的案子，韩姐，你能给我提供些有价值的线索吗？"

韩青摊开手："我能有什么有价值的线索？！要是有的话，我早就找到他了。"

"那能给我讲讲他失踪前的情况吗？"林嘉嘉很认真地问，"他失踪之前有什么异常表现吗？"

韩青看了他一眼："你知道万海强那个案子吗？"

林嘉嘉点头："我看过卷宗，万海强在一次交易后失踪，最后暴尸街头。"

"这个案子一直没破。今年的积案攻坚会上，我和钟伟分到这个案子，因为还有另一个旧案要同时跟进，我俩就分头进行，他跑万海强的案子，我负责另一个。如果我跟他一起跑万海强的案子，他就不会失踪了。"韩青沉默了片刻说，"他失踪前的确有些不正常，当时我并没有在意，我太疏忽了，以为是案子卡在了什么地方，他只是有些烦躁而已。"

韩青给钟伟端来一碗方便面，钟伟呆坐在办公桌前。

"吃点儿吧。"

"我不饿。"

韩青发现钟伟神色不对头，问："怎么了？案子卡哪儿了？"

钟伟烦闷地摇摇头，并没有交流的欲望。

韩青看到钟伟面前那摞卷宗的页面上放着一个撕下来的条形码。

"这是什么？"韩青拿起来看了看。

"没什么，一条没用的线索。"

钟伟从韩青手里拿走条形码，揉了两下扔进一旁的垃圾桶。韩青回到自己的工位，回头又看了看钟伟。他似乎刚从垃圾桶里拿出什么，但韩青没有看清。

"那个条形码我后来查过，是一个没用的快递单信息。"韩青说。

林嘉嘉点了点头："还有其他异常情况吗？"

韩青耸了耸肩："现在想起来，都很异常。"

韩青走进停车场，远远看到钟伟坐在车里打电话。钟伟也看到了韩青，但他并没有摇下车窗跟韩青打招呼，反而发动车子开走了。

韩青匆匆来到大排档，看到赵文斌向她招手，他对面趴着喝醉的钟伟。
韩青和赵文斌把钟伟架上了捷达的副驾，韩青问道："他怎么喝那么多？"
"没事儿，压力太大，送他回去睡一觉就好了。"赵文斌笑了笑。
车上，喝醉了的钟伟突然叫嚷起来："师父，再给我倒一杯。师父，师父……"
"你喝多了，睡会儿吧。"韩青对他说。
钟伟突然失声痛哭。
"你怎么了？……钟伟？"
"师父……师父……"

"钟伟哥去野力之前，有没有跟你透露过什么？"林嘉嘉问。
"他是想要跟我说什么，但当时……我可能会错意了。现在想起来，他应该是想跟我说一些有关案子的事儿。"

韩青独自在电梯里，后来钟伟进了电梯，他们都有些意外，又夹杂着些不可言说的甜蜜。
"你去哪儿？"韩青问。
"去趟省城。"
韩青看出钟伟情绪不错，前段时间的焦躁已经一扫而空。
"案子怎么样了？"
"嗯，有眉目了，估计快了。"钟伟的嘴角挂着一丝微笑。
"是吗？太好了！"
"明晚吧，你有时间吗？"钟伟突然问。
"有啊。"
"那去你家吧，我去找你。"
韩青愣住了。
"韩青。"钟伟突然叫了韩青的名字，这让她有些意外。钟伟历来叫她"不高兴"，很少叫她名字。
"怎么了？"

第十一章 黑警 | 253

"有些话，一直想跟你说……明晚吧，好吗？"

"好啊。"韩青转过脸看着电梯门板中映射出的自己，她怕自己脸红。

韩青来茶楼找周雪曼，问道："姐，你会做糖醋排骨吗？"

"会啊！你馋啦？"

"怎么做啊？难吗？"

"不难，一学就会……"周雪曼好奇地笑了笑，"你要做给谁吃啊？"

"哎呀，你别问了……"韩青露出难得娇羞的笑容。

精心打扮的韩青跟平时判若两人，她坐在餐桌前等待，望着糖醋排骨和几碟小菜憧憬着。

可时间到了23:50，她还是一个人。她拨通了钟伟的电话，只听到电话中传来"您好，您拨打的电话已关机……"。

韩青打开钟伟家的门，进屋转了一圈儿，没找到人。

她着急地拿出手机打电话，结果手一滑，手机掉到地上。她赶紧捡起来，发现手机的屏幕已经破碎成了蛛网状，就像她憧憬的甜蜜也破碎了一样。

"就是这样，原本我以为是场约会。"韩青说。

林嘉嘉体会着韩青心里的痛苦，说："我会尽力把钟伟哥找回来……因为，他对你太重要了。"

韩青摇头道："因为他是个好警察。"

"你是吗，韩姐？"

"我是。这可能是我目前唯一能干好的事儿了。"

这时韩青的手机响起来，她看后立即接通。

"方队……我们马上到。"韩青挂断电话。

"怎么了？"林嘉嘉问。

"有司机报案，说范灵灵被杀那晚，他拉过范灵灵和白小蕙到利民巷。"

"利民巷？钟伟哥失踪的地方！"

第十二章　利民巷

母亲

23 年前，甘凉县城。

深冬清晨，农舍里传来叫嚷，15 岁的王学华夺门而出，滑倒在场院的雪地里。父亲拎着火钳追出来，生铁制成的火钳前端已经被打弯。父亲追上倒地的王学华，抬手就打。王学华疼得吱哇乱叫，站不起来。母亲哭叫着追出来，扑倒在父亲腿上，去拽他拿火钳的手。

"别打了！你把他打坏了！"

父亲毫无停手的意愿，母亲的话只会刺激他下手更重，火钳在空中发出一声声呼啸，抽打在王学华身上嘭嘭作响。王学华连滚带爬，想要起身逃跑，却被父亲踩住，只能发出一声声惨叫。

母亲突然发疯般咬住父亲的腿，父亲发出一声惨叫，王学华趁势逃出院门。

父亲的火钳顿时落到母亲身上，他嘴里还不停地骂骂咧咧。母亲一声不吭，死死抱住他的腿，任凭火钳抽打也不松开，愤怒和屈辱的眼泪默默流淌下来。

天就要黑的时候，瑟瑟发抖的王学华溜进院门。他看到院子地上凌乱地散落着他的书包、文具以及衣物、被褥。

他一边走一边看着这一切，此刻他的心如同被呼呼的北风吹着一样越来越冷。

屋里传来低低的、持续的、无力的哭声。

他走进堂屋，看见桌上摆着残羹剩饭和一个喝完的白酒瓶。母亲一个人坐在墙角的地上哭泣，她头发披散，嘴角挂着血渍，脸被打得青紫肿大。她看向王学华，她的眼睛被打得肿胀成了一条缝，眼神空洞。王学华从杂物间拿了一把砍柴刀出来，走进了里屋。他听到父亲浓重的鼾声从挂着破蚊帐的床上传来。他来到床前，望着仰躺着的父亲，举刀就砍。父亲沉闷地呻吟了一声，随后发出杀猪般的号叫，王学华的手速却因此加快。渐渐地，父亲的号叫停止了。王学华举着的砍柴刀停在了半空，鲜血从刀尖滴落。母亲跑进来，惊恐地望着这一切。王学华丢下刀，过去抱着母亲痛哭。母亲猛然停止了号哭，抓起砍柴刀，用衣襟擦掉了刀柄上的指纹，拉着他跑了出去。

母亲从人群中挤进来，回到客运站候车厅，四处寻找。春节后准备外出打工的人们挤在候车厅里，遮挡住了母亲的视线，她好不容易才在靠墙的痰盂边找到了蹲着的王学华。母亲从怀里掏出一个油纸包，打开来是两个糖油饼，饿了一整天的王学华狼吞虎咽地吃起来。候车厅门口传来一阵骚动，母亲警觉地站起来朝那边瞧，看到数名穿制服的警察挤进了候车厅，四处张望。他们似乎专门留意和母亲年纪相仿的妇女，每一个都要看长相查证件。母亲预感不妙，她知道候车厅只有那一个出口。片刻后，她从包袱卷里摸出一个小布袋，悄悄塞到王学华的棉袄里。

"华子，这里头有车票和钱，一会儿跟着别人从检票口出去上车，别丢了！你现在就到那儿等着，快！"母亲小声且急迫地对王学华说。

王学华似乎明白了什么，他害怕地望向母亲，不知所措。

"快走！"母亲推了他一把。他看着母亲。母亲瞪着他，朝他点了点头。他转过身，朝检票口走去。

等挤到检票口附近的时候，他听到远处传来争执的声音。透过攒动的人头，他看到母亲被警察们拉拽着胳膊强行带走。

泪水模糊了他的视线……

隐身术

泪水模糊了王学华的视线。他的手机正在播放着视频，仍是白小蕙坐在炕上逗亮亮玩的录像。白小蕙的脸时常会变成母亲的脸，这令他悲痛欲绝。

放在床头柜上的另一部手机忽然振动起来，望天发来微信："J来利民巷搜查了。"他猛地从床上坐起来，望向神龛里的神荼和郁垒。

升降货梯还没完全落地，王学华就匆忙跳出来。

他和白小蕙对望着，白小蕙从他紧张的表情里读出什么。

他撕开白小蕙嘴上的胶带，递过来一粒胶囊："吃了它。"

白小蕙看着熟悉的胶囊，沉默了片刻便把胶囊吞了下去，没有一丝害怕和慌张。王学华看着她，再没有话，把胶带贴回到她嘴上。

五金店二楼阁楼的衣柜开着，可以看到隐藏在里面的升降货梯托梁。随着马达声传来，升降货梯升到与衣柜齐平的位置停了下来。王学华爬出衣柜，把活动的衣柜背板恢复原样，挡住了升降货梯。

他刚弄完，窗外就闪了几下光，他立刻到窗前悄悄张望。远处的利民巷巷口停着几辆警车，车顶闪着警示灯光。王学华冷冷地在窗边窥视着。

利民巷前巷外的巷口大街上，早已聚集了一群看热闹的人。停好车后，韩青和林嘉嘉从人群中挤过去，有警员帮他们撩起警戒线，让他们进入。

"梁子，你那边到齐了吗？"方波拿着步话机，站在教堂门外指挥。

"到齐了，方队。"梁子在利民巷后巷巷口，带着七八名警员。

方波放下步话机，向不远处的一名警员招手，警员跑过来。

"你带一组人，去泰康路连接利民巷的岔路口待命。"

"是，方队。"警员跑去。

"方队。"韩青和林嘉嘉跑过来。"什么情况？"韩青问。

"有个网约车司机报案，说5月5日晚上，白小蕙、范灵灵坐他的车来过这里。"

5月5日晚上，网约车停在了利民巷附近的路边。

范灵灵付完车费下了车，回头看到白小蕙还坐在车上。

"下来呀，干吗呢？"

司机通过后视镜看到白小蕙胆怯地坐在车里，最后被范灵灵硬拉下了车。他当时在用手机接单，没有离开，看到了范灵灵和白小蕙站在街边说着什么，之后范灵灵把挎包递给白小蕙，一个人朝利民巷巷口走去。

"我们查监控发现了这个。"方波把手机递给他俩看。

监控视频中，白小蕙惊慌失措地跑出巷口，黑框眼镜老男人追了上去。

"黑框眼镜老男人！"林嘉嘉惊呼。

"他追着白小蕙去了哪儿？"韩青问。

"追到了另一条巷子，但白小蕙跑掉了。之后黑框眼镜老男人回了利民巷，从监控看，他和范灵灵都再也没离开过利民巷。利民巷很可能就是他杀人分尸的第一现场。"

"我有两个问题。"林嘉嘉有些疑惑，"如果银灰色小面不在利民巷的话，那么他是去哪儿开的车？还有，他是怎么把范灵灵弄出利民巷的？"

"步行。"韩青说，"汽车躲不过监控，但人可以。"

"嗯，当时在这儿找钟伟没找到，我们也想过这种可能性。"方波说，"再说，这个黑框眼镜老男人其实是个戴面具的家伙，如果他经过监控的时候没有戴面具，那么我们根本认不出他。"

"那范灵灵呢？他总不能拎着几大袋子尸体大摇大摆地走出利民巷吧？"林嘉嘉质疑。

"这就是你们要调查的。韩青，人我安排好了，剩下的就交给你了。"方波把步话机交给韩青，"我回局里找侯局汇报，有情况随时打电话。"方波匆匆离去。

"韩姐，"林嘉嘉看着利民巷，"现在看来，你从一开始就是对的。一切又回到了利民巷——钟伟哥失踪的地方。"

"走吧。"

他们从教堂开始，一路查到了王学华的五金店门外，周围还有几组警员在挨家挨户询问。林嘉嘉用手电照了照五金店的门牌号。

"韩姐，这家五金店查过吧？"

"查过，店主叫王学华，没有前科，调查钟伟失踪的时候，我找过他几次。敲门吧，这次你来查。"

"我……行吗？"林嘉嘉有点儿意外。

"你，不行吗？"韩青意味深长地看了他一眼，"跟我搭档的这段时间，你掉过链子吗？"

"那倒没有。"林嘉嘉笑着去敲五金店的卷帘门。

没多久，就听到脚步声从门里传来，伴随着不耐烦的嘟囔声："谁啊？"

"你好，市局刑侦支队的。"

卷帘门拉起来，王学华看到了门外的韩青和林嘉嘉。

"打扰了，我们是市局刑侦支队的，找你了解点儿情况。"林嘉嘉亮出证件。

"是韩警官啊。"王学华对韩青笑笑。

"不好意思，这么晚来打搅你。"韩青点了点头。

"没事儿没事儿，请进……"

王学华把他们让进来。林嘉嘉四下认真地观察着店内的情况。

"王老板，我们在查一个新案子，到你这儿了解点儿情况。"韩青说。

"好。"王学华很配合地点头。

"王老板，5月5日晚上你在店里吗？"林嘉嘉开始发问。

"在。五一节到现在，我晚上都没出去过。"

"有人可以证明吗？"

"没有。"

"你一个人住吗？"

"对。"

"家里人没跟你一起住？"

"爹妈都在西北老家。"

"老婆孩子呢？"

"我是光棍儿。"王学华自嘲地笑了笑。林嘉嘉颇感意外地看了看他。

"这个女孩你见过吗？"林嘉嘉拿出范灵灵的照片给王学华看。

"没见过。"

"这个呢？"林嘉嘉又拿出白小蕙的照片。

韩青在一旁观察着镇定自若的王学华。

"也没见过。"

"那这辆车呢，见过吗？"林嘉嘉拿出银灰色小面的监控截图给王学华看。

"没有，没见过。"

"你平时开车吗？"

第十二章 利民巷 259

"我没车。"

"那你这些货是怎么运来店里的？"

"都是在批发市场门口雇车拉回来的。"

"平时不怎么出门？"

"一般在店里，出去也就是买买菜。"

"买菜是骑电瓶车还是摩托车？"

"走路去。"王学华笑了笑。

林嘉嘉把照片收好，又拿出了黑框眼镜老男人的截图照片，递到王学华面前，问道："这个人你见过吗？"

"啊，这个在电视上见过，就是你们公安局的悬赏通告里。"

"行，"林嘉嘉笑笑，"我们在店里四处看看，不介意吧？"

"看吧，没事儿。"

他们站立的地板之下便是密室，他们的脚步声在密室里听得很清楚。白小蕙在黑暗中已经进入了深度睡眠，发出了沉重的呼吸声。

林嘉嘉注意到楼梯边的鞋架，走了过去。

"王老板，你穿多大的鞋？"林嘉嘉看着鞋架上的几双鞋问。

"41码。"

林嘉嘉回头打量王学华，又问："您有多高？"

"1.76米。"

林嘉嘉点了点头，记在本子上。

就在这时，楼上突然传来一阵稀里哗啦的金属碰撞声。王学华的脸色顿时变了。韩青和林嘉嘉也是一惊。三个人互视片刻，空气好像都凝固了。

"楼上有人吗？"林嘉嘉问。

"没人啊。"王学华略显紧张。

"那是什么声音？"

"不知道……"王学华克制着紧张的情绪。

林嘉嘉立即往楼梯上跑，韩青跟着跑了上去。

王学华一闪身，到楼梯背后拿出一把手枪别在后腰，也跟着跑了上去。

林嘉嘉和韩青站在阁楼里，判断着声音来源。王学华也上来了，站在楼梯口，保持警惕。林嘉嘉搜寻的目光最后落到了衣柜上，他慢慢走过去。王学华的手悄悄伸到背后，握住了枪。

　　"可以打开看看吗？"林嘉嘉站在衣柜前，回头问王学华。

　　"看吧。"王学华做好了准备。

　　林嘉嘉打开衣柜门的瞬间，王学华的手几乎就要拔出枪来。

　　"原来是这个。"林嘉嘉笑了笑。

　　王学华愣住。林嘉嘉从衣柜底板上捡起不锈钢挂衣杆，拿出来给王学华看，说："挂衣杆掉下来了。"

　　"哦……"王学华笑了笑，把握枪的手悄悄收回来。

　　林嘉嘉把挂衣杆放回衣柜，关上了衣柜门。

　　他的注意力又转移到了神龛上，走了过去。

　　"王老板，你信佛啊？"他问。

　　"这不是佛，是求财的。"王学华站在楼梯口答道。

　　"求财……这也不是关老爷啊！是财神吗？"

　　"意思差不多。"王学华笑笑。

　　"王老板，你供的是什么神仙？"韩青问了一句。

　　"门神，郁垒和神荼。"

　　"门神一般放在门口吧，怎么放到二楼来了？"韩青有些好奇地问。

　　"有朋友说放一楼犯冲，让我搬到这儿来的。"

　　韩青来到神龛旁，探头往神龛背后靠墙的缝隙里看了看，没发现什么异常。此时王学华冷冷地注视着韩青，没想到韩青突然抬眼看他，两人四目相对。王学华赶紧对韩青笑了笑，韩青沉稳地避开了他的眼神。

　　回到楼下，他们来到了柜台旁，林嘉嘉望向墙上陈列的工具。

　　"王老板，你店里有斧子卖吗？"

　　"之前有一把，卖出去了。"

　　"卖给谁了？"

　　"我得查一下。"王学华从抽屉里拿出一个硬壳的记账本，翻找起来。

"你店里就卖过一把斧子吗？"

"对，就一个样品，这东西很少有人买……去年12月16日卖的。"

王学华把记账本递给林嘉嘉，并指给他看。

林嘉嘉点头，又问："买锤子的人多吗？"

"也不多。"

"你平时用锤子吗？"林嘉嘉忽然抬头望着王学华。

"用啊。"王学华拉开另一个抽屉，从一堆工具中拿出一把中号羊角锤。

林嘉嘉看着他手中的羊角锤，说："王老板，这个我要带回去检查，完事儿再给你送回来。"

"拿去吧，不用送回来了。"

"你不要了？"

"不要了。"

"行。"林嘉嘉从包里拿出一个大号物证袋，没有亲手去拿羊角锤，而是示意王学华将羊角锤放进塑料袋。

"谢谢。那边还有间屋是吧？"林嘉嘉望向厨房。

"对，厨房。"

厨房灯打开后，王学华让到一侧。这里有些狭窄，韩青没有进去，只让林嘉嘉一个人到里面查看。

"可以打开看看吗？"林嘉嘉站在橱柜抽屉前问。

"可以。"

林嘉嘉拉开几个抽屉，随意看了看便合上。他注意到水槽里放着一堆摞起来的碗碟，里面有两双筷子、两个饭碗和几个盘子。

"王老板，有朋友来吃饭了？"林嘉嘉笑了笑。

"没有啊。"

"那怎么里边有两双筷子？"

"早上没洗，加上晚上的。一个人过，懒得很。"王学华平静地笑了笑。

林嘉嘉点头，朝门走来，走到门口时看了看冰箱。

"可以打开看看吗？"

"可以，随便看。"

林嘉嘉打开冰箱检查。

"王老板，5月5日晚上，你有没有听到什么异常响动？"

"没有。"

林嘉嘉检查完冷藏室，又打开下面的冷冻室抽屉，第一格抽屉却拉不动。

"我来。"王学华过去使劲儿拉了两下就开了。

"冻住了。"他说。

林嘉嘉看了看抽屉里的速冻饺子等，然后王学华推回第一格抽屉，拉开下面第二格继续让林嘉嘉检查。

"你一般几点睡？"

"一两点。"

王学华等林嘉嘉看完，推回第二格抽屉，拉开第三格抽屉。

"几点起呢？"

"八九点吧。"

在第三格抽屉的后挡板背面贴着一块胶带，上面粘着两个小号的塑料袋，但从林嘉嘉的位置是完全看不到的。

王学华拎出第三格抽屉里的几块用塑料袋装的肉让林嘉嘉检查。

"可以了，王老板，谢谢。"

王学华镇定自若地推回第三格抽屉。

从五金店出来，正准备走访下一户时，韩青听到有人在叫她。

不远处的一个巷口拉着警戒线，线外站了些围观居民，周雪曼在人群里面使劲朝韩青招着手。韩青和林嘉嘉赶紧走过去，和周雪曼打了个招呼。

"这里怎么围上了？里面出什么事儿了？"周雪曼打听道。

"没什么，我们来调查点儿情况。姐，你回去吧。"

"好……你们注意安全啊。"

周雪曼知趣地没再多问，朝韩青和林嘉嘉点了点头就离去了。

林嘉嘉看着周雪曼的背影，意识到了什么。

"韩姐，我才发现你姐的茶楼就挨着王学华的五金店啊。"

"是啊，东州这种房子很多，都是背靠背挤在一起的。面向主干道这边的是各种的门面房，修得光鲜亮丽，背后都是些破败不堪的自建房。"

第十二章 利民巷

他们跟维持秩序的两名警员交代了几句，就回去继续走访。

在一条岔路的尽头有一堵不高不矮的窄墙，林嘉嘉稍稍起跳扒住了墙头，一个引体向上便看到了墙外的景象。墙外是另一条小窄巷，灯光昏暗，鲜有人迹。

林嘉嘉跳回地面的时候，韩青已经朝岔路口走去。

"韩姐，墙那边的小窄巷通到哪儿啊？"林嘉嘉跟上来。

"南小街。"

"这也是你说的没有监控的出口吧？"

"对。利民巷里有七八个这样的隐藏出口。"韩青对利民巷很熟悉。

"黑框眼镜老男人不可能拎着范灵灵的尸体翻墙，从这些出口出去吧？"林嘉嘉说。韩青没有接茬儿，沉默地走着。

"就算是翻出去，也不可能走路去 10 公里以外的北郊盲区啊，他总得有交通工具吧？"林嘉嘉继续自说自话，"刚才咱们也查了，当晚离开利民巷的车都没问题，银灰色小面也没在这一带出现过。其他交通工具，比如自行车、电瓶车，应该也避不开道路监控。难不成他有隐身术？"林嘉嘉摇头笑。

韩青停了下来，像受到了某种启发，快步走去。

"韩姐？"林嘉嘉赶紧跟上。

他们从利民巷连接泰康路的小岔路走出来，走到了泰康路上。

"韩姐，这是哪儿啊？"林嘉嘉一头雾水。

"泰康路。"韩青注视着四周。

"咱们不是查利民巷吗？怎么跑泰康路来了？"

"你刚才不是说黑框眼镜老男人要想不被发现地离开利民巷，除非他有隐身术吗？"

"我就是打个比喻。"

"不是比喻，这儿就能隐身。"韩青指了指面前的人行道。

林嘉嘉不太明白，他顺着韩青的目光看，人行道上有一排枝叶茂密的大树。他还是不太明白，于是走到树下寻找着什么，然后像是突然开了窍，又走到了机动车道上。那里没有大树遮挡，他看到了高悬的道路监控探头。

"人行道是绝佳的隐身地点啊，道路监控被树叶挡住了！"

他深感不可思议，再次试图从浓密的树叶中望见监控，却是徒劳。

"只有冬天树秃了才看得到监控。"韩青说。

"隐身的条件是满足了，"林嘉嘉看着脚下的人行道，"可黑框眼镜老男人手里还拎着三大袋尸体和一小袋衣物，总不能这么走着去吧？开车的话，会被监控拍到；走人行道，倒是不容易被监控拍到，但又不符合常理，除非……"

"除非有可以在人行道上驾驶的交通工具。"

"对！"

林嘉嘉扭头望向韩青，而韩青则望向路边停着的一溜电瓶车。

"停！那是什么？"林嘉嘉指着电脑屏幕问。

韩青和小于也都凑近来看。电脑屏幕上是泰康路的某个监控探头画面，由于树叶遮挡，几乎完全看不到位于画面靠边位置的人行道，但有一束光透过树叶缝隙被监控探头捕捉到了。林嘉嘉所指的，就是那束光。

"再放一遍。"韩青说。

小于再次播放监控视频。黑暗中，突然亮了一束光，那束光沿着人行道朝路口方向移动，很快就移出了监控画面。

"像是电瓶车。"林嘉嘉说，"如果是人拿着手电，就会很晃，而且移动速度也达不到那么快，自行车也达不到。"

"小于，跟着它。"韩青说。

"它跑不了。"小于熟练地操控电脑，调出下一个监控探头的画面。但这个探头由于角度问题，拍不到人行道的情况。

"继续找下一个卡口。"韩青说。

就这样，一场猫鼠游戏在监控视频中展开。

在某路口的监控画面边上，人行道上闪过一束灯光，但看不清车……

在另一个路口的监控画面最远端，一个模糊的电瓶车影子滑过……

某街道的树影中，一束灯光沿人行道向前匀速移动，消失在监控画面远端……

某小巷里，一束灯光带着一团黑影从监控画面近端进入，沿着人行道驶出监控画面远端，全程只能借着车灯依稀看到电瓶车车头的大致轮廓……

所有人都沉住气，耐着性子仔细观看。

某路口的一侧人行道上出现了一束灯光，那束灯光往左一拐，在监控画面最边上的位置横穿马路，驶出监控画面。从这个视频中可以清楚地看到电瓶车和骑车人的模样。

"停！"林嘉嘉喊道。

小于暂停播放。可以看到骑车人戴着黑色礼帽，脸上架着一副黑框眼镜，电瓶车后座、支架上以及骑车人脚下放着3个黑乎乎的东西。

"车上那几个黑乎乎的是什么？"韩青凑近观看。

"是黑塑料袋，对，没错。装范灵灵尸体的也是3个黑塑料袋！"

"看一下车牌。"韩青说。

小于放大画面，电瓶车后的车牌清晰可辨。

1个小时后，梁子和几名便衣警员在泰康路找到了那辆电瓶车，它所停的位置和监控中那束光出现的位置完全吻合。

与此同时，电瓶车车主被韩青和林嘉嘉在乌烟瘴气的棋牌室里找到。

"干吗？"叼着烟的车主很不爽地看着面前亮出证件的两个警察，"我们打着玩，又没赌钱。"

"这是你的车吗？"林嘉嘉亮出手机，屏幕上是那辆电瓶车的照片。

中年人看着屏幕，愣了好几秒钟。"在哪儿找到的？"他问。

"是你的车吗？"

"是啊！被偷快两个月了！"

"被偷了，你怎么没报案？"

"报案有个屁用！警察能给我找回来？"说完才意识到面前站着的就是警察。

"这不给你找回来了吗？"韩青平静地说，"还记得哪天被偷的吗？"

"能不记得吗？3月15日！我晚上9点来钟停到那里的，结果半夜打完牌出来就不见了，真倒霉……"

林嘉嘉一惊，小声说："韩姐，3月15日是钟伟哥失踪那天。"

韩青也暗暗吃惊。

叶脉袋花

会议室墙上的投影播放着一段监控视频。夜色中，黑框眼镜老男人悄然出现在一辆停在街边的电瓶车旁，像是骑自己的车一样自然地坐到车座上，由于监控探头较远，看不清他的动作。没两分钟，就见电瓶车灯闪了两下，他骑着车离去。

"偷车人是拧开了面板的螺丝后，用搭线头的方法启动电瓶车的。"韩青站在投影旁，向与会的领导和专案组成员做着解释。侯勇点了点头。

"偷车人把车骑回了泰康路，虽然他尽量躲着监控骑行，但还是被一个民用探头拍到了脸，他就是506系列案的犯罪嫌疑人——黑框眼镜老男人。"

投影上出现一张监控截图，可以清晰地看出骑车人是黑框眼镜老男人。

"5月5日范灵灵遇害当晚，他骑这辆电瓶车去了北郊。我们一直追踪他的轨迹到了北郊棚户区，因为那里监控条件有限，最后跟丢了。但半个小时后，银灰色小面江C85K92就从北郊监控盲区出发，前往各处抛尸了。我和林嘉嘉做过实验，骑电瓶车从北郊棚户区的一条小路到北郊监控盲区只需要10分钟，从时间上看是没问题的。于是我们做了进一步调查，在北郊监控盲区的一处废弃煤窑里发现了可疑情况。"

投影里出现了废弃煤窑的照片，有大门处的汽车轮胎印和电瓶车轮胎印、锅炉房里被遗弃的巨幅蛇皮塑料布等。

"在废弃煤窑里发现的汽车轮胎印和银灰色小面吻合，电瓶车轮胎印和黑框眼镜老男人骑的电瓶车吻合，黑框眼镜老男人就是通过这样的换乘方式，将范灵灵的尸体从利民巷带到了北郊监控盲区。"韩青结束讲解。

"很好。"侯勇点点头，"这样一来，犯罪嫌疑人的抛尸轨迹就全部清晰了，证据链就完整了。同志们，咱们又进了一大步啊！现在利民巷是重中之重，可以肯定，范灵灵遇害并被分尸的第一现场就在利民巷里面。韩青，有关这方面的情况，你们摸排得怎么样？"

"除了外迁和无人居住的房屋，我们都逐一做了走访和登记，对于外出不在的，也都打电话落实到人，第一轮摸排没有发现明显可疑情况，但标注了几户作为重点目标，需要深入摸排。那些外迁和无人居住的房屋，我们也正在加紧联系房主，准备进一步调查。"

"好。大家一直连轴转，先回去休息。"侯勇站起来，"我再嘱咐一句——遵守纪律，严防泄密！"

台灯亮着的二楼阁楼里，王学华闭着眼，硬挺挺地仰面躺在床上，像一具僵尸。

寂静中传来一阵清晰的手机振动声，王学华猛然直直坐起，睁大双眼。

"B计划。"手机里，望天发来了指令。

王学华来到厨房，打开冰箱冷冻室，抽出最底下的第三格抽屉，把后挡板上的胶带揭下来，把上面粘着的两个小塑料袋取下来。

他看着一袋里装着的暗红色凝固体和另一袋里装着的毛发，脸上流露出游戏开始了的兴奋神情。

凌晨两点，他悄悄从五金店出来，静默地走在巷子里，来到一个小岔路口，朝里面的窄巷张望了片刻，走进去，来到尽头一户门前停下。

门牌上写着"利民巷甲1号"，他背后一户的门牌上写着"利民巷甲2号"。

他轻轻掏出钥匙，打开甲1号门上的挂锁，进了屋。

黑暗中，黯淡夜光洒进窗帘半掩的窗子，勾勒出他的模糊身形。他把窗帘整个拉上，屋里的光线更暗了，几乎什么也看不见。

一束暗黄色的光是他手中的小手电发出的。灯头被几层滤纸包裹，发出的光只在半米范围内有效，不会引起屋外的人的注意。他顺着这束黯淡的黄光，来到床前，拿出装毛发的小塑料袋，用镊子镊出一根硬挺的毛发，在微弱黄光的照射下，小心地把毛发扎进枕头里，只露出几毫米的短楂。

接着，他来到写字台边，拿出另一个小塑料袋，用棉签蘸取里面暗红色的膏状物，抹在写字台的边条上。他等待了几分钟后，又用湿纸巾擦去了暗红色膏状物。他十分清楚，写字台掉漆的原木已经充分吸收了那些暗红色膏状物。虽然肉眼看不出来，但根本擦不掉。他拿出紫外线手电筒和滤镜，将光线照向写字台边条，透过滤镜可看见淡淡的荧光。这证实了他的判断。

一切就绪，他戴上了老男人面具和黑框眼镜，游戏时间到。

早上6点刚过，110报警服务台的电话响了。

"您好，110报警中心……您慢慢说，不要着急……哪里？……利民巷甲2号，对吗？……"接警员认真询问记录着。

韩青和林嘉嘉带着一脸倦容赶到现场时，两名派出所警员正和一名中年妇女站在利民巷甲2号的门外说着什么。

"市局刑侦支队的，怎么回事儿？"韩青问道。

她和林嘉嘉向警员们亮出证件。

"这位住户报警说有人掐她脖子。"一位警员说。

韩青看向中年妇女，问："谁掐你脖子？"

"不认识……"中年妇女惊魂未定。

大概在半小时前，一名中年妇女从甲2号出来，准备去倒垃圾。这时对面甲1号的门突然开了，黑框眼镜老男人从门里走了出来。

"你是谁啊？"中年妇女有些意外，害怕地问。

黑框眼镜老男人沉默了片刻，突然伸出戴手套的右手掐住中年妇女的脖子，把她抵在墙上，又将左手放在嘴上做了个嘘声的手势。中年妇女感受到脖子上强劲的力道，赶紧点头。黑框眼镜老男人这才慢慢松开手，中年妇女吓得赶紧回屋关上门。她躲到窗边，看到黑框眼镜老男人从容地锁了门，然后离去。

林嘉嘉拿出了黑框眼镜老男人的截图照片，问："你看看，掐你的是这个人吗？"

"是！就是他！"中年妇女十分笃定。

"他是甲1号的户主吗？"韩青问。

"不是，户主没在这儿住，这屋子空了半年多了。"

"但是你看到他锁门？"

"对，我也觉得奇怪……"

韩青来到甲1号门前查看，发现门上有把锁，门框上还钉着一把挂锁。

韩青回头问中年妇女："这门上一直是两把锁吗？"

"没有啊，就一把锁……哎，什么时候多了这把挂锁？他家就一把门锁啊，跟我家一样。"中年妇女指了指自家门锁。

第十二章 利民巷 | 269

甲1号的门被打开了，戴着手套、穿着鞋套的杨刚和两个助手小心翼翼走进来，手上拎着多功能现场勘查箱，里面装着粉笔、钳子、三角尺、剪刀、手电，以及一些奇奇怪怪的小盒子，足有30多件。

毫无意外，王学华特意留下的毛发和暗红色膏状物都被杨刚和助手发现了。

对中年妇女的询问也在同步进行。韩青坐在她的制衣小作坊里，听她讲述甲1号的情况。

"甲1号的户主是老焦头，去年年底过世了。他的儿子和女儿都住在省城，当时办完丧事就都回去了，这屋子就一直空着。"

"之后有人来过吗？"韩青问。

"没有，我们这儿是把头的，就我们两户，有人来我肯定看得见。"

"也没听到过对面有什么动静吗？"

"没有，从来没听见过，而且那屋连灯都没开过。"

韩青回头看了看窗外的甲1号，接着问："甲1号没人住这个情况，你们巷子里其他居民知道吗？"

"都知道啊，"中年妇女说，"办丧事的时候来了好多街坊邻居。"

林嘉嘉从门外进来说："韩姐，老焦头的儿子和女儿说门上的挂锁不是他们安的，办完丧事后这半年，他们也都没有回来过。"

韩青起身，向中年妇女点了点头："谢谢。还有什么要补充的吗？"

"没有了，我就知道这些。"

"行，要是想起什么，随时给我打电话。"

"哎，好的。"中年妇女突然愣了一下，"那个……"

"怎么了？"韩青看着她。

"我想起来了，那人穿的牛仔裤好像有点儿不一样。刚才有点儿紧张，给忘了。"

"怎么不一样？"

中年妇女回身看了看案台上堆叠的衣裤，从中抓起一摞牛仔裤，拿过来给韩青看这些牛仔裤的后袋，说："我是干这个的，所以对这些东西比较敏感。你们看，这些是常见的花纹，但他裤袋上的花纹我从来没见过。"

"什么样的花纹？"

"就是那种……既像花又像叶子一样的纹样，挺好看的。"

"你能画出来吗？"林嘉嘉问。

"我试试。"她拿了画粉，在一块布片上画出一个漂亮的花纹图案。

韩青看到这个花纹图案时，心里咯噔了一下。

林嘉嘉却惊呼起来："叶脉袋花！你确定你没画错？"

"嗯，就是这样的。"

"那就是叶脉袋花了，没错！"林嘉嘉有些兴奋，"韩姐，这是一个西班牙小众牛仔裤品牌的标志性花纹。能穿这种牛仔裤的不是时尚达人就是'养牛'圈儿的老粉，这下范围可就缩小了……"

韩青却高兴不起来。

办公室里，警员们各自忙碌着。

韩青坐在办公桌前，看着布片上的袋花图案思索着。她觉得自己好像陷到了一个泥潭里，越陷越深。这个叶脉袋花图案，她很熟悉。

去年夏天，钟伟喜滋滋地拎着服装袋从外面回来。

"勘查报告放你桌上了。"韩青看着他，"你去哪儿了？"

"取裤子，补了一下。你别说，补得还行，基本看不出来……"

他从服装袋里拿出一条牛仔裤，爱不释手地摩挲着。

老宋端着茶杯从旁边经过，停下来打趣道："呀，你过得够仔细的，一条破牛仔裤也舍不得扔，还花钱去补。"

"你懂什么呀，好好看看，这个品牌号称欧牛巅峰、细节大师！还破牛仔裤，整个东州也找不出第二条！"

"跩啥呀，这牛仔裤的颜色一看就不正，洗得惨兮兮的。"

"手拿开，上完厕所洗了吗？……"钟伟和老宋推搡笑闹。

"有的老同志啊，得学习啊，还惨兮兮的，你懂啥呀，这叫仿70年代蓝，你好好看看，这浅蓝蓝得多通透！这后袋图案，见过吗？这叫叶脉袋花，像不像树叶的叶脉？多巧妙，多好看啊！而且大部分是用老式缝纫机手工制作的……"

"再好它也是条破的，既然那么喜欢，就再买一条新的呗。"

"又不懂了吧，这是我的幸运符，能随便换成别的吗？我跟你说，我出远门都穿着它，它回回都能保佑我平安。上次我去外地提犯人，好几千公里呢，一路有它作陪，一点事儿都没出！"

韩青越想越心烦意乱，林嘉嘉则趴在笔记本电脑前认真钻研着什么。

"韩青，林嘉嘉。"方波出现在办公室门口，朝他们招了招手。

韩青和林嘉嘉跟着方波来到他的办公室，杨刚已经在那里等着了。

"怎么样，老杨？"方波问。

杨刚沉着脸把单子递给方波，说："方队，毛发样本和00718号匹配成功。"

"00718是谁啊？"方波看着老杨。

杨刚瞟了瞟韩青说："是钟伟。"

三人愣住了，望着面无表情的杨刚。

"老杨，确定吗？"

"确定，我们就是怕出错，所以验了好几遍。"

方波翻看着下一张。

"这是写字台边条上的血迹，跟碎尸案受害人范灵灵匹配成功。"

方波又是一惊，他沉默片刻后问："还有其他发现吗？"

"没有了，屋内各处均检测出高浓度的洗消液残留，证明屋内曾经被彻底地打扫清洁过。"

"那为什么还会留下血迹和毛发？"韩青这时候说话了。

"可能凶手还不够专业，只消除了肉眼可见的罪证。"

"钟伟不可能这么不专业！"

"如果他没有紫外线灯那样的专业仪器，就有可能……"杨刚看了看韩青，没把话说完。

"就有可能留下这些漏洞，对吗？"韩青冷笑了一下，"老杨，钟伟跟咱们一样，是天天干这个的，你觉得他作案会留下这些不专业的漏洞让咱们查到吗？"

杨刚无话可说。

"方队……"

"我明白，韩青，但我还是得把结果汇报给侯局。"

"方队……"

"我明白，我明白……"方波沉闷地点点头，拿着报告离去。

韩青追出去说："方队，你不觉得这很蹊跷吗？我们昨晚去利民巷排查，钟伟今天早上就莫名其妙地在那里出现。这1个多月，我去利民巷打听过那么多次，都没人看见过他，怎么那么巧他就现在出现了？方队，那个人肯定不是钟伟！"

"不，我宁愿相信是他。"

"方队！"

"因为我希望他还活着，我希望他能亲口告诉我到底发生了什么。"

方波匆匆离去，韩青怔怔地望着他。

捷达疾驰而来，停在了快递站路边。

赵文斌看到匆匆走来的韩青，笑着迎了上去。

"韩青，怎么啦？又找我喝酒来啦？"

"师父，钟伟给你打过电话吗？"

赵文斌顿时收住笑说："没有啊。"

"师娘和菲菲呢？他也没找过她们吗？"

"不可能找过，要有的话，她们肯定会马上告诉我的。怎么了？出什么事儿了？"

"我们在利民巷找到了碎尸案的第一现场，从里面提取到女死者的血迹……还有钟伟的头发。"

赵文斌震惊地看着韩青问："钟伟的头发？什么意思？"

"队里现在怀疑钟伟跟碎尸案有关。"

"荒唐！"赵文斌有些激动，"钟伟怎么可能去杀人？"

"是啊，我也不相信。"韩青受到赵文斌情绪的感染，也有些激动。

"你去他爸妈家问了吗？"

"去了，他们并没有钟伟的消息。"

"你别着急，这事儿肯定跟钟伟没关系！"

第十二章 利民巷 | 273

"我知道。那我先走了，师父。"

"去吧，别着急……"

韩青没走多远，赵文斌叫住她："钟伟是好样的，你明白吗？"

"我明白。"

师徒俩远远地互相点了点头。

老宋端着菜从厨房出来，刚摆到桌上就听门外传来急促的敲门声。

老宋老婆也听到声音，从厨房出来，问："谁啊？"

"我，韩青。"

老宋一听，顿时冲他老婆做出嘘声的手势，他老婆不胜其烦地回瞪着他。门开了，老宋老婆望着韩青笑道："韩青来了？吃饭了没？"

"老宋在吗？"

"哎呀，他还在省城他妈家……"

老宋老婆的眼神有些闪烁，韩青看在眼里。老宋躲在里屋门后，一脸苦闷。

"行，麻烦你告诉老宋，我找他有急事儿。"

"哎哎，我一定告诉他……"

韩青转身就走，老宋老婆正要关门，没想到韩青又折返回来，故意提高音量朝门里喊："你跟他说，就因为他给我的那个线索，现在钟伟成了毒贩、杀人犯！"

老宋听后暗暗吃惊，韩青则愤然离去。

韩青怎么也想不到事情会发展到这种地步。明明是一桩碎尸案，查着查着就跟钟伟扯上了关系，而且事态愈演愈烈。她感到有一股邪恶的力量在中间起作用，一步步地把她、把钟伟逼向深渊。

走在晚高峰的人潮中，钟伟鬼魅般的身影不时出现在韩青身边，令她防不胜防。她有些分不清这到底是幻觉还是现实。那个戴老男人面具的凶手怎么会穿着钟伟的牛仔裤？难道真是他吗？那条牛仔裤是他的护身符，他说过，只要穿着它，回回都能平安。

突然电话响起，她焦躁地拿起来接通："喂，师父……什么？"听着听着，她的表情渐渐凝滞了。

第十三章　昙花

手机

　　一年前，一个身手矫健的犯罪嫌疑人在前面跑，钟伟在他身后紧追，韩青跑在最后。如果不是因为痛经的影响，韩青或许能快很多。钟伟突然拐进了一条巷子，韩青明白他是要抄近道。当犯罪嫌疑人跑到前方丁字路口时，回头一看，发现追他的男警察不见了，只剩一个女警察在追，就向左拐弯跑了。

　　韩青捂着肚子，整个腹部疼得犹如撕裂，跑到丁字路口刚向左拐，就见一道黑影朝她劈下来，砸在了她挡脸的胳膊上。一股钻心的疼痛从手臂灌及全身。棍子再次挥向她，她伸手抓住，死死不放。犯罪嫌疑人一脚踹在她肚子上，疼得她一个趔趄摔倒了，手机从裤子里摔了出来。犯罪嫌疑人用木棍朝她猛砸，躺在地上的她只能护着头双脚乱踢，但还是被狠狠砸中好几下。危急之际，钟伟突然出现，在犯罪嫌疑人背后一脚将他踹倒，使几个擒拿手法制伏了他，迅速上铐。

　　"你没事儿吧？"钟伟回头，关切地看着蜷在地上的韩青。

　　"没事儿……"

　　"给方队打电话，告诉他人抓住了。"

　　钟伟把犯罪嫌疑人拎起来："起来！"

　　等韩青站起来找到手机，发现手机已经严重变形，屏幕都不见了，电子元件全部暴露在外面。

　　"下班了。"钟伟站了起来，"走吧。"办公室里只剩下他和韩青。

　　"我的报告还没写完，你先走吧。"

　　"你不饿吗？"钟伟很诧异。

"还好。"

钟伟看了看表说:"都 10 点了,别忙了,走吧。"

韩青看了看电脑屏幕上的时间说:"你的表不准吧?才 9 点 40 分。"

钟伟笑了笑说:"我这表啊,该修了。现在也不早了,回去吧,明天再弄。"

他又凑近看了看韩青的电脑,说:"你这报告不是写完了吗?"

"我还得改改,回家也没意思。"

钟伟看了看韩青说:"你不喜欢回家吗?"

"我喜欢在队里待着。"

"为什么?"

"在这儿待着,我有事儿可干,就不会想那么多了。"

钟伟沉默了片刻说:"行,那我先走了。"他快步走出了办公室。

韩青看着电脑屏幕上的报告发呆,时间不知不觉已近 23 点。

办公室的门开了,钟伟两手拎着东西进来,韩青意外地看着他。

"你怎么回来了?"

钟伟笑而不语,走过来将一袋子热腾腾的饭菜放到韩青桌上,说:"吃吧,都是你爱吃的。还有这个……"他打开一个单独的点心盒,里面有几块精致的点心。

"你闻闻。"钟伟把点心盒凑到韩青鼻子前,韩青闻了闻,清香无比。

"这是什么?"

"桂花糕啊,现在正当季,你一个老东州居然不知道吗?"

韩青笑起来。

"这又香又甜,还不腻,以后你得多吃,吃多了甜的,人就变开心了。"

韩青愣了一下,说:"谢了……"

钟伟又拿出一个手机盒说:"送给你的。你那个今天不是'因公殉职'了吗?"

"不用,我自己会买的。"

"这是去年我妈生日我给她买的,结果她不喜欢,一直也没用。你拿去用吧,不然一直放我家里落灰。拿着吧!"

"谢谢。"

逃犯

韩青匆匆跑上楼的时候，赵文斌正拿着手机站在门外等她。

"师父……"

"你看看吧。"赵文斌一脸严峻，把手机递给韩青。

那是银行发来的一条短信，提醒账户内有一笔10万元的入账。

"多久前收到的？"

"大概20分钟前。"

"你查银行卡了吗？不会是诈骗短信吧？"

"查了，真的存进来10万块，我还打客服电话了，说是通过ATM机无卡存款方式存进来的。"

师徒俩一头雾水。韩青的手机响了，是钟伟父亲打来的。

"小韩，我收到一条短信，说是有人往我卡里打了10万块钱。你阿姨刚才打电话查了，银行客服说是通过自动柜员机用什么……"

"无卡存款！"钟伟母亲在一旁提醒。

"对对，用无卡存款打到我账上的。我们打电话问了所有的亲戚朋友，没有人给我们打过钱啊！"

"你别急，钟叔叔，我帮你查一下。"韩青放下电话。

"怎么了？"赵文斌看着她。

"钟伟他爸刚刚也收到10万，也是无卡存款。"

赵文斌愣住了。

"钟伟涉嫌的那个毒品案交易的毒资就是20万。"

她拨打钟伟的电话。

"对不起，您拨打的电话暂时无法接通……"

侯勇匆匆地走进重案大队办公室，来到白板前。

韩青、林嘉嘉、方波等在那里，白板上贴着两张ATM监控截图。

"什么情况？"侯勇查看监控截图。

"1小时前，我师父赵文斌和钟伟的父亲各收到10万块钱，都是通过ATM无卡存款转入的。给他们打款的人是黑框眼镜老男人。"

第十三章 昙花 | 277

监控截图上的黑框眼镜老男人略微调整了装扮，大概是悬赏通告已经发布的原因，他并没有再戴黑框眼镜和黑礼帽，而是改成了咖色窄边框的眼镜，头上是带帽衫的帽子，但那个老男人面具还始终戴着。

侯勇审视了片刻，点了点头："利民巷甲1号的样本结果出来了吗？"

"出来了，血迹是范灵灵的，毛发是钟伟的。"方波汇报道。

侯勇面色凝重："还有什么情况？"

"利民巷甲2号的报案住户还提供了一条重要线索，韩青，你说吧。"

"甲2号女裁缝画出了黑框眼镜老男人穿的牛仔裤的袋花图案，这种图案是一个国外小众牛仔裤品牌的独有标志，钟伟也有一条类似图案的牛仔裤。但我坚信，钟伟跟黑框眼镜老男人无关。"

侯勇看着韩青。

"侯局，我想补充一下。"林嘉嘉说。

"说。"

林嘉嘉看了看韩青，从手中的文件夹里拿出一摞纸来，说："我把黑框眼镜老男人和钟伟哥的监控影像进行了放大甄别，发现他们穿的牛仔裤不论是板型、颜色、新旧程度，还是叶脉袋花，都一模一样……他们穿的是同款。"

韩青望向林嘉嘉。

"正如刚才韩姐所说，这款牛仔裤是欧洲的一个小众品牌，就是在省城，我也很少看到有人穿，在东州这种地方，穿的人就更少了。"林嘉嘉继续说道。

"少不代表没有，钟伟就收藏了很多这样的牛仔裤，有些还是国内少有的限量版。"韩青回应道。

"是，我也看到了钟伟哥收藏的那些牛仔裤，的确有不少是罕见的精品，所以我就更疑惑了，为什么黑框眼镜老男人会有这样的牛仔裤？难道他跟钟伟哥一样是个牛仔裤爱好者？还是……"

"还是什么？"韩青看着他。

"还是说，黑框眼镜老男人穿的那条就是钟伟哥的那条？"

空气顿时凝滞了，韩青瞪着林嘉嘉说不出话来。

一阵清晰的手机铃声打破了会议室的死寂。韩青拿出手机，呆住了。

侯勇看到她的表情，问："怎么了，韩青？"

"钟伟的短信。"

只见手机里显示着："忘了我吧。"

捷达在街道上疾驰。

"方队，我们到西郊货运站附近了，钟伟哥的手机定位还能更精确一些吗？……好的，明白！"林嘉嘉挂断电话。他转头对韩青说："韩姐，方队让我们去西郊货运站看看。他们也在来的路上。"

韩青猛踩油门，捷达跑得快散架了。林嘉嘉感受着她此刻的情绪。

"黑框眼镜老男人穿的是钟伟哥的牛仔裤，这并不代表他就是钟伟哥。我是想过滤掉错误信息，以免调查走弯路。"林嘉嘉诚恳地说，"对不起，韩姐，我知道你接受不了……"

韩青沉默地看着前方，突然眼神坚定地大声说："钟伟是个好警察，不管你们现在找出对他多么不利的证据，也不会改变这一点！我一定会找到他，还他一个清白！"

几辆警车到达西郊货运站站台，韩青和林嘉嘉从站台边的调度室里出来。

"怎么样，韩青？"方波焦急地问。

"监控查了，没发现异常。"韩青的脸色很难看。

"我通知了周边两个派出所，他们已经在辖区里展开调查了。咱们先从车站周边开始吧。"

"半小时前，有一列火车刚刚离开这里。"韩青说。

方波愣了一下，问："跟你收到短信的时间吻合吗？"

"在我收到短信之后两分钟。"

方波着急地拍了一下腿："这列火车下一站停哪儿？"

"河西兴台。"

"多久到？"

"大概40分钟。"

货运列车驶向站台，在刹车声中徐徐停住。一瞬间，数盏强光灯亮起，将货运列车照得通明。荷枪实弹的警员从暗影中出现，将货运列车团团围住。韩青、林嘉嘉、梁子等人沿着货运列车迅速展开搜查。

方波站在一辆警车前，拿着大喇叭喊话："各单位注意安全，没有我的命令，不许开枪！"

各路警员纷纷打开车门上车检查，有的爬梯子进入无顶的运煤车厢巡查。

韩青和林嘉嘉一边手上拎着枪，一边打着手电搜查列车底部。

"报告！"一名特警站在一节无顶的运煤车厢里大喊。

大家朝他靠拢过去，韩青和林嘉嘉爬上梯子来到他旁边，顺着手电光看到一些物品散落在黑色的煤块上，格外显眼。

"韩青，什么情况？"方波在车厢下方问。

韩青捡起其中一个，举向方波。

数道手电光照向韩青举着的东西———一个瘪瘪的硅胶老男人面具。

林嘉嘉拿起一个背包，打开后发现是一些男士衣物。

"韩姐，是钟伟哥屋里少的那些衣服吗？"

韩青看着衣服，简直不敢相信自己的眼睛。

铁道旁，警员、警犬、手电筒的灯光交织成了一张大网，渐渐向荒野深处推进。韩青走在一群警员中间，仔细搜寻着……

城市的街道上，韩青走在人行道上沿路搜寻，只是她周围的警员比在荒野时少了不少……

城市公路的隧道出口旁，韩青打着手电筒走出来，她周围的警员不见了，只剩下她一个人在黑夜中搜寻。天色渐渐从漆黑变为黎明时的深蓝……

郊区公路上，韩青还在开着车沿路搜寻……

城市桥洞下，韩青发现了一个可疑目标，走近一看，却是露宿街头的流浪汉……

朝阳渐渐升起，韩青凝望着河对岸，眼中布满血丝，神色黯然。

身后的杂草地传来了脚步声，她警觉地转过身，看到钟伟朝她走来，面带笑容。韩青冲过去紧紧地抱着钟伟，用尽了全身气力，生怕他再次消失。

"你去哪儿了？为什么都不跟我说一声就消失了？为什么？"泪水涌出。

钟伟搂着韩青，在她耳边轻声地说："别再找我了。"

韩青痛苦地摇头道："不，无论发生了什么，我都会找到你的。"

钟伟微笑着从韩青眼前消失。

"我会找到你的……"韩青大喊一声，痛苦地瘫坐在草地上。

门神

门打开一道缝隙，晨光照进来。王学华闪身进入，轻轻关上门。

他疲累地慢慢坐到地上，长舒了一口气，第一件事儿就是给望天发微信报平安："回来了。"

片刻后，望天回复了微信："市局报省厅了，要网上追逃。"

王学华的神情轻松了不少，他回道："总算过关了。"

"辛苦了。"望天也很快回复。

王学华露出了惬意的笑容。他知道这件事儿不仅缓解了目前的危险局面，还很大程度上弥合了他和望天之间的关系，白小蕙也有可能从中获益。抱着这样乐观的想法，他去厨房煮了饺子，端去给白小蕙吃。

"现在是白天还是夜里？"白小蕙问。

"早上8点刚过。"他破天荒地露出了笑容，"吃吧。"

白小蕙看了看饺子，又看看他，似乎明白了什么，淡淡地笑了笑，拿起筷子默然吃起来。在她看来，这顿突如其来的饺子就是"断头饭"。不过王学华却不知道她会错了意。

"昨天发生了一些事儿。"他说。

"嗯。"白小蕙似是而非地应了一声，继续吃着。

"是好事儿。"他看着白小蕙说，"对你对我都是好事儿。"他点头笑了笑。

但他看到白小蕙苦笑了一下，感觉今天她的笑容有些奇怪。

洗完澡之后，他回到阁楼，躺到床上准备先舒舒服服地睡一觉，然后再跟望天商讨白小蕙的事儿。现在警方的视线已经被成功转移，望天也许会同意他的想法，把白小蕙放了。当然，前提是白小蕙交出备份。他感觉有把握说服白小蕙，毕竟对她来说最重要的是儿子亮亮而不是备份。他感到十分宽慰，他不仅不用杀她，还救了她和她的孩子，以及他心里那个看着母亲被抓走却无能为力的孩子。

"还有一件事儿,她的事儿不能再拖了。"看到望天发来的微信,他一下子坐了起来,有些不安。

"J还会来,她会害了我们。"望天给出了理由。他的心里咯噔一下。

王学华立刻编写了一条很长的微信,把自己心中的想法告诉了望天,并且保证成功,既可以拿到备份,又可以挽救这对母子悲惨的人生。但望天并不同意他的提案,他们再一次陷入僵持。望天下了最后通牒:"今天之内必须解决!"这一次没有商量的余地。

王学华怔怔地看着微信。"交不交我都不可能从这里走出去,不是吗?"他想起了白小蕙说过的话。

白小蕙迷迷瞪瞪地醒来,模糊中看到面前有一张脸正盯着她看,吓得她猛地从地上坐了起来。王学华蹲在她面前,也不知道蹲了多长时间,就那么看着她。

"你得告诉我备份在哪儿,我必须今天拿到,必须今天……"王学华像是在幽幽地自言自语。

"备份我是不会交的。钱我也不会交出来,我要留给我儿子治病。"白小蕙坦然地看着他。

"钱你留着,我只要备份!你交出来,我会想办法放了你。"王学华依旧幽幽地说,眼神空洞地看向四周。

白小蕙说:"我的命不重要,只要能救我儿子的命……"

白小蕙的话还没说完,王学华突然掐住她的脖子顶在墙上,白小蕙感受到了王学华手上巨大的力道。他绝非吓唬她,而是来真的。王学华死死盯着白小蕙的脸,将全部的力气灌注在手上。白小蕙的脸憋得通红,感觉眼珠子就要在强大压力下从眼眶里迸出了。王学华猛然松开手,白小蕙深吸了几口气,趴在地上狂喘猛咳起来。

王学华抓住白小蕙的衣领把她拎起来,用近似乞求的神情望着她,低吼道:"你拿着备份没有任何好处,它只会要了你的命!"

白小蕙望着近在咫尺的王学华的脸,惨然地摇了摇头说:"没关系,只要能救我儿子,我怎么样都无所谓。"

王学华突兀地笑了一下,眼中被触动似的涌起泪花。白小蕙也流下眼泪,决绝地看着他。

安静的中午，姚汉珍在里屋炕上睡着了。

亮亮一个人坐在堂屋地上正玩着积木，听到身后传来轻微声响，他扭回头，看到门开了条缝，露出一个脑袋。

"你找谁？"亮亮问。

王学华笑眯眯地看着亮亮，把手放在嘴前，示意亮亮噤声。

手机视频中，亮亮好奇地看着镜头微笑，手里握着玩具枪，十分开心。

"妈妈，我好喜欢你给我买的这个。叔叔说你回不来，你去哪儿了？你什么时候回来？我想你了，妈妈……"

白小蕙看着手机视频，眼泪直流。

王学华坐在对面看着她，眼睛也有些红。

"把备份交出来，钱你留着给儿子治病，我只要备份。"

白小蕙摇了摇头。

"过了今晚就没机会了，你永远都见不到你儿子了。"

"我交出备份也还是会死，对吗？没关系，只要我儿子能活着就行。"

白小蕙又低下头一遍遍地看着亮亮的视频。

王学华静静地坐在一边，不忍心再多说什么。

望天不合时宜地发来了微信："办完了吗？"

王学华看着微信发愣，白小蕙看着他，似乎明白了什么。

王学华凄然地看着白小蕙说："你是个好妈妈。我也有个好妈妈。你们为了自己的儿子，都能把命豁出去……"

白小蕙惨然一笑，眼泪再次滑落，王学华也流下了泪。

一双疲惫的脚从衣柜里走了出来，呆滞的表情挂在王学华的脸上。他坐在床上瑟瑟发抖，像个被冻坏了的孩子。

神龛里的郁垒和神荼静默着，突兀而润滑的机械响声骤起，祂们随着神龛移动起来，背后的墙体滑开了一道一米宽的大缝，里面站着一个婀娜女子的身影。王学华望向那女子，僵硬的面部表情开始松动瓦解，眼泪在颤抖中大颗大颗地涌下。

那女子是周雪曼，只见她穿着一身飘逸的白裙，就像夜里突然绽放的昙花。上一次这样着装，还是她第一次见王学华的时候。

她慢慢走到王学华面前，伸手揽过王学华的头抱到自己胸前。王学华颤抖得愈加激烈，突然像孩子一般恸哭起来，脑袋慢慢从胸前滑下去，整个人跌坐在地上。她轻柔地抚摸着他的头发，让他感受到无条件的包容……

周雪曼依偎在王学华怀里。王学华的痛苦已被抚平，神情放松却呆滞。他轻轻挪开周雪曼放在他身上的手，想要起来。

"去哪儿？"

"去把她埋了。"

周雪曼点了点头说："小心点儿。"

"知道。"

王学华起身，周雪曼拉住他说："我等你。"

王学华也点了点头。

他从楼梯上走下来，刚走进柜台，窗外就闪过一束光。他立即到窗边查看，是两个男人，其中一个用手电向巷子两侧的黑暗处四处查看。他们一直走到巷口，上了一辆停在那里的车。

他看了很久，那两个男人既没有开走，也没有再下车。

"怎么了？"周雪曼望着他。

"出不去了，巷口有警察蹲守。"

周雪曼坐了起来。必须尽快处理好尸体带出利民巷，她思索着。

密室中央的地上，平铺着一块巨大的厚塑料布。

王学华拎着工具箱走到塑料布里，看着躺在血泊中的白小蕙。

白小蕙的眼睛还没有闭上，王学华蹲到她面前，用手轻轻帮她合上。

周雪曼想了一个大胆的办法：先把尸体肢解分装进加厚密封袋里；然后从

神龛后面的密道将尸体转运到茶楼，混装在十几箱茶叶里，做上记号；第二天早上，再以茶叶的名义通过物流转运到某地；最后让王学华去取走、埋葬。

当晚两个人不停地忙了几个小时才把所有事儿做完，王学华全程没说一句话。当他要从密道回到五金店的时候，周雪曼叫住了他。

"华子。"这个称呼她已经很久没有叫过，这让王学华不禁想起了遥远的过去。

那是很多年前刚到这里的时候，他们收拾五金店的二楼阁楼，周雪曼抱来一个箱子，从里面拿出神荼和郁垒的木雕，郑重地摆放在神龛上。她拉过一旁的王学华，抱住他说："这是神荼和郁垒，用来驱邪避祟、守卫门户的。华子，你就是我的神荼和郁垒。有你在这儿守护着我，我就什么也不怕了……"

那时候，一切还都那么美好。

"明天注意安全。"周雪曼关切地说。

"知道了。"

周雪曼和王学华，一个站在茶楼包房里，一个站在五金店阁楼里，面对面地看着对方。随着一阵突兀而润滑的机械响声，两人中间的墙体开始合拢。

周雪曼温柔地对王学华歪头一笑，随着墙体的裂缝闭合，神荼和郁垒回归原位。

特别演练

"不高兴，不高兴！"钟伟在远处温柔地呼唤着……

"别喝凉水。你看看你屋里乱成什么样子了？"周雪曼温柔地说……

伴随着突如其来的刹车声和汽车撞击声，15岁的韩青猛然回头，一双惊恐的眼睛望着什么……

睡在沙发上的韩青睁开眼猛烈地呼吸，她喘息着从沙发上坐起来，看着茶几上两个喝完的白酒瓶和一大堆擦过鼻涕眼泪的纸巾，刺眼的阳光让她的眼半睁半闭。

这两个晚上，她都是在钟伟家里度过的，因为她在自己家里根本睡不着。

她拉开钟伟的衣柜，看着里面挂着的牛仔裤等衣物，只觉得胸口发闷。

看到捷达停到了茶楼门外，正和工人往面包车上装箱的周雪曼心里咯噔了一下——箱子里还装着白小蕙的尸体。

"青儿……"周雪曼连忙朝下车的韩青招呼着。

"忙着呢，姐？"

"是啊，给客户装茶叶呢……"

周雪曼抬起一个纸箱，那个纸箱上贴着一条短胶带，代表里面装着尸块。韩青赶紧上来搭手，周雪曼来不及阻拦。

"不用，我自己来……"

"这么沉呢？"韩青没想到。

"还好，我习惯了。"周雪曼笑笑。

就这样，韩青帮她把剩下的几箱全部装上了车。

工人开车走了，周雪曼松了口气，转回头上下打量着韩青，问道："你昨天去哪儿了？电话、微信都不回，你没事儿吧？"

"我补了一觉，电话关机了。"

"你在哪儿睡的觉？我昨天去你家，你没在啊！"周雪曼一愣。

"姐，我来你这儿查一下监控。"

"好啊。"

柜台里，韩青仔细查看着监控录像，主要是茶楼对着门外的那个监控。昨天一天，她并没有休息补觉，而是把利民巷的住户及周边的商铺又走访了一遍。

周雪曼端来一杯茶。

"哎，你查监控是因为利民巷甲2号的事儿吗？"周雪曼问。

"姐，你知道我们有纪律，不能乱说。"

"我知道，我就是关心一下嘛。毕竟发生在这附近，挺吓人的……"

韩青想到什么，从挎包里拿出黑框眼镜老男人的截图照片给周雪曼看。

"姐，这人你见过吗？"

"这是电视里悬赏通告的那个杀人犯吗？"周雪曼露出惊恐的表情。

"对，见过吗？"韩青看着周雪曼。

"没有没有……"

周雪曼害怕地把照片还给韩青，韩青收好，又拿出五六张纸来递给周雪曼。

"姐，你看一下这几个人，他们是后面巷子的居民，你都认识吗？"

周雪曼接过来一张张地看着，每一张上面都有照片和户籍信息。

"不认识……哎，这个看着面熟……"周雪曼指着王学华的照片说。

"姐，你认识他吗？"

"是五金店那个老板吧？他叫王学华啊，我一直不知道他叫什么。"

"你跟他熟吗？"

"不熟，就见过几面。他怎么了？"

"没事儿……"

这时有人推门进来，韩青和周雪曼向门口看去，是祁红。

"师娘。"韩青赶紧打了个招呼。

"来了，祁阿姨？"周雪曼点了点头。

"哎，来了。青儿，你也在啊。"

"我找我姐有点儿事儿。"

祁红担心地走过来，问："青儿，查清楚了吗？那钱是钟伟给你师父的吗？"

"师娘，我们还在调查，有了结果，我会告诉师父和你的。"

"好吧，你们忙。"祁红走开。

"钟伟有消息了？"

"没有。"韩青有些烦闷，她最怕周雪曼哪壶不开提哪壶。

"那他给你师父钱是怎么回事儿啊？"周雪曼今天特别八卦。

"姐，你别问了。"

"你就告诉我吧，我这不是替你着急吗？都快两个月了，我现在一听'钟伟'这两个字就莫名其妙地激动。"

"现在还不确定是不是他，我们还在查。"

韩青只好简单地把事情说了一下。

"不是他还能是谁？太好了，青儿，至少说明他还活着。"周雪曼盯着韩青，嘴边挂着激动的微笑说。

茶楼门外的监控视频并没有带给韩青惊喜。

她从大门出来，祁红和周雪曼跟在后面，周雪曼手里拿着一个保温桶。

"这包子你就带上吧，还是热的。"

"我真不饿。"

"青儿,你得吃早饭,别到时候跟你师父一样得胃病。"祁红说。

"知道了,师娘,我走了。"

"你开车慢点儿。"周雪曼叮嘱。

韩青"嗯"了一声,赶紧发动车驶离街边,又向车窗外的祁红和周雪曼摆了摆手,祁红和周雪曼无奈地望着。

"跟她师父一样,都是倔驴。"祁红叹了口气。

周雪曼笑了笑,两人回了茶楼。

韩青开过茶楼旁的小巷时猛地刹住了车。

小巷深处,有一个人蹲在墙边,面前燃着一堆火。

王学华把白小蕙、亮亮的照片和纸钱一起投进火里。

"王老板,烧什么呢?"

王学华猛地回头,看到韩青站在不远处望着他。

"早啊,韩警官。我烧点儿纸钱,今天是我妈的忌日。"

他赶紧又放了一把纸钱覆盖住正在燃烧的照片。韩青走上前来。

"你老家哪儿的?"

"甘凉的。"

"大西北啊!经常回去吗?"

"没有,好多年没回去过了。"

"是吗?为什么?"

"家里没人了。爸妈死得早。"王学华朝韩青苦笑了一下。

韩青没想到,这个人和自己一样,父母双亡。

"行,你忙。"韩青转身走去。

"回见啊,韩警官。"

王学华挑开燃烧的纸钱看了看,火苗正把照片的最后一角烧掉。

韩青推门走进方波的办公室,看到方波手中拿着一张纸正和一个女文员在说着什么,他看到韩青后就赶紧把纸给了女文员,女文员又把纸卷成了卷儿。

"行,你去办吧。"方波说。

"好的。"女文员回道。

女文员向韩青点点头，说："早，韩姐。"接着就要绕过韩青。

韩青拦住她问："这是什么呀？"不等女文员回答，韩青伸手从女文员手中抽走纸卷儿，一看竟然是钟伟的通缉令。韩青气得冷笑着拿给方波看，方波无奈地长叹了口气却什么也没说。韩青默默地把通缉令还给了女文员，女文员赶紧离去。

"速度够快的。"韩青冷笑了一下。

"这是局里的指示，我只是照办。你怎么样了？"方波赶紧转换话题。

"什么怎么样？"

"你不是病了吗？昨天一天没来。今天好点儿了吗？"

"我没生病。"韩青并不领情。

方波看了看韩青，没接茬儿。

"我昨天一整天都在利民巷那边。"韩青继续说道。

方波又看了看韩青，很无奈。

"我把利民巷内的住户，以及周边所有街道的商铺又走访了一遍，刚才去了利民巷前面那条街上我姐的茶楼，把在案发前后一周时间段的茶楼门外的监控视频看了一遍，总结出一个问题。"

方波有些意外地问："什么问题？"

"为什么利民巷没有钟伟的痕迹？"韩青看着方波，像是在征求答案。

"对啊，图侦组早就把利民巷周边所有监控看过了，是没有看到钟伟。"

"我是说一个人生活过的痕迹。如果钟伟在利民巷失踪后是一直躲在甲1号，还在那里杀了范灵灵，那么这段时间他吃什么？喝什么？一个大活人不可能不吃不喝与世隔绝吧。但利民巷的住户、周边商铺的人都没有见过他，快递、外卖也都查不到有关的信息。这不符合常理。"

"韩青，有关钟伟的证据链已经形成了。从野力的密码锁指纹、利民巷甲1号的毛发检出来的DNA，到给他师父和父母打钱、给你发告别短信，加上最后丢在兴台火车站的面具和衣物，铁证如山啊！我们不能用没有证据支撑的推断来把这些铁证全都推翻吧？"

"这是我想说的第二个疑点。"韩青看着方波，"证据链太完美了，太有逻辑了，有一马上就有二，一切都顺理成章、环环相扣，你需要什么它就提供

第十三章　昙花　｜　289

什么，比小说编得还完美。可现实中碰到的案子，哪儿有这么完美的证据链？"

"韩青，我打心底佩服你，论办案子，全队我就服你。可是对于这件案子，我觉得你陷进去了，带入了太多的个人情感，以至于钻牛角尖。"

"好吧。如果是钟伟，那给他暗中报信的内鬼又是谁？现在老宋排除了，就只剩你、我和林嘉嘉了。"韩青望着方波。

方波笑着摇了摇头："韩青，晚了，咱们的机会已经用完了。"

韩青没听明白："什么意思？"

"证明凶手不是钟伟的机会。"方波看着她，"他跑了，离开东州了，我们就没机会了，没法再证明了。通缉令发出去，到时候不管是不是他，网上追逃的事儿都不归咱们东州管了。"

韩青像是不甘心被敌人打败的将军，怒目圆睁，拧着眉毛瞪着方波，吼道："你们这么做，对他太不公平了！他不是逃犯，是警察！他是在查案子的时候失踪的！"

韩青转身离去。一开门，看到侯勇、何支队长，以及刘处长。

"韩青。"侯勇笑眯眯地向韩青点了点头。

"侯局，何支，刘处。"

"方队，马上集合专案组，到会议室开会。"侯勇吩咐。

"是！"

专案组成员鱼贯而入，侯勇、何支队长、刘处长坐在会议桌前望着他们，神情严肃。侯勇身后还站着两名警员，他们的手臂上戴着醒目的"督察"臂章。专案组的成员们看到这阵势，都有点儿奇怪。在所有人到齐坐下后，有警员把会议室两侧的门关上，并在门外站岗。

"同志们，辛苦了。我讲两句。自506系列案和钟伟失踪案并案后，案件有了突飞猛进的进展，值得肯定。在此我代表全局向同志们表示祝贺。钟伟的通缉令已经发往全国各地，我们也将案件目前的情况向省厅和公安部做了详细的汇报，厅里和部里都高度重视。在积案攻坚的关键时刻，我们东州出了这样的案子，是所有人都没有想到的。因此部里指示我们，要再接再厉、乘胜追击，尽快侦破案件。同志们有没有信心？"侯勇说完目光炯炯地看向众人。

听着众人一片稀稀拉拉的"有"的声音响起，侯勇笑了笑。

"看来都信心不足嘛！好，我们今天就来一次特别演练，给大家增强信心！"

所有人都愣了一下，不明其意。

"身上别带累赘的东西，把手机、钱包、钥匙都掏出来放桌上！"

所有人又是一愣。

韩青第一个把手机拍在桌子上，其他人，包括侯勇自己、何支队长、刘处长，也陆续把手机放到桌上。接着，有警员向专案组所有成员发放统一的手机。

林嘉嘉觉得奇怪，悄悄问一旁的韩青："韩姐，这是什么意思？收了手机又发手机？"

"发的是加密手机，行动专用。"

这时一直在侯勇身后站着的两名督察警员各自拿着一个大号物证盒，从两边开始给桌上的手机贴上标签、写上姓名，再放进物证盒中。

侯勇站起来发出指令："所有人，到楼下集合！"

到了楼下，二十几名专案组成员和十几名其他警种的警员都领取了配枪，然后分别坐上十几辆没有警察标识的社会车辆，整装待发。这时候，他们基本都猜到了，所谓演练只是侯勇的一个委婉的借口而已，他们实际是要去参与一个特别行动，而且该行动具有危险性，否则就不需要去领配枪了。

当所有人都上车以后，方波跑到侯勇面前汇报："侯局，准备完毕。"

"出发！"

"是！"方波跑回第一辆车上，车辆依次开出了市局大门。

方波的车上有韩青和林嘉嘉。

"感觉要回到警校上训练课了。"林嘉嘉笑道。

"方队，现在可以交底了吧？什么任务？"韩青开着车问。

方波一笑，说："我都是蒙的。"

车队在开出市局后就分散到了各处，侯勇在110指挥中心看着监控大屏，亲自指挥着各组车辆前往不同的指定位置。韩青那辆车一路向西开了10多公里，结果在侯勇一句指令发出后，他们又向东折回往妇幼保健院方向开去。等到了那里，侯勇的指令又变了。

"各组注意，立刻前往北方大酒店。1—4组进入酒店停车场待命，5—10组在酒店外公共汽车站旁集合待命！"

听到侯勇发在微信群里的语音命令后，林嘉嘉笑了。

"这一圈儿绕得可够远的，侯局这是指东打西啊。"他说。

就在侯勇调配车队在城里来回转悠的时候，一辆河西牌照的别克商务从外省高速公路来到了东州收费站的人工收费口，排队准备通过。

在这辆别克商务后面不远，跟着一辆挂着东州本地牌照的现代车。

车上的两名侦查员密切关注着别克商务的情况，副驾驶的侦查员拨通了电话。

"何支，目标车到达收费站，正在排队通过。"

"继续盯着它。"何支队长说。

"明白。"

何支队长和侯勇、刘处长看着监控大屏上收费站的实时画面。

现代车从ETC车道率先通过收费站，别克商务随后也缴费通过。两辆车变换了前后位置，现代车在前，别克商务车在后，朝市区方向驶去。

韩青的车率先到达了北方大酒店，停入停车场。按照侯勇的指示，他们进入北方大酒店一层大堂，韩青和林嘉嘉在咖啡厅待命，方波去了安保部准备监控事宜。其他组的车辆也陆续到达，人员按照指令分布在北方大酒店各处。

另外一边，别克商务已接近目的地，可以远远看见高耸的北方大酒店。

现代车上的侦查员向何支队长汇报了情况。

"何支，目标车离北方大酒店还有1公里，我们撤了。"

"就近待命！"何支队长在电话里说。

"明白！"

前方路口，现代车右转驶入小街，别克商务直行通过了路口。

"各组注意，有一辆牌照为河D510Y7的香槟色别克商务车，车内人员是河西籍毒贩贾亮及其同伙，他们来东州进行毒品交易，交易对象就是506系列

案的嫌疑人之一 黑炮。"侯勇终于在微信群里向大家交了底。

听到"黑炮"二字，韩青和林嘉嘉明白了侯勇为何如此慎重。

"各组按指示做好充分的行动准备和安全防范，一旦双方完成交易，立即实施抓捕！"侯勇命令。

在一辆凯迪拉克车上，坐着张勇和郭猛。他们即将到达北方大酒店。

"大哥，开进去吗？"开车的郭猛问。

"先绕着酒店兜一圈儿。"张勇观察着四周。

几分钟后，别克商务开进了北方大酒店停车场。监控室里，方波盯着监控画面里的别克商务。停车场里，几辆车上的侦查员从不同方位注视着别克商务停车，并拍摄取证。

从别克商务车上下来三个人，贾亮和一名同伙朝酒店旋转门走去，另一名同伙留在车旁，抽着烟观察着四周。贾亮和同伙进入酒店大堂后分散开来，贾亮的同伙径直往咖啡厅走去，贾亮则来到休息区的沙发上坐下，拿出手机来查看。

酒店前台，梁子和前台小姐一边说着话，一边悄悄关注着贾亮。

电梯间外，两名侦查员悄悄注视着从身后走过的贾亮的同伙。

林嘉嘉独自一人坐在桌前喝咖啡。韩青拿着小手包走来，坐到了林嘉嘉对面。林嘉嘉看到韩青的装扮后愣了一下，只见韩青戴着墨镜，涂着口红，耳朵上还吊着一对造型夸张的金色耳环。韩青摘下墨镜幽幽地望着林嘉嘉，明艳动人。

这时贾亮的同伙也走进咖啡厅，朝韩青、林嘉嘉这边走来，一边走一边观察着咖啡厅里的客人，目光渐渐落在了韩青和林嘉嘉身上。

韩青突然向前探身伸手，手指温柔地插入了对面林嘉嘉耳后的头发里。林嘉嘉有些措手不及，略显不自然地望着近在咫尺的风情万种的韩青。

"别回头。"韩青微笑着对他耳语。

林嘉嘉明白过来，腼腆地对着韩青笑了笑。

贾亮的同伙在林嘉嘉身后不远的空桌位坐下，拿出手机打电话。韩青温柔地笑望着林嘉嘉，觉察着来自贾亮同伙的打量审视的目光。贾亮走进咖啡厅，来到同伙身旁坐下。他四下打量后，也跟同伙一样，望向韩青和林嘉嘉。

韩青感觉到这两双眼睛对自己特别关注，于是起身坐到了林嘉嘉身旁，一头靠在林嘉嘉肩上，拿出手机玩起了情侣自拍。贾亮和同伙这才放松了对他们的警惕。韩青通过自拍的手机屏幕偷偷观察着贾亮和同伙。

贾亮拿出电话，拨通了一个号码。

凯迪拉克绕了一圈儿后，再次朝北方大酒店驶来。
张勇的手机响了。
"喂……马上就到了。"张勇挂了电话，车子离北方大酒店还有几十米。
"进去吗，大哥？"郭猛又一次问。
"再绕一圈儿。"张勇狡猾地观望着酒店大门外的情况。
凯迪拉克经过酒店大门，继续在主路上行驶。

贾亮挂了电话，和同伙耳语了两句。同伙朝吧台走去，像是去点单。

市局会议室里，之前收手机的那两名督察警员仍旧站在会议桌前，神情严肃。他们面前桌上放着的两筐手机，不时发出铃声和振动声。
警员甲看着这些手机，微微一笑。
"哎……"他压低声音说。
警员乙回道："嗯？"
"你说，这回手机都收了，行动应该不会泄密了吧？"
"别说话，注意纪律！"
警员甲自讨没趣，恢复了严肃的表情。

凯迪拉克第三次来到了距离北方大酒店百米远的地方。
"大哥，进吗？"郭猛问。
"开进去。"张勇的神情很轻松。
郭猛将车并到内道，准备从前面的非机动车道的缺口拐进去，他打开了右转向灯。

这时张勇的手机铃声忽然响起,他立即接通:"喂?"

"有警察!快走!"对方在电话里急促地说。

张勇大惊,此时郭猛即将拐入非机动车道。

"别进去!"张勇喝道。

郭猛一把回正了方向盘,关掉右转向灯,快速驶过了非机动车道的出入口。

"怎么了,大哥?"

"有警察!快走!"

凯迪拉克加速驶过北方大酒店,蹲守在院门外的侦查员并未注意到它。

张勇拿出另一部手机,拨通后说:"有警察,快走!"

张勇挂断电话,关机,拔出 SIM 卡,用手掰断,随后把卡扔出了窗外。

第十四章　停职

促销广告

午夜，他又来工作了。

二矿家属区他很熟悉，即便在路灯不多的地段，他也能轻车熟路地完成工作。他戴着一顶棒球帽，上次帮黑框眼镜老男人藏匿银灰色小面的时候，他也戴着这顶棒球帽。监控探头都在头顶上，所以这种带长帽檐的棒球帽很符合他不被拍到的需求。他来到一栋宿舍楼的单元门前，那里矗立着一排铁锈斑驳的信报箱。他从信报箱顶上摸了钥匙，打开其中一个信报箱，把几张促销广告单放了进去，然后锁上信报箱门，又把钥匙放回了原处。今晚的工作宣告结束，他可以回家睡个好觉了。

他叫冯天逸。

清晨，信报箱再次被打开的时候，一张圆脸出现在信报箱前。李晓东拿走了那几张促销广告单。

冯天逸的工作结束后，李晓东的工作就开始了。他回到出租屋，拿出那几张折起来的促销广告单，从内页取下了粘在上面的小塑料袋。

小塑料袋里的海洛因纯度很高，李晓东用电子秤称量，重量有50克。

接下来的环节对李晓东来说十分解压，他将这50克白色粉末倒进一个大塑料盒，加入葡萄糖、淀粉什么的，盖上盖子开始摇晃，伴随着耳机里的电子乐，就跟在滚石迪厅里跳舞一样。

大塑料盒里的混合粉末去皮后的重量是315克。如果全部卖完，他可以收回3万元到3.2万元，去掉给供货商的2万元，他将轻松入账1万元到1.2万元。

当然，前提是没人欠账、没人抢货，也不被警察抓到。这是他做过的最惬意、最刺激的工作了，没有之一。带着这份惬意和刺激，他用小勺把混合粉末分装进 100 多个小号的塑料袋里。每袋控制在 3 克左右——这个分量基本能满足一个瘾君子一天的需求。对于这些他谙熟于心。

　　从黄昏开始，他便开着二手的迷你小车穿行在他的销售区域里进行售卖。这段时间，碎尸案搞得街面上人心惶惶，大部分买主都断"粮"好些天了，所以他的货在几个小时内就售罄了，其中两成还是加价卖出的，对此他感到非常满足。开到那条熟悉的小街时，他突然有些失落，这里曾是他和邱海龙多次交易的地点。邱海龙是他的优质顾客，从不赊欠，也不讲价，还很机灵。每次开车来到这里，他只需要降下车窗，伸出左手，慢慢驶过街边，邱海龙就会突然从他车窗旁经过，迅速地从他手里拿走小塑料袋，同时塞给他一卷用橡皮筋捆好的钞票。一套动作行云流水，十分隐蔽，大大降低了他的交易风险，邱海龙比那些笨拙的家伙强上百倍。可惜邱海龙死了，永远从他的客户名单里消失了。

　　小雨又下起来，小街上空空荡荡。

内鬼

　　贾亮放下电话向同伙吩咐了一句，立即起身朝大门走去。同伙也赶紧朝咖啡厅柜台走去，像是要去结账。

　　"贾亮接了个电话要走，马上出咖啡厅了。"韩青在微信群里汇报。

　　方波也从大堂的监控画面里看到贾亮快步朝旋转门走去，他拿起了步话机："侯局，贾亮好像要走，现在马上出酒店大门了。"

　　"怎么回事儿？"侯勇十分意外。

　　"他接了个电话就匆忙离开了咖啡厅。现在出酒店大门了！"

　　"派两组人跟上，不要打草惊蛇！"

　　韩青和林嘉嘉走出酒店大门的时候，那辆别克商务刚刚开走。他俩快速上车追了过去。

　　别克商务在道路上加速行驶，韩青的车和另一辆车在后面跟着。

"韩青，现在到哪儿了？"方波在步话机里问。

"方队，我们在东方路。"林嘉嘉拿着步话机回应。

"保持车距，盯住了！"

110指挥中心的大屏上播放着实时监控，可以看到别克商务快速经过一个街口。

"侯局，贾亮像是要原路返回。"何支队长说。

侯勇面色凝重。

两辆车跟着别克商务一路来到了接近高速路收费站入口的匝道附近。

"贾亮要进高速收费站了！要不要截住他？"韩青抓过步话机问道。

方波立即将情况汇报给了侯勇。

"放他走！"侯勇一脸铁青。

别克商务来到高速收费站，领卡上了高速。

跟在后面的两辆车停在了收费站入口前，车上的人不甘心地看着别克商务远去。

在市局会议室的会议桌前监守手机的两名督察警员并不知道，他们的对话会被隐藏在会议桌凹槽里的录音器收录到。

"你说，这回手机都收了，行动应该不会泄密了吧？"

"别说话，注意纪律！"

侯勇听着录音，抬眼瞪着督察警员甲，警员甲已经吓得面如土色。

侯勇的目光从督察警员甲的身上转到了桌上的那两筐手机上。

专案组成员聚集在办公室里，空气中弥漫着不安与焦躁的气氛。

韩青站在门口，像门神一样把守着大门。她在等待结果，她要看看到底是谁泄露了行动机密，以防他冲出大门。

"韩青，让一下。"方波在她身后说。

她回头看着一脸严肃的方波和刘处长。

"是谁？"她迫不及待地问。

方波和刘处长看了她一眼，走进办公室。
"跟大家通报一下，这次抓捕行动失败的原因找到了，是我们内部有人通风报信。"
韩青脸上摆出一副"终于发现了"的表情。

一叶茶楼的二楼包房内，周雪曼坐在茶台前，听着耳机里方波的说话声。她的手机屏幕上显示着实时监听软件的界面。

"我们中有一个人的手机里装了窃听软件，可以实时监听手机所在环境的任何声音。也就是说，从506系列案的第一天开始，我们的行动、部署、调查细节就被人监听掌握了。"方波说。
办公室里鸦雀无声，所有人都望着方波。
一旁的刘处长从牛皮纸袋里拿出一部手机，手机屏幕上布满了碎裂的网纹。
"韩青，这是你的手机吧？"刘处长转过身问道。
"是。"韩青愣住。
"安装窃听软件的，就是你的这部手机。"
韩青蒙了。

周雪曼听到这里，拔出了手机SIM卡，用茶剪剪碎了它。

死一般的寂静，听不到任何环境声，宛如置身真空，韩青从压抑到绝望……
一枚钢球向下画出漂亮的弧线，撞向另一枚静止的钢球，清脆的撞击声打破了死寂。
询问室里，韩青对着隔音玻璃愤怒嘶吼……

静止的钢球被撞飞，向上画出了漂亮的弧线。
韩青把警官证摔到桌上，方波无奈地看着她走出办公室……

钢球向上行至最高点，动能减少到零，重力使它向下运动，画出漂亮的弧线，撞向静止的钢球，发出清脆的撞击声。

韩青睁开眼，视线仍停留在闭眼前看到的牛顿摆上。两枚钢球快速地交替撞击着……

环境声重回韩青的耳朵，她听到一声轻咳。

坐在她侧面的马教授微笑地望着她，放下手中的心理学杂志。

"马教授，我睡了多久？"

"不到3分钟。"

马教授看了看桌上的电子钟，伸手把牛顿摆弄停，两枚钢球垂在吊索上轻轻摇晃，逐渐静止。韩青的目光随着钢球的静止而重新灵动起来。

"感觉好点儿了吗？"

韩青望向马教授，不明其意，而马教授冷静睿智的眼神瞬间激活了她3分钟前的记忆……

她躺在躺椅上，惊恐地望着天花板喃喃自语……

马教授在纸上写下"恐惧"。

卧室里，她一刻不停地在照片墙前来回走动。她一边喝酒，一边激动地指着照片喋喋不休。她愤然一拳打在墙壁上，接着第二拳、第三拳……

马教授在纸上写下"激越"。

她在大街小巷四处乱转，像个幽灵……

马教授在纸上写下"活动增多，无目的"。

办公室里，她轮流用抹布、清洁液、百洁布擦拭钟伟办公桌桌面上的一块陈年污渍，无论怎么擦都擦不净。她加快手速，执拗地瞪着污渍，越擦越狠……

马教授在纸上写下"强烈焦虑"。

她在不同场景下看到钟伟，并与之交流……

马教授在纸上写下"心因性幻觉"。

"马教授，您说我得的是……什么障碍？"

"心因性精神障碍。"马教授看着她。

"是精神病吗？"

"是经历了强刺激后表现出的精神症状。"

"严重吗？"

"你的症状属于急性应激反应，等强刺激过后，再配合相应治疗就会痊愈。"

"多久能恢复正常？"

"要看你的症状什么时候消除，特别是幻觉的症状。"

"如果消除不了呢？"

马教授笑了笑，说："我先给你开些药，然后我们下周继续。"

路口红灯亮起，韩青停车等待，马教授的话还在脑中盘旋。

"你今天做得很好，有些患者在第一次来问诊时拒绝讲自己的真实故事，这对找准病因很不利。"

绿灯亮起，韩青驶过路口，看到天桥上站着个人，是钟伟。他趴在栏杆上，朝韩青招着手。他手腕上的表在阳光下闪着光，晃着韩青的眼睛……

韩青从背后拿出一个巴掌大的四方礼盒，递给钟伟。

"送你的生日礼物。"

钟伟惊喜地接过来，打开，看到一块全钢腕表。

"太好看了！干吗送我这么贵重的礼物？"

"今天不是你的生日吗？……"

"谢谢，我很喜欢。"

这时老宋走进办公室，韩青赶紧用桌上的卷宗将礼品盒盖住。

"钟伟，晚上弟兄们给你过生日啊，想吃什么随便点……"老宋笑着说。

韩青回到自己的办公桌前，回头偷眼看钟伟，钟伟也在看她。

冰箱门打开，韩青伸手拿了一瓶冰啤酒，马教授的话又传来。

"回去好好睡一觉，按时吃药，千万不要喝酒，否则会加重现有的症状……"

她把冰啤酒放回去，从桌上的一堆药盒里分别取出药片，一股脑吞下。

卫生间里，韩青在淋浴头下仰着头，任水柱冲刷着脸庞。

"你要放轻松，这种病不会持续太久。等强刺激减弱，随着时间、环境的变化，精神状况就会得到修复，逐渐好转，最终痊愈。"马教授说。

"如果这个刺激永远不会减弱呢？"

卧室墙上，钟伟照片旁的醒目数字被韩青改成了"64"。

独立小组

"你的手机现在安全了，窃听软件已经被彻底删除。"刘志对韩青说，把手机还给了她……

"韩姐，你别着急，事情会查清楚的。"林嘉嘉关切地说。
她眼前一黑，只看见林嘉嘉的嘴一张一合，却不知道他说了什么，就这么晕倒在地……

"韩姐，我跟我的老师马教授说好了，他现在就在诊所等着你。"
谢敏怜惜地看着她……

等韩青醒过来的时候，离开警队时的记忆便一一浮现在脑海里。
她现在很清楚自己被停职了，她躺在自己家里，成了个闲人。她的目光却没闲着，她盯着满墙的照片，最后聚焦到两个人——陈彬和张勇身上。8013和2901这两个号码的定位，一个在野力，一个在足疗店；还有之前的6940和1508，它们都指向了这两个蹲在铲车前的人；再就是假冒钟伟给自己发短信的5844，应该和8013是同一个机主。要想解开所有的谜团，关键点就在失踪的钟伟和遭劫持的白小蕙这两个人身上，而警队对于陈彬和张勇的态度太过放松，这对破案非常不利。他们可以给她的手机装窃听软件，就可以给警队里的其他人装，这并非难事儿。她在网上查过，这种窃听软件的厉害之处在于，只需要在你的手机上点一下"确认"，就可以把窃听软件安装进你的手机。还有一种更厉害，只要你的手机进入特定范围内就能直接安装，不需要你在手机上做任何操作。她必须行动，即便被停职，也不能放松对他俩的追踪。事情进展到这一步，他们也不会不为所动。如果他们闻讯而逃，警队将追悔莫及。但她需要帮手，她一个人无法同时监控两个人。

直到这个时候，她才听到客厅里有动静。她猛然从床上坐起来，警觉地抓起玻璃水杯，看着虚掩的卧室门。

是周雪曼。她正在灶台前煲汤。

"姐？"

周雪曼吓了一跳，说："你醒啦……"

"你怎么来了？"韩青放下玻璃杯。

"还说呢，你晕倒的事儿，方队打电话跟我说了。我给你打电话、发微信，你都不回，我一着急就过来了。看你睡着了，我就收拾一下屋子，给你煲了汤。你现在怎么样？好点儿了吗？"周雪曼关切地走上前看着韩青。

"你进我房间了？"韩青看着她。

"对啊，你又没锁门。"周雪曼很坦然，"你一直锁着就是因为墙上那些照片啊？你放一百个心吧，我才没兴趣看。不是我说你，你那屋里都乱成什么样了，你不让我进去帮你收拾，自己好歹也归置归置，垃圾总得往外倒吧……"

两个人相互看着，对对方都有些无可奈何的意味，彼此陷入了短暂的沉默。

"方队说你被停职了，为什么啊？"周雪曼另起话题。

"姐，你知道的，我们有规定，我不能说。"韩青从冰箱里拿了瓶矿泉水。

"你都被停职了还遵守什么破规定！"周雪曼愤愤不平，"你看看你，没日没夜地办案，熬得都没人样了，他们还停你的职，我真是越想越生气……"

"我要出去一趟。"韩青不想听她叨叨。

"你要去哪儿？"周雪曼盯着她，"汤马上煲好了。"

"放那儿吧，我回来喝。"韩青走到门口，穿上外套和鞋。

"我开车送你吧。"周雪曼跟过来。

"不用，我去查点儿线索。"

"查什么线索啊，你被停职了，别再折腾了，好好养养身体吧……"

"案子还没破，我养什么身体啊！"韩青烦躁地嚷了一句。

两个人都愣住了。

"对不起，我先走了。"韩青赶紧开门走出去。

"韩青！"

韩青在电梯前停下，转身看着周雪曼。

"你觉得你斗得过他们吗？"

两个人对视了片刻。

第十四章 停职

"斗不过也要斗。我只有这一条路可走。"

周雪曼温柔地笑了笑，说："早点儿回来喝汤。"

韩青走了以后，周雪曼回到屋里关上门，拿出了手机。

"她下楼了，盯着她。"周雪曼挂断电话，眼神中闪过一丝阴冷。

韩青走出楼门，开着捷达出了小区。停在小区里的一辆香槟色宝马跟着开了出去，这就是曾经在天泽百货地下车库帮黑框眼镜老男人转移昏迷的白小蕙的那辆车。冯天逸坐在车里，依旧戴着那顶棒球帽。

韩青唯一能想到的帮手就是米小虎。在路上她又开始纠结，她是真的不想让米小虎再帮她忙了，可她知道自己最终还是会那样做。她走进老旧的居民小区的大门，朝几栋相连的居民楼走去。快要走到最后一栋楼时，从那栋楼的单元门里走出来一个老妇，韩青认出那是米小虎的母亲，便赶紧躲到旁边一棵树的后面。

米小虎母亲手里拿着一捆晾衣绳，回头朝单元门里张望。

"别磨磨蹭蹭的，快点儿吧，走路注意，别再摔了！"

"我回个微信，催什么催！"米小虎慢慢悠悠地走出来，埋头看着手机。

"盆呢？"米小虎母亲问他。

米小虎愣了一下，回单元门里端出一大盆刚洗的衣服，和他妈妈一起绑绳子、晾衣服。母子俩絮絮叨叨、吵吵闹闹却恬淡安心的样子，让韩青看得动容。她打消了原来的念头，悄悄转身离去。

韩青回到车上，正要发动车，米小虎却突然坐进了副驾驶的位子。

"姐，怎么来了不说话就走啊？"米小虎笑呵呵地望着韩青。

"我路过，顺道进去看了一眼。你最近和爸妈处得还不错？"

"不错什么呀！都快憋死我了！姐，找我有事儿吧？是不是有新任务？"

"没有，我就是顺路看看。"

"姐，我再这么待下去就废了，你就让我干吧！什么任务？说吧！"

"你好好在家陪爸妈吧，等我忙完案子就带你去找工作。"

"行，我答应你，等你忙完案子给我找了工作，我就好好在家待着！现在我真不想待了，就想帮你办事儿，最好是24小时那种，那才爽呢！"

韩青看了看米小虎，笑着叹了口气。她知道她又想反悔了。

米小虎也像是读出了她的心思，笑道："什么任务？"

"你好好陪你爸妈，等我信儿。"

"姐……"

韩青垂下眼眸，沉默地下了逐客令。米小虎虽不情愿，但还是下了车，不甘心地看着捷达开走。他并没有注意到后方开过来的那辆香槟色宝马车里，有个戴棒球帽的人悄悄用手机拍下了他的照片。

拒绝米小虎，让韩青心里轻松了不少，虽然他是韩青默认的最佳帮手。她继续在脑中搜寻其他人选，她想到了老宋。但当她去老宋家时，开门的还是老宋老婆，还是说老宋不在。没办法，看来老宋是刻意躲着她，韩青只能另找他人。

她又想到了林嘉嘉。不得不说，跟这小子搭档的这些天，她找到了一些和钟伟搭档时的默契。就在她犹豫不决的时候，她突然想到了另一个人选。

她走进工作室大门，正在大型复印机前忙碌的安连看到她，有些意外。

"韩警官，找我有事儿？"

"我想请你帮个忙。"

"您说。"

"我想请你帮我盯着陈彬。"

安连尴尬地笑了笑："韩警官，上次你们可是说我干这个违法……"

"这次不一样，这次你是协助警方办案。"韩青看着他，"你对陈彬的日常活动情况更为了解，这对开展工作更有利。怎么样？可以帮我这个忙吗？"

"您别开玩笑了，您就是专业干这个的，何必找我呢？"

"不瞒你说，我被停职了。"

安连听到后有些意外："那我就更不能帮你了……"

"我需要一个帮手。"韩青打断他，"陈彬涉嫌一起重大案件，我在搜集有关他的证据，你之前拍的那些照片，将来也许会成为扳倒他的有力证据。我想董洁应该不知道陈彬除了玩女人还在做什么事情，她也不知道那些事情没准会给她带来危险。所以，我真的希望你能帮我，这也是在帮董洁。"

韩青真诚地看着安连。
"好。"
"谢谢。"

有了安连帮忙盯陈彬,韩青就可以专心地盯张勇了。她来到了万和机械租赁公司,把车停在一排堆叠的钢板后面,从那里可以窥见小院。她用带长焦镜头的相机观察着院里的情况,看到张勇和手下都在正常活动,没什么异常。

香槟色宝马则停在捷达后面较远的位置,冯天逸坐在车里,静静地观察。
他的手机振动起来,他连忙接听:"喂?"
"在哪儿呢?"对方问。
"刚到万和,看样子她是来蹲张勇的。"冯天逸说。
"小心点儿,别被发现了。"
"放心。"
对方挂断电话。

蹲守是件折磨人的事儿,大把的时间会被浪费,而且人很被动。韩青很想知道队里现在的调查进度。停职前,她每天都会了解各个组的工作情况,虽然不是队长,但她就像队长的影子一样,掌控着调查的方方面面。她拿起电话,很想给方波打电话探听一下,正在犹豫不决的时候,林嘉嘉的电话打了过来。
"喂?"
"韩姐,是我,林嘉嘉。"
"怎么了?"
"没什么,就是想跟你汇报一下队里现在的调查情况。"林嘉嘉在电话里说。
"你说。"韩青有些惊喜又有些意外。
林嘉嘉很详细地跟她汇报了目前的调查情况,她心里稍微踏实了些。
"利民巷的搜索结果怎么样?"她问。
"梁子哥他们对利民巷总共500多户逐一进行了走访,包括那些没人住的空房,都没有发现异常,也没有发现白小蕙。"
"吕建民修车厂所在的那条光明街呢?"

"二轮走访调查完了，还是没有新发现。"

她和林嘉嘉同时陷入沉默，调查依然处于停滞状态，急也没用。

"我在想……"她思索着。

"你说，韩姐。"林嘉嘉等待着。

"黑框眼镜老男人劫走白小蕙之后，曾在三个地点停过：一个是天泽百货，一个是吕建民修车厂所在的光明街，还有一个地方我们一直没找到，就是他在躲避全城大搜捕的几个小时里所待的地方。我在想，他应该是在这三个地方中的一个转移了白小蕙。光明街反复查了这么久也查不到线索，我们应该查另外两个地点，不能就这么放过去。"

"好，我马上就跟方队说。"

"先查天泽百货吧。"

"知道了。韩姐，你在哪儿呢？"

"我在家里。"

"好，那先这样，我随时向你汇报进度。"

"谢了。"

"别客气。"林嘉嘉在电话里笑了笑，通话结束。

这算是心有灵犀吗？韩青不知道。这种默契只在她和钟伟之间发生过。

夜幕即将降临，张勇驾车来到了五方街，停在了老地方——足疗店的街边。接着，他便优哉游哉地走进了足疗店的大门。捷达随后驶来，停在了张勇车后某个车位上。香槟色宝马最后到达，停在了捷达后方的街对面。三辆车先后停靠的位置，形成了螳螂捕蝉、黄雀在后的关系。

韩青没有贸然进入，毕竟女人来这种主打男性养生的地方有些打眼，更何况张勇还认识她。这让她再次想到了米小虎，这小子如果能进去，一定会搞到什么情报的。她的手指在碎裂的手机屏幕上敲击着，有劲儿使不出的感觉的确让人很难受。

有人敲了敲车窗，这让专注的她吓了一跳。是林嘉嘉。韩青降下车窗。

"韩姐。"他望着她笑。

"你怎么在这儿？"

"找你啊。"

韩青有些意外，问道："什么事儿？"
"有人想见你。"
"谁？"
林嘉嘉还是笑而不语。

冯天逸静静地注视着，看到韩青下车跟林嘉嘉来到前方路边停着的一辆车前。

那辆车的后排车窗降下，侯勇笑眯眯地望向韩青说："韩青，上车。"
韩青大感意外，从另一侧上了车。侯勇关上车窗，冲韩青笑着。
"侯局。"
"委屈你啦。"
"侯局，这是什么情况？"
"你是什么情况啊？停职了也不在家好好反省，还跑出来私自查案。"
韩青看了看微笑的侯勇，不服气地低下头。
"我知道你心里不服气，但毕竟窃听软件是在你的手机里发现的，我必须停你的职，否则没法交代。"
"事实摆在这儿，我没话说。"
"为什么没话说？有冤就要伸，难不成你也想像老宋那样，一声不吭地窝在家里背黑锅吗？"
"侯局，你知道老宋背了黑锅？"
"我不仅知道你和老宋背了黑锅，还知道钟伟也背了黑锅。"
侯勇慢慢收住笑，平静地望着韩青。他的话在韩青心里扎了一下。
"那钟伟为什么还是被当成嫌疑人？"
"既然有人想让我们这么想，我们就得让他们如愿啊。他们如愿了，才会放松警惕、露出马脚，我们才有机会抓住他们。你说呢？"
"侯局你就别卖关子了，到底要跟我说什么？"
侯勇哈哈大笑："你真是个'急先锋'！"
他看着韩青点了点头，说："我有一个想法，既可以让你继续查这件案子，还不给队里添麻烦。"

"什么想法？"

"让你成立独立小组。"

"怎么个独立法？"韩青第一次听到这个说法。

"简单来说，就是从专案组分离出来，独立调查，目的是避免掉进死胡同，换一种角度来看案子。不和专案组在一起工作，判断就不会受到影响。现在正好是个机会，你停职后不能明着查案，专案组里的内鬼问题也还没解决，案子的进展又迟迟找不到突破口，所以我想不妨尝试一下这个新方法。"

"好。独立小组就我一个人吗？"

"还有林嘉嘉和老宋。"

韩青看了一眼站在车外的林嘉嘉，说："我跟老宋两个人就行。"

侯勇睿智地笑了笑说："我知道你在想什么。一是觉得林嘉嘉太年轻、没经验，怕他拖后腿；二是不了解他的底细，信不过他。对吗？"

"他是你专门从省城调来的，我哪儿敢信不过他？"

侯勇笑道："果然什么都瞒不过你。好，我现在给你交个底，我调林嘉嘉来，其实是为了查钟伟的失踪案。"

韩青有些吃惊。

"具体原因我现在不能多说，条件还不成熟。林嘉嘉的真实身份是省厅刑侦处的重案刑警，是厅里重点培养的对象。我把他放在你身边，是因为你最了解钟伟，并且一直在默默坚持调查钟伟的失踪案。我希望林嘉嘉能从你这里得到更有价值的线索，尽快查清钟伟失踪的真正原因。"

韩青的眼圈儿红了，直到这一刻她才知道，在查钟伟失踪这件事儿上，她并不孤单。

"侯局……你觉得钟伟还活着的概率有多大？"

"不管概率有多大，我相信，你一定会找到他。"侯勇从包里拿出她的警官证，还给她，"我就一句话，注意安全。"侯勇望着她。

韩青和林嘉嘉目送侯勇的车离去后，回到了捷达车旁边。

"省厅的林警官，戏演得不错啊！"

林嘉嘉冲韩青咧嘴一笑道："献丑了，韩姐。"

"说吧，跟踪我多久了？"这是韩青担心的地方，她不希望警队里的人知道米小虎的存在。

"没有跟踪,"林嘉嘉不好意思地笑笑,"都是它的功劳。"他拍了拍捷达的后备厢,韩青不明其意。

"你晕倒的时候,侯局让刘处在你的后备厢里面装了实时定位器,所以你开出市局后的所有行车轨迹我们都能掌握。"

"我手机里的窃听软件不会也是他装的吧?"韩青无奈地摇头。

"他这么做是为了保护你,怕你一个人不安全,要随时掌握你的动向。"

两个人回到车上。

"钟伟的案子,查到什么我不知道的了吗?"韩青问。

"有一点你已经知道了,就是老宋在暗中帮钟伟哥查案。"

"还有呢?"

"钟伟哥在野力健身会所打开的那个柜子,陈彬以前用过。"

韩青一惊,问:"怎么发现的?"

"我在查野力的员工资料时发现了几个离职员工,对他们进行了走访。有一个清洁工两个月前离职,他说他看到过陈彬用 1688 号柜。因为觉得这个号码很吉利,他一直想看看是谁在用,所以应该不会错。"

"他现在在哪儿?安全吗?"

"放心,侯局已经派人对他采取证人保护了,很安全。"

"他的证言也只能证明陈彬曾经使用过 1688 号柜,没法证明毒品交易当天陈彬用过 1688 号柜,不足以锁定陈彬。"

"是的,锁定陈彬的关键性证据还得想办法突破。"

"什么关键性证据?"

"被剪掉的那 53 秒视频。"

"有解决办法吗,林大警官?"

"呵呵,还没有。但我认为白小蕙被劫持,以及吕建民突然失联,极有可能都跟这个关键性证据有关。为此我又去查了白小蕙的几个住处,还去了趟吕建民的老家,不过都一无所获。"

"下了不少功夫啊!"

"向韩姐学习。越是没有头绪的时候,越要慢下来,用砸笨的方法梳理每一条线。我也确实发现了一些问题,特别是老宋,他为什么不肯解释那晚跟他见面的人是谁？他又为什么要暗中帮钟伟哥查案？按说没这个必要，除非他有什么难言之隐……"

林嘉嘉听到韩青的手机响了，没再往下说。韩青看了看来电显示，有些意外。

"老宋。"她看向林嘉嘉。

二矿

捷达车行驶在类似城乡接合部的偏僻道路上，路上来往车辆不多。

"这是哪儿啊，韩姐？"林嘉嘉望着车窗外。

"西北郊，属于二矿区域。到了。"

韩青看到远处路灯杆下站着一个人，是老宋。韩青和林嘉嘉下了车，老宋迎了过来。

"老宋。"

"宋哥。"

"林警官，深藏不露啊！"老宋笑了笑，"侯局都告诉我了。"

林嘉嘉笑了笑。

"老宋，什么情况？"韩青问。

"我收到一条信息，应该和野力那条暗语短信一样，又是一桩毒品交易。"老宋拿出手机，调出短信给韩青和林嘉嘉看。

"'二矿10030402'，比野力的暗语少了四位。"林嘉嘉说。

"我在二矿矿区查了一下午，最后查到了这里。"

老宋指了指身后的路灯杆。路灯杆上有一组喷漆编号：10030402。

"路灯杆编号也太绝了，这帮毒贩怎么想出来的！"林嘉嘉看着这组编号。

"因为这地方很隐蔽，附近还没有监控。"老宋说。

他俩看向没有说话的韩青，只见她沉着脸四处查看。

"韩姐，怎么了？"林嘉嘉问。

"我在想如果是毒品交易，毒贩会把毒品和钱藏在哪儿。这里似乎没地方藏。"韩青在四周仔细搜寻。

"这里这么隐蔽，他们完全可以当面交易。"林嘉嘉说。

韩青摇头道："现在只要不是街头零售，一般都人货分离，从不见面。"

"也有例外，"老宋说，"禁毒支队有一个 700 克的案子，就是当面交易的。两个毒贩在同一时间开车到交易地点，利用会车的瞬间进行交易。如果这个路灯杆就是交易地点，这里又没有藏毒品和钱的地方，那他们有可能会用这种方式进行交易。"

"交易时间呢？暗语里没有提到。"韩青看着电线杆上的那组数字。

"交易时间有可能是固定的。万海强团伙曾经就经常使用这种方法，每次更换交易地点，但交易时间从来不变，都是每周三晚 10 点。"老宋说。

"可咱们不知道毒贩的交易时间规律，太被动了。"林嘉嘉说。

"没办法，只能蹲了。"老宋叹了口气。

韩青仍在思索，她总感觉有什么地方不对。

远处，停在路边的香槟色宝马车上，冯天逸拍下了他们三人的照片。

滚石迪厅里，米小虎在舞池中漫不经心地边扭边移动，搜寻着什么。

他看到舞池深处一个疯狂甩头的小青年。

米小虎来到小青年身旁，凑上前大声打招呼："猴子！"

猴子看了看米小虎，笑了笑，继续甩头。

"走啊，爽一把！"米小虎露出裤兜里一些百元钞票，小青年看了一眼。

"走啊！"猴子说。

"哪儿有啊？"米小虎问。

"跟我走！"

米小虎跟着猴子摇摆着离开了舞池。

黎明时分，天空发出暗蓝色的微光，周围的景物逐渐显现出轮廓。

林嘉嘉在后排酣然大睡，韩青和老宋仍旧注视着那个路灯杆。

"为什么要暗中帮钟伟查万海强的案子？"韩青问。

"因为队里有内鬼，所以去年万海强的案子才成了悬案，我和钟伟都不想让这次的调查又半途而废。"老宋说。

"现在不用担心了，内鬼消除了。"韩青晃了晃自己的手机。

"恐怕内鬼不只是你的手机。"老宋说。

"什么意思？"韩青有些意外。

"钟伟已经查到了具体的人，但他没告诉我是谁。"

两个月前，老宋和钟伟在一个停车场接头。

"这几个手机号是万海强生前用过的，用的时间都不长，每个号只用一个月就换，可疑的通话我都标注了。"老宋把几张纸隔窗递给了钟伟。

"好。"

"你查得怎么样？"老宋问。

"那帮小子是城西一带的街头毒贩，我还没摸清他们的组织架构。"

"内鬼有线索吗？"

钟伟迟疑了片刻，回道："嗯，有目标了。"

"是谁？"

"现在还不能完全确定。"

老宋愣了一下，问："连我都不能告诉？"

钟伟的神情有些复杂，闷声说："时机还不成熟，老宋，再给我点儿时间。"

老宋点点头，拿出手机给钟伟发了条短信，就是野力那条神秘数字短信。

"这是我的线人得到的一条信息。"老宋说。

钟伟看着短信问道："野力？"

"是个挺有名气的健身会所，老板叫陈彬，据说跟万海强有过来往。"

"130016880279？这手机号是他的？"钟伟问。

"不是手机号，多了一位数。"

"是暗语？"

"应该是，靠你了。"老宋看着他。

钟伟点了点头说："我去查查。"

听完这段往事，韩青不禁有些唏嘘道："我就知道，钟伟去野力是去查案子……"

老宋点头说："钟伟在密码锁上留下了指纹，说明他跟你一样，破解了那条暗语短信，却没想到因此背了黑锅。"

"那你呢？"韩青看着老宋，"为什么要背黑锅？那晚跟你见面的人是谁？"

老宋沉默片刻说："我的线人。"

第十四章　停职　｜　313

韩青明白过来。

"在查出内鬼前，我不能冒险暴露他的身份。韩青，你也有线人，应该明白做他们这行的风险。"

韩青认同这一点，如果换作她，也会做同样的选择。这时候她的手机响了，发出亮光的屏幕上显示着来电姓名"米小虎"。

"喂？"

"姐，把你吵醒了。"米小虎在电话里笑了笑。

"没事儿。怎么了？"

"我打听到了，你要找的那个小春，两天前在二矿卖过货。"

"二矿什么地方？"

"二矿家属区里的一个小公园。"

韩青心头一震，赶紧问道："你在哪儿呢？"

"我就在这儿呢。"

"我马上来。"

韩青挂断电话，她现在总算知道自己为什么总觉得这儿不对了。

"怎么了？"老宋看着她。

"我的线人打听到，小春两天前在二矿家属区的小公园卖过毒品。"

"家属区？"老宋也大感意外。

韩青点头："暗语只提到二矿，并没有说明到底是矿区还是家属区，我们现在在矿区蹲守，忽略了家属区的可能性。"

"那现在怎么办？"

"你和林嘉嘉继续在这儿蹲着，我去二矿家属区看看。"

"带上我，韩姐。"林嘉嘉突然坐起来，眨巴着还没完全睁开的眼睛说。

冯天逸刚要睡着，就见不远处的捷达亮起车灯启动离去，他立即发动汽车跟了上去。他依旧谨慎地没开车灯，以免被发现。可他疏忽了一点，他没看见老宋刚才从捷达上下来。

老宋刚回到自己车里就看到冯天逸的车跟着韩青的捷达离去，他立刻警觉地给韩青打去电话："韩青，你后面有辆宝马跟着，没开车灯。"

韩青立即观察后视镜，看到了后面远远跟着的黑影，回道："看到了。"

"你俩小心点儿,有问题随时打电话。"

"好,挂了。"韩青挂断电话。

"怎么了,韩姐?"林嘉嘉问。

"后面有个尾巴。"

林嘉嘉回头张望,看到了没开车灯的黑影。

捷达远远吊着没开车灯的香槟色宝马,行驶在无人的二矿街道上。

韩青和林嘉嘉沉稳地静默着。冯天逸边保持着安全距离,边接听着电话。

"现在在哪儿?"对方在电话里问。

"看样子,是要往二矿家属区开。"冯天逸说。

对方沉默了一下,问:"那里有什么问题吗?"

"前天晚上,我在那里放过货。如果你说的问题是指这个的话。"冯天逸冷笑了一下。

电话那头的陈彬暗骂了一句。他身着睡袍,站在卫生间里。

"知道了。"他挂了冯天逸的电话,紧接着拨通了另一个号码。

黑暗中,周雪曼拿起床头柜上振动的手机。接通后她并没有先说话,她不知道对方会是谁,虽然她知道这是陈彬的号码,但为了保险起见,她通常会等对方先说话。

"他们现在去二矿家属区了,可能是冲着我的货去的。"陈彬说。

"确定吗?"周雪曼平静地问。

"还不确定,但有这种可能。"陈彬如实作答。

"如果是的话,你准备怎么办?"

陈彬沉默了片刻,说:"那就把他们做了。"

周雪曼笑了笑,问:"就为了那么点儿货?"

"不是为了货,"陈彬点燃一根烟,"而是太憋屈了……"他本不想在周雪曼面前发牢骚。

"别冲动,叫你的人先回去,别跟了。"周雪曼软中带硬。

"可是……"陈彬气不过,"好吧。"他挂断了电话。

周雪曼隐隐感到有些不安。

第十四章 停职 | 315

开过了几个街区后，捷达打灯右转进了一条小岔路。

冯天逸踩了脚刹车，降低车速，缓缓行驶到小岔路口附近，一点儿一点儿向前滑行，直到他能探头看见小岔路里的情况。他看到捷达车停在小岔路的远端，车子没熄火，亮着尾灯。因为天色不明，车距又远，所以他无法看清车里的情况。他有种想下车的冲动，手已经抓住了车门把手，内心犹豫着。

小岔路里，在离冯天逸最近的一座房子的暗影里，站着韩青；她对面的房子的暗影里，站着林嘉嘉。他们与冯天逸的车仅十几步的距离，只要冯天逸下车走进来，就进了他们的攻击范围。但对方若是不下车，一脚油门就能逃走，所以他们耐着性子静默地等待着。

冯天逸死死盯着远处的捷达车，以及充满暗影的小岔路，一股危险的气息侵入他的身体。他拨通电话。

"我好像被发现了。"他幽幽地说，"该怎么办呢？……"他像是在问对方，又像是在问自己。

电话另一头陷入沉默。

"做了他们。"陈彬平静地说。

"知道了。"冯天逸挂了电话。

他从车的扶手箱里拿出手枪，上了膛，轻轻打开车门，下了车。

他的动作足够轻，加上车没熄火有发动机的响声，因此韩青和林嘉嘉并没有听到。但韩青此刻已经意识到了危险。她和林嘉嘉赤手空拳，除了腰间的手铐之外，他们没有别的武器。

这样的僵持不是个好兆头。她不禁为自己和林嘉嘉捏了一把汗。

周雪曼突然从床上坐起来，像是与韩青有心灵感应一般，随即她拨通了陈彬的电话。

"你的人走了吗？"她问。

电话那头的陈彬沉默了片刻，说："还没，马上。"

周雪曼品味着"马上"的意思，疾声说："让他现在就走。"

陈彬没有回应。

"陈彬？你听到我的话了吗？"周雪曼的语气又加重了一些。

"听到了。"陈彬说。
"陈彬，别碰韩青，答应我。"周雪曼又柔柔地说。

冯天逸感觉到裤兜里的手机振动起来。他此刻就在距离韩青不到 5 步的地方，隔着一个墙角。
他轻轻把手机贴到耳边。
"放他们走。"电话里传来陈彬命令的声音。

轰的一声，香槟色宝马迅速驶去。韩青和林嘉嘉急忙跑出岔路口，追望着。

"姐。"米小虎从长椅上起来，韩青来到他面前。
"就是这个小公园？"韩青四处张望。
"对。"
"消息可靠吗？"
"可靠,一个吸毒的小哥们儿带我来的,前天他就是在这儿跟小春买毒品的。"
"小春长什么样？"
"那小哥们儿没见着人，小春是给他发直播链接让他来小公园的。"
"你知道这是什么意思吗？"韩青拿出手机给米小虎看二矿暗语的短信。
米小虎看了看，回道："不知道。"

送走了米小虎，韩青回来，林嘉嘉在捷达旁边等她。
"怎么样，韩姐？"
韩青摇了摇头说："他们没见过小春，还是通过微信的直播链接找到这里来的，人货分离，东西放在指定的垃圾桶里。"
"钱呢？微信转账吗？"
"现金，他们不转账，怕留把柄。"
林嘉嘉点头，又问："那暗语呢？你的线人怎么说？"
"他没见过，不知道什么意思。"
"呵呵……"林嘉嘉四下张望，"那咱们也从路灯杆开始找？"

家属区这边的路灯杆基本属于同一个号段，以 2 开头，他们查了一溜，没有找到跟暗语 10030402 相匹配的。

"这下麻烦了。"林嘉嘉边走边说，"之前我还觉得路灯杆编号挺绝的，现在看来不是啊，如果家属区这个先决条件没错的话。"

"我一直觉得不是路灯杆编号。"韩青一边走一边观察。

"是吗？那你觉得会是什么？"

"我觉得不会太难。只是需要找出规律。"

"什么规律？"林嘉嘉看了看韩青。

"我现在找到的规律是，二矿暗语和野力暗语的数字个数都是 4 的倍数。"

林嘉嘉默算了一下："对，二矿暗语是 8 个数字，野力是 12 个。"

"野力是每 4 个数字代表一个含义，1300 是时间，1688 是地点，0279 是开锁密码。"

林嘉嘉似乎明白韩青的意思了："你是说如果二矿暗语跟野力暗语的规律一样的话，那么也应该是 4 个数字代表一个含义，而不是一整串 8 个数字代表一个含义？"

韩青点头说："野力暗语开头的 1300 是时间，老宋说，万海强团伙的交易时间是固定的，所以不在暗语里体现。如果二矿暗语也是这种情况，就正好比野力暗语少了代表时间的 4 个数字。"

"那把 10030402 拆开，1003 是地点的话，0402……会是什么呢？"林嘉嘉有些挠头。

他们说话的时候正好经过一排有着统一外观的住宅楼。

目光掠过这些住宅楼时，韩青被某种东西吸引。

住宅楼下，每个单元门前都立着一排铁皮信报箱，锈迹斑驳的外观显示着它们的老旧。韩青和林嘉嘉来到一排信报箱前，看到每个信报箱上都标有门牌号。

林嘉嘉看到什么，忙指着对韩青说："韩姐，你看！"他所指之处是门牌号为 0402 的信报箱。

"0402，暗语的后 4 位！"他有些欣喜。

韩青看了看 0402 号信报箱的锁头。

"带锁的信报箱，和野力带密码锁的柜子也对上了。"

"那1003又是什么呢？……"林嘉嘉四下张望。

他看到旁边那栋住宅楼的外墙上写着大大的楼栋号"29"。

"楼栋号……房间号……"答案已经在他心里呼之欲出了。

"单元号！"韩青看着面前的单元门上的"02"标号脱口而出，"1003是10栋3单元。"

"0402号信报箱！"林嘉嘉说。

他们豁然开朗地向10号楼跑去。

上午9点钟，10栋3单元0402号信报箱处于锁闭状态。

戴着嘻哈帽的李晓东从远处走来。他手里拎着油条、豆浆，脚上穿着趿拉板，就像其他买早饭回来的住户一样，连看都没看信报箱一眼，径直走进了3单元楼门。他轻松地来到三楼和四楼之间的楼梯转弯处，推开窗户，拿出袋子里的豆浆、油条，站在那儿惬意地吃起来。他看着楼下信报箱周围走过的人，没有发现异常。

吃完豆浆油条，打着饱嗝走出3单元楼门后，他径直来到信报箱前，伸手从信报箱顶上摸出一把小钥匙，大大方方地打开了0402号信报箱，从里面拿出一卷促销广告单揣进了裤兜里，然后关上信报箱，将小钥匙放回原处，整个过程自然流畅。他转过身来，看到不知何时出现的一男一女，顿时愣住了。

"哟，这不是李晓东吗？这么巧？"林嘉嘉笑着说。

第十五章　红桃 K

刀伤

　　昏暗的筒子楼里跑进来两个人，一个是 23 岁的何力，一个是 20 岁的陈彬。两人身上都有刀伤，但陈彬伤得更重，他被何力搀扶着艰难地跑上楼梯……

　　伴随着一阵砸门声，18 岁的周雪曼打开门，惊愕地看着浑身是血的何力和陈彬闯进屋。

　　"何力，他是谁啊？"

　　"别问了，把门关上！"

　　周雪曼赶紧关上门，帮着何力，用撕开的床单捆扎陈彬流血的腹部。血从床单里不断渗出，陈彬头上冒着虚汗，发出痛苦的呻吟，周雪曼害怕地看着他们。

　　"得赶紧送他去医院，这样不行！"周雪曼对何力说。

　　"现在不能去，到处是警察！还有砸场子的那帮家伙！今天栽在他们手里了……"何力跑到窗边，朝楼下察看。

　　"哥，救救我，带我去医院吧，求你了！"陈彬害怕地喊。

　　"嘘！兄弟，你忍会儿，我出去看看……"

　　"你别出去！"周雪曼看着何力。

　　"大不了跟他们拼了！你守着他……"

　　"何力！你回来……"

　　周雪曼来不及阻拦，何力已起身跑出门去。

　　周雪曼看着陈彬的伤口，不知所措，只好用毛巾擦他额头的汗。

　　陈彬抓住周雪曼的手说："救救我，求你了，带我去医院，求求你了……"

　　陈彬开始不住地颤抖，周雪曼赶紧用身体搂住他……

"别怕，你会没事儿的……"周雪曼轻轻地说。

一年后。
站台上，陈彬久久凝视着面前的周雪曼，很是不舍。
"等你回来会不会遥遥无期？"他问。
"不会的。"周雪曼温柔地浅笑着。
"你一定要回来。"
陈彬伸手紧紧握住了周雪曼的手，周雪曼挣脱开他的手，向远处招手示意。
远处，18岁的董洁在站台上四下张望。
"董洁！"
董洁看到了周雪曼，赶紧向她跑过来。
"对不起，我来晚了，今天有彩排。火车快开了吧？"
董洁握住周雪曼的手，两人小声说着话，依依惜别。
"陈彬，她是我的好朋友董洁，一会儿你送送她呗。"周雪曼看着陈彬。
"好。"陈彬看了看董洁。
"不用，我自己走……"董洁有些羞涩。
汽笛响起，周雪曼上了车。"再见了。"她向董洁和陈彬挥手道别。
"到了那边给我写信！"董洁朝她挥手。
周雪曼点点头，看向陈彬说："陈彬，帮我照顾好董洁！"
"知道了……"陈彬的眼圈儿有点儿红。
列车徐徐启动，周雪曼渐渐远去，只剩下站台上的陈彬和董洁望着火车渐渐远去。

钓鱼

捷达缓缓驶进一条老旧的小街，在路边停了车。韩青从车上下来，朝一个没有标识的大门走去。芳龄街5号，是市局刑侦支队曾经的驻地，韩青在这里留下了很多美好的回忆。赵文斌曾经开玩笑说，队里有了她以后，"芳龄"这个街名才终于名正言顺了。如今这里已经废弃，只剩一栋空荡荡的老式办公楼矗立在院子里。侯勇把独立小组的办公地点安排在这栋老楼的带有木制外廊的二楼。韩青走进院子，看到院里的那棵大树依然挺立且枝繁叶茂。

二楼的一间办公室里，林嘉嘉正在审问着李晓东。

"看清楚了吗，李晓东？这是多少？"

林嘉嘉把秤转过来给李晓东看，秤上面放着装有白色粉末的小塑料袋，显示屏上显示的重量为30.5克。

"这不写着吗？30.5。"李晓东吊儿郎当地说。

"30.5克，对吗？"

"废话，难道还是30.5公斤吗？"

林嘉嘉笑道："要跟你确认好重量啊，量刑的时候好让你清清楚楚、明明白白的。"

"少吓唬我，这东西跟我没关系！"

"怎么没关系呢？这是你从信报箱里拿走的呀。"

"我拿的是几张促销广告单，我哪儿知道里边有这东西！"

"这是你的信报箱吗？"

"不是。"

"那你为什么去开别人的信报箱？你也不住那儿啊！促销广告单满大街都是，可你偏要从别人的信报箱里拿？你是怎么知道别人信报箱的钥匙藏在哪儿的？"

"我好奇，看到人家把钥匙藏在那儿，就打开看了看。"李晓东强辩道。

"然后从里面拿走30.5克的高纯度海洛因？"林嘉嘉笑着问。

"我手欠，要是知道里面藏着那玩意儿，我不可能去拿！"

"你要是知道删除的短信还能恢复就不会跟我说谎了。"林嘉嘉看着他。

李晓东愣了愣问："什么？"

"'二矿10030402'，你删除过这条短信。"

李晓东陷入沉默。

"二矿家属区10栋3单元4楼2号住户家的信报箱。你们毒品交易的暗语设计得挺有水平啊。"林嘉嘉讽刺地说。

李晓东心虚地笑了笑："拜托，你说的这些我真的听不懂。"

"知道30.5克是什么量刑标准吗？"

"我为什么要知道？跟我也没关系。"

"那我给你普普法：走私、贩卖、运输、制造海洛因 10 克以上但不超过 50 克的，处 7 年以上有期徒刑；超过 50 克的，处 15 年有期徒刑、无期徒刑或者死刑；有立功表现或者协助警方破获重大案件的，可以考虑减刑；刻意隐瞒、拒不交代的，则属于情节严重，量刑幅度会大大提高。李晓东，怎么选，看你自己了。"

李晓东深深呼吸了一口气，抬头望向林嘉嘉。林嘉嘉以为他终于破防了，要交代了，于是定定地看着他，等待着。

谁知李晓东还是摇头笑了笑，说："警官，我真不知道那几张促销广告单里有毒品。"

林嘉嘉生气地望着油盐不进的李晓东，正想发作时，在门外听了一会儿的韩青推门而入。

"李晓东，耗一上午了，该收场了。"

"是你们要跟我耗，我都说无数遍了，我没贩毒！"

"是吗？那为什么曹依婷跟你说的不一样呢？"

李晓东一听到这个名字，表情起了变化。韩青冷冷地望着他。

1 个小时前，韩青在李晓东的摊位上找到了曹依婷。她看到韩青后有点儿吃惊。

"曹依婷，咱们上次在这儿见过，还记得吗？"

曹依婷愣了一下，似乎想起了什么。

"李晓东怎么了？"她问。

"他涉嫌贩毒，被抓了。"

曹依婷只惊愕了一下，便低下头陷入沉默，过了一会儿说："他早晚有这一天。"

韩青把 5 份卷宗放到李晓东面前，翻开给他看。

"这是张国福、马小宝、史旭东、刘杰和曹依婷的证明材料，证明你从去年 8 月至今年 5 月，曾向他们本人或其他人出售过毒品，共计 360 克。如果再加上今天的 30.5 克，一共是 390.5 克。"韩青说。

李晓东听完，开始不停地吞咽唾沫。

"给他倒杯水。"韩青说。

"有可乐吗？……我想喝可乐。"李晓东望向林嘉嘉。

林嘉嘉想起审讯何力时的情形，笑了笑说："没问题，这就给你买去。"

可乐罐拉环啪的一声被拉开，冒气的可乐被递到李晓东面前。他喝下一大口，眼神中的焦虑随之有所缓解。接下来的审讯就很顺利了，韩青想知道什么，李晓东就会告诉她什么。

"对，小春是我。邱海龙经常找我买货。"他说。

"为什么打听邱海龙的住处？"韩青问。

"黑炮让我打听的。"

"黑炮是谁？"

"他是给我供货的上家。我从没见过他。我们都用微信和短信联系，偶尔打过几次电话。我在圈儿里打听过，但没人见过他。他很谨慎，会定期换手机号，也会给我寄新手机卡，大概一个多月给我寄一次。"

"尾号 1508 的号码是他用过的号吗？"

"是他的。"

韩青和林嘉嘉暗自兴奋，他们的分析没有错。

"6940 是谁的号？"韩青乘胜追击。

可惜的是，李晓东只和他的上线黑炮单线联系，并不知道黑炮的上线是谁。韩青只好作罢。

"5974 是你的号吧？"她继续问。

"对，我上个月用过，也是黑炮给我的。"

"他给你发短信'0'是什么意思？"

"那是暗语，代表有危险，立刻销毁手机卡。"

"他后来有没有跟你具体说出了什么危险？"

"没有。他从不说跟交易无关的话，我也不会问，这是规矩。"

"你现在用的手机号也是他给你的？"

"是，刚寄给我没几天。"

"寄给你的？哪家快递？"

"我记不清了。"

韩青向林嘉嘉示意了一下，林嘉嘉点了点头出去了，再进来时手里拎着一个塑料袋。

"还喝吗？"韩青从林嘉嘉拎回来的塑料袋里又拿出一罐可乐，问道。

"谢谢。"李晓东接过去。

"你为什么去见吕建民？"韩青继续问。

"我没去见过吕建民，我根本不认识吕建民，是黑炮让我这么跟你们说的。我只是按他的吩咐帮他租车和还车，其余的事儿一概不知道。"

"租车和还车的时候，跟你交接的是什么人？"

"没人跟我交接。我把车停到他指定的地方，然后把车钥匙放在车轮胎上就走了；还车的时候也是一样，从车轮胎上拿到钥匙，开去租车公司。"

韩青有些疑惑："你没去过井新，怎么会有高速公路来回的发票？"

"黑炮给的。"

"怎么给的？"

"派人送来的。"

"谁送来的？"

"我只看到个背影，戴了个棒球帽。"

"哪天？"

李晓东说了个日期。

韩青随后给老宋打去电话，让他查那天李晓东汽配城摊位的监控。

林嘉嘉在快递站查到了给李晓东寄手机卡的快递信息，寄件人和电话都是假的，寄件地址位于江边一个露天的茶肆，当值快递员早已记不得寄件人是谁了。林嘉嘉调取周边监控也没有进一步的发现。这条线索就此中断。

李晓东的归案使调查又推进了一步，侯勇在去开会的路上专门过来了解进展，对独立小组的工作十分满意。

"那你接下来打算怎么做？"侯勇问。

"我想用李晓东把黑炮钓出来。"韩青说。

侯勇沉思片刻，点头说："好。"

在侯勇的调配下，市局技术处的录音器材、手机信号追踪器材以及相关技术人员，秘密进驻了独立小组，为韩青的"钓鱼行动"保驾护航。一切准备就绪后，韩青用李晓东的手机拨打黑炮的新号，李晓东坐在录音话筒前准备接听。

"您好，您拨打的电话已关机……"电话里传来智能语音。

韩青挂断电话。

接下来是煎熬的等待，韩青每隔半小时给黑炮打一次电话，他却一直处于关机状态。直到晚上 7 点半，电话另一头终于传来了接通的长音。所有人严阵以待。电话里的长音突然中断了，对方挂断了电话。

"追得到吗？"韩青问负责手机信号追踪的警员。

"不行，时间太短。"警员摇头。

10 分钟后，李晓东的电话突然响了，是黑炮的新号。

"他打过来了，"韩青把电话递给李晓东，"别紧张。"

李晓东点了点头，接通了电话："喂，炮哥吗？"

"什么事儿？"电话里传来黑炮的声音。

这是韩青和林嘉嘉第一次听到黑炮的声音，他们同时看了对方一眼，都觉察出了些许异常。

"炮哥，今天那个女警察又来找过我。"李晓东按照韩青的吩咐说道。

"找你？为什么？"黑炮略有些诧异。

"她问我前天上午 10 点到中午 1 点之间在哪儿，有没有去过北方大酒店。"

"你怎么说？"听得出，黑炮略有些紧张。

"我照实说的，我一直在店里，不信他们可以调监控。"李晓东坦然地答道。

黑炮沉默了片刻："你在哪儿给我打的电话？"

"在家。"李晓东稳稳地答道，幸好韩青预判到黑炮可能会问他这一点。

"知道了，挂了吧。"

"好。"电话挂断后，李晓东长舒了一口气，他还是有些紧张的。

林嘉嘉立刻向韩青耳语："韩姐，黑炮的声音像不像一个人？"

韩青点头。

"你认识张勇吗？"她问李晓东。

"不认识。"李晓东摇头。

韩青从手机里调出张勇的照片给李晓东看。

"不认识。"

韩青和林嘉嘉有些失望。

"放一下录音。"韩青说。

负责录音的警员播放通话录音,韩青和林嘉嘉闭上眼仔细聆听。

"真的很像。"林嘉嘉听完后说。

"韩警官,黑炮会不会怀疑我了?"李晓东突然问。

"你觉得有什么不对劲儿的地方吗?"韩青问。

"我听他说话有点儿犹豫,跟平常不太一样。"

"他知道你住哪儿吗?"

"我刚搬的家,他应该不知道。"

"韩姐,手机定位查到了,在南山别墅区。"追踪手机信号的警员说。

南山别墅区背后的一条僻静小街上停着一辆越野车,张勇和郭猛坐在车里。

张勇望着手中关了机的手机,思索着。

"回去吗,大哥?"

"他新搬的地方,你找得到吗?"张勇问。

"找得到,就在城中村。"郭猛说。

"去找他。"

越野车呼啸而去,消失在夜色中。

半小时后,越野车开进了城中村,在街道上缓慢行驶着。

张勇仔细地查看着周遭环境,尤其留意停在路边的每一辆车。

越野车在一个岔路口附近停下,熄灭了车灯,却没有熄火。这里正好处于一片黑暗中。张勇下了车,借助这片黑暗掩藏行迹,快速走进昏暗的小岔路。张勇走进小岔路不远,回头望向路对面的一栋私搭乱建的三层小楼,朝三楼的一扇窗户张望着。

那个窗户里亮着灯,可以看到一个人的脑袋顶,但看不见面目。张勇看到路边靠墙立着一排垃圾桶。他爬上垃圾桶,踩在垃圾桶盖上,再次望向路对面的三楼的窗户。这次终于能看到那个脑袋顶下面的脸了,正是李晓东。他坐在靠窗的写字台前,像是在玩手机,全神贯注。张勇仔细观察着。

窗户里，写字台前的李晓东玩着手机游戏，在窗户的窗帘边站着的韩青正借助着窗帘掩蔽着自己，偷偷地观察着路对面暗影里停着的越野车。

李晓东的另一部手机响起来，他偷偷看了看韩青，韩青点头示意接听。李晓东放下正在玩游戏的手机，从裤兜里掏出另一部手机接通道："喂，炮哥。"

张勇站在垃圾桶上看着李晓东，问道："你在哪儿呢？"

"我在家里。"

"就你一个人吗？"

"啊，就我一个人。"

"你看看楼下，有没有人在监视你？"

"啊？好，我看看……"

李晓东起身来到窗口，悄悄观望楼下。张勇盯着李晓东的一举一动。

"炮哥，我没看到有人监视我。等一下……"李晓东像是发现了什么。

"怎么了？"张勇的神经立刻紧张起来。

"我看到有辆车停在路边，看不清车牌，好像是一辆越野车。"李晓东如实回答。

张勇放心了，说："是吗？那你小心点儿，最近风声紧，没事儿别联系了。"

"好，知道了。"李晓东仍偷偷望着楼下的越野车。

张勇看着他，直到他继续回去打游戏了，才从垃圾桶上下来，跑回车里。

韩青听到楼下传来汽车移动的声音，偷偷望去，看到越野车已经掉头离去。

越野车经过路边停着的大切，开到街口右转离去。

大切车里，林嘉嘉埋着头，等越野车开走后，便起身发动了汽车。

越野车在街道上正常行驶。

张勇透过后视镜，注意到一辆大切一直在远远跟着自己。

"开快点儿。"他沉着地说。

郭猛加大油门，越野车开始提速。林嘉嘉也跟着加快了速度。张勇注意到大切也在加速后，皱了皱眉。在即将经过一个公共汽车站时，张勇突然喊道："停车！"

郭猛一个急刹车，停在了公共汽车站旁。

张勇紧紧盯着后视镜中的大切，从裤兜里掏出手枪，藏在身侧。

大切从越野车旁边经过，张勇和郭猛趴低身体，不让对方看到自己，同时睁大眼睛看向大切车里。然而大切车窗贴着深色车膜，他们无法看清里面的人。

　　大切疾驰而过，通过前方红绿灯后继续直行，渐渐远去。

　　越野车猛然驶离公共汽车站，在前方路口右转，加速驶离。

　　大切车上，林嘉嘉从后视镜里看到了转弯的越野车，拿出手机拨通韩青的电话，说："韩姐，他突然停车，我跟丢了，怎么办？"

　　"别跟了，放他走。"韩青懊恼地挂断了电话。

　　老宋的车行驶在南山别墅区背后那条僻静小街上。

　　"韩青，别墅区查过了，没问题。我现在在别墅区后边一条新修的小街上，这儿连道路监控都还没装，我估计黑炮是专门跑这儿来打电话的，落脚点应该不在这附近。"

　　"知道了。"韩青挂了电话。

　　出师不利，独立小组的首次钓鱼行动宣告失败。

警告

　　"找到了！"一大早，老宋带回了令人振奋的消息，韩青和林嘉嘉赶紧放下正在吃着的早餐。

　　"跟踪你们的那辆宝马车的司机和给李晓东送高速公路发票的是同一个人。"

　　老宋拿出监控截图，一张截图中的人戴着一顶棒球帽，但看不见他的脸。

　　"原来这家伙是黑炮的人。"林嘉嘉笑了笑，翻到一张车牌特写的截图。

　　"这是他跟踪你们的时候用的套牌，他去给李晓东送高速公路发票的时候，用的是另一副套牌。"老宋解释说。

　　"没有拍到脸的吗？"韩青翻找着监控截图。

　　"有。"老宋从中找出了一张，递给韩青。

　　韩青看到那张脸时愣住了，说："这人……我有点儿印象。"

　　"他是谁？"老宋问。

　　"不认识，但我在哪儿看见过他……"韩青陷入沉思。

她想了很久，始终想不起来在哪里见过。

"这个人你见过。"钟伟在旁边说。

"我知道。可我想不起来。"

"想想当时的场景：时间是早上还是晚上？在哪儿？周围有什么声音？闻到过什么气味？有没有你认识的人在场？……"

韩青闭上眼回想着。

她的脑海中出现了街道……逐渐看清的夜色……身旁传来并不十分嘈杂的市井声……那个人戴着棒球帽，夹着包，站在街边，在和谁说话……

"是一个傍晚，在大街上，周围很吵，他在跟谁说话……"韩青仍闭着眼。

"跟谁？"钟伟问。

"真的想不起来……"

"别着急，慢慢来，你会想起来的。"

她睁开眼，钟伟消失了。

她恨自己的脑中的梭状回不够发达，没有过目不忘的能力。

林嘉嘉回了趟市局。他对截图中的人没有印象，却对他的那辆宝马车有印象。

没加入独立小组前，他按照韩青的吩咐去调查黑框眼镜老男人的另外两个落脚点，他依稀记得黑框眼镜老男人去天泽百货地下车库的时候，旁边就停了一辆香槟色宝马。于是他在图侦室和小于忙活了好几个小时，有了重大发现。

原来开这辆香槟色宝马的人还是他——戴棒球帽的家伙。在黑框眼镜老男人躲避全市大追捕的那5个多小时里，这个家伙来过天泽百货。监控视频显示，他趁保安出去上厕所时偷偷溜进监控室，用手机拍下了地下车库的监控画面。也就是说，他对地下车库的监控探头视角有确切的了解，之后他便开着香槟色的宝马停在了监控视角的边缘。这才会有宝马只露出前半个车身，至关重要的后半个车身留在了监控盲区里的"巧合"。黑框眼镜老男人开走改头换面的超级运小面后，他再次来到天泽百货，开走了香槟色宝马，一路躲避监控，到了利民巷附近的一条小街，停在了街边的车位上，然后离开。半夜时分，小街的路灯突然熄灭，一个黑影来到这辆宝马旁，从后备厢拿走了什么东西。林嘉嘉和小于经过仔细辨认，认为是黑框眼镜老男人扛着白小蕙。次日凌晨5点，戴棒球帽的家伙回到小街，开走了香槟色宝马。

林嘉嘉的发现完善了黑框眼镜老男人劫持白小蕙全过程的证据链，韩青看到林嘉嘉带回来的这些监控视频后，十分震惊。此时老宋又带回来另一个线索，昨晚林嘉嘉跟丢的那辆越野车查到了，租这辆车的人叫田二牛，是个戒毒多次的老毒虫。

韩青敲响破旧的防盗门，里面的木门被猛地拉开，一个恶狠狠的秃头男人瞪着韩青和林嘉嘉，他的眼神凶狠又有些涣散。

"干吗？"秃头男问。

"田二牛吧？"韩青看着他。

"是！怎么啦？"

韩青和林嘉嘉亮出证件："我们是市局的……"

"警察了不起啊？我又没犯法！"

田二牛不等韩青说完，砰的一声关上了门。

韩青再次沉稳地敲门，只听屋里传来一男一女的嘀咕声，随后便没了动静。

林嘉嘉使劲儿敲了几下，高声喊道："田二牛，开门！"

里面没有动静。

忽然，韩青和林嘉嘉听到楼外传来一声男人的惨叫。他们跑出单元门，看到田二牛倒在地上抱着腿，发出杀猪般痛苦的嚎叫，他身旁散落着一些墙皮碎屑。韩青和林嘉嘉赶紧上前查看。林嘉嘉想掰开田二牛抱着腿的手看看伤势如何，哪知田二牛死也不放，反而叫得更厉害了。

这时从二楼窗口探出一个女人，大声叫嚷："二牛，你咋啦？哎呀，不好了！警察打人啦！警察打人啦！……"

女人的喊声引起了路过的行人以及楼上居民的关注，人们围拢过来，这让韩青和林嘉嘉始料不及。女人从窗口消失，不多时又从单元门里跑了出来，边跑边喊："警察打人啦！警察……"

"你瞎嚷嚷什么！谁打人了？！"林嘉嘉也不示弱。

女人被林嘉嘉这一吓，收住喊声，这时她的鼻孔突然流出血来，她抹了把

第十五章 红桃K

鼻血，扑倒在林嘉嘉腿旁，抱住林嘉嘉的腿就喊："警察打人！快来人啊！打出血啦，要出人命啦……"

这边的田二牛也应和着女人，越叫越大声。韩青看出了猫腻，冷不丁掐住田二牛抱着的小腿，田二牛没反应过来，也不叫了，愣愣地看着韩青。

"怎么不喊了？腿没断啊？"

田二牛受到启发一般，赶紧抱住韩青掐过的地方哀号着："我的腿啊！"

又有一些行人聚过来，几个不明真相的路人上前拦住了韩青和林嘉嘉并报了警。

韩青对这种事儿还算镇定。林嘉嘉大概没经历过这样的场面，是真的有些生气了。今天这场面算是给他上了一课，让他知道了警察被群众误解的无奈。最后还是辖区派出所的民警起了作用，群众一看到他们就都让到了一边，连撒泼打滚的田二牛和他的女人廖红也站了起来，从伤员秒变回正常人。

韩青和林嘉嘉跟着民警进入了田二牛家，里面的卫生状况让人触目惊心。整个两居室就像是个垃圾场，踩下去的每一脚不知道会带起什么来。尿味和霉味在窗帘紧闭的室内发酵，只闻气味会让人误以为进的是公共厕所。厨房根本进不去，满地的快餐盒、空酒瓶成了老鼠和蟑螂的游乐场，洗碗池可以改名为泔水桶。忍耐力超强的韩青看后一阵阵反胃，林嘉嘉更不消说，接连出去透了好几回气。田二牛和廖红正在接受两名120医护人员的检查，两名派出所民警在一旁捂着鼻子看着。

韩青来到一名民警身旁，小声询问："他的腿没事儿吧？"

"这小子运气好，就脚踝扭了一下，骨头没事儿。"

"他老婆呢？"

"她呀，有鼻腔溃疡，吸粉多少年了，所以经常会流鼻血。"

此时120的医护人员检查完毕，收拾东西准备走，田二牛见状赶紧叫疼。

"你的腿没事儿啊，别叫唤了。"

医护人员和民警相继退到门外，韩青和林嘉嘉来到田二牛和廖红面前。

"田二牛，知道我们找你干啥吗你就跳楼？"韩青看着他。

田二牛翻眼看了看韩青，低头不说话了，之前的强横也没了。

"还不是被你们吓得？"廖红还在硬扛，"你们凭什么找我家二牛？他又没犯法！你们这是非法闯入！"

"行啊，廖红，污蔑警察是一套套儿的，你跟哪儿学的？"韩青看着她。

"谁污蔑你们啦？本来就是！"

"你刚才在楼下瞎喊一气，引来那么多群众围观，说了那么多污蔑我们的话，你忘了？"

"我说了怎么啦？你们能怎么样吧！"

"给她普普法。"韩青忍不住捂了一下鼻子。

"根据《中华人民共和国刑法》第二百七十七条，以暴力、威胁方法阻碍国家机关工作人员依法执行职务的，处三年以下有期徒刑、拘役、管制或者罚金。"

廖红白了林嘉嘉一眼，不再说话。

"行了行了，说这些干什么？我们都是平头百姓，别动不动就拿法条来吓唬我们！说吧，找我什么事儿？"田二牛自己找台阶下。

"这辆车是你帮谁租的？"

韩青亮出了越野车的监控截图，田二牛看了一眼，沉默了。

"别告诉我这是你自己租来开着玩的。"

"我就开着玩的，怎么了？"

"这辆车的事儿可比妨碍公务要严重得多，你确定你要自己揽下来吗？"

田二牛再次沉默，偷偷看了看廖红，廖红也六神无主地看了他一眼。

"我不认识。之前一个卖货的让我帮他租的。"

"卖什么货的？"

"卖粉的。"

"凉粉还是米粉啊？卖什么说清楚！"林嘉嘉盯着他。

"K粉！麻古！行了吧？"田二牛嚷道。

"你少说两句吧……"廖红说。

他俩配合得倒挺好，你唱红脸的时候我就唱白脸，反之亦然。

"那人叫什么？"韩青接着问。

"我说了不认识，就是帮他租车。"

"然后呢？"

"然后把车开到护城河边上，把车钥匙放在轮胎上，等他自己来取。还车也一样,他把车钥匙和钱放轮胎上。"

"车呢?"

"早上刚还回来,我停小区外边了。"

廖红突然捶胸顿足地哭起来。

"哭哭哭!你还哭!我才出去两小时,你就都吸光了,一点儿没给我留!还有脸哭!"

廖红一拳捶在田二牛身上,说:"跟你说了别帮他干这事儿,你不听!10克粉就把你买了,你咋那么贱呢?!"

"谁贱?那10克粉谁吸的?再说了,我有那么傻吗?我难道不知道留一手吗?"

"就你?还留一手?你笑掉老娘大牙吧!"

"不信是吧?不信是吧?你自己看!"

田二牛激动地掏出手机,调出一张照片给廖红看。照片中的人是郭猛。

"就是他!我趴草里偷拍的,弄了我一身泥!用10克粉就想把我打发了,做梦!就凭这张照片,我还不讹他个三五百克的?"

"行啊你!总算长回脑子了!哈哈哈哈……"

夫妻俩嘎嘎大笑,突然反应过来韩青和林嘉嘉在看着他们,顿时愣住了。

"也给我们欣赏欣赏呗。"林嘉嘉微笑着说。

郭猛的照片被贴到了独立小组办公室的白板上。

"这个人叫郭猛,是张勇的万和机械租赁公司的员工,开铲车的司机。"韩青向一旁的侯勇介绍,"他很可能是黑炮的马仔。郭猛的社会关系比较简单,除了老家的亲戚,他在东州没有熟人,平时基本都在张勇的公司待着,很少外出,所以我们怀疑让他来还车的人就是黑炮。"

"能确定黑炮是张勇吗?"侯勇问。

"张勇很可能就是在吕建民逃跑当晚给他打电话预警的人,但这条线索至今没能确定。郭猛虽然是张勇的员工,但还不足以确定张勇就是黑炮。"

"昨晚黑炮去李晓东家的时候,郭猛和张勇有不在场证明吗?"

"我不打算直接去问他俩,以免打草惊蛇。"

侯勇点头。

"但我认为现在有必要对张勇采取监控措施了,以免发生意外。"

韩青坚定地看着侯勇,侯勇点了点头。

"好,我来办。"

"侯局,目前有一条直接的线索,也许能确定张勇是黑炮。"韩青说。

"你说。"

"黑炮给李晓东打电话的声音和张勇的声音非常像,但我不确定这能不能算证据。"韩青看着侯勇。

"如果只有电话录音,那就不能构成犯罪认定。'像'不能代表'是',作为证据还不够确实、充分。"

"可以做声纹鉴定,省厅技术处贺处长就是国内首屈一指的专家。"一旁的林嘉嘉说。

"声纹识别是一种通过分析说话人的语音信号来提取身份特征信息的技术。每个人说话时的短时频谱、声源、持续动态、韵律等都有差异,因此声纹就像指纹一样,具有独特性。声纹鉴定是把说话人的录音分别通过语图仪转换成条带状或曲线型语图,对语图所反映的音频、音强与时间等语音特性进行比较,就说话人是不是作案时的言语人做出鉴别与判断。"贺处长在声纹实验室向韩青和林嘉嘉介绍道。

他们看着技术人员在电脑上操作声纹科技软件:首先从黑炮与李晓东的电话录音中将黑炮的语音分离出来作为分析素材,接着将素材转换成宽带声纹图来分析。可以看到,电脑屏幕上的声纹图的横坐标是时间,纵坐标是频率,颜色的浓淡表示音强,每一个字的声纹前部是清辅音的频谱,后部是元音频谱,元音频谱中由加强的纵线条构成的水平方向的黑带是共振峰。

"共振峰的数量、走向及频率是声纹分析的重要特征,利用价值最高。"贺处长说。

一切准备就绪,韩青在声纹实验室里拨通了张勇的电话。

"喂?哪位?"正在办公室打麻将的张勇接通了电话。他的声音立刻呈波纹状显示在了电脑屏幕上。

"张勇吗?我是市局刑侦支队的韩青。"

"韩警官，你好你好，找我什么事儿？"张勇示意手下停止打麻将。

贺处长听到这句时，在纸上黑炮与李晓东通话的摘录文字中的"什么事儿"下面画了一笔。

"我想再确认一下，上次吕建民去找你借钱是给你打的电话还是发的微信？"

"他是给我打的电话。"张勇不明其意。

贺处长在"给我打的电话"下面画了一笔。

"确定吗？"

"确定。"张勇笑了笑。

"他最近跟你联系过吗？"

"没有。您放心，如果有他的消息，我一定会第一时间向您报告。"

韩青看了看贺处长，贺处长冲她点了点头。

"好，谢谢了。"

"哎，再见啊，韩警官。"

张勇挂了电话后琢磨了片刻，没搞明白韩青这通电话的目的，于是继续打麻将。

"行吗，贺处长？"韩青问。

贺处长点头说："还不错，有两处完全相同的词句，可以作为首选样本。"

声纹鉴定需要时间，韩青和林嘉嘉只好回去等消息。在回东州的路上，韩青接到了米小虎的电话。

"姐，你能过来一趟吗？"米小虎在电话里问。

"怎么了？出什么事儿了？"韩青听出米小虎说话有些怪怪的。

"见面说吧。"

米小虎主动挂了电话，这很罕见。韩青有种不祥的预感。

回到东州，韩青放下林嘉嘉，马不停蹄地赶到了米小虎家，远远就看见米小虎站在小区门外的路边等着。

米小虎上了车："姐。"

"你快说，到底怎么了？"韩青迫不及待。

"姐……我把车弄丢了。"米小虎害怕地看着韩青。

那辆摩托车是钟伟的宝贝,也是韩青的精神寄托。

"什么时候丢的?"她克制着情绪。

"今天一早发现的……对不起,姐。"米小虎不知道该说什么好。

"怎么丢的?你慢慢跟我说。"韩青心里一阵绞痛。

米小虎告诉韩青,他就是怕丢才情愿花高价把摩托车停在了对面条件更好的商场地下车库,而没有停在小区的地上停车场。

韩青和他去了地下车库,查看了监控,发现了昨天半夜车被偷走的一幕:一辆金杯面包车停在摩托车的前面,挡住了停车场的监控。透过金杯车贴着深色贴膜的车窗,能模糊地看到几个人费力地把摩托车抬上了金杯车。韩青查了金杯车,发现车是登记在案的被盗车辆。行车轨迹显示,金杯车最后消失在西郊的监控盲区,去向不明。

韩青开始恨自己,她后悔把摩托车拿出来办事儿了。

正在难过之际,她突然接到赵文斌老婆祁红的电话。

"喂,师娘。"

"青儿,你姐晕倒了,你快过来一趟吧!"祁红在电话里焦急地说。

真是屋漏偏逢连阴雨,韩青又气又急,立刻驱车去了一叶茶楼。

周雪曼躺在茶楼二楼包房的床榻上,面色有些苍白。

"没事儿了,我好多了。"她看着韩青,有气无力地笑笑。

"怎么会晕倒?以前有过吗?"韩青关切地问。

"没有啊,大概喝茶喝多了吧。"她看着韩青笑了,"咱俩这都是怎么了,你晕完了我晕。"

韩青有些心不在焉。

"你的案子查得怎么样?"周雪曼问。

"姐……"

"好,我不问……唉,我只是很好奇,你都被停职了,为什么还这么拼命啊?天下的坏人多的是,你抓得过来吗?"

"姐,别聊这个好吗?"

"我没跟你开玩笑。"周雪曼一改平时的随和,"青儿,我就你这一个妹

第十五章 红桃 K | 337

妹，我不想让你因为当警察而出什么意外。"

"出了意外也不奇怪，我就是干这个的啊。"

这时韩青的手机响了一下，是一条视频彩信。发信人是个陌生的号码，韩青点开视频，米小虎丢失的那辆本田摩托车出现在视频里，韩青一惊。

本田摩托车被人推到了一台巨大的机械上方。从视频的拍摄角度看，像是用戴在头上的摄像头拍的。韩青一眼认出，那是一台粉碎大型金属的撕碎机。只见撕碎机突然启动，两排交叠的锋利切割钢齿转动起来，发出了沉闷的声响。韩青的心提到了嗓子眼。

推车人猛地把本田摩托车推进了撕碎机，发出轰隆的声响。

韩青失声惨叫。

切割钢齿瞬间将本田摩托车拖进齿口，本田摩托车在尖锐的金属撕裂声中被铰成了碎片。

韩青的眼泪夺眶而出。

"韩青！你怎么了？"周雪曼边喊边瞪大双眼惊恐地望着韩青，心里却在肆意地狂笑……

线人

冯天逸走在利民巷里，仍戴着那顶棒球帽。

他已经连续几天没睡过一个整觉了，今天还跑了趟外县，就为了拍那辆本田摩托车被粉碎的视频。现在他风尘仆仆地赶过来，就是来向老大汇报的。

他看到前方有一个人在拿着相机到处拍，好像是外地来这里旅游的。这些旅游的人什么都爱拍，一条破巷子有什么好拍的？他走进小支巷，来到一排垃圾桶附近，拨通电话轻声说："我到了。"他挂断电话，静静等待。

陈彬从远处走过来，手里拎着一袋垃圾。冯天逸习惯性地四下看看，以确保周围没人注意他们。陈彬来到垃圾桶前，并没有着急把手里的垃圾袋扔进垃圾桶。

"他们有可能已经发现你了。"陈彬说。

冯天逸并不意外，他做的事儿太多，难免留下痕迹。

"没事儿，"他说，"他们找不到我。"

"别低估了那个女警察。"陈彬警惕地看身后有没有人。

"那女警察看到视频后是什么反应?"冯天逸露出冷笑。

"这跟你没关系。"陈彬冷冰冰地说。

"呵呵……"冯天逸觉得自己真是嘴欠,他掩饰性地笑了笑,"我回来时路过张勇那儿,发现……他可能也被警察盯上了。"

"是吗?"陈彬有些意外,"有警察在蹲守他?"

"在大门外,有一辆车、两个人。"冯天逸阴郁地说。

陈彬的手机响了。

"喂,宝贝……我倒垃圾,马上回来。"他挂了电话。

"你最好换个安全的地方待着,哪儿也别去。"

"看样子,咱们是要出去避一避?"冯天逸猜测地问。

"看看再说,等我信儿。"陈彬把垃圾袋扔进垃圾桶,走了。

冯天逸叹了口气,他一点儿都不想出去避风头。

远处拐角,安连偷偷拍下了陈彬和冯天逸见面的全过程。

陈彬开门进来,说:"我回来了。"

穿着睡衣的杜小北窝在沙发上娇嗔地说:"倒个垃圾这么久,我都困了。"

"才几点,别困,我好不容易才来一趟。"陈彬笑着去了厨房。

"还知道你好不容易才来一趟!"

"马上来。"

陈彬从冰箱里拿出两瓶啤酒,把一颗胶囊里的药粉倒进了其中一瓶。那胶囊和王学华给白小蕙用的是同一款。陈彬拿着啤酒来到客厅,坐到杜小北旁边。

"每次来看我就知道喝喝喝!把我喝晕了,你很开心是吗?"

"就陪我喝一瓶,乖……"陈彬把那瓶加药的啤酒递给了杜小北。

那段摩托车被撕碎的视频将成为一道抹不去的伤疤,永远留在韩青心里,这是赤裸裸的威胁、警告和挑衅!她想不出来谁会用如此恶毒的方式来对付她,这个恶毒的人甚至没有伤害米小虎,而是直接毁了钟伟的车。他竟然知道毁掉这辆车会比伤害米小虎更让韩青愤懑、痛心。他似乎也在告诉韩青,毁掉米小虎也是同样易如反掌。

韩青向侯勇提出了请求，希望把米小虎一家保护起来，直到案子破获。侯勇不仅答应了这个请求，还特批给韩青配枪。从装窃听软件到毁掉钟伟的摩托车，对方似乎一直在针对韩青。现在不光她的线人，就连她的安全也受到了威胁，侯勇必须加以防范。这也说明韩青的调查已经触碰到了真相，现在的她必须顶住压力，忍辱负重。

韩青开着捷达车来到了水产批发市场，老宋约她来这里见面。她下车的时候，老宋从市场关着的铁皮门里迎了过来。

"老宋，来这儿查什么？"她问。

"带你见个人，他认识那个戴棒球帽的家伙。"老宋说。

"谁？"

"我的线人。"老宋严肃地看着韩青。

韩青明白，他这样做说明他对韩青已经极度信任。

这时江云杰从老宋身后的铁皮门里走了出来，望着韩青。韩青认出来，他就是那晚和老宋见面的那个小青年。她和老宋进去后，江云杰便站在门外把风。

偌大的水产批发市场已从晚间的热闹喧杂过渡为深夜的冷清，只有几个摊位点着昏黄的灯，收拾卫生的人清扫着水渍，发出单调的唰唰声。

老宋带着韩青朝一个还亮着灯的摊位走去。江涛和他老婆正在摊位上清扫忙碌着。江涛看到老宋和韩青后，迎了过来，向他们腼腆地点了点头。

"你们聊吧。我去那边看着。"老宋实际上是去另一头把风。

江涛看了看韩青，有些紧张。两个人在暗影里沉默着。

"听老宋说，你认识他？"韩青亮出照片。

"认识。一年前，他来找过我。"

"老板，虾怎么卖？"

"80元一斤，您要多少？"

冯天逸看了看说："全要了。"

"好咧……"

冯天逸付钱的时候，凑近江涛耳语了一句："你老大的老大托我给你带句话——把嘴闭紧点儿。"

江涛暗自一惊，看着冯天逸拎着水产袋离去。

"你老大是谁？"韩青问。
"万海强。"江涛冷静地看着有些吃惊的韩青。

钟伟和韩青望着白板，上面贴着万海强被暴尸街头的照片。
"万海强是东州贩毒圈儿里的老油子，仇家不少，可真正能动他的人却几乎没有。"钟伟说。
"所以你认为他不是死于仇杀？"韩青问。
"如果只从表面证据看，仇杀的可能性最大，但我总感觉不像。"

"那万海强的老大又是谁？"韩青问。
"不知道，但我猜可能是他。"江涛说。

午夜，江涛和老婆正在摊位上收拾打扫，万海强突然来找他。
"来了，大哥。"
"听说过红桃K吗？"万海强问。
"没听说过。怎么了？"
"想跟我做生意。这是他的货。"万海强摸出一小袋白粉。
江涛取出一点儿，在鼻子上抹了一下，说："够纯的。"
万海强点头："他的货不错，先打听打听，摸摸他的底。"
"知道了。"

"我们打听了一段时间，没人知道这个红桃K是谁。可是不久之后，万海强给我的货就从冰毒变成了高纯度的海洛因。虽然万海强不说，但我一尝就知道那是红桃K的货。也就是说，红桃K成了万海强的供货商，也就成了他的老大。"
"所以跟踪我的人是这个红桃K的手下？"韩青看着江涛。
江涛点头："不光他是，你们一直在找的那个黑炮也是。"

韩青暗惊。

"万海强死了不到两个月,我就接到了黑炮的电话。"

半夜三更,黑暗中响起手机振动的声音。

江涛和老婆被吵醒,江涛拿起床头柜上的手机看了看,有些犹豫。

"谁啊?"他老婆问。

江涛做出嘘声的手势,随后接通电话:"喂?谁啊?"

"兄弟,打扰了。"张勇独自坐在KTV包房里。

"你是谁?"

"黑炮。"

"你打错了,我不认识你。"

"呵呵,可我认识你。兄弟,别怕,都是自己人,往后你的货,我会按时给你,一切照旧。"

江涛没有说话。

"万海强的事儿我听老大说了,你放心,以后我会照应你的,咱们慢慢处。好吧,就这样,来日方长,兄弟。"张勇挂断了电话。

"之后没多久,黑炮就开始给我供货,一直到现在。他给我的货和万海强给我的一样,都是红桃K的高纯度海洛因。"

韩青从手机上调出张勇的照片让江涛辨认。

"黑炮是他吗?"

"我没见过黑炮,我们只是打电话、发短信。"

"红桃K托人带话让你把嘴巴闭紧点儿,是为什么?"

"我估计是跟万海强的死有关,他死得很突然。"

"所以他们怕你说出一些跟万海强的死有关的秘密?"

"可能吧。但我不知道那是什么秘密,直到现在我也没查清楚。"

韩青望着江涛问:"是有什么不方便对我说的吗?"

"没什么不方便,我知道的都会告诉你。自从给老宋当了线人,我这条烂命就交给他了。他敢把我露给你,说明你值得信任,我不会对你有所保留的。"

"谢谢,也谢谢你的信任。"

昏暗的灯光中，江涛的脸一半明一半暗。他和米小虎一样游走在黑白两道之间，暗不彻底，明不见光。

离开水产批发市场，韩青又来到利民巷附近和安连碰头。

安连向韩青详细汇报了陈彬一天的活动情况，最后给她看了陈彬和戴棒球帽的人见面的照片。韩青大吃一惊，她发现从一开始她就是对的。

"这是在哪儿？"她问。

"利民巷的一条小巷子里，离杜小北家很近。"

"他们说什么了？"

"没听见，我离得太远。"

"辛苦了。"韩青看着安连，"这些照片帮了我大忙，谢谢。"

"别客气，我这是在帮董洁。"

杜小北已经进入了"深睡眠"，对于陈彬从床上起身离开，她一点儿反应都没有。

陈彬来到五金店门外，轻轻敲了一下。门开了，里面黑乎乎的，他走进去，王学华探出头来看了看，轻轻关上门。

陈彬和王学华来到亮着灯的二楼阁楼，两人默契地保持着沉默。王学华按动墙角的隐秘开关，神龛后的墙体顿时移动开一米宽的大缝，后面现出了一叶茶楼的二楼包房。周雪曼正坐在桌前品着茶，幽幽地望向陈彬。陈彬迅速穿过大缝，跨进了茶楼包房。王学华又按动开关，墙体慢慢合拢，恢复如初。

王学华坐回到桌前，继续雕刻那对小鸟。对陈彬他一点儿妒意都没有，因为他才是周雪曼的门神，他手里雕刻的那对小鸟也象征着他和周雪曼。

"不至于要走吧？他们从我身上什么也查不到。"陈彬忧伤地看着周雪曼。

周雪曼不紧不慢地摆弄着茶具，没有回答。

"是因为冯天逸跟踪韩青的事儿吗？我最后不是听你的没动手吗？"

周雪曼仍然没有回答，慢慢斟上茶。

"我要是走了，反倒引起他们的怀疑。"

"境外那边我都安排好了，觉敏家在当地很有势力，你在那里很安全。"

陈彬望着周雪曼，无奈地笑了笑："你是不是有点儿紧张过头了？"

周雪曼斟茶的手停了停，又继续。

"我的意思是，你要是不放心，咱们可以把手里的事儿先停一停，不至于到非走不可的地步啊。"

"事儿不能停，但你得走。"周雪曼柔中带刚地缓缓说道。

陈彬沉默了片刻："我要想再回来，是不是遥遥无期啦？"

"等风头过去再说吧。"

"咱们这一别，有可能是永远，对吗？"

周雪曼默然地喝着茶，没有回答。陈彬久久地凝视着她，伸手握住了她的手。周雪曼轻轻地抽出了自己的手。

"你该回去了。"周雪曼望向陈彬，淡淡地笑了笑。

墙体伴随着响动移开，王学华看着陈彬从茶楼包房那边跨过来。

周雪曼按动开关，墙体再次移动，她看着陈彬的脸随着墙体合拢而消失。

陈彬转身看着王学华，惨然一笑说："帮我照顾好她。"

王学华笑了笑。

韩青在手机号组织架构图上塔尖位置的6940旁边写下了"红桃K"，侯勇、老宋在一旁看着。

"红桃K就是6940，黑炮、万海强，还有跟踪我的那个戴棒球帽的人，都是他的下线。"她把戴棒球帽的家伙的照片贴在第二层与黑炮平级的位置上。

"那个在我手机里装窃听软件的家伙，应当也是红桃K团伙的成员。他们分工明确，各司其职：黑炮负责毒品销售；戴棒球帽的人负责联络团伙内部人员以及反侦查等事务；在我手机里装窃听软件的家伙负责监视警方行动，通风报信，以确保团伙的安全；再往下，是以李晓东，也就是小春，为首的五个街头毒贩，他们直接面对吸毒人员。"韩青指着第三层级的5974、8377、4491、0230和3862这5个号码。

"现在除了李晓东，其他四名人员的情况我们还没有掌握。"韩青刻意隐掉了江涛。

"大组已经摸清这四个人的情况了。"

韩青和老宋一愣，侯勇递给他们一个卷宗。韩青抽出里面的几份档案查看，里面有夜总会男主持、打麻将的小混混、酒店红发按摩女，以及江涛。

韩青和老宋看到江涛的照片和档案时对视了一眼，这一切被侯勇看在眼里。

"红桃 K 这条线索极其重要，韩青，你的消息来源可靠吗？"

"绝对可靠，是一个秘密线人提供的。不过在找出内鬼之前，出于对他的安全的考虑，我不能公开他的身份。"

"做好预案，必要时果断采取证人保护措施，局里全力提供支持。"

"明白。"

老宋暗松了一口气。

"侯局，我觉得有必要对陈彬采取措施。"韩青说。

侯勇明白她的意思，笑了笑说："别着急，还不到火候。"

"不能再等了，侯局！就凭他和戴棒球帽的人见面这一条，就足够抓他了。"

"我知道，但我们还不能动他，即便他就是红桃 K。"

"为什么？"韩青无法理解，老宋也有些惊讶地看着侯勇。

侯勇看到他们的表情，笑了笑说："我这么说吧，这个案子是一盘大棋，红桃 K 只是其中的一部分，我们东州也只是其中的一部分。我现在只能说这么多，这是纪律。听明白了吗？"

韩青和老宋明白了，这个案子的涉及面超出了东州区域，超出了市局的管辖范围，案子很可能是由省厅甚至更高级别的单位督办。

林嘉嘉这时候跑进来，手里拿着几张纸。

"侯局，省厅的声纹鉴定结果出来了。黑炮和张勇的声音样本吻合率达到 90%。也就是说，黑炮和张勇有可能就是一个人。"

几个人都为之一振，望向侯勇。

侯勇看着一旁焦急又迫切的韩青，笑着问道："韩青，该怎么办？"

"红桃 K 都不能动，张勇就更不能动了。"韩青无奈地叹了口气。

侯勇这时候接了个电话，接完之后望着他们说："张勇带着行李离开了公司，有逃跑的迹象。"

第十六章　重逢

亲昵

今天是个大日子。黑暗中的赵文斌躺在床上凝望着天花板，身旁的祁红发出轻微的鼾声。

手机闹铃响了，赵文斌在第一时间关闭了闹铃，轻轻下了床。

"几点了？"祁红迷迷瞪瞪地翻了个身。

"6点。你再睡会儿吧。"

厨房里，赵文斌调肉馅，剥鲜虾仁，包馄饨。

调肉馅的时候，他十分小心地放盐，尝咸淡，严格控制着盐的用量。

一碗鲜虾馄饨、一小碟猕猴桃和苹果的双拼果盘被放到了赵晓菲面前。

"哇，我最爱的鲜虾馄饨！"赵晓菲惊喜地说道。

"吃吧！"赵文斌慈爱地摸摸赵晓菲的脑袋，望着她吃。

"爸，明天我做完移植手术，想吃你做的糖醋鱼和麻辣鸡爪。"

"刚做完手术肯定要禁食。"祁红笑着从卫生间出来。

"等你彻底好了，你想吃什么，爸都给你做，明天一定要加油！"赵文斌笑着说。

赵文斌来到赵晓菲的房间，查看着行李箱里的物品，包括衣服、生活用品、证件、病历等。一切妥当后，他稍稍放了心，站在屋里有些无所适从，便四处打量起屋中赵晓菲的物品和墙上的照片来。

换好外出衣物后，拎着包的赵文斌来到卫生间打开镜柜，翻找着什么。

"找什么？"正在涮抹布的祁红问。

"降压药。"赵文斌找出一个黄色小药瓶后装进了衣兜，轻轻地关上镜柜，愣愣地望着镜子里的祁红。

"怎么了？"祁红看着镜子里赵文斌失神的脸。

赵文斌笑了笑："等菲菲做完手术，你就轻松了。"

"嗐……"祁红似笑非笑地摇了摇头。这么多年熬过来，她已经不知道轻松是什么感受了，况且未来也未必能轻松。

"晚上早点儿回来接菲菲，到医院就安心了。"她说。

"知道。我走了。"赵文斌亲昵地拍了拍祁红的头，转身离去。

祁红已经很久没有感受过这种亲昵的举动了，有些意外。

圈套

张勇的黑色路虎开出了万和机械租赁公司大门，后座上放着一个行李箱。

路边停着的一辆伊兰特跟随黑色路虎驶去。

"目标驾驶一辆黑色路虎出大门了，车里就他一个人，车牌尾号255B。"伊兰特副驾上的侦查员在微信群里汇报。

黑色路虎车开出几公里后，跟在后面的伊兰特左转离去。路边停着的一辆速腾慢慢开动，等黑色路虎超到前方后，稳稳地跟在了路虎后面。

黑色路虎来到天泽百货，驶入地下车库。

跟在它后面的车已经从速腾换成了金杯面包车，车里坐着梁子和一名警员。

"目标车进入天泽百货地下车库。"梁子在微信群里汇报。

110指挥中心里，侯勇、方波、何支队长、刘处长站在监控大屏前。

"继续监视，注意隐蔽。"方波命令。

"明白。"梁子回复。

"应该不是外逃，像是要交易，通知缉毒组和特警组。"侯勇吩咐身旁的何支队长。

黑色路虎停在了商场出入口的大门前。金杯车停进了稍远的车位。

"目标车停在商场出入口前，没有熄火。"梁子汇报。

"留意周边是否有可疑目标。"方波指示。

"收到。"

梁子话音刚落，就看见一辆捷达从面前驶过，他吃惊地看到开车的韩青和坐在副驾的林嘉嘉。捷达停进了一个车位，介于金杯车和黑色路虎之间。

"方队，韩姐和林嘉嘉来了。"梁子赶紧汇报。

"韩青？"方波愣住。

"是我让她去的。"侯勇说。

方波有些意外，侯勇沉稳地冲他点了点头。

韩青的手机收到一条信息，是梁子发的。

"韩姐，你们现在是4组。我已经把你俩拉进行动微信群了。"

"好。"韩青回复。

"各组注意，迅速到达指定位置。"方波命令。

特警组的SUV驶入地下车库，超过黑色路虎，停在它前方不远的车位里，与捷达、金杯一起，对黑色路虎形成合围之势。

缉毒组的两辆车在车库的地面出口两侧就位，随时准备围堵拦截。

另有几组侦查员分散进入商场一层，前往各处要道待命。

韩青透过黑色路虎的深色贴膜车窗，依稀看到张勇在打电话。

"4组报告，目标在车里打电话。"韩青汇报。

"各组注意，留意附近是否有接打手机的可疑人员，交易随时可能开始，各组做好抓捕准备。"

各组人员加强戒备，特警组在车内检查枪械。

张勇结束了通话，仍坐在车里。韩青和林嘉嘉密切注视着他。

商场里，三个戴墨镜的男人引起了侦查员的注意。他们三个人都背着包，其中一个刚刚挂断电话。他们朝通往地下车库的扶梯走来。

"三个戴墨镜的可疑目标出现，刚打完电话，准备下扶梯去地下车库。"侦查员立即汇报。

"各组做好准备，注意安全。"方波命令。

三个戴墨镜的男人走下扶梯，两名侦查员跟在后面，另一组两名侦查员也迅速赶来，跟着下了扶梯。

三个戴墨镜的男人出现在地下车库的商场出入口，距离黑色路虎只有几米之遥。

所有警员注视着他们与黑色路虎里的张勇。

三个戴墨镜的男人走到黑色路虎的后备厢前停下，左顾右盼地说着什么。

各组人员做好了准备，静待交易开始。韩青和林嘉嘉拔出了手枪，做好下车准备。从扶梯下来的四名侦查员分散在三个戴墨镜的男人附近，蓄势待发。

黑色路虎突然启动，朝出口驶去。三个戴墨镜的男人仍站在原地。

"目标车往出口方向开走了！没有发生交易！"林嘉嘉在微信里说。

韩青不可思议地看着，侯勇、方波等人也大感意外。

梁子乘坐的金杯车率先跟着黑色路虎驶去。

韩青疑惑地望着这三个戴墨镜的男人，四名侦查员也立刻上前对他们进行盘查。

扫地机器人轰鸣着在地板上行驶，陈彬一副外出的打扮，坐在沙发上，目光呆滞。

穿着睡衣的董洁裹着湿头发从卫生间出来，看到陈彬后愣住了。

"你还没走啊？"

陈彬闷闷地"嗯"了一声，抬眼看了看董洁，没说话。

"怎么了？"董洁关切地走上前，看着陈彬，"哪儿不舒服吗？"

陈彬摇了摇头，董洁没太在意，坐到梳妆台前吹头发。

"晚上早点儿回来，陪我回趟我爸妈家，好久没去看他们了……"

陈彬垂头坐着没说话，董洁从梳妆镜里看了看他，停下吹风机。

"你怎么了？……陈彬？"

第十六章　重逢　　349

陈彬站起来，看着董洁。董洁觉得他今天似乎有点儿不一样。他走过来，站在董洁身后，望着镜子里的她。董洁也从梳妆镜里看着他，接着起身转过来查看陈彬的脸色。

"到底怎么了？你今天怪怪的……"董洁话没说完，就被陈彬一把搂入怀中。董洁体会到久违的爱意，惊诧之余，闭眼沉醉其中。

"我走了。"陈彬松开董洁，转身朝门走去。

"晚上早点儿回来。"

"好。"陈彬离开了房间。

董洁深吸一口气，回味着刚才那个长久的拥抱，又坐回梳妆台前精心打扮起来。

陈彬的车从车库开出来，朝小区大门驶去。

不远处，安连的车启动，跟着陈彬的车开去。

捷达车来到了海鸿花园小区，驶入地下车库后，韩青发现黑色路虎停在车位里，旁边不远处还停着金杯车。捷达驶过黑色路虎，韩青和林嘉嘉看到车里没人。他们停在了金杯车旁边，下了车。金杯车上的侦查员降下车窗。

"韩姐。"侦查员点头招呼。

"张勇呢？"韩青问。

"坐电梯上楼了，梁子哥带人跟着呢。"

"行李箱呢？"

"在车上，张勇没拿。"

梁子这时候从电梯间出来，来到他们面前。

"梁子，什么情况？"韩青问。

"张勇进了205，我查了，户主叫金小满，是张勇的情妇。"

韩青愕然。

"张勇是什么情况？绕了这么一大圈儿跑到他情妇这儿来了？"林嘉嘉说。

韩青疑惑地朝黑色路虎走去，林嘉嘉和梁子赶紧跟过来。

韩青趴在窗玻璃上看了看放在后座上的行李箱。

"张勇在耍我们。"韩青立刻给方波打去电话，"方队，郭猛呢？"

"在公司，有人盯着呢。"

韩青挂了电话，安排道："梁子，你盯着张勇，我们去他公司看看。"

"明白。"

捷达疾驰而来，路边车里蹲守的警员向韩青和林嘉嘉点头示意，捷达接着驶入万和机械租赁公司敞开的大门。

韩青和林嘉嘉跑进办公室的时候，看到一群人在打扑克。

一个黄毛看到了他们，问："找谁？"

"郭猛呢？"韩青问。

"没看到！"黄毛不耐烦地说，扭回头继续玩牌。

韩青和林嘉嘉依次查看院里的简易房和二楼的房间，都没发现郭猛的踪影。

林嘉嘉在一处围墙边看到，两米多高的围墙下立着一个油桶。他站了上去，发现正好可以翻出围墙。"韩姐！"他连忙大声喊道。韩青赶紧跑过来。

"这儿能翻出去。"林嘉嘉说。

韩青飞快地思索着。

陈彬和张勇蹲在铲车旁的照片……

韩青夜里查看铲车平衡杆下方的空腔……

郭猛驾驶铲车回来，与捷达擦肩而过……

"方队，郭猛不在公司，马上查离开东州的所有交通要道，重点查铲车！"韩青挂断电话。

"林嘉嘉，你带门口那辆车去国道查，我去省道。"

"好！"

两人各自奔去。

一辆平板车在国道上快速行驶，车上载着一辆铲车。

郭猛悠闲地坐在平板车的副驾驶上，身旁是正在驾驶的一名司机。

韩青从省道旁的重型车辆检测口办公室走出来，工作人员告诉她，这里没有铲车经过。刚要上车的时候，她接到了林嘉嘉的电话。

"韩姐，半小时前有一辆拉着铲车的平板车通过了国道收费站。我查了监控，郭猛在车上。目前车正往宁州方向开。"林嘉嘉在电话里说。

"你赶紧去追！"

挂了电话，韩青立刻把情况汇报给方波，方波随即通知了宁州警方，让他们配合拦截。

韩青刚上车，电话又来了，是周雪曼。

"喂，姐？"

"青儿，你在哪儿呢？"周雪曼喝着茶问。

"我在办案，什么事儿？"

"你又在哪儿办案呢？青儿，你都停职了……"

韩青打断她："姐，你没什么事儿的话，我回头再打给你，挂了啊……"

"哎！别挂呀！你知道菲菲的事儿吗？"

"菲菲怎么了？"

"菲菲配型成功了，明天一早要去做换肾手术。"

"真的？太好了！"

"是啊，你抽时间去看看她吧，你师父他们肯定高兴坏了。"

"好，知道了。"

"你到底在哪儿呢？……"周雪曼话没说完，韩青已经挂了电话。

她刚要拧钥匙开车，又停下来，刚才周雪曼那句"你师父他们肯定高兴坏了"让她想到了什么。

钟伟出现在副驾的位置上，眼神悲痛地问："现在想起是谁了吗？"

韩青愣住了。她模糊的视野中，出现了街道……逐渐看清的夜色……身旁传来并不十分嘈杂的市井声……那个戴棒球帽的家伙夹着包，站在街边，正和谁说着话……对面那个人逐渐清晰，是赵文斌。

赵文斌和几个快递员正在网点里忙碌，韩青匆匆走进店面。

"师父。"

"韩青，你怎么来了？"赵文斌乐呵呵地迎上前。

"师父，我问你点儿事儿。"韩青把赵文斌拉到一边。

"是菲菲的事儿吧？她们给你打电话了？我都说了你忙，别打扰你，等菲菲做完手术再告诉你。"

"师父，这个人是谁？"韩青把手机拿给赵文斌看。

赵文斌看到冯天逸的照片，愣了一下："这是……"

"你认识他吗？"

"看着有些面熟。"

"他来过你店里，就是我来找你喝酒那天，你还记得吗？"

"是吧？我就说看着有点儿面熟。"

"师父，我想看看那天店里的监控。"

"好。"

监控视频里，戴棒球帽的冯天逸走进店面，赵文斌迎上前去，两人交谈起来。

"是他吗？"赵文斌指着电脑屏幕。

"对，是他。他是干什么的？"

"应该是个客户，我查一下。"赵文斌戴上老花镜，打开电脑文件夹。

"看看他有没有留电话、地址什么的。"

"嗯，应该有，你等会儿啊……"

韩青的手机接连响了几下，是安连给她发了几张照片。照片中的地下车库里，陈彬递给戴棒球帽的家伙一个旅行包，嘱咐着什么。韩青大惊。

"师父，我出去打个电话。"

"去吧。"

韩青跑出快递站，站在门外拨通安连的电话。

"你在哪儿拍的？"

"珠江公寓地下车库。"安连在电话里说。

"跟陈彬一起的那个人还在吗？"

"他开车走了，车牌尾号是5332，银色福特。"

"陈彬呢？"

"陈彬在楼上他的情妇徐欣家。"

第十六章 重逢 | 353

"我马上过来！"

办公室里，赵文斌通过门口的监控看到并且听到了韩青的通话过程，他悄悄从办公桌下拿出一部手机，拨通一个号码。
"韩青要去抓你了。"他说。

韩青刚挂断安连的电话，林嘉嘉的电话就打了进来。
"韩姐，郭猛被我们抓到了。"林嘉嘉说。
"郭猛怎么说？张勇是黑炮吗？"韩青急切地问。
"他什么也没说！我们仔细检查了铲车，包括你说的平衡杆里面的空腔，但什么也没有！"

韩青愣住了，她突然反应过来：张勇先是拿自己当诱饵，假装出逃，把警力全都吸引到他那儿；然后让郭猛金蝉脱壳，假装去外地交易毒品，然而铲车里什么毒品也没有……
"我们上张勇的当了。"她立刻挂断电话，给方波打过去。
"方队，我们上当了，郭猛运毒是个幌子，实际上是张勇和陈彬一伙想要逃！你赶紧让梁子上金小满家堵张勇！陈彬现在在珠江公寓，情妇徐欣家，我先过去堵他！还有跟踪我的那个人，开一辆尾号5332的银色福特，刚从陈彬那儿走！"

韩青打完电话立刻跑回办公室，赵文斌赶紧把手机藏起来。
"师父，查到了吗？"
"查到了，冯天逸，这儿有他的电话。"
"好，你把他的号码发给我，我有急事儿，先走了！"
"好。"
赵文斌看着韩青跑出办公室，赶紧拿出电话。
"快走！还有张勇和冯天逸，警察抓他们去了！"
赵文斌惊恐万分地关机，拔出了手机卡。

物业管家敲响205的房门："你好，物业管家。"

梁子等人持枪躲在门旁。

门开了，金小满望着物业管家问："什么事儿？"

梁子等人一拥而入，四处查找，没发现张勇。

"张勇呢？"

金小满吓得不敢说话。

"问你话呢！张勇呢？"梁子着急地问。

"走了……"

"什么时候走的？"

"刚走，接了个电话走的。"

梁子一听这话，赶紧到窗边查看。楼下，守在那里的警员冲梁子摇头。

梁子回到金小满面前，问："他从哪儿走的？"

"我不知道，我在上厕所……"

梁子一眼看出金小满心里有鬼，厉声说："金小满，张勇涉嫌贩毒和杀人，你想当同案犯吗？说！他从哪儿走的？"

金小满吓得一哆嗦，指了指客厅旁一间书房。梁子等人立即冲进书房，看到里面只放着几组顶天立地的大书架，别无他物。梁子回头瞪着站在门口的金小满问："哪儿呢?!"

"那后面有个门，和隔壁204是通的……"金小满指了指墙角那个书架。

梁子等人大惊。他们搬开书架，果然看到一道隐藏的门。他们开门进入204搜索，没发现张勇。最后梁子来到厨房，看到了打开的窗和窗下一米之外的围墙，围墙外就是一条通车的小街，这里没有警力部署。

梁子带人到地下车库撬开了路虎的车门，打开后座的行李箱后，发现行李箱里面空空的。

捷达开进地下车库，安连在路旁等待。韩青匆忙跑下车。

"陈彬呢？"

"还在楼上，车在这儿。"安连指给韩青看。

韩青朝电梯跑去。

"门牌号多少？"

"701。"

第十六章 重逢 | 355

不间断的门铃声传来，徐欣赶紧过来开门。

"来了来了，谁呀?!"徐欣从猫眼往外看了看，打开门。

韩青闯进来，吓了徐欣一跳。

韩青快速进入房间查看，徐欣吓得远远跟在她后面。

"你干吗呀?!"

韩青向徐欣亮出证件。

"陈彬呢？"

"走了。"

"什么时候走的？"

"刚走没一会儿，他接了个电话就走了。"

韩青突然看到厨房门关着，她看向徐欣，徐欣心虚地避开眼神。韩青立即过去推开门，看到厨房的窗开着，窗口外的墙上安装着高楼逃生缓降器的固定底座。韩青跑到窗口查看，只见荧光色的缓降绳一直垂到了楼下地面，陈彬早已没了踪影。

后患

审讯郭猛没费太多工夫，这小子脑子还是活泛，知道自己就是个工具人，没必要替老大扛罪。他交代了张勇团伙用铲车向周边地市贩毒的事实，但这份交代来得太晚，张勇和陈彬已经跑了，他也无法提供其他更有价值的线索。

陈彬、张勇和冯天逸的通缉令很快发布在东州公安的网上，市局组织了上千警力在全市范围展开搜捕和走访，在东州各出入关卡严格盘查过往车辆和人员。韩青带着林嘉嘉跑了几处她认为有可能的藏匿点，包括北郊废弃煤窑，都没有发现。和陈彬有染的女性的住所，以及张勇的老家，市局也派驻了人手蹲守。

在韩青看来，一切都太晚了！如果早一点儿听她的建议，把陈彬和张勇控制起来，就不会出现现在的被动局面，说不定案子早就破了。她有些埋怨侯勇和方波，觉得他们太过谨小慎微，以至于屡屡贻误战机。警察必须时刻保持谨慎，但办案也有需要直觉的时候，正如钟伟所说，"直觉是警察的优秀品质"。韩青一时间不知道该干什么，懊恼了一会儿后忽然想起了赵晓菲。

赵晓菲开门看到韩青来了，很是惊喜地说："姐！你怎么来啦？！"

"菲菲！"韩青欣喜地回应，两人兴奋地抱在了一起。

"太好了，菲菲！"韩青由衷地为赵晓菲高兴。

"嗯！"

祁红笑盈盈地从厨房过来，问道："青儿，吃饭了吗？"

"师娘，我吃过了。"

"我给你再弄点儿吧，你看你又瘦了……"

"不用，师娘，我马上就走。"

"啊？马上就要走啊……"赵晓菲很是不舍。

"嗯，还有任务，我抽空儿过来的。"

她们说着话来到赵晓菲的卧室。

"姐，你看，我都收拾好东西了，等我爸回来就送我去医院。"

"家里有这么大的事儿，师父今天还去上班，也不知道请个假。"韩青笑道。

"他不上班，谁给菲菲挣钱啊？"祁红说。

"我的老爸是世界上最好的爸爸，他给我挣钱换肾，每天还给我做最爱吃的饭菜，他今天早上6点就起床给我做鲜虾馄饨啦！"

赵晓菲高兴地打开行李箱让韩青看，韩青看到收拾整齐的满满一箱子物品。

"要住多久啊？"

"做完手术还要住院观察，看排异反应什么的，前前后后估计得半个多月吧。"祁红说。

"什么时候手术？"

"说是明天一早，也有可能提前，得看肾源那边的医院情况，这边让菲菲今晚就住进去，要做很多术前的准备工作。"祁红说。

"肾源不在一家医院里吗？"

"不在，做手术是在省城，肾源是在宁州，得从宁州送过来。"

"这么复杂呢。"

"姐，你是不是以为换个肾跟抓个人一样，手铐一戴就好了？"

韩青笑了，祁红和赵晓菲也跟着乐起来。

韩青待了十来分钟就有些坐不住了，她虽然情绪有些消极，但内心里还是

第十六章 重逢 | 357

挂念着案子，于是便离开了赵家。

韩青刚走出单元门，就碰到赵文斌回来。
"师父。"
赵文斌有些意外："你来啦……"
"我来看看菲菲。"
"哦，怎么样，案子忙完了？"赵文斌看着她。
"没呢，忙活半天还是让人跑了。"韩青有些泄气地说。
"别灰心，案子是肯定能破的，不会太久了……"赵文斌幽幽地说。
"行，我走了，师父，一会儿送菲菲去省城时你开慢点儿，注意安全。"
"知道了。"赵文斌看着韩青离开。
"韩青！"
"啊？"韩青停住。
赵文斌走过去看着韩青，语重心长地说："不是什么事情都会有好的结果的，有时候可能还会出乎意料地糟，对案子、对自己、对身边的人，有时候要想开点儿。"
韩青有些诧异，问道："师父，你这话是什么意思？你是觉得钟伟……"
"不是不是，我的意思是无论发生了什么，都不是你的错，别再跟自己过不去了。"
韩青觉得今天师父有些怪怪的，不解地看着他。
赵文斌笑了笑说："行了，走吧。"
韩青沉默片刻转身走了，赵文斌久久地看着她的背影，若有所思。

月光下，两个黑影跑进了北郊的废弃煤窑，鬼鬼祟祟地来到一排破旧车间前。
月光从高墙的窗户上透射进黑暗的车间，照出一排整齐的方形光斑，隐约勾勒出车间内的环境。门轻轻打开，两个黑影悄悄进来，关上了门，两人借着月光查看车间里的环境。是张勇和吕建民。
吕建民靠着一个大木箱坐在地上，惴惴不安地胡乱琢磨着。这些天可把他憋坏了，张勇把他藏在金小满隔壁的204，虽然是高档公寓，吃喝都由金小满好生伺候着，但张勇不允许他开窗帘。他每天只能在夜深人静时偷偷开窗呼吸新鲜空气，看看星星点点的城市夜景，像渴望自由飞翔的笼中鸟。

张勇早已料到会有这么一天，他知道有可能再也回不了东州，往后的日子都将在逃亡中度过，生死难料。他怅然若失地发着呆，陈彬的电话打了过来。

"喂？"

"到了吗？"陈彬在国道护栏外的荒地上打着电话。

"刚到。我们什么时候走？"张勇问。

"再等等，现在所有的警察都在找我们。"陈彬朝不远处的收费站望去，一些荷枪实弹的武警在交警的配合下，严格地查验着过往车辆。

张勇问："警察肯定封路了，我们出不去了吧？"

"别慌，我正在想办法。等我的消息。"

"知道了。"张勇挂断电话。

"哥，他们什么时候来？"吕建民问。

"等消息。"张勇一脸无奈。

陈彬挂了电话后，又打给周雪曼汇报说："张勇到北郊煤窑了。"

茶楼包房里，周雪曼接听着陈彬的电话，轻声说："知道了。冯天逸呢？"

陈彬压低了声音说："在我这儿。"

陈彬看了看不远处的护栏，冯天逸趴在那里关注收费站那边的情况。

"走之前把他处理掉。"

陈彬有些犹豫，央求道："我想带着他，路上有个照应。"

"计划是你一个人走。"周雪曼平静地说，"不能留后患。"

"知道了。"

周雪曼挂断电话，望向一旁的王学华，平静地说："张勇到煤窑了。"

王学华点了点头，立刻起身准备离开。

周雪曼拉住他的手叮嘱说："小心点儿。"

"放心。"

周雪曼看着王学华回到阁楼，关闭暗墙。

"大哥,车到了。"冯天逸望着护栏外。

陈彬赶紧过来,站在了冯天逸身后,看到不远处一辆大货车朝这边开来。

"是这辆吗?"

"是,车牌号是……"冯天逸转头看车的时候,他的脖子上一道寒光闪过,鲜血顿时喷涌而出。冯天逸被陈彬强壮的手臂束缚得动弹不得,手脚并用地挣扎了一小会儿,慢慢不动后,身体滑了下去。

大货车打着双闪,缓缓停在了陈彬旁边的护栏前。

陈彬快速翻过护栏,上了大货车的副驾,大货车随即驶离并熄灭了双闪。

护栏外杂草里的冯天逸两眼圆睁,脸上还保持着死前错愕的表情。

张勇靠在木箱旁坐着,发出了重重的鼾声。旁边的吕建民突然听到什么,赶紧摇醒张勇说:"大哥,有人来了!"张勇猛然坐起来,掏出手枪。

车间门外传来轻微响动,门被微微打开一条缝,月光洒了进来。一个人影闪身进了车间。关上门后,他在门前的暗影里待了一会儿,然后走到窗前光斑中站住了。月光下,他一只手拎着一个沉重的旅行包,另一只手拎着一个大大的透明塑料袋,里面装着一些零食和两瓶矿泉水。

"张老板?"王学华喊了一声。

没有回应,车间里寂静无声。他继续走入暗影,又缓缓从暗影走入下一个光斑中。

"是红桃K让我来的。"

张勇借助着黯淡的月光,看清了他的脸,但并不认识他。

张勇突然闪身出现在他前面不远的光斑中,用枪指着他。

"红桃K?"张勇问。

王学华笑了笑:"陈彬让我来的。"

张勇看着王学华说:"红桃K果然就是陈彬。他人呢?"

"他已经出城了。"

"我现在怎么办?"

"半小时后,到煤窑门外等,有车来接你。"

"接我去哪儿?"

"先送你出城,然后再换车带你去内芒,在那里躲一段时间。"

"陈彬也去吗？"

"他去云安，你们不能在一起，容易暴露。"

张勇点了点头。王学华便将沉重的旅行包朝张勇扔了过来，旅行包滑到了张勇脚边。

"这里是100万，是陈彬留给你的。"

张勇谨慎地慢慢蹲下，拉开拉链看了看里面成捆的钞票。

王学华又把塑料袋扔了过去，说："随便买了些吃的，也不知道你喜欢吃什么。"

张勇看了看袋子里面回道："谢了。"

"记住，半小时后准时出现，车不会等的。"王学华说。

"知道了。"

张勇看到王学华打开门离开后，松了口气。饥渴难耐的他先拿出来一瓶矿泉水，上下左右检查了一下瓶身，没发现问题；他又拧开盖子，盖子也没发现问题。检查完后他便仰头猛喝起来。

"大哥。"吕建民跑过来。

张勇拍了拍装钱的包，冲吕建民笑了笑："这里有100万，够咱们兄弟俩在内芒过一阵子的了。"

张勇顺手把另一瓶矿泉水递给了吕建民。

"咱们要去内芒？"吕建民一边问，一边拧开矿泉水瓶盖。

"对，先去躲……"张勇话没说完，突然喘息了一下。

吕建民刚要喝水，停下来看着他问："大哥，你怎么了？"

张勇摇摇头，手一松，矿泉水瓶就掉到地上，然后张大嘴猛烈呼吸着，身体也扭曲地砸倒在地。

"大哥……"吕建民吓得说不出话。他看看手里的矿泉水瓶，顿时明白过来，赶紧将水瓶扔掉。

张勇只在地上抽搐了片刻，就不动了。车间的门又一次被轻轻打开，吕建民赶紧退入暗影躲了起来。王学华的身影再次出现在窗前的光斑里，这一次他的手上多了一支枪。吕建民大气也不敢出，躲在黑暗中看着。

王学华来到张勇身旁，蹲下身子查探，确认张勇已死，然后拎走了那袋钱，朝车间门走去。突然，他回过头，朝车间里静静地扫视。

吕建民屏住剧烈的呼吸，一动也不敢动。

诀别

挂钟上的时间已接近早上 6 点。

手术室的门开了，医护人员推着赵晓菲出来。

"赵晓菲家属？……赵晓菲家属在不在？"一名护士问。

"在，在！"祁红从椅子上惊醒，赶紧跑了过来。

"菲菲，菲菲……"她扶着病床跟着走。

赵晓菲还处在麻醉刚刚失效的阶段，眼睛半睁半闭，疲惫地望着祁红。

"医生，手术成功了吗？"祁红问。

"手术很成功，效果很好。"护士回答。

"菲菲，听到了吗？成功了！手术很成功！"祁红激动地流下眼泪。

赵晓菲疲惫地笑了笑。祁红抚摸着她的额头和头发，忽然想起了什么，往身旁看了看，却发现赵文斌并不在身旁。祁红感到很奇怪，又朝休息区望去，依然没有看到赵文斌的身影。此刻是赵文斌日夜盼望的最重要的时刻，可他居然不在。

东郊森林公园的一片开阔地上，赵文斌坐在草地上，望着远方升起的朝阳，四周充满着富有生命力的虫鸣鸟叫。他的手机响了起来。

"喂？……手术成功了？……菲菲呢？……好！太好了！……我在外面，一会儿就回来。"赵文斌挂了电话，仍旧望着远方。朝阳温暖的光辉普照着大地，一切都欣欣向荣。赵文斌掏出黄色小药瓶，从里面倒出几枚白色药片，决绝地吞了下去。

榔头撞击金属发出第一声脆响……

在国道护栏外冯天逸的尸体旁，杨刚从杂草里捡起一把带血的匕首……

榔头撞击金属发出第二声脆响……

在废旧的车间里，谢敏把小手电伸进张勇半张的嘴里，查看着……

榔头撞击金属发出第三声脆响……

黑暗中有光线从破口处射进来，林嘉嘉的脸出现在破口外。

林嘉嘉从被砸开的保险柜的独立小匣子里，拿出一个厚厚的牛皮纸文件袋。韩青和董洁站在一旁，董洁又害怕又紧张地望着。床上摆着从保险柜里拿出来的现金、证照、首饰等物品。

林嘉嘉把文件袋交给韩青。韩青打开文件袋，从里面拿出一摞纸。看到纸上的内容时，在场的人都暗暗吃惊。纸上是东州市城区各处的道路监控探头当前角度的画面截图。

"这是哪儿来的？"韩青问董洁。

"我不知道。这个小匣子我从没打开过，陈彬说里面是他做生意的各种合同和票据，密码我不知道。"董洁害怕地说。

韩青的手机响起，她看了看，站到一边去接："喂，师娘。"

"青儿，你师父不知道去哪儿了，电话也不接，微信也不回，这都一上午了。"祁红说。

"怎么回事儿？师娘你别着急，慢慢说。"

"早上菲菲做完手术出来的时候他就不见了，我打电话给他，他说在外面一会儿就回来，结果到现在都没回来。"祁红着急地说。

"哦，菲菲手术怎么样？"

"医生说非常成功，效果很好。"

"太好了！师娘，师父是不是临时有什么急事儿啊？"

"有急事儿也该来个电话呀，我都急死了……"

"师娘你别急，我去他店里看看。"

韩青挂了电话后立即拨打赵文斌的手机，电话通了，却一直没人接。

韩青走进快递站，来到一个在办公桌前写单据的快递员面前。

"韩警官来了？"

"你好，赵经理来了吗？"韩青问。

"没来。"

"你知道他去哪儿了吗？"

第十六章　重逢　｜　363

"不知道啊,我给他打了好几个电话,他也没接。"

"好吧,"韩青点了点头,"他回来的话,麻烦你让他给我打个电话。"

"好咧。"

韩青急匆匆出来,刚要上车,看到街上有一对小情侣,男孩背对女孩偷看着手里的手机,女孩发现后跑过来夺走手机。

"你干吗偷看我手机?"

"我看看你买什么了……"男孩笑道。

韩青拉开车门准备上车,猛然间想到了什么。

一个月前,她在赵文斌家上厕所,刚出来就看到赵文斌在背对着她看东西。

"看什么呢,师父?"

赵文斌转回身,韩青看到自己的手机在赵文斌手里。

"你这手机还能用?看都看不清……"

赵文斌把屏幕上满是细碎裂纹的手机还给韩青。

"没事儿,能用。"韩青笑笑。

"钟伟送你的?"赵文斌看着她。

韩青点了点头,赵文斌笑了笑……

"内鬼有线索了吗?"老宋问。

钟伟迟疑了片刻,回道:"嗯,有目标了。"

"连我都不能告诉?"老宋看着钟伟。

钟伟神情有些复杂地说:"时机还不成熟,老宋,再给我点儿时间。"

钟伟突然失声痛哭。

"你怎么了?……钟伟?"韩青看着钟伟。

"师父……师父……都怪我没本事,救不了菲菲……"

冯天逸夹着包,站在街边和赵文斌道别……

韩青瞬间头皮发麻。

她回到店里，来到刚才那个快递员面前，调出手机中冯天逸的照片。
"你见过这个人吗？"
快递员只看了一眼就答："见过，他经常来，跟赵经理挺熟的。"
韩青只觉得后背一阵发凉。

她猛地推开办公室的门，一抬头，就看到角落里悬着的监控探头。她坐在赵文斌的电脑前，调出了监控录像。很快，她就查看到了昨天她来时赵文斌打电话报信的监控视频。韩青顿时感到五雷轰顶。

捷达在街道上飞驰。韩青一遍遍拨打着赵文斌的电话，却始终无人接听。她气急败坏地把手机扔到副驾座椅上，手机却猛然响起了铃声。
"查到了吗，小于？"
"查到了，手机定位在东郊森林公园。"
韩青一愣，她早应该想到的。

咔嗒一声，登山杖戳在了一块石头上。韩青气喘吁吁地抬起头，看了看往上的山路。
走在前面的钟伟转回头望着韩青，笑着把登山杖的一端递给她。
"我拉你走吧。"
韩青拉住钟伟的登山杖，钟伟拉着她往上走。
"师父，慢点儿，韩青爬不动了。"
前方的山石上，赵文斌正精神抖擞地拄着登山杖、背着登山包往上攀登，听到钟伟的喊声后回头望向韩青，呵呵地笑了。
"韩青，就你这身体素质，还当警察呢！回头别再跟人说是我徒弟了，我都替你脸红。快点儿啊，这才一半的路程。"
韩青在后面气喘吁吁地走着。

捷达一个急刹车，停在了路边，韩青跌跌撞撞地从车里跳下来。
她拨打赵文斌的手机，仍是通了没人接的状态，于是她仔细聆听周遭有无手机的响铃声。

第十六章 重逢 | 365

赵文斌坐在地上，从背包里拿出面包、酸奶等食品饮料递给旁边的钟伟和韩青。韩青躺在地上，接过赵文斌递来的东西。

赵文斌愉快地嚼着面包，看着山景。

"钟伟，咱以后在山里弄个房子，怎么样？"

"好啊！"

"说真的，这儿空气多好啊，住在这儿能多活好几年，没事儿带着你师娘和菲菲她们爬爬山、钓钓鱼，那才美呢。"

"不用等以后啊，这附近有好几个村子，还有农家乐，你随时可以带师娘她们过来玩。"钟伟笑着说。

"师父，你还是别做美梦了。"韩青说。

"怎么了？"

"你大老远把师娘她们带过来，队里来电话让你回去办案子，你怎么办？"

"那我就回去呗，办完案子再来不行啊？"

"你刚回来，队里又来一个电话，又有一个案子，你怎么办？"

"我就再回去，办完了我再回来，怎么了？"

"你再回来，师娘她们等得不耐烦了，自己回去了，你怎么办？"

赵文斌哈哈大笑道："跟我抬杠是吧？"韩青也笑了笑。

"唉，干咱们这行啊，算是跟这种生活无缘了。"钟伟感叹道。

"以后啊，等我不干了，我还真到这山里来弄一个房子，养两头猪，种点儿菜，天天就这么待着，放空自己，啥也不想……到时候欢迎你们来啊，酒饭管饱。"

"算了，我怕队里给我来电话。"韩青偷笑。

"嘿！你这小丫头！"

赵文斌和钟伟都笑了。三个人躺倒在地，说说笑笑。从空中俯瞰，何其美好……

韩青气喘吁吁地爬上了一小片平坦的开阔地，举目四望，并没有看到什么。

她再次拿出手机，拨通赵文斌的电话，不远处传来清晰的手机铃声。韩青浑身一震，那铃声再熟悉不过了。韩青辨别出铃声来自上方。她爬上山坡，远处有一块更大的开阔地。荒草之中，躺着一个人，手机铃声便来自那里。

越走，离躺着的人越近，韩青甚至能在逆光中看清他侧脸上飘动的汗毛。

手机铃声也越来越响，从那人的裤兜里清晰地传出来。

韩青走到足够近的地方，近到可以俯视她脚边赵文斌的全貌。那个想彻底放空自己的人此刻已经安然地闭上了双眼……

韩青抓住赵文斌的双肩，不知道是想要摇醒他来接受质问，还是想用这剧烈的摇晃来表达悲痛。

她猛然看到钟伟站在不远处看着她。

"快来帮帮我呀！救救他！"

钟伟站在那儿看着她和赵文斌，岿然不动。

"快过来啊！"

眼泪迷住了韩青的双眼，钟伟的身影在泪眼婆娑中渐渐消失，变成了一个小土包。

韩青回头看向赵文斌旁边，她似乎明白了什么。她爬过去，疯狂地用手扒着小土包。

当她的手在土层下触到一块坚硬的物体时，她乞求那只是一段坚硬的树根。她用手小心抚去上面的浮土，看到的却是一截尸骨。

他们——钟伟与韩青，终于重逢了。

第十七章　金环

橡胶林

烈日当空，在边陲小县蒙哈街边的树荫下，18 岁的王学华正喝着汽水，一辆出租车停到了街边，下来了一个戴墨镜的美女——20 岁的周雪曼。只见她站在街边左顾右盼，无目的地来回溜达。

王学华走过去，看了她一眼。周雪曼也看了他一眼。两个人没有说话，一前一后拐进了街角，很默契地上了停在路边的银灰色小面。周雪曼坐到了后座上，王学华坐进驾驶室，发动了汽车。

周雪曼有些紧张地问："去哪儿啊？"

"城外。"王学华冷冷地说。

"城外哪儿啊？"

王学华从后视镜里瞪了周雪曼一眼，没说话。

"小兄弟……你不会骗我吧？"

周雪曼开玩笑似的笑着，透过墨镜观察着王学华。

"不买就下车。"

"我买啊，不买我大老远跑来干吗？……行，我相信你，走吧。"

周雪曼摘下墨镜，对王学华甜美地笑了笑。

王学华白了她一眼，继续开车。

银灰色小面孤零零地行驶在橡胶林间，在路旁一小片开阔地上停了下来。

周雪曼有些紧张地打量四周，王学华按了两下喇叭。两个皮肤黝黑的汉子从橡胶林里走了出来，王学华下车跟他们说了几句，三个人一起回到车旁。

两个汉子凶巴巴地打量着坐在车里的周雪曼。

"钱呢？"汉子甲问。

"在我包里。"

"拿出来啊！"汉子乙嚷了一句。

"货呢？"周雪曼镇定地问。

"先给钱。"汉子甲冷冰冰地命令。

周雪曼望着两个汉子，又看看他们身后的王学华，王学华面无表情地看着她。

"快点儿！"汉子乙很不耐烦。

周雪曼从捂着的包里拿出了一个黑塑料袋，汉子乙一把抢了过去，交到了汉子甲手中。汉子甲打开看看后，和王学华走进橡胶林。

汉子乙一双色眼在周雪曼身上游移，周雪曼本能地坐到了旁边的座位上。

"下来。"

"干什么？"周雪曼害怕地看着面露邪色的汉子乙。

"下来！"汉子乙一把拉开车门，伸手去拽周雪曼。

周雪曼尖叫着被汉子乙拽下车，拖往橡胶林里。王学华和汉子甲听到动静跑过来。

"怎么了？"汉子甲问。

"你要干什么?！你放开！"周雪曼在地上挣扎。

"大哥，弄了她，钱和货都不用给了。"汉子乙说。

汉子甲一愣，琢磨起来。

"求求你们放过我，货我不要了，钱也给你们，别杀我！"周雪曼哀求。

"大哥，别浪费，你先来！"

汉子乙淫笑着，在周雪曼身上乱摸，又继续把周雪曼往橡胶林里拖。

王学华蒙了，呆呆地看着。

周雪曼望向王学华，大声呼喊："小兄弟，救救我！"

"大哥，放了她吧。"王学华弱弱地说了一句。

"你懂啥！拿着！"

汉子甲把装钱的黑塑料袋塞到王学华手里，淫笑着跟了过去。汉子乙将周雪曼按倒，撕扯着她的衣服，随后赶来的汉子甲按住周雪曼的腿，要去扒她的短裤。

正在撕扯衣服的汉子乙突然看到了什么，停住手，大声喝道："你干吗？"

第十七章 金环 | 369

"放开她！"

汉子甲回过头，看到王学华正拿着匕首对着自己。

汉子甲腾的一下站起来，一拳打在了王学华脸上，随即劈头盖脸就是一顿暴揍。王学华被他打翻在地，捂着肚子，一声不吭。

汉子甲骂骂咧咧地回来，抓住了周雪曼的腿。周雪曼不再挣扎，只是望着王学华哭泣，任由两个禽兽施暴。

突然，汉子甲抽搐了一下，停止了动作，鲜血从他后腰处汩汩流出。汉子甲发出杀猪般的嚎叫，栽倒在地。

汉子乙拔出自制手枪，对着王学华喊道："把刀放下！"

王学华瞪着汉子乙，手下却不停，汉子甲渐渐不再动弹。

"我杀了你！"汉子乙举着枪，走上前来，将枪口狠狠顶在王学华的脑门上，嘴里发出掺杂着愤怒和恐惧的怪叫。

王学华眼睛一眨不眨地瞪着汉子乙，顶着他的枪口站了起来，抬手就捅，根本不管汉子乙开不开枪。汉子乙举着枪惨叫着，生生被王学华连捅数刀，瘫软倒下……

周雪曼在一旁惊恐地看着。

王学华发泄殆尽，意识到自己杀了人，顿时深感恐惧，不知所措起来。

周雪曼拉起王学华的手说："快走！"

王学华呆呆地看着周雪曼，站起身，和周雪曼一起跑出橡胶林。

橡胶林里，一个正在干活的老阿妈看到周雪曼和王学华匆匆跑过。

牵手

耳朵里只有持续震荡的高频纯音，韩青听不到其他任何声音。

她看到白板上的手机号组织架构图，陈彬的照片贴在"红桃K"旁边，张勇的照片贴在"黑炮"旁边，赵文斌的照片贴在"内鬼"旁边。

她看到躺在尸体袋里的赵文斌的脸，随着拉链拉上，脸也看不见了。

她看到杨刚把装有张勇所喝的矿泉水瓶的物证袋和一张检验报告递给方波，检验结果一栏写着"氰化钾中毒"。

她看到法医台上躺着的那具尸骨。
她看到谢敏和林嘉嘉来到她面前，对她说着什么。耳鸣戛然而止。
"韩姐？韩姐……"
韩青失神地看了看他们，又看向法医台。
"韩姐，结果出来了。"谢敏看着她。
她望向谢敏，等待早已知道的结果。
"是钟伟。"谢敏说。
她麻木地点了点头。她来到法医台前，看着那具尸骨。
她看到那块停止走动的腕表和那只手。

"不高兴。"
她转过头，看到钟伟微笑着站在门口。
"一猜你就在这儿。"钟伟走过来。
"你不是和老宋他们吃饭去了吗？"她问。
钟伟笑着摇摇头，看着她说："你也没案子，怎么一个人赖在办公室发呆？"
她淡淡地笑了笑。
"前面的案子刚完，下面暂时没有新案子，你不知道该干什么了，对吗？"
她点点头："对。"
"不是第一次看你这样了。只要没有案子，你就跟掉了魂儿似的。"钟伟看着她。
"我就是不想闲着。"
"除了办案还有很多事儿可以做，你的人生不是只有这件事儿的。"
"可我只想做这件事儿。"
"我不知道你为什么这样想，但我相信你总有一天会改变这种想法，我会看到那一天的。"钟伟朝她笑笑，"我能请你吃饭吗？算是答谢你送的生日礼物。"钟伟晃了晃手腕上的新表。
她有些犹豫。钟伟笑着伸手来拉她的手，她避开。

她慢慢拉住那只戴着腕表的手，她没想到，此生和钟伟的第一次牵手，竟是以这样的方式。她轻轻放下他的手，默然离去。

第十七章　金环　｜　371

林嘉嘉和谢敏看着她。

她走出法医室,看到钟伟的父母在方波和老宋的搀扶下从她身旁进入法医室,她像块木头一样麻木地看着钟伟的父母,一句话也说不出来,漠然片刻后便默默离开。她听到他们的哭嚎声从法医室传出,她依旧漠然地走着。

林嘉嘉从法医室出来,看到已经走远的她,赶紧跟了上去。

她走出市局主楼的大玻璃门,走下了台阶……

她走出市局大门,顺着街道走去……

林嘉嘉在后面远远跟着。

她走在下班后熙熙攘攘的人群中……

她走在闹哄哄的商业街上……

她在一家食品店门口停了下来,脑中浮现出一个声音:"这又香又甜,还不腻,以后你得多吃,吃多了甜的,人就变开心了。"

她拎着桂花糕和一瓶水,走进移动唱吧,关上门……

钟伟投入地唱着,旁边的她却不安地朝唱吧外偷偷观望。

"你别那么紧张,人来了,师父会在外面发短信告诉我们的。"

钟伟笑了笑,把话筒递给她。她没接,钟伟塞到她手里。

"唱吧,放松一下神经,你这么紧张,待会儿人来了,一眼就能看出你是来蹲人的。"

"我不会唱歌。"她把话筒还给钟伟。

"那就听我唱,你自然点儿。"钟伟继续唱了起来。

她几乎是靠塞才吃完了满满一盒桂花糕。

她喝干瓶里的矿泉水,把空瓶拧到变形,发出扎心的咔咔响声。

她擦干泪水,走出移动唱吧,把盒子和矿泉水瓶扔进垃圾桶,来到躲在远处的林嘉嘉面前。

"韩姐,我陪你去喝两杯吧。"林嘉嘉关心地望着她。

"杀张勇的人,要赶紧找出来。"她说完,匆匆走去。

林嘉嘉愣了一下，赶紧跟上。

这个夜晚，她和林嘉嘉、小于是在图侦室度过的。不时有队里的同事来到窗口朝里面张望，担忧地看着她。

她像一块铁一样，硬得没有一点情绪。她把自己融进铁的硬度里，好像这样就什么也无法伤害她、击垮她。

清晨6点，她站在办公室外的露台上看朝霞，看早班的城铁经过，看没有他的第一个早晨会跟从前有什么不同……

林嘉嘉端了杯咖啡过来，递给她说："方队来了。"

他们回到办公室，方波正在看墙上播放的早新闻。

"方队，杀张勇的人找到了。"她把桌上的一堆监控截图资料递给方波。

"你俩又一晚上没睡？"方波惊讶地接过来，看着她和林嘉嘉。

林嘉嘉点了点头。方波赶紧打开监控截图资料查看。

"这家伙跟碎尸案的凶手一样，骑着电瓶车躲监控，全程走人行道。活动轨迹是从北郊煤窑到棚户区，再到利民巷旁边的泰康路。"她说。

"又是利民巷……"

"是同一个人，而且就住在利民巷，否则他不可能那么熟悉那里，也不可能知道甲1号半年前成了空房。"

方波思索着。

"我们去查利民巷以后，他在利民巷甲1号栽赃了钟伟哥，并且制造了甲2号的目击者，还给钟伟哥父母、赵文斌送了钱，最后在火车上留下面具。他精心制造了一系列假象，让我们误以为凶手已经逃离了东州，其实就是为了引开我们的调查视线，掩藏他还在利民巷的真相。"林嘉嘉说。

方波边默默地点头边看向韩青。她在林嘉嘉说这些话的时候，一听到钟伟的名字就看向电视，竭力转移自己的注意力，并用遥控器将声音调大。

方波和林嘉嘉明白过来，暂时停住话头，陷入短暂的沉默。

"韩青，你太累了，回去吧，好好休息休息……"

她此时的注意力完全在电视上，似乎没听见方波说话。

老宋和梁子吃着早点走进办公室，看到他们三个都在认真地看着电视。

电视里正在播报一条新闻："市公安局向媒体通报了东州系列杀人案的最新情况，除涉案嫌疑人陈彬外逃外，其他已查明的涉案嫌疑人员均已到案。遭劫持已达19天的白小蕙，生还的可能性很不乐观，但专案组仍在积极寻找她的下落。此前备受关注的涉案警官钟伟的遗体在东郊森林公园被发现，根据尸检结果，钟伟警官于两个月前遇害，因此他的涉案嫌疑被排除。东州警方在侦办案子的过程中，意外打掉了一个以陈彬为首的特大贩毒团伙，缴获高纯度海洛因18.6公斤，毒资及涉案车辆等资产共计3000余万元。该团伙通过快递形式，将境外毒品源源不断地输送到东州，再从东州销往周边地市，形成了规模庞大的贩毒网络……"

"快递……"她想到了什么。

"这是什么？"韩青拿起来看了看。

"没什么，一条没用的线索。"

钟伟从韩青手里拿走条形码，揉了两下扔进一旁的垃圾桶。韩青回到自己的工位，回头又看了看钟伟。他似乎刚从垃圾桶里拿出什么，但韩青没有看清。

她在钟伟办公桌旁翻找。

"韩青，你找什么？"方波问。

"以前放钟伟这儿的万海强的卷宗呢？在谁那里？"她看着每个人。

因为她问得比较突然，所有人都愣了一下，快速回想。

方波感觉她似乎有了什么重要发现，忙大声说："在谁那儿呢？都赶紧帮着找找……"

所有人立刻回到各自的办公桌开始翻找。

"万海强案并案以后，谁在跟这条线？"

"我在跟……"老宋一边回答一边找，韩青也着急地到他办公桌前帮忙。

"找到了！"老宋把卷宗袋递给韩青。

她打开翻看，又把卷宗袋里的所有东西倒了出来，没找到想找的东西。

"里面有个快递单的条形码，在哪呢？"她问老宋。

"条形码？没有啊，我从来没看到过，你确定是在万海强的卷宗里吗？"

她仿佛想到了什么，又回到钟伟的办公桌一通找。

"钟伟有几个办案用的笔记本，谁拿了？"

"在我这儿！"

林嘉嘉赶紧从自己工位上拿过来几个笔记本，和她一起翻找起来。

她终于在一本笔记本的封套内衬里，找到了那个条形码。

"侯局。"韩青推门走进侯勇的办公室。

侯勇有些意外地问："韩青，你怎么来了？不是让你在家好好休息吗？……你一直没回去？"侯勇注意到她憔悴的面容和乌黑的眼圈儿。

"我没事儿。"韩青把条形码递给侯勇。

"这是什么？"

"这是赵文斌快递站里无法查证的那批毒品的快递单信息。"

侯勇接过来查看。

"我们查了，这批货是从闽城寄来的，寄件人是实名的闽城本地人，一个叫薛桂芝的退休女工。"韩青把薛桂芝的户籍信息递给侯勇。

侯勇看后大惊道："是她！"

"侯局，你认识她？"

"她是闽城专案组刚刚抓捕的当地大毒枭'薛老太'。"侯勇拿出闽城专案组的通报材料递给韩青看，"她和境外毒枭觉敏吞来往密切，是这次跨省市联合缉毒行动的另一重大案犯。如果说红桃K团伙是这根贩毒链条的销售终端，毒枭觉敏吞是上游的境外供货商，那么这个薛老太极有可能就是连接红桃K和觉敏吞的链条中端。太好了！你的重要发现锁定了薛老太和红桃K的关联，现在整个贩毒链条就清晰了。韩青，你做得太好了！"

"是钟伟做得好。"

"是啊，是钟伟留给咱们的宝贵线索。"

"在他失踪前一周，我就从他的卷宗里看到过这个，如果我能早一点儿……"

"韩青，这跟你没关系。钟伟也好，赵文斌也好，都是他们自己的选择。"

"我先出去了。"韩青转身要走。

"韩青。"

韩青转回身看着侯勇。

"回去好好休息一段时间,收尾工作你就别参与了。"

"我要参与。白小蕙还没找到,案子还没完。"

侯勇看到韩青执拗的表情,点了点头:"好吧。"

在比秒针节奏略快的金属撞击声中,黑暗裂开了一条缝隙,那缝隙越来越大……视线从模糊逐渐变得清晰,韩青可以看到马教授在说着什么,却听不见他的声音。

她呆滞地望着牛顿摆上相互撞击的钢球,马教授也顺着她的视线望去,伸手把钢球弄停。金属撞击声戛然而止,环境声又重新回到了韩青耳朵里。

"有减弱吗?"马教授看着她。

"什么?"

马教授凑近看了看她的瞳孔。她眨了几下眼,像刚醒来一样。

"咱们刚才说到你的幻觉情况,有减弱吗?"

"有。应该说消失了。"

"消失了?彻底没了?"

"对,彻底没了。"韩青平静地望着马教授。

她看到的是穿着马教授衣服的钟伟,他欣慰地望着她。

"那太好了,看来药物治疗起作用了!"

坐在副驾驶的钟伟轻松地调着台,在歌曲、养生、评书、新闻、美食、交通等频道节目间不停切换。开车的韩青视而不见。

"你烦不烦?到底要听什么?"躺在后排的赵文斌说。

钟伟笑了笑:"瞎听呗。"他仍在不断调台。

赵文斌实在忍不住了,坐起来说:"关了关了,吵死了。"

"师父,那你想听什么?"

"我什么都不想听!熬了一宿了,你让我睡会儿行不行?"

"我们也熬了一宿啊,韩青还开车,我开着声音给她解解乏。"

钟伟笑着看韩青,韩青目光呆滞地望着前方,没有搭理。

"你陪她说话都比放这个强!"

"等会儿等会儿,听听……"钟伟听到了什么,把音量调大。

还是那段东州系列杀人案最新情况通报的新闻。韩青伸手关掉了收音机。

钟伟看了看韩青，笑了笑。

赵文斌倒不乐意了，抱怨道："别关啊，还没听到说我呢。"

钟伟转回头，望着赵文斌调侃道："怎么着，师父，你还觉得光荣啊？"

赵文斌生气地翻过身睡觉去了。

韩青还是呆滞地望向前方，继续开着车。

大会议室里，专案会正在进行。

韩青的目光始终落在方波和老宋的身后——他俩身后的那排座椅上坐着钟伟和赵文斌，只见他俩边听边认真地记笔记。

侯勇肯定了专案大组和独立小组的工作成绩，鉴于内鬼问题已经解决，韩青他们就此回归专案大组，一同完成接下来的工作。

"同志们，之前因为保密纪律，一直没跟大家通报，今天正式给大家交个底。"侯勇说，"从去年下半年开始，咱们禁毒支队就秘密参与了多省市联合侦办的公安部第三号贩毒目标大案。多地公安机关经过近一年来的细致摸排，终于查明了一个由西南边境输入、华南转运、华东销售的特大贩毒网络。经过调查，负责华东销售的源头毒枭就活跃在咱们东州周边地市，但因为东州从来没缴获过大宗毒品，所以在调查之初并没有被指挥部定为调查重点区域。直到钟伟失踪后，越来越多的线索指向东州，这才引起指挥部的重视。最后发现红桃K，也就是陈彬，就是这个华东销售链条的源头毒枭。这个发现让整个案情更趋明朗，也斩断了这个贩毒网络的销售终端。目前，各地的专案组还在全力攻坚，针对已掌握的当地贩毒组织进行最后的收网。我们也要再接再厉，认真细致地梳理案情，完成收尾工作……"

韩青死死地盯着钟伟和赵文斌，看着他们两人不时互相讨论、有说有笑。

韩青突然一拍桌子站起来喊道："你们两个够了！"

所有人吓了一跳。方波和老宋两个更是你看看我、我看看你，摸不着头脑，最后顺着韩青的目光望向了身后空着的座位。

"韩青……我俩怎么了？"方波问。

韩青脑子里嗡嗡作响，一瞬间钟伟和赵文斌不见了，只留下了两个空座位。

"对不起，方队、老宋，对不起……"

第十七章 金环

韩青颓然地坐下，一旁的林嘉嘉关切地看着她。

侯勇看着韩青，停顿了片刻说："总之，接下来的收尾工作不能松懈，要完完整整地把案子拿下，疑点、问题都必须解决，给受害者及其家属一个交代。白小蕙的下落是现在的重中之重，必须尽全力寻找，活要见人，死要见尸……"

侯勇突然停下，他看到门口来了一名警员，站在那儿等着。

"什么事儿？"他问。

"侯局，吕建民来自首了。"

在场的人都有些意外。

一脸憔悴的吕建民被铐在椅子上，韩青、林嘉嘉、老宋坐在他对面。

韩青拿起一个物证袋看了看，里面装着一个黑色小匣子。

"吕建民，这是什么？"

"是用来跟踪车的定位器，张勇给我的。"

"这个你拿着。"张勇把黑色小匣子递给吕建民。

"大哥，这是什么？"

"定位器。"

"张勇说，他老大陈彬让他准备一辆能拉货的车，说是第二天要用。张勇以前听陈彬说过，他有一批几十公斤的货想找个安全的地方存放，所以张勇认为这次要他准备车可能跟那几十公斤的货有关，于是他就动了个心眼，悄悄让手下在车上装了这个定位器。"

小街上，一辆面包车驶来，停在路边车位上。黄毛从车上下来，悄悄将定位器装在车底盘下，随后把车钥匙放在前轮上，离去。

"后来，张勇的手下拿回了定位器，张勇就按照上面的行车轨迹跑了一趟，找到了那辆车去过的地方。"

办公室里，黄毛将定位器交给张勇。

张勇驾车行驶在乡间路上，不时查看手机上的导航定位。

张勇的车来到一片荒地，他下车四处观望。

"张勇说那块荒地很可能埋着陈彬的那几十公斤货。他跟我说，如果他出了什么事儿，就让我把这个定位器交给你们。"

韩青把定位器交给老宋，老宋点了点头出去了。

"红桃K是谁？"她继续问。

"是陈彬。"吕建民说。

"你怎么知道？"

"那个杀张勇的人亲口跟张勇说的。"

"你真没看清楚那人长什么样吗？"

"我真没看清，当时太黑了。"

"他说陈彬要去云安，说没说具体要去什么地方？"

"没说。"

韩青向林嘉嘉示意了一下，林嘉嘉也出去了。

"你为什么现在才来自首？"韩青继续问。

"我吓坏了，一直不敢露面，怕那人杀我。等到天亮，确定他走了，我才敢逃出来，然后就借一个过路人的手机报了警。"

"你昨天天亮就出来了，等到今天才来自首，为什么？"

"我去看了我儿子和我丈母娘，我怕陈彬派人去害他们。他们没事儿，我才放了心。后来我丈母娘劝了我半天，我才来自首的。"

"白小蕙在哪儿？"

"我真不知道。韩警官，小蕙的事儿跟我没关系，这真是个误会。张勇让我帮他销毁的那辆车，我是后来才知道是绑架小蕙的车，张勇也不知道。这完全是个巧合，是陈彬让张勇帮忙找可以销毁车的地方，他才找到我的。"

"还有什么要说的吗？"韩青看着一脸委屈的吕建民。

"没了。"他使劲儿摇头，"都怪我，没有早点儿来报警。当时我怕被你们误会成凶手的同伙……都是我不好，耽误了这么久，也不知道小蕙怎么样了……是我害了她……"吕建民伤心地哭起来。

第十七章 金环 | 379

韩青和林嘉嘉驱车赶到荒地的时候，寻找工作已经完成，他们远远看到老宋和一些警员围在一个土坑边，那里摆放着十几个西瓜大小的黑色塑料袋，警犬在一旁兴奋地嗅闻。

"是那几十公斤毒品吗？"韩青走上前问老宋。

老宋摇了摇头说："是白小蕙。"

韩青和林嘉嘉愕然。

院门被人推开，传来一声响。

正在院子中央给花浇水的姚汉珍回头看去，韩青和林嘉嘉站在院门口。姚汉珍从他们的表情中已经读出了什么。

卧室的炕头上，亮亮独自饶有兴趣地玩着积木。从他身后的窗口中可以看到，韩青和林嘉嘉站在姚汉珍面前，姚汉珍默默地独自抹着眼泪。

积木堆边上，有一个装着白小蕙和亮亮合照的小相框。合照中的白小蕙恬静地微笑着，仿佛从未经历过痛苦。

清道夫

办公室里空气凝滞。窗外经过的晚高峰城铁，带来一股清冷的空气，却仍然无法驱散每个人心中的沮丧。他们各自散落着，表面看都在思考着什么，实际上却都沉浸在某种情绪中，谁都没有交流的欲望。

韩青把白小蕙的照片从原来的白板上取下来，贴到一块新的白板上。那块新的白板上没有文字、便笺、画线，不是用来分析案情的，更像是讣告栏，贴的全是死者的照片，有钟伟、范灵灵、邱海龙、赵文斌、张勇、冯天逸，如今又添上了白小蕙。屋里的空气更加凝滞了。

侯勇匆匆走进办公室说："对不起，来晚了，临时有个会……"

他立刻发现这间办公室里的气氛有些不对劲儿。他看到了韩青和她面前白板上的照片。他走到白板前看那些死者的照片，问："现在进展到哪一步了？"

他的话打破了沉默，众人虽然情绪依旧不高，但都把目光移了过来。

"根据张勇的定位器轨迹，我们查到了一个戴头盔的骑电瓶车的人，这个人和杀张勇的嫌疑人很有可能是同一个人，落脚点一致，都在利民巷旁的泰康路。"韩青指了指白板上的监控截图，可以看到戴头盔的骑电瓶车的人在骑行。
侯勇点头。
"我们分析，这个人可能是红桃K团伙里的杀手、清道夫，专门负责杀人的脏活。除了张勇和白小蕙，范灵灵、邱海龙、钟伟可能也是他杀的，而且他就住在利民巷，有恃无恐。因为我们抓不着他，所以他才敢一次次地痛下杀手。"

侯勇憋着一口气，望着那些死者的照片。
"我们想把利民巷符合条件的男性居民都请到局里来，让吕建民来听听他们的声音，看能不能找出那晚去废弃煤窑杀张勇的人。"
"很好。"侯勇转头望向众人，众人依旧情绪低迷。
"怎么了，一个个的？整个东州，100多万人，只有你们是最接近凶手的人。当他走在大街上、藏在人群里时，只有你们最有可能辨认出他是谁。无论他多么嚣张，也只有你们能把他绳之以法！而且你们必须让他伏法。只有这样，他们才能安息。"他指了指白板上的死者照片，"钟伟曾经跟我说过，一个好警察可以忘掉令他失望的直觉，忘掉他深信不疑但无功而返的线索，然后重新打起精神，继续燃烧热情。我深以为然。"

过道里聚集了二三十个男人，他们山南海北地闲聊，玩手机，很是放松。王学华也在其中。
"各位，"韩青走了过来，"感谢你们抽出时间来配合我们的工作。今天找大家来，是想再做一次笔录。我们正在做案子的收尾工作，整理笔录以便存档，希望大家能提供更多的补充信息。时间不会太久，请大家理解。"
男人们附和地应了两声。王学华看上去毫无戒心。

一个男人被警员带进询问室坐下，老宋和一名记笔记的年轻警员坐在对面。
"请报一下姓名和出生年月。"老宋看着男人。
"我叫郭志飞，出生年月是1989年……"

隔音玻璃的另外一面是询问室外间，从这里可以看到和听到询问室里的情况，而从询问室里则看不到外间的人。

吕建民坐在椅子上，专注地看着询问室里的男人，听着他的声音。他的身旁放着一台音响，询问室里的声音从里面清晰地传出。音响旁边坐着一名操作人员，在电脑上对收录的音频条进行常规处理。

林嘉嘉坐在吕建民身旁，面前摆着一张表格和一支笔。

韩青站在稍远的地方关注着吕建民的反应。

王学华端着一杯水，在过道里闲逛。他来到询问室外间的门外，漫不经心地看着门旁边墙上的宣传页。询问室外间的门开了，一个警员拿着一摞卷宗离去，门没关紧，留了条缝儿。王学华把门缝儿顶开，朝里张望。他看到坐在隔音玻璃前的吕建民和林嘉嘉，以及隔音玻璃另一边接受询问的男子。他还看到吕建民旁边的警员正操作着电脑，屏幕上走动着参差不齐的音频条。

韩青突然出现在门前，望着门外的王学华。王学华忙咧嘴笑了笑，尴尬地朝韩青点头。韩青面无表情地关上了门。

不同男性依次被询问。

吕建民握着笔认真听着，他面前放着一张表格。

表格左侧纵列是人员序号，顶部横行是0—10分的数字栏，代表声音相似度。吕建民给前面几个男性打的分全都在5分以下，有的直接打了0分。

王学华坐到询问椅上。

"请报一下姓名。"

"我叫王学华。"

询问室外间，吕建民听到王学华的声音时明显有一丝紧张。

韩青和林嘉嘉仔细盯着他。吕建民双手抱头，闭上眼睛细听。

"王学华，5月5日晚上你在哪儿？"老宋问。

"我在家。"

"没有出过门？"

"没有。"

"有谁可以证明吗？"

"没有。我一个人住。"

询问室外间，吕建民睁开眼睛，死死盯着王学华。

"5月27日晚上呢？"

"也在家，没出过门。"

"回答这么快？你确定没记错？"老宋望着他。

王学华笑了笑说："错不了，我晚上基本不出门，最多出去倒个垃圾。"

"谁能证明你27日晚上没出门？"

"警官，我刚才说了，我一个人住，除非晚上有邻居来找我，否则没人能证明。"

"那27日晚上有邻居来找过你吗？"

"没有。"

"有其他人来找过你吗？"老宋盯着王学华。

"也没有。"王学华坦然地摇摇头。

吕建民给王学华打了8分，又涂掉，打了6分，又涂掉，最后打了7分。

王学华离开身后的市局，上了一辆出租车。

他坐在后排，缓缓呼出一口气。他的手有些颤抖。

侯勇看着手中的表格，问："二三十个人里，没有一个上8分？"

"有两个7分的，其余的都在5分以下，说明至少有两个人给吕建民留下了较为深刻的印象，一个是17号曾远，一个是9号王学华。"韩青说。

"这两个人的情况怎么样？"

"都有符合嫌疑条件的地方，也都有排除嫌疑的条件。"

"怎么讲？"

"17号曾远，身高、年龄与嫌疑人很相符，但他的家人能证明所有案发时间段他都在家里。9号王学华，因为独居的关系，没有不在场证明，这是他的疑点，但他的身高和监控里的嫌疑人相差较大，不符合条件。"

"这个王学华你了解多少？"

"没有案底和不良记录，看上去一切正常。钟伟失踪后，我在利民巷调查的时候，没少往他店里跑。"

"之前我们去他店里查过，还拿回来一把他常用的羊角锤进行过检验，没发现问题。"林嘉嘉在一旁补充。

"吕建民对这两个人的印象怎么样？"

"比较含糊。"韩青说，"我们让他听了很多遍，结果听得越多，他就越含糊，说这两个人的声音有些地方比较像，又不全像。"

侯勇又看了一遍表格，望向韩青："接下来你准备怎么办？"

"17 号曾远有明确的不在场证明，可以先缓一缓。我建议把 9 号王学华再叫来谈一次，把该谈的问题谈透。"韩青回答。

侯勇点头道："好。"

女人的呻吟声和床摇晃的声音从二楼阁楼的门里传出……

王学华搂抱着周雪曼，大汗淋漓。周雪曼趴在他的胸前，喘息慢慢平复。

"我想让你出去避一避。"

"去哪儿？"

"境外。越快越好。"

王学华沉默着。

"从勐巴走，我找人接你。行吗？"

王学华依然沉默。

"我知道，你不想走是因为不放心我。"周雪曼抬头看了看王学华，"华子，我不会有事儿的，你放心。你先走，我会来找你的，好吗？"

他们看着彼此的眼睛，难分难舍。

片刻，王学华才幽幽地说："很久没回去过了……"

"是啊……那里是我们开始的地方。"

思绪回到多年前……

在宾馆的一间房间里，毒枭唐文关切地查看周雪曼脸上、身上的伤口，周雪曼委屈地流下泪水，唐文上前抱着她，轻轻拍着她的背。

"没事儿就好。"

"是他救了我。"周雪曼向唐文介绍王学华。

唐文的目光落在一旁的王学华身上，问："小兄弟，叫什么？"

"王学华。"

"外地人吧，老家哪儿的？"

"甘凉。"

唐文点点头，又问："家里有什么人？"

"没人了。"王学华说，"爸妈都死了。"

唐文看着他说："以后跟我吧。"

王学华有些犹豫地看向周雪曼。周雪曼冲他点了点头。

"好。"

唐文从包里拿出一摞百元钞票递给他，爽快地说："拿着。"

王学华不肯要，周雪曼从唐文手中接过钱，塞到王学华手中。

"拿着吧。"

"谢谢文哥。"

"华子，以后雪曼就交给你照顾了。"唐文笑了。

"好。"王学华腼腆地点了点头，周雪曼开心地看着他。

王学华抚摸着周雪曼的头发，亲了她头顶一下，时间很长，回想着这么多年的点点滴滴。

周雪曼感受到这种分量，将王学华抱得更紧一些。

"恨我吗？"

"永远不会。"

周雪曼抬头看着王学华，去吻他的嘴。两个人再度纠缠在一起……

王学华很快收到了第二次面谈时间的通知，警方显然并没有打算给他留太多的时间。

门推开，王学华在两名警员的前后夹护下走进询问室，来到询问椅前坐下。

他对面坐着韩青和林嘉嘉。侯勇、方波、老宋、梁子他们在询问室外间观看。

王学华朝韩青和林嘉嘉微笑着点了一下头,韩青和林嘉嘉也朝他点了点头,却没有说话。

双方在静默中较量了片刻,韩青先开了口。

"王学华,今天找你来,是要跟你谈谈昨天谈过的问题。"

"我知道。"

"你知道?什么意思?"

"昨天我没说实话。"王学华平静地望着韩青。

韩青和林嘉嘉愣了一下,外间的侯勇等人也是一愣。

"你昨天没说实话?"

"5月5日和27日,我不是一个人在家,那两晚有人来找过我。"

"谁?"

"一个叫芳芳的女孩。"

"她找你干什么?"

"没什么。就是玩玩。"

"玩什么?"

"聊天,喝酒,上床呗。"王学华尴尬地笑了笑。

这个情况让韩青和林嘉嘉颇感意外。

他们立即联系了那个叫芳芳的女孩,让她来市局接受询问。

推开门,林嘉嘉领着芳芳进来,她怯生生地四下张望。

"坐吧。"韩青观察着她。

林嘉嘉和芳芳坐下。

"你就是芳芳?"

"对。"

"这个人你认识吗?"

韩青把倒扣在桌上的照片翻过来,推到她面前,是王学华的照片。

"认识。"芳芳只看了一眼。

"你们怎么认识的?"

"微信摇出来的。"

"认识多久了?"

"没多久,五一节前几天认识的。"

"5月5日晚上和27日晚上,你都在他家吗?"

芳芳想了想,说:"是吧,具体日期我记不清了。"

"只有这两天去过吗?"

"五一前还去过一次,就是刚认识他的那天。"

"5日和27日晚上,你都是什么时候去的,又是什么时候走的?"

"晚上七八点钟去的,第二天早上六七点走的。"

"这中间他出去过吗?"

"应该没有吧。"芳芳有些含糊。

"什么意思?"

"我醒着的时候他没出去过,我睡着了就不知道了。"

"你什么时候睡着的?"

"记不清了。"

韩青和林嘉嘉有些失望。

王学华又一次涉险过关,他走出市局大门,一脸轻松。

图侦室里,林嘉嘉在电脑上查看监控视频,韩青在一旁琢磨着什么。

"跟芳芳说的时间一致,5日和27日芳芳都是晚上七八点到的利民巷,第二天早上7点前后离开的。"林嘉嘉说。

韩青的手机响起。

"喂,小谢……我马上来。"

韩青挂断电话,林嘉嘉问:"怎么了?"

"小谢让我去趟法医室。"韩青说,"我在想,王学华为什么只在5日和27日这两晚叫芳芳来家里过夜,而其他时间却没跟芳芳联系过呢?这说不通。我记得5日那晚范灵灵被抛尸、27日的晚上张勇被杀,隐藏在利民巷的凶手必须出门才能完成这两件事儿,如果此时有人能证明他没出过门,那就……太完美了。"

林嘉嘉思索着说:"可如果他是凶手,那他为什么昨天不直接说出芳芳的事儿?他如果昨天说了,就有不在场证明,我们也许今天都不会叫他来。"

第十七章 金环

"说早了可信度不够，这样逼急了再说出来，更容易让人相信。"
"跟我们玩心理战？"
"他知道走错一步就会全盘皆输。"
韩青和林嘉嘉对视着。
"多看两遍，看看有没有什么遗漏的。"
"好。"

韩青来到法医室时，小谢抄着手在操作台旁等她。
"小谢，什么事儿？"
"韩姐，你看看这个。"
小谢从操作台上拿起一个透明的小物证袋递给韩青，里面是一颗螺丝钉。
"在钟伟胃里发现的。"
韩青内心一惊。
"以前也碰到过死者胃里有一些奇奇怪怪的东西，像袜子、鞋垫之类的。有那种变态凶手，就喜欢在杀人前折磨对方，否则一个正常人谁会没事吞这些呢？"
韩青看着物证袋里的螺丝钉，思索回忆着。

"王老板，我们在查一个新案子，到你这儿了解点儿情况。"韩青说。
"好。"
王学华身后的货架上摆着各种各样的螺丝钉。

"钟伟死于胸部刀伤，但他的头部有钝器伤，胃里又有钉子，说明他在死前遭受过凶手的折磨……韩姐？"小谢还没说完，韩青就跑了出去。

与此同时，查监控的林嘉嘉突然看到了什么，心里也有些疑惑。
监控视频中，等出租车的芳芳忽然犯了恶心，蹲到路边吐了。吐完后她摇摇晃晃地站起来，左顾右盼，似乎有些神志不清。等到出租车开到她面前时，她竟然没有任何反应，只是自顾自地顺着人行道走。在接到司机电话后她才有点清醒过来，回头看到停在路边的出租车后摇摇晃晃地走回来，拉车门时手还打滑，差点儿把自己摔倒，最后跟跟跄跄地上了车。

捷达在路上飞驰，韩青猛踩油门，面色严峻，脑中飞速地闪过以往的各种画面。

那天晚上在利民巷，韩青一回头，看到王学华近在咫尺，似笑非笑地望着她……

前方车慢，韩青焦躁地频繁换着车道。

"你给我的钟警官的照片，一直贴在柜台上，凡是来买东西的，我都指给他们看，但可惜谁都没看到过钟警官。"王学华说。

捷达一个急刹停下，韩青不耐烦地摁着喇叭。

市局一楼大厅里，林嘉嘉叫住了正要走出大门的芳芳。
"你看看这个。"林嘉嘉打开手机视频。
芳芳看完手机上的视频，一脸震惊。
"这是我吗？天哪……"
"这是你28日早上离开王学华家之后的视频。"林嘉嘉说。
"我怎么一点儿都不记得了。"
"如果你被下了药，短期内失忆就是这个症状。"
"他没给我吃过什么药啊……"
"他给你喝过什么？"
"啤酒，还有矿泉水。"
"迷药一般无色无味，而且可以迅速溶进酒水。"
芳芳后怕地看着林嘉嘉。

前方堵车，捷达车被挤在车阵中无法动弹。
韩青焦急万分，下车往前后左右看了看，看到一时半会儿没有前行的可能，便弃车而去。

林嘉嘉从电梯里出来，拨通电话；韩青在人行道上奔跑，接通电话。

"韩姐，芳芳可能被王学华下过药。根据监控视频和她自己的描述，我怀疑她吃的是海乐神，也就是三唑仑迷药。这种迷药可以让人昏睡数小时，醒来后会有呕吐、头晕等不适症状，并伴有短暂失忆。"

"王学华下药让芳芳沉睡不醒，然后利用这段时间出来作案。"

"不知情的芳芳还给他提供了不在场证明。"

"马上找侯局要搜查令！"

"好！"

两人挂断电话，各自奔去。

王学华回到五金店，立刻给望天发去微信："回来了，一切平安。"茶楼里正在陪客人的周雪曼查看微信后立刻回复了两个亲吻的表情。

王学华开始收拾东西。他拿起那两只几乎完工的小鸟看了看，装进了衣兜。就差刷漆了，去了勐巴就能完成，然后送给她做生日礼物。

韩青一路跑到了五金店门外，只见店门虚掩。她推门进去，四下张望。

"王老板？……王学华？"

没有人回应，屋内很安静。

韩青来到一排排货架前慢慢寻找，发现在一排货架上摆放着装有各类钉子的包装盒。韩青依次打开查看，最后找到了一款螺丝钉。她拿出小谢给她的透明物证袋与之对比，发现螺丝钉型号、大小完全一致。

韩青不由拔出了枪，她在检查了一楼各处后，来到了楼梯口。

"有人吗？"

还是没有人回应。

韩青握住枪，一步步走上楼梯，机警地检查着二楼阁楼。

街道上，警车拉着警报飞驰而过。

车里坐着林嘉嘉、老宋、梁子等七八个人，每个人都神情严肃，全副武装。

林嘉嘉看着手机上的轨迹地图，思索着埋尸点的图案。

韩青检查完二楼准备下楼，从这个角度俯视，她突然注意到柜台内的地垫上有一个不大的四方形物体，像是折叠起来的纸张。
韩青来到柜台里，捡起四方形的物体。

林嘉嘉在自己手机的轨迹地图里将王学华的五金店标注为第一个点，然后用红线将这个点和范灵灵的尸体、衣物被分别埋藏的地点连起来，他惊呆了。
韩青将叠起来的纸张展开，当她看到地图的时候，她惊呆了。

林嘉嘉手机里的轨迹地图上，这几个地点连起来组成了英文字母 K。
韩青展开的地图上，这几个地点被红线连起来组成了英文字母 K。

韩青的手机响起。
"韩姐，王学华的五金店和发现范灵灵尸体、衣物的那四个点连起来组成了英文字母 K，他才是红桃 K！"
"我看到了……"
脑后被猛地一击，韩青眼前一片漆黑。

第十八章　望天

螺丝钉

3月15日，深夜。

陈彬从杜小北家悄悄出来，背着沉甸甸的健身包朝五金店方向走去。

暗影里，钟伟注视着陈彬，悄悄跟上。

陈彬来到没亮灯的五金店外轻轻敲门，门开了，陈彬进入五金店关上门。钟伟随后来到五金店外观察。

一楼店面一片漆黑，二楼阁楼的窗户里挂着窗帘，里面亮着灯，有人影晃动。一叶茶楼二楼的一溜包房里，紧挨着五金店的那间包房亮着灯。

有些事情，在白天看平淡无奇，只有在黑夜，亮着灯时，才会让人产生奇妙的联想。钟伟默默注视着五金店阁楼和一墙之隔的茶楼包房，为什么它们会在深夜同时亮着灯？陈彬这个在五星级酒店开健身会所的家伙，为什么偏偏在这时候背着沉重的健身包走进破旧的五金店？这让他产生了某种联想。但他没有意识到，黑暗之中也有一双眼睛在默默注视着他。为了窥探五金店阁楼和茶楼包房的秘密，钟伟爬上了几十米外的一段围墙，从这个高度可以清楚地看到阁楼和包房内的情况。他用手机相机拉近距离，拍到了茶楼包房里的情况。

陈彬这个家伙居然出现在了茶楼包房里，他是怎么做到从五金店进去，却到了茶楼包房的？钟伟还来不及思考，就看到了陈彬旁边的另外两个人。那两个人对坐着，背对钟伟镜头的是个女人，她的脑袋挡住了面对她的男人。钟伟打开相机的视频模式，开始拍摄。那个女人稍微动了一下，被她挡住的男人露了一下脸。钟伟看到他的脸时呆住了，那个人是他的师父赵文斌。女人似乎有些不安，回过头朝窗外黑漆漆的夜色看了一眼。钟伟一眼就认出，她是茶楼老板周雪曼——韩青的姐姐。只见周雪曼对陈彬说了句什么，陈彬过来拉上了窗帘。

钟伟按下视频录制的停止键。果然是他！这些天，钟伟一直在围绕赵文斌悄悄进行调查，他不敢告诉老宋，更不敢告诉韩青，怕他们无法接受，因为就连钟伟自己也是震惊的。他理解、同情赵文斌，但无法接受这个事实。

沉浸在震惊和痛苦中的钟伟从墙头上爬下来，准备去韩青家。他主动约韩青晚上见面，就是想跟她说一说赵文斌的事儿。现在，他需要整理一下思路，想想该怎么跟韩青说。就在这一刻，他的头忽然被什么东西从后面重重地击打了一下。

等他再睁开眼的时候，模糊的视线中是移动的天花板。他看到前面有个人，正拖着他的双脚往前走。周围是一些货架，上面摆放着各种五金配件，他才明白自己现在是在五金店里。他看到货架底下掉落了几颗螺丝钉，便趁拖他的人不注意，捡了一颗攥在手里。

周雪曼面带微笑地给赵文斌泡茶，陈彬站在一旁。
"找我有什么事儿吗？"周雪曼问。
赵文斌看看陈彬，欲言又止。
周雪曼笑了笑说："没事儿，说吧。"
"快递站我不能干了。"
"为什么？"周雪曼处变不惊地笑望着他。
"孩子的身体越来越弱了，我什么也不干了，想回家好好照顾她。"
周雪曼依然笑着问："什么也不干了？"
赵文斌点了点头。
"什么也不干了，你老婆从我这儿拿走的钱，你准备怎么还啊？"
"我会想办法的，一定把钱还上，给我点儿时间，我准备把房子卖了。"
"不说你那房子什么时候能卖掉，就算是卖了，你觉得够吗？我给你老婆的那笔钱可是要算利息的。"
赵文斌沉默了一会儿，说："我会还的，快递站我不能干了。"
他起身就走，陈彬立刻站到他面前挡住了他。两个人剑拔弩张。
"赵文斌，钱不是你想还就能还的，快递站也不是你想不干就可以不干的。"周雪曼看向他，笑了笑说，"看来你已经发现了。"

"没错！你利用快递站来运毒，我不能干这种事儿！"赵文斌态度坚决。

"可实际上你已经干很久了。"

"我不知道那个快递站是干你们那些脏事儿的！"

"谁会相信呢？"

"周雪曼，你别忘了，我当过警察，像你这样的毒贩，我抓过。"

"你是当过警察，抓过毒贩，可你现在就在帮毒贩运毒。"周雪曼笑道。

赵文斌盯着周雪曼说："别把我逼急了，大不了，我们一起挨枪子儿。"

"我不怕挨枪子儿，早晚有那么一天。可你不一样啊，你有老婆，有女儿，你挨了枪子儿，你女儿怎么办？谁给她治病？行，就算用我给的那笔钱把你女儿的病治好了，可她后半辈子怎么活？爸爸是个挨枪子儿的毒贩、社会败类，她的病是用爸爸贩毒挣的钱治好的。你觉得她这样活下去会好吗？"

这时周雪曼收到金环发来的微信——钟伟被绑在五金店的照片。

赵文斌稍微缓和了一下语气："关了快递站，你的钱我保证还，你的事儿我绝对不会说出去。"

周雪曼看着他笑了笑，给金环回了一条微信："做了他。"

王学华看了看微信，转身去拿放在桌上的羊角锤。

钟伟明白了，他迅速把攥在手里的螺丝钉吞了下去。

赵文斌还在做最后的努力："我知道我拿了你的钱，虽然不是我亲手拿的，也不是我想拿的，但拿了就是拿了，我认了！利用快递站运毒的事儿，我之前不知道，但现在我既然知道了就不能再做了。你放心，你给我女儿治病的钱我一定还你，我这辈子做牛做马都会一分不少地还你！只要不是犯法的事儿，你让我做什么都行！我这条老命交给你了，看在韩青的分儿上，你放过我好吗？我求你了……"赵文斌激动地向周雪曼鞠了几躬。

周雪曼笑了笑说："晚了，你亲爱的徒弟已经找到这儿来了……"

她把手机给赵文斌看，上面是钟伟已经死去的照片。

"他在哪儿？他怎么了?!"

"他已经死了。"周雪曼冷冷地收回手机。

赵文斌如五雷轰顶。

"周雪曼，我杀了你！……"赵文斌猛然扑向周雪曼，陈彬一把抱住他，用粗壮的手臂勒住他的脖子。两个人几番缠斗，赵文斌被陈彬制伏在地板上。

"为什么？你为什么要杀他?！为什么?！……"赵文斌痛苦地喊道。

周雪曼走过来，蹲到他面前。

"现在我们可以好好谈谈了。"她温柔地微笑着。

赵文斌大喝一声瘫倒在地，无法抑制地痛哭起来……

死去的钟伟被拖到了密室中央。王学华看了看他，转身离去。

密室的灯关了。黑暗中，钟伟平静的脸，仿佛睡着一般。

国王

正和客人喝茶聊天的周雪曼突然接到金环发来的微信——一张韩青的照片。照片中，韩青坐在地上，手脚被捆绑着，脑袋低垂着。

周雪曼一边强压着震惊的心情，一边应付着客人。

王学华蹲下，望着面前的韩青笑了笑。

韩青迷糊地睁开眼睛，说："是你杀了钟伟……"

王学华饶有兴趣地盯着韩青，很享受地听着。

"还有白小蕙、范灵灵、邱海龙、张勇、冯天逸。"

"还有你。"王学华把枪口慢慢顶在韩青的眉心上。

这时他的手机振动起来，望天发来微信："别杀她，放了她！她是我妹妹！"

王学华沉默着，冷冷地望着韩青。韩青头痛欲裂，强忍着疼痛抬起脸，死死地盯着王学华。王学华迟疑着。

这时传来急促的敲门声，王学华一惊。

"王学华！开门！……"

林嘉嘉急促地敲着门，梁子、老宋及其他警员也持枪在旁，严阵以待。

王学华来到楼梯口，举枪对着店门，做好殊死一搏的准备。

阁楼上，暗墙打开，周雪曼从茶楼包房跑过来，来到楼梯口。

"华子，快过来！"周雪曼压低声音喊道。

王学华看着周雪曼，迟疑片刻，周雪曼拉着他跑进茶楼包房。

店门被一脚踹开，林嘉嘉、梁子、老宋等人持枪进入。

周雪曼赶紧摁动开关，暗墙慢慢合拢。王学华突然挣脱周雪曼拉着他的手，转身回到了五金店阁楼。周雪曼大惊，喊道："华子！"

"别怕，有我在。"

王学华笑了笑，把手机扔给了周雪曼，还有那两只差一点儿就完工的小鸟。暗墙关闭。周雪曼的眼泪瞬间掉落了下来。

王学华转身举枪面对着阁楼的门。

"王学华！你被包围了！"

林嘉嘉等人在一楼四散警戒。林嘉嘉小心地举枪，一步一步走向二楼。王学华依然举枪面对门口站着。林嘉嘉上到了二楼门口，王学华突然对准自己的太阳穴开了一枪。

茶楼包房里，周雪曼僵住……

韩青不知道发生了什么，挣扎着起身……

王学华倒下，鲜血喷溅在郁垒和神荼的战袍上……

五金店两侧拉起了警戒线，线外有不少人围观。王学华的尸体被抬出来，放上推车。警员拉开尸体袋的拉链，露出王学华的脸让方波确认，方波点了点头。

人群中，周雪曼远远望着王学华的脸，心里在淌血。

那一年，周雪曼与王学华拉着手走在望天树林里——他们爱情开始的地方。

"你以后就叫我望天吧。"周雪曼说。

王学华腼腆地笑了起来。

"笑什么？"

"怎么叫一棵树的名字？"

"望天树好啊，能长到七八十米，谁也别想挡它的光。"周雪曼笑着说。

她拍了拍身旁高大的望天树，看向王学华，说："以后你看到这个名字，就知道是我，就会想起我们在这儿的日子。"

"那我叫金环。"王学华说。

"金环是什么？"

"金环蛇，这片林子里最毒的蛇。"

周雪曼不解地笑问："为什么要当毒蛇？"

"守着望天树啊，谁敢来砍树，我就咬谁。"

周雪曼笑了笑，突然抱住王学华，温柔地亲吻……

周雪曼强忍着泪水，目送着王学华的尸体袋被警车运走，这一别将是永别。这时韩青被两名医护人员搀扶着走出了店门，和方波说着什么。

周雪曼的目光移向韩青，像钉子一样，牢牢盯在韩青脸上。

"厨房冰箱里的冰冻血液是范灵灵的，毛发是钟伟的，王学华利用这两样东西在利民巷甲1号伪造了第一现场，造成钟伟杀害范灵灵的假象，并故意制造了与甲2号女裁缝的偶遇，让女裁缝对他身上所穿的钟伟的那条牛仔裤留下印象，从而进一步坐实钟伟是杀人凶手。"

韩青汇报的同时，会议室投影上出现了现场勘查的照片。

"我们在二楼阁楼的床板下找到一双43码的男鞋，"杨刚说，"这双鞋比王学华的其他鞋子都大两号。经过比对，这双鞋的鞋印与江平公路碎尸现场留下的鞋印，以及利民巷甲1号留下的鞋印一致，是同一双鞋。鞋里还有一副9厘米高的隐形增高鞋垫，按照王学华1.76米的身高，如果穿上这双垫了增高垫的鞋，可以达到1.85米的高度，这跟黑框眼镜老男人的身高是吻合的。"

从投影里的现场勘查照片可以看到，这双鞋被藏在阁楼床板下的储物格里。

"我们在柜台抽屉里找到一个没有标识的药瓶，里面的药片经鉴定是含有致幻成分的违禁迷药，这和芳芳离开他家时出现被下药的症状相印证。王学华在抛尸范灵灵和去杀张勇的那两晚，用迷药迷倒了芳芳，然后外出作案，并且利用不知情的芳芳为他提供了不在场证明。"林嘉嘉说。

"还有私自修建的地下室，地面和墙面上都检测出洗消液残留物，整个地下室被清洁得很彻底，我们认为那里就是王学华杀人分尸的第一现场。"老宋说。

"在地下室的烟道里，我们还发现了一个自制帆布袋。里面有改装猎枪一把、改装发令枪一把、子弹五十几发。另外，王学华自杀所用的枪支是一把磨掉了枪号的五四式手枪。"梁子说。

"王学华才是真正的黑框眼镜老男人、碎尸案的真凶。"韩青总结。

侯勇点头道："现在整个案子基本明朗了，以红桃K为首的这个犯罪集团，除主犯陈彬外逃之外，我们掌握的其余案犯已全部到案。接下来的工作是把所有线索、证据梳理出来，检查遗漏，理清犯罪事实和作案动机。另外，对于主犯陈彬的潜在联系人，也就是他老婆董洁，我们需要重点做做她的工作。一旦陈彬与她联系，我们必须掌握情况，争取尽早将其抓获归案。"

韩青来到福利院的时候，董洁正在院子里带一群孩子做游戏。韩青看着董洁，心中有些感慨：陈彬逃了，丢下了这个一直在默默守护着他的女人。韩青不知道董洁此刻心里是怎么想的，但她的脸上依旧挂着灿烂的笑容，是那种不相信有坏事儿发生在自己身上的孩子般纯粹的笑容。

"毒枭？"董洁看着韩青，又苦笑着摇了摇头，"呵，我真没想到。我一直以为他只是个爱谈恋爱的大男孩。"

"他跟你联系过吗？"

"你觉得他有什么需要跟我联系的吗？"董洁反问。

"什么意思？"

"我们结婚这些年，他只关心两件事儿——健身和玩女人，其他的他从来没上过心，更别说家里的事儿。你说的毒品生意，他也不可能找我商量，我也没那本事。这么说吧，他就是要联系，也只会和他那些花花草草联系，而不是我。"董洁酸溜溜地说。

"他毕竟是匆忙逃走的，有可能会遗漏一些事儿，不排除会联系你找你帮忙的可能。"韩青说。

"是啊，他每次想甩掉玩腻了的女人时倒是需要我帮忙。放心，只要他联系我，我会第一时间通知你的。"

"谢谢。"韩青点了点头，起身准备离去。

"你们真觉得陈彬是红桃K吗？"

韩青回过头看向董洁问道："他不是吗？"

"我觉得他不是。"董洁说。

陈彬和董洁坐在客厅沙发上，各自消遣着时光。董洁喝着红酒，玩着扑克牌；陈彬则喝着威士忌，无聊地发着呆。

当董洁从倒扣的扑克牌堆中翻出红桃K时，陈彬突然伸手拿起牌来翻看。

"别拿我的牌，正算着呢。"董洁伸手要牌。

"你知道吗？这张牌很特别。"陈彬笑了笑，他的脸上挂着微醺的红晕。

"怎么特别？"

陈彬从桌上散乱的牌里依次找出黑桃K、梅花K和方块K，连同红桃K摆成一排让董洁看，问她："发现什么不一样的地方了吗？"

董洁看了看，问："花色不一样？"

"还有呢？"

董洁仔细看了看红桃K，没看出不同来，便老实地承认："看不出来。"

"红桃K没有胡子。"

董洁愣了一下，仔细去看，红桃K果然没有胡子，而其他K都有胡子。

"还真是，这是为什么？"

"扑克牌最早是刻在木制模板上的，传说雕刻的工匠在凿刻红桃K的时候不小心手滑，把红桃K的胡子给凿掉了。这个错误沿用至今，于是红桃K就成了唯一没有胡子的国王。"陈彬解释道。

"没想到扑克牌背后还有这么有趣的故事。"董洁觉得很有意思。

"还有一点不同。"

"什么不同？"董洁饶有兴趣地仔细对比起来。

"红桃K是唯一把武器藏起来的国王。"

董洁看到红桃K手中的宝剑藏在脑后，其他国王的武器都挺立在身旁。

"这个红桃K还真是挺特别的。"董洁说。

"是啊，锐气被掩藏在美丽温柔的外表之下……"

陈彬有些出神地望着手中的红桃K。

从福利院出来，韩青在路边小卖店买了一副扑克，找出了四张K仔细对比。

红桃K果然如此，很特别。

这时，林嘉嘉给她打来电话。

第十八章　望天　｜　399

韩青推开会客室的门，看到林嘉嘉正在逗亮亮玩。

"姚阿姨，您找我？"韩青坐下来。

"对，有件事儿要告诉你……"

姚汉珍看了看亮亮，觉得有些碍口。韩青向林嘉嘉示意了一下。

"亮亮，走，叔叔带你出去玩。"林嘉嘉抱着亮亮出去了。

"姚阿姨，说吧。"

"好。韩警官，我刚才去看建民了，他……"

"他怎么了？"

"他说，小蕙之前去找他的时候，跟他说了一件事儿。"

韩青愣了一下，问："什么事儿？"

白小蕙擦着泪，渐渐止住哭泣。吕建民抽完烟，仍看着手中的单据。

"治这病，得花多少钱？"他问。

"100万。"白小蕙说。

"100万？"吕建民蒙了。

白小蕙看了看他，说："钱你不用担心，我有。"

吕建民愕然看向白小蕙："你哪来那么多的钱？"

"你别问了，总之，给亮亮治病的钱已经有了。剩下的事情，就是把这钱藏好，花到亮亮身上。"

"小蕙，你到底是什么意思？我怎么没听明白？"

"这笔钱我已经藏好了，这事儿只告诉你了，我连妈都没告诉，你一定要保密。建民，如果我出了什么意外，你一定要保护好这笔钱，把它花在给亮亮治病上面，好吗？"

"告诉我到底怎么回事儿！"

"你就别问了，答应我，行吗？千万不要告诉任何人，用这笔钱把亮亮的病治好，我做这一切就值了。"白小蕙再次悲伤痛哭，吕建民怔怔望着她。

"建民怕这笔钱被人发现，让我取出来藏到家里，留着给亮亮治病。他不该瞒着你们，但他也是为了亮亮。我想小蕙的死肯定跟这笔钱有什么关系，虽然她舍了命给亮亮留了这笔钱，可这钱我们不能要……"姚汉珍哭起来。

"姚阿姨……"

"韩警官，这事儿就算建民主动说的，成吗？亮亮没了妈，以后还得指望他呀！你帮帮他，算他戴罪立功吧，阿姨求你了……"姚汉珍拉着韩青的手悲泣着。

"就是这儿。"耿大爷向身后的韩青等人指了指楼顶的小屋。

韩青的目光却落在鸽子笼上。几名警员从鸽子笼里取出十来个小号水产袋，每个都装着成捆的百元钞票。林嘉嘉从一个水产袋里找到一个U盘。

白墙上，投影的视频画面播放着。

画面中，陈彬坐在办公室沙发上喝了口茶，拿出一部手机拨通。

"喂，刚才来了个女警，问那个警察的事儿……她倒没怀疑我，只是来问一下情况……他们肯定会查监控，发现那警察昨晚上跟踪我……嘻，我怕什么，怕也没用，反正那警察已经死了……那我该怎么做？……行，知道了。"

陈彬挂了电话，将手机揣回去，继续喝茶。

视频播放完毕，林嘉嘉暂停画面，韩青打开会议室的灯，侯勇、方波、老宋、梁子等人沉默地思考着。

"这就是白小蕙偷拍陈彬的视频中被剪掉的那53秒。白小蕙和范灵灵用它来敲诈陈彬，从而引发了506系列案。这份视频同时证实，钟伟是被陈彬团伙残忍杀害的……"

此时，压抑许久的情绪有些绷不住了，韩青极力控制着夺眶而出的眼泪。

所有人都很理解她，安静地等待着。

韩青最终控制住情绪，继续说："从视频中的通话可以看出，陈彬不是团伙的首要分子。"

林嘉嘉在投影上单独播放了视频的最后部分。

"那我该怎么做？……行，知道了。"陈彬挂了电话……

"从语气上看，陈彬是在征求上级的指令，可能跟他通话的这个人才是真正的幕后老板。"韩青说。

"难道红桃K有更隐秘的上线？"侯勇有些意外。

"不，红桃K不是陈彬。"

所有人愣住了。

韩青从桌上的扑克牌盒里抽出红桃K给众人看："没有胡子的国王，锐气被掩藏在美丽温柔的外表之下——红桃K是个女人。"

姐姐

"这是什么？"韩青看着手中的铁烟盒。

"我在王学华家阁楼的神龛抽屉里找到的。"林嘉嘉说。

铁烟盒锈迹斑斑，商标是一个20世纪90年代的畅销品牌。韩青打开烟盒，看到里面有两张票根儿。

"蒙拉县，云安？"她看着票根儿上的小字。

"对，是个国家级自然保护区，里面有世界上最高的树种之一望天树。"

韩青注意到票根儿上的日期："1999年，18年前。"

"那时候王学华20岁左右吧。"

"看来这两张票根儿对他有很重要的意义。"

"很好猜，对吧？"林嘉嘉笑笑。

"女朋友。"

"是吧，我也曾经保存过和初恋女友看第一场电影的票根儿……不过早没了，嘿嘿。"

"还有地图……"韩青思索着。

"对啊！他在地图上画出来的K并不是指他自己，而是红桃K，他在用这样一种埋尸方式向红桃K表达爱或者忠心，不是吗？"

"所以和这票根儿有关的女人，可能就是红桃K。"韩青关上烟盒盖，看着盒盖上的大头肖像。

"没错。"

"得去一趟蒙拉。"

"我刚从侯局那儿回来，他让我去蒙拉摸摸情况。"林嘉嘉说。

两个小时后，林嘉嘉坐上了去云安的飞机。韩青给安连打了个电话，问他要他拍过的所有跟陈彬有过接触的女人的资料。然后，她决定去见两个人打探一下红桃K的线索，至于要如何面对她们，她犹豫了很久。

她轻轻推开病房门的时候，赵晓菲和祁红正坐在病床上吃着晚饭，看上去都没什么食欲。

"师娘，菲菲……"韩青挤出笑容看着她们。

赵晓菲和祁红顿时愣住了。

"菲菲，感觉怎么样？"韩青拿着花束，有些别扭地走进来。

赵晓菲放下碗筷，埋下头去。祁红迅速地收拾好碗筷，端起来往病房外走，经过韩青身边时，她并未隐藏脸上的愠色。

"师娘……"

祁红没答应，闷头走出病房。

韩青望着赵晓菲，赵晓菲此时将床板放倒，背对韩青躺下。气氛很尴尬。韩青来到赵晓菲背后，伸手去摸赵晓菲的肩头，赵晓菲躲开，韩青收回手。

"菲菲，你好好养身体，我过段时间再来看你。"韩青转身离去。

赵晓菲咬着嘴唇，眼泪默默流下。韩青拉开门，刚要出去，就听赵晓菲说道："对不起……"

韩青像被电流击中一样。

"你以后不要再来了。"

韩青的眼圈儿红了。她什么话也没说，关门离去。

赵晓菲悲伤大哭，却忍着不发出声音。

韩青来到盥洗间，看到祁红正在默默洗碗。她等另一个洗碗的人离去后，走进去，来到祁红旁边轻声说："师娘。"

祁红愣了一下，手上的动作变得急促起来。

"师父的钱是哪儿来的？"韩青硬着头皮问。

祁红的动作瞬间静止，她猛地扭回头，不可思议地看着韩青，说："我怎么知道？你不是警察吗？你还问我，你自己不清楚吗？"

"师娘，师父卷进了一个贩毒团伙，我们怀疑这个团伙的头目是个女毒枭，你有没有听师父说过红桃K这个名字？……"

祁红打断道："他已经死了！你还要怎么样？是不是要把我们都逼得没活路了你才高兴？是不是你身边所有关心你的人都死了你才满意？为什么？你为什么要这么做？你师父他哪里得罪你了？他辛辛苦苦把你培养出来，你就是这么报答他的？他的钱哪儿来的我不知道，我就知道他把钱都用在了菲菲身上！你要不要把菲菲刚换的肾挖出来充公啊？"

"师娘……"

祁红惨号一声哭起来，跌坐到地上。

阳台的小桌上，放着红酒瓶和半杯红酒，阳台对面的北山隐没在夜色中。

卧室里传来咔嚓咔嚓狂剪东西的声响。

卧室床边地上，散落着一堆老照片碎屑，少女韩青的脸在碎屑间依稀可辨。周雪曼发疯似的从家庭合照及姐妹合照中将韩青剪掉，然后一剪刀一剪刀地将韩青剪成碎片，任凭碎片飘落到地上的碎屑堆里。

她想发狂地嘶喊、咒骂，却发不出声音。

她回到阳台，手里紧紧攥着那两只小鸟，默默流泪。这两只小鸟终究没能飞起来。她捧起两只小鸟，向夜空中抛去，让它们回归自由。

手机上，是金环的微信界面。这个世界上再也没有金环了。她按下删除键，痛不欲生。她从牛仔裤兜里摸出黄色小药瓶，怔怔地看着。赵文斌用它得到了解脱，她也想。

门铃响了。

周雪曼打开门，看到韩青站在门外，颇感意外，心中翻江倒海的情感再汹涌也得忍住，她叫了声："青儿……"

韩青神情沮丧，默默地站着。

"进来吧。"周雪曼让到一边。

韩青默然进了屋，周雪曼关上门，两人各怀心事地来到阳台上。

韩青拿起那半杯红酒："我能喝吗？"

"喝吧。"周雪曼无力地笑笑。

韩青一饮而尽，又倒了一杯，一口喝了。

"慢点儿喝，小心醉了。"

韩青笑了笑，倒了第三杯，黯然地说："醉了好，一醉不醒更好。"

"案子破了？"周雪曼幽幽地问。

"还没有。"

"你们不是把那个开五金店的枪毙了吗？他都死了，案子还没破吗？"

韩青一仰头喝下第三杯。

"我们没枪毙他，他是自杀的。"

听到"自杀"两个字，周雪曼的手颤抖了一下。

"你肯定能破这案子，我等着看你戴大红花受表彰……"周雪曼冲韩青笑着说，"我都能想象到那个画面，你雄赳赳气昂昂地走到台上去，整个台上就你一个人，然后台下响起掌声，你向台下敬礼。"

韩青没搭话，又倒了一杯酒继续喝。

"我知道你心里苦，先是爸和阿姨，然后是钟伟，最后是你师父……老天爷为什么要这么对你呢？"周雪曼迷醉地看着韩青。

韩青看着手中的红酒，若有所思地摇摇头，嘴角始终带着捉摸不定的笑意。

"要是能用我一个人把他们全都换回来就好了。姐，你说能吗？"

她看着周雪曼，周雪曼也看着她，没有回答。韩青突然笑了起来。

"不能！他们都回不来了。"韩青喝了杯中酒又去倒，酒瓶里已经没酒了，"姐，还有吗？我想喝。"

"有，我去拿。"

周雪曼到开放式厨房开了瓶新酒，拿了一只新酒杯，倒了一杯。

她看着酒杯里的酒，摸出黄色小药瓶，将里面的白色药片全部倒进酒里。

她回到阳台，给韩青的杯里添上酒，在她身边坐下，轻轻晃着酒杯，带着一丝诡异的笑意。

"戴大红花，受表彰，立功，其实你对这些都不在乎，你在乎的是那些再也回不来的人——爸、阿姨、钟伟、你师父。"周雪曼停顿了片刻，说，"也许还有我，我肯定会比你更早离开这个世界。"

她看了自己手中那杯下了毒的酒许久，像是下定了决心。

周雪曼看向韩青，笑了笑："来，咱俩干了，忘掉这一切……"

第十八章 望天

就在周雪曼举杯的时候，韩青突然抱住了她。

周雪曼愣住了，不知所措，端着的酒杯悬在半空，问："怎么了？"

韩青过了好一会儿才开口："姐，我只有你了。"

周雪曼被这句话击中了，她完全没有准备好在此刻看到韩青对她的依恋。

"喝这么多酒就为了跟我说这句话？"周雪曼故作轻松地调侃道。

"姐，对不起……"

周雪曼预感到韩青要说什么。

"是我害死了爸，跟你没关系。你回来那天，是我闹着要爸在高速上停车的，我根本没想上厕所，只是给爸找麻烦，不想让他接你回家，因为看见他一想到要见到你就开心的样子，我就会嫉妒。"

周雪曼面色平静，内心却波澜起伏。

"你赶到医院的时候，我本来想跟你说实话，但我怕你会恨我，怕你会不要我，因为我那时候突然明白，我只有你一个亲人了，我不能再失去你。所以，我瞒着你，直到现在。"

周雪曼惨笑了一下。韩青不知道，那个场景周雪曼也时常想起。

医院里，韩卫国躺在病床上已无呼吸，韩青惊恐地站在一旁。

医生拍了拍韩青问："孩子，你父亲已经走了，你没有别的亲人了吗？"

韩青顾不上回应，不知所措地拖着沉重的步子挪向韩卫国。

医护人员离开了病房，此时周雪曼跑来，她在门口看到韩青背对着自己跪倒在韩卫国病床前，立刻明白过来，眼泪哗哗地往下流。

"爸爸……我错了，我不该任性，不该闹着让你停车，是我害了你。爸爸，对不起，你醒醒，对不起，你醒醒啊……爸，我答应你不再找姐姐麻烦，我答应你跟她好好相处，我什么都答应你，爸爸，你快醒醒……爸！"韩青号哭起来。

周雪曼愕然地望着韩青的背影，眼里充满了恨意……

"这么多年过去了，真相已经不重要了。"周雪曼平静地说。

"这个秘密压得我喘不过气，我看不到光，快乐不起来，也不敢快乐，觉得自己不配。对你也是，不敢靠太近，怕你对我好。你对我越好，我就越愧疚，越想远离你。每年扫墓，你都在爸的坟前忏悔，说是你害死了他，害我没了爸妈，这些话像烙铁一样烙在我心上。这个真相让我无处躲藏，我不爱回家，对谁都冷冰冰的，活得越来越像个怪物。刚才我去看菲菲和我师娘，菲菲对我说'你以后不要再来了'，我问我师娘案子的事儿，我师娘问我要不要把菲菲刚换的肾挖出来充公。我想，她们以后也不会再见我了。你说得对，先是我爸妈，然后是钟伟和师父，现在还有菲菲和师娘，他们都一个一个走掉了，再也回不来了……就剩我一个人了。"

韩青的眼泪润湿了周雪曼的脖子，周雪曼的眼泪也随之落下。

"你忘了你刚才说过的话了？你还有我。"周雪曼用手轻轻地抚摸着韩青的头。

"我10岁到你家，做了你这么多年的姐姐，今天是你第二次抱我。第一次是爸爸去世后，在医院的走廊里，我去办死亡证明，你以为我要离开你，跑过来抱住我哭着说'姐姐，不要扔下我'。那是你第一次叫我姐姐，我想我这个讨厌的妹妹真可怜，比我还可怜，至少我还有个妈妈，虽然她在医院里稀里糊涂、疯疯癫癫的。"

周雪曼看了韩卫国最后一眼，用布单盖住他的脸，转身走出病房，对站在一边的韩青视而不见。韩青突然跑出来，从后面紧紧抱住了她。

"姐姐，不要扔下我，我只有你一个亲人了。"

周雪曼强忍着泪水，转回身摸了摸韩青的头……

此时，周雪曼依旧抚摸着韩青的头。

"青儿。"

"嗯？"

"咱们离开这儿吧，换一个地方重新开始生活。"

"嗯。"

"你也别当警察了，我也不开茶楼了，我们重新做一回姐妹，好吗？"

"好。"

天色渐亮，韩青还在卧室的床上熟睡，躺在一旁的周雪曼怔怔地望着她。周雪曼轻轻起床，出了卧室，来到阳台。那杯掺了毒药的酒原封未动地摆在那里，她将杯里的酒全部倒掉。她看着远处的北山，呼吸着新鲜的空气，期待一切能有新的开始。

韩青从宿醉中醒来，听到厨房里传来做饭声。

她坐起来醒神，漫不经心地看着卧室里富有品位的家装和物件。

小书架上的一摞相册吸引了她的目光，她走过去随便抽出一本翻看。这本相册里是周雪曼近年来拍的各种艺术照和生活照。放回相册的时候，韩青看到最底下一本有年代感的老相册，就抽了出来。

老相册的第一页是周雪曼和韩卫国、周雪萍一家三口的合照。韩青抽出相片，翻看背面，看到用钢笔手写的"韩颖两周岁留念"黑色字样，"韩颖"两个字被一条红杠画掉，下方添有"周雪曼"的红色字样。韩青连续翻了五六页都没有照片，只有一些被撕掉的照片残角。她略感奇怪。接下来几页有了照片，都是学生时代的周雪曼的单人照或与同学的合影，可以看出周雪曼由小到大的变化。

韩青突然被其中一张照片吸引住，这是周雪曼和一个年轻小伙的合照。周雪曼穿着连衣裙，亭亭玉立，拿着一瓶饮料冲着镜头大方地微笑着。身旁那个年轻小伙穿着敞领白衬衫，吊儿郎当地握着球杆，叼着烟，一副古惑仔的表情，对镜头挑衅地笑着。

韩青看着这个男人，猛然一惊，他是何力。

"姐。"韩青来到客厅。

周雪曼回头看到韩青，两人相视一笑。

"把你吵醒了？"

"没有，我自己醒的。"

"我还想叫你起床呢。时间正好，坐下吧。"

韩青在岛台前坐下，看着周雪曼端来的早点——蔬菜沙拉、煎鳕鱼和蘑菇、烤面包片、一杯柠檬蜂蜜水。

"先把这个喝了。"周雪曼把柠檬蜂蜜水放到韩青面前，"醒酒快，能缓解酒后恶心，还滋养皮肤。"

"好。"

周雪曼坐下来，微笑地看着韩青喝蜂蜜水。
"我想好了，咱俩就去大历吧。"
韩青愣了一下，问："去大历干什么？"
"离开这儿啊，重新开始啊，重新做一回好姐妹啊……怎么，昨晚说的你都忘了？"周雪曼不可思议地看着韩青。
韩青笑了笑，没接茬儿。
"你该不会是反悔了吧？"
"我要再想想，我扔了警察的工作，真不知道还能干什么。我不像你会做生意，从小就有魄力。你那时候书都不念就跑去外地学做生意，那是哪年啊？我记得好像是 1996 年吧。"
"对，1996 年夏天。走之前我还回过家，记得吗？"

韩青走进厨房，吃着锅巴，审视着洗碗的周雪曼。
"听爸说，你要去外地打工？"
"嗯。"
"去哪儿啊？"
"蓉都。"
"离这儿远吗？"
"要坐一天一夜的火车。"
"那么远啊！还回来吗？"
周雪曼看了看脸上表情满不在乎的韩青，赌气地说："不回来了。"
"太好了！"韩青笑嘻嘻地离去。
周雪曼的眼圈儿顿时红了。

"我那时候可真讨厌。"韩青回想起来，无奈地笑笑。
周雪曼笑了笑。
"你不是一个人去的吧？是跟男朋友吗？"
"什么男朋友，我一个老乡。"
"谁啊？我认识吗？"韩青盯着周雪曼。
"你不认识，是我妈老家的熟人，早就过世了。"

第十八章 望天 | 409

"啊,他怎么了?"

"癌症。"周雪曼嘴上答的和心里闪现的完全是两回事儿。

五花大绑的唐文被摁跪在荒草中,等待行刑……

周雪曼为自己编造了过往,并在心里默默地对答过无数遍,就是为了应对这一天。她信心十足,绝不会露出任何马脚。

"我记得你去蓉都以后,爸经常在家唠叨,不理解你为什么放着好好的书不念,要去外地做生意。"韩青继续说。

"能好好念书,谁不想念啊!不是我抱怨,你知道吗?每次我问爸要钱时看到他那副为难的样子,心里就不是滋味,而且只要爸给我钱,之后他就会跟你妈吵上一架。每次都是这样,所以我就想离开这里,我要自己挣钱,不拖累爸。"周雪曼说,"然后我就稀里糊涂地跟着那个老乡去了蓉都,学做生意。"

"他做的是什么生意?"韩青问。

"卖建材。"

周雪曼惊愕地看着手中的一袋白色粉末,望向唐文。

"文哥,这是毒品吗?"

正在翻扑克玩的唐文满不在乎地笑道:"是啊。"

周雪曼赶紧把白色粉末丢回桌上说:"文哥……我干不了这个。"

"一开始我也接受不了,时间长了,就习惯了。"

"这是在害人。"

唐文看了看那袋粉末,点头同意说:"没错,可是能挣大钱,能帮你离开那个你不喜欢的家。这世上,从来没人逼着你吸这玩意儿。你想要的生活也是一样,没人逼你非要过这种生活,都是你自己的选择。害人不害人这些话,都是借口。"

唐文望向周雪曼,继续说:"这是个机会,让你可以过自己想过的生活。女孩子也可以开创自己的一片天下,没有胡子,也可以做国王。"唐文把一张红桃K递到周雪曼面前,周雪曼拿起来,定定地看着。

窗帘紧闭的屋里，唐文在验货，他用手指蘸着白粉品尝，货主在旁看着。
周雪曼在唐文身旁快而不乱地点钞，将点完的放入旅行包……

"后来他的生意慢慢做大，在红门楼建材市场开了一个门面，因为生意很忙，他就让我去管那个门面。再后来市场整体搬迁，他就让我跟他去新加坡做生意，我没去。最后他又从新加坡到了美国，一直到死，也没能叶落归根。"周雪曼的眼神有些黯淡。

周雪曼和王学华架着腿部中枪的唐文在河边猛跑，身后传来枪声。
唐文重重地跌倒，已经没有力气再跑。
"别管我，快走！"他把手枪交给王学华，"华子，照顾好雪曼。"
"文哥……"周雪曼喊道。
"快走！"唐文推开周雪曼。
王学华带着周雪曼蹚过小河跑了。警察追上来，唐文束手就擒……

"那你呢？怎么做上茶叶生意了？"
"当时不知道要干什么，回东州也不知道能做什么，我就在蓉都闲了一段时间。后来发现茶楼生意挺不错，就动了心思，去了一家茶楼打工，开始接触到茶叶，之后就计划好要回东州做茶叶生意，于是又去了云安。"
"云安哪儿啊？"韩青问。
"富洱，听说过吗？"
"没有，我刚听说云安有个叫蒙拉的地方。"
周雪曼暗自一惊。
"那个死了的五金店老板王学华好像跟那儿有点儿关系，我们正在查。"韩青淡淡地说着，看了周雪曼一眼。
"是吗？"
"嗯。姐你继续，你去了云安富什么？"
"富洱。我听别人说那里的山头茶不错，销路也很好。所以我考察了一段时间后，想代理当地一个茶农的古树茶。可人家看我年纪轻，钱又不多，始终没答应。我就软磨硬泡，赖在他的茶山不走，帮他们一家收茶、炒茶，忙活了

第十八章　望天　｜　411

一整个茶季,他才答应。"

边境树林中的破房子里,周雪曼和王学华惴惴不安地等待着。
几辆越野车呼啸而至,荷枪实弹的匪徒们簇拥着觉敏吞下了车,来到他们面前。觉敏吞看着周雪曼和王学华,对身旁的手下耳语。
"唐文呢?"手下用蹩脚的汉语大声问。
"唐文被抓了。以后由我来交易。"周雪曼说。
觉敏吞听了手下的翻译后,色眯眯地笑着走上前来。他刚伸出手来想要摸周雪曼的脸,就被王学华一把抓住。觉敏吞的翻译小弟一脚踹过来,把王学华踢翻,一群小弟冲上来对他拳打脚踢。周雪曼拼命推开这些人,挡在王学华身前。觉敏吞大喝了一声,他的小弟们才住手,让开。
觉敏吞狠狠盯着周雪曼,随即露出赞许的笑容……

"有了他这个供货商,我就回了东州,开起了茶楼,就这么一点儿一点儿做起来了。"周雪曼说。
"真不容易。"
"干什么容易啊,你当警察不也一样?都得付出代价……"
韩青看向周雪曼,两人对视了片刻。
"你别做警察了,我也不开茶楼了,考虑一下我们昨晚的约定。"
"好,等这个案子彻底结了。"韩青望着周雪曼,笑了笑。
"好,我等你。"周雪曼也望着韩青笑了。

韩青从周雪曼家出来,来到地下车库。她坐在车里,愣了好半天。
捷达在昏暗的地下车库里行驶,发出单调刺耳的轮胎摩擦声,一如韩青此刻焦躁不安的心情。旋转的上坡弯道像永无止境的黑暗,到达地面出口那一刻,刺眼的阳光突如其来打在韩青脸上,她知道真相就快揭晓了。

周雪曼回到卧室,坐在梳妆台前端详着镜子里的自己,笑了笑。
她仿佛看到了新生活的希望。
她脱掉衣物,准备美美地洗一个澡。经过小书架的时候,她看到有一本相册没有完全放回去，比其他相册多出来一截。她把它顶了回去，发现是最老的那本相册，她又把它拿出来。

她翻看着，发现自己和何力的那张合照不见了。

突然间，她歇斯底里地把相册扔掉。

韩青坐在对面，静静地等待何力把一整只烧鸡吃完。

何力心满意足地吃着烧鸡，忽然抬眼看向韩青。

"说吧，妹子，今天来找我有什么指示？"

"不急，等你吃完再说。"

"等不了了，我感觉今天能听到有意思的事儿。"

"是吗？"

"你今天一个人来的，没带那傻小子，可见今天的内容不是谁都能听的。"何力狡黠地笑起来。

韩青不得不佩服这家伙的洞察力，于是拿出周雪曼和何力的合照，放到他面前。何力看着照片，笑了笑，望向韩青。

"妹子，你从哪儿弄的？"

"照片上的帅哥是你吧？"

何力嘬干净手指头，又在身上抹了抹，拿起照片来细看，笑了。

"你别说，哥哥年轻那会儿还真挺精神。"

"旁边的美女是你女朋友吗？"

"怎么，你对她感兴趣？"

"她是我姐。"

"你姐？！"何力惊得合不拢嘴。

"说说吧，你跟我姐是怎么回事儿？"

"嗐，那都陈芝麻烂谷子的事儿了，你打听这个干吗？"

"你和我姐好过？"

"算是吧，不过没好多长时间。鲜花不能老插在牛粪上，你说是吧？"何力自嘲地笑着。

"那时候你认识陈彬吗？"

"认识啊，我俩那会儿一块儿看场子了。"

第十八章 望天

"这么说我姐也认识陈彬了？"

何力愣了一下说："认识啊……怎么了？"

"没怎么。"

何力摇头笑了笑，继续吃鸡。韩青看着他。

"你跟我姐分开，是不是因为陈彬？"

何力笑了："那是我和你姐之间的问题，有没有他，我俩都得分。"

"那就是有关系了？"

"你说有就有吧。"

"之后我姐是不是和陈彬在一起了？"

何力一个劲儿摇头。

"什么意思？是没有，还是你不知道？"

"你姐那人，陈彬高攀不上。"

何力冲韩青意味深长地笑笑，接着吃鸡。

"何力，陈彬涉嫌系列杀人案和贩毒案，现在正被网上追逃。我今天来问你的话很重要，你明白吗？"

"我明白，警官，要不你也不能大老远拎这破玩意儿来看我，咱俩又不熟。"

何力露出挑衅的神情望着韩青，转而又乖滑地笑起来。

"妹子，开个玩笑，你继续问。"

"我姐是不是跟陈彬好过？"

"陈彬追过她，但没成。"

"为什么？"

"你姐那人挺要强的，她是不会看上我和陈彬这种小混混的。跟我们处了没多久，她就颠儿了，以后跟我再也没联系过。听人说，她好像去了外地，跟人学做生意去了。"

"跟谁学做生意？"

"不知道。"

"陈彬知道吗？"

"不清楚，我不打听跟自己没关系的事儿。"

韩青看出何力已经烦了，他看着一堆鸡骨头嘬起了牙花。

"好吧，最后一个问题。你听说过红桃K吗？"

"谁啊？跟我有关系吗？"

"陈彬啊，这是他在贩毒圈儿的绰号。"韩青故意这么说，心想也许能套出点儿话。

"陈彬？他叫红桃K？"何力摇着头，不可思议地看着韩青，"不过就冲他的桃花命，这名字倒挺配他。"

见完何力，韩青又来找董洁。董洁打开门看到她后，无奈地笑了笑。

"我说过，陈彬联系我，我会第一时间通知你。"

"我不是来问这个的。你跟我姐认识多久了？"

董洁愣了一下，回道："你姐？我结婚前就认识了，十几年了，怎么了？"

"是在你认识陈彬之前吗？"

"对啊，陈彬就是她给我介绍的，你不知道吗？"

韩青有些意外。

"你姐当时去外地打工，我去车站送她，她在站台上介绍我认识了陈彬。"

韩青点头道："我姐和陈彬关系怎么样？"

"他们就是正常朋友关系呀。"

韩青和董洁对视了一下，她捕捉到董洁的眼神闪烁了一下。

"他俩是不是好过？"

"我不知道。"

"你觉得，在你们结婚之后，他俩……还有什么吗？"

董洁看着韩青，没有说话。

"我知道你的直觉挺准。"

韩青和董洁再次对视。

"这种事儿光怀疑有什么用，否则我找安连干什么。"

"你找安连查过我姐和陈彬吗？"

董洁愣了一下，点了点头。

"结果呢？"

"他们只是正常往来，没有越界行为。"

大厅里，有很多老年人坐在里面看电视。

第十八章 望天 | 415

透过大厅玻璃，可以看到周雪曼拎着保温桶，在跟一个管理人员说着什么。

周雪曼推开一扇房门，看到周雪萍盘腿坐在大理石飘窗上，望着外面。

"妈，坐这上面多凉啊，快下来……"周雪曼把保温桶放下，去扶周雪萍。

周雪萍看着周雪曼，似笑非笑地任由她把自己扶下飘窗，坐到单人沙发上。

周雪萍伸出干瘦的手抬起周雪曼的脸，饶有兴致地端详着。

"我是谁啊？"周雪曼笑着问。

"我是谁啊？"周雪萍笑着学话。

"我问你呢，我是谁？"

周雪萍顿时变得有些局促不安。

"别着急，慢慢想，我是谁呢？谁每天来给你送好吃的呀？谁陪你下跳棋呀？谁给你削苹果呀？谁呀？"周雪曼耐心地启发。

周雪萍听得一愣一愣的，努力思考着，突然睁大眼睛，一副开心的样子。

"你是女嘉宾！你叫……"

"叫什么呀？"

"雪萍！你叫雪萍！"周雪萍高兴地喊。

"那是你的名字，我叫雪曼，咱俩差一个字。"

"雪萍，女嘉宾，女嘉宾，雪萍，呵呵……"周雪萍指指自己，又指指周雪曼，开心地叫着。

周雪曼无奈地笑着，从保温桶里拿出精心准备的饭食。

"妈，我又交了5年的费用，你就踏踏实实住着。"

周雪萍像小孩子一样扒着桌角看周雪曼摆放吃食。

"院长他们对你挺好的，你不要总是凶人家，对人家和气一点儿……"

"院长讨厌！她不给我吃大苹果！"

周雪曼有些意外地看着周雪萍，笑了。

"妈，这都好多年前的事儿了，那个院长早不在这儿了，你还记得啊？"

"破院长！讨厌！不给我吃大苹果！"

周雪萍气呼呼地比手画脚，像是要打人，周雪曼按住她。

"那她还给你剪指甲呢，你还抱着人家说她是你的乖女儿呢，这你还记得吗？"

周雪萍愣住了，使劲儿回想着，表情又变得局促不安起来。

"不着急，慢慢想，想起来了吗？"周雪曼充满期待地看着周雪萍。

　　周雪萍忽然想到什么，一脸欣喜，转而又一脸怒气。

　　"破韩卫国！打你！不许欺负我女儿！"

　　周雪曼愣住，转而无奈地笑了笑。

　　"妈，我还以为你的记忆力恢复了呢，原来你只记得那些不高兴的事儿……"

　　周雪萍望着周雪曼，充满慈爱地伸手抚摸她的头。

　　"雪曼，别恨你爸，有妈呢，妈管你。"

　　周雪曼的眼圈儿顿时红了，她激动地说："妈，你再叫我一声！"

　　周雪萍看着周雪曼的眼睛，轻声地唤着："雪曼。"

　　周雪曼扑倒在周雪萍怀里，流下了眼泪，她知道这是最后一面了。

　　"妈，你在这儿好好的，每天都要过得开开心心的。我可能很长时间都不能来看你了，你不要想我，也不要再去想那些难过的事儿了……"

乌云之上

　　"韩姐。"林嘉嘉站在勐巴州公安局楼下给韩青打电话。

　　"怎么样？查到什么线索了吗？"

　　"勐巴州公安局1998年抓了一个叫唐文的四水籍大毒枭，这个人在1999年被枪毙了。卷宗里提到他有一男一女两个跟他时间比较长的马仔，其中男马仔叫华子，就是王学华那个'华'。"

　　"只有一个名字吗？其他信息呢？"韩青在便笺上记下这个名字。

　　"没有其他信息，卷宗里有关他的马仔就提了这么一句。听这里的老同志说，唐文经常在蒙拉、蒙哈和景霍一带的边境活动，我准备去查一下。"林嘉嘉一边说一边上车。

　　"好，你把唐文的卷宗发我。"

　　"已经发你了。"

　　"辛苦了。"韩青挂断电话，打开微信，唐文的档案照出现在屏幕上。

　　韩青带着老宋、梁子等七八个人走进了市局一整层的大档案室。

第十八章　望天　　417

"韩青，怎么查？"老宋问。

"从唐文被抓的1998年倒推，查1998年到1988年内的所有卷宗，尤其是涉毒案件，注意看有没有唐文来过东州的案件记录。"

"这可是大海捞针啊……"梁子感慨道。

"不光涉毒案件，其他相关案件也要查，相关案件的报警记录、人员情况等，任何涉案信息都要过一遍。"韩青说。

众人望着一排排望不到头的档案架，面面相觑。

3小时后，方波给他们送来了盒饭，并加入了他们……

5小时后，他们查完了50排档案架中的11排……

8小时后……

"找到了！"身陷一堆档案的梁子兴奋地叫了一声，大家都围了过来。

梁子递给韩青一份卷宗。

"南林卡拉OK厅K粉案，1996年1月8日。"韩青念出来。

"看讯问笔录……这儿。"梁子指着某处。

"K粉是一个四水来的人卖给我的，他说他叫唐文……"

一旁的人兴奋起来。

"案犯所述四水籍毒贩唐文于本案受理期间未找到，已报四水警方协查。"

"至少说明唐文来过东州。"方波说。

韩青陷入沉思。

有电话来了，是周雪曼。

"姐。"

"考虑得怎么样了？"周雪曼坐在茶台前笑着问。

"姐，我正在忙。"

"好吧，你再想想，我先去大历看看，有个朋友的民宿正好要兑出去。"

"什么时候去？"

"明天下午的飞机。"

"行，我送你。"

电话挂了以后，两姐妹心有灵犀地同时捋了捋头发，思索着。

一大早，韩青就来到了养老院。

她轻轻推开门，周雪萍正坐在床上看电视，发出咯咯的笑声。

"周阿姨。"

周雪萍一脸蒙地扭头看着韩青走过来。

"周阿姨，我是韩青，想起来了吗？"

"女嘉宾，你是女嘉宾！"

周雪萍高兴地摸摸韩青的脸，指着电视。

韩青看到电视里在播相亲类的综艺节目，明白过来。

"给你吃这个。"周雪萍从抽屉里拿出一包牛肉干，撕开袋子递给韩青，"你最爱吃的牛肉干。"

韩青知道，周雪曼最爱吃牛肉干。

"谢谢周阿姨，我不吃。"

"你吃，女嘉宾！你吃！"

周雪萍笑着，突然看着韩青愣住，努力思考着。

"雪曼……你是雪曼？"

"雪曼是我姐，我是韩青，韩青。"

"雪曼，别怕啊，爸不要你了，妈管你，乖……"周雪萍慈爱地摸着韩青的头。

韩青从包里拿出唐文的照片，递到周雪萍眼前。

"阿姨，这个人你见过吗？"

周雪萍看到照片愣住了，片刻后突然怒气冲冲地拍打着照片。

韩青眼睛一亮，问："阿姨，他是谁？"

"打你！打你！没良心的韩卫国！我打你！打打打……"

"周阿姨，这不是我爸，别打了。"

"男嘉宾！他是男嘉宾！"周雪萍突然转怒为喜，拿着照片指着电视里相亲的男嘉宾笑。

韩青颇为失望。

捷达缓缓停到街边，韩青从车上下来，隔着落地大玻璃，看到周雪曼正在跟领班说着什么。领班看到韩青后告诉了周雪曼，周雪曼朝她挥了挥手，然后继续和领班说话。韩青望着周雪曼。

第十八章 望天 | 419

韩青、韩卫国、叶敏在给周雪曼唱生日歌，周雪曼幸福地闭上眼许愿，面前的蛋糕上写着"韩颖生日快乐"。歌声结束，周雪曼睁开眼。

"好，吹蜡烛。"韩卫国笑着说。

周雪曼吸了一口气正要吹，韩青突然伸手抠了一块蛋糕，放在嘴里品尝。

周雪曼生气地看着韩青。

"韩青，你……"韩卫国不知说什么好。

"这个蛋糕一点儿也不好吃。"韩青对周雪曼顽皮地笑了笑。

"韩青，你不能这样对姐姐。"韩卫国耐着性子。

周雪曼突然伸手推了韩青一下，韩青趔趄着差点儿跌倒，吓得"哎呀"一声叫了出来。旁边的叶敏挥手就是一耳光，打在了周雪曼脸上。周雪曼愣住了。

"你干吗？！"韩卫国也没想到。

"谁让她推我女儿！"叶敏瞪着周雪曼。

周雪曼哭着跑出去，韩青吓得愣愣地看着周雪曼的身影……

周雪曼拎着大挎包来到韩青面前说："跟领班交代了一下。好了，走吧。"

"走。"韩青接过大挎包。

捷达在路上平稳地行驶，车速并不快。韩青和周雪曼沉闷地坐在车里，周雪曼看了看手机上的时间。

"着急了？误不了飞机。"韩青说。

"没有，我只是想起这时候我妈该吃下午的药了……对了，昨天董洁来找我了，说你去问过她陈彬的事儿。陈彬一直没消息吗？"

"没有。放心，他跑不了。"韩青看看周雪曼，笑了笑。

蒙哈县局刑警大队的孙队带着林嘉嘉走在过道里。

"1997年的时候，我们县城郊外的橡胶林出过一个杀人抢劫的案子，死了两个街头毒贩，抢走了一辆面包车。据目击者反映，开走车的凶手是一男一女，年龄不大，都在20岁上下。我们后来了解到，这一男一女是唐文的马仔。"孙队向林嘉嘉介绍道。

"孙队，目击者是咱们当地的居民吗？"林嘉嘉问。

"是住在橡胶林附近村子的一个老阿妈,但是已经过世好多年了。"

"好吧……"林嘉嘉顿感失望。

"当时的条件比较落后,没有查到有价值的线索,我也记不太清楚有没有根据老阿妈的描述画的模拟画像了,但一般来说是有的。"

林嘉嘉眼前一亮。

捷达缓缓停在了路边,韩青下了车。周雪曼随后也下了车,有些疑惑地四下张望着,问道:"青儿,这是哪儿啊?"

"森林公园。"

周雪曼看看韩青,笑了笑说:"怎么?走之前带我来感受感受东州的制高点啊?"

"对啊,让你再看看东州,免得以后忘了。"

韩青笑着朝山坡上走去,周雪曼望着她。

"走啊。"韩青回过头看着周雪曼。周雪曼笑笑,跟了上去。

"找到了。"孙队从一个老旧发黄的牛皮纸文件袋里拿出两张纸看了看。

"就是这两张模拟画像,男的这张跟你照片上的人有点儿像。"

林嘉嘉立即接过来,看了看说:"确实很像。"

"这是那个女的。"

孙队把另一张画像递给林嘉嘉,林嘉嘉看后愣住了。

韩青带着周雪曼来到一处平台,周雪曼朝下面望去,说:"不愧是东州的制高点,这里的视野真不错。"

韩青笑道:"是吧?不光视野不错,埋人也不错,不是吗?"

周雪曼的脸色顿时变了一下,又立刻稳住:"快别说了,吓人……"

韩青的手机响起,她看了看,接通电话:"喂?"

"韩姐,蒙哈县1997年发生过一起杀人案,凶手是一男一女,据说就是唐文的那两个马仔。我找到了当时的模拟画像,现在发给你。我觉得这一男一女……你应该都认识。"

林嘉嘉将两张模拟画像发了过来,韩青打开后看了看。

"收到了，辛苦。"韩青挂断电话。

"找你有事儿吧？咱们赶紧去机场吧，别耽误你工作。"周雪曼说。

"不耽误，我同事从蒙哈给我发了个资料。"

"你同事去云安了？干你们这行也够辛苦的……"

"你也看看吧。"韩青把手机递给周雪曼。

周雪曼看到两张模拟画像——年轻的王学华和她自己。

"这是谁啊？"

"两个至今没被抓到的嫌犯，1997年在蒙哈县杀过人。男的叫华子，是大毒枭唐文的马仔，其实就是五金店的那个王学华。女的也是唐文的马仔，你觉得面熟吗？"

周雪曼把手机还给韩青说："青儿，时间差不多了，要不然真该误机了。"

周雪曼说着朝平台下的山路走去。

"站住。"韩青口气严厉，周雪曼听到后停住了。

她转头看向韩青，笑了笑："怎么了？"

"刚才的话还没说完。这里景色不错，所以你才把钟伟埋在这儿，对吗？"

周雪曼愕然不知所措："韩青，你是不是疯了？！"

"当年带你去四水的，根本不是周阿姨的熟人，而是唐文。"

周雪曼愣住。

"是你妈亲口说的。"

韩青把上午去养老院见周雪萍的事儿告诉了周雪曼。

"周阿姨，他真不是我爸，你别打了。"

周雪萍却指着唐文的照片继续打骂："你别碰我闺女！不许你带她去四水！哪儿也不许去！你走！不要你来！你走！你走！……"

韩青愕然："周阿姨，你看清楚，是他把我姐带去四水的吗？"

"就是他！让他走！我不要看到他！叫他离我女儿远远的！"周雪萍愤怒地扔掉照片，用脚狠狠地去踢去踩……

周雪曼沉默了。

"周雪曼，画的是谁你不会认不出来吧？跟王学华在蒙哈杀人的就是你！"

周雪曼笑了笑，她已经不打算再做任何辩解了。

"王学华是你的男朋友吧？他一直留着你们去望天树林旅游的票根儿，他是为了不暴露墙那边的你才自杀的，因为他是你的门神！"

韩青在神龛前研究。她将神龛挪开，查看神龛背面，又去查看墙体，最终发现了隐秘的开关。她将开关打开，墙体移开，露出墙背后的茶楼包房。韩青震惊地看着……

周雪曼绝望地笑了笑。

"王学华地图上那个'K'的最后一个地点不是他的五金店，而是墙那边你的茶楼。王学华不光是你的男朋友，还是你最忠诚的杀手。陈彬一直喜欢你，所以你利用这一点来控制他。当你准备回东州贩毒，你就想到了他和何力，因为他们俩熟悉东州，又是混混。可惜何力进了监狱，于是你找到陈彬，让他给你当马仔，替你打理毒品生意。还有我师父赵文斌，你利用他。我不知道你是怎么说动他的，但我想这跟他女儿的病一定有关系。还有万海强，他也曾经是你的马仔，但你控制不住他，所以让王学华杀了他，还收编了他的马仔，让张勇取而代之。你才是这个盘踞在东州的特大贩毒集团的幕后老板——红桃K！"

周雪曼看着韩青缓缓地说："我当初没白送你去警校。你真是这块料。"

"你撺掇我读警校的真正目的是把我培养成警队内鬼，成为你的帮凶！"

周雪曼并不否认地耸了耸肩："是啊，但是没办法，你从来不把我放在眼里，哪怕我是真的对你好，你也不领情，对吧？"周雪曼无可奈何地望着韩青笑了笑，"但是赵文斌就不同了，他有个得了绝症的女儿，他需要钱。"

"你是怎么拉他下水的？"

"你师父你还不了解？他这个人死脑筋，别说贩毒，就是走走关系送送礼这种常见的事儿，他都干不出来。拉他下水的不是我，而是你师娘祁红。菲菲要换肾，需要一大笔钱，赵文斌根本拿不出来。你师娘成天为这事儿偷偷抹眼泪，你这个当徒弟的也帮不上什么忙，我作为你姐能看着不管吗？为了救女儿的命，她背着赵文斌接受了我的钱。等赵文斌知道后，已经来不及了。现在菲菲等到了肾源，成功地做了手术，捡回来一条命，你不觉得应该感谢我吗？我和你师娘,我们才是菲菲的救命恩人。赵文斌、钟伟,还有你,你们除了坚守法律底线,还能干吗?到最后只能眼睁睁看着菲菲去死。当然了,你师娘并不知道我让赵文斌开快递站是为了什么,但就算知道,我想她也不会拒绝这笔钱。这就是现实。等你有了孩子,你就会知道当母亲的做出这样的选择根本不需要理由。"

韩青瞪着周雪曼。

"说起来,当初你师娘下岗,要不是你把她介绍到我这儿来打工,我也不会知道他们家需要钱,赵文斌的一世清名也不会就此毁掉。所以,归根到底是你害了你师父,不是我。"周雪曼望着韩青微笑,带着一丝快意。

韩青心里如同翻江倒海一般,她极力压抑着内心的痛苦和悔恨。

"还有钟伟。杀他之前我犹豫过,怕赵文斌不同意,所以我才先斩后奏。等赵文斌知道的时候,钟伟已经死了。赵文斌冲我发了很大的火,还扬言要告发我,和我同归于尽。所以我才留下钟伟的毛发和范灵灵的血迹,准备在赵文斌反水的时候倒打一耙,把杀钟伟的事儿栽到他头上。没想到阴错阳差,把这些东西栽赃给了钟伟。"周雪曼笑了笑,"你师父这个人重情义,求我给钟伟留个全尸。我说全尸的话,想要运出利民巷且不被监控拍到几乎不可能。你师父不愧当过警察,最后总算想出个法子才把钟伟的全尸运了出去。"

五金店门口,王学华和陈彬把戴着头盔的钟伟的尸体架出来,放到电瓶车座上。王学华开车。钟伟被夹在中间,双手被绑在王学华腰间固定。陈彬同样戴着头盔,坐在钟伟身后扶着,防止跌落。电瓶车载着他们从人行道上悄然驶去,监控只拍到一束灯光……

韩青痛彻心扉。

"我明明知道你喜欢钟伟,却还是要杀他,你特恨我吧?"

韩青气得发抖。

"若我不杀他,你又怎么会心痛呢?"

韩青愣住了。

"你不心痛,我又怎么能开心呢?"周雪曼的微笑中渐渐渗出寒意。

"我知道,你喜欢钟伟很久了,他是改变你糟糕的世界的那个人。这么多年来，我给你介绍过那么多对象，你没一个看上的。其实并不是你看不上，而是你打不开心里那个结，就像你那天对我说的，你觉得自己不配拥有幸福，因为你做过不可饶恕的错事儿——你害死了我爸！还让我背了这么多年的黑锅！"

韩青泪眼婆娑地望向周雪曼。

"你直到那天才说出来，才想起给我道歉。"周雪曼冷笑了一下，"我杀了你的钟伟，你也害死了我的华子，咱俩算扯平了。被夺去至亲、被夺去至爱、被夺去哪怕平凡但风平浪静的人生的那种痛，我想你现在应该体会到了。"周雪曼阴狠地盯着韩青。

黑暗中，他能听到自己跌跌撞撞的脚步声和喘息声，以及远处传来的人的叫喊声和狗吠声。他停在黑暗中的某处，听着自己抑制着的剧烈喘息声。

四周恢复寂静，可怕的寂静。

一束光猛地照在了他的身上。是陈彬。只见他满脸划痕、表情惊恐地望着伸到眼前的枪口，听着围绕着他的嘈杂的外语……

身着警服的韩青等人坐在旁听席，周雪曼和陈彬站在被告席。

董洁也坐在旁听席，戴着墨镜，掩藏着泪痕。

清脆的敲槌声响起，审判长开始宣读判决书……

韩青看着被告席上的周雪曼，一幕幕往事浮现眼前，恍惚中她听到了"周雪曼……死刑……陈彬……死刑……"这几个字眼。

清脆的敲槌声再次响起，周雪曼、陈彬由法警带离法庭。

韩青目送着他们离开，周雪曼在人群中看见了韩青，姐妹两人就这么远远地对视着。她们都知道，这也许是最后的相视。

韩青推开门，手里拎着一大袋苹果。她看到周雪萍盘腿坐在大理石飘窗上，望着外面。

"周阿姨……"

韩青微笑地望着周雪萍，周雪萍头也没回，像小孩一样专注地盯着外面。

"坐这上面多凉啊，我扶你到床上坐吧……"

第十八章 望天

韩青放下苹果，去扶周雪萍。周雪萍一看到苹果，就从飘窗上跳了下来。

"大苹果！你给我买大苹果了！"周雪萍开心得像个小孩。

"对啊，你最爱吃的，我给你削。"

韩青把周雪萍扶到床上坐好，给她削苹果。

周雪萍眼馋地看着韩青削，忽然伸手在韩青头上抚摸。

"雪曼，乖乖的，给我吃大苹果……"

韩青愣了一下，微笑地望向周雪萍。

"嗯，以后我经常来，给你吃大苹果。"

周雪萍开心地笑着。

小雨又下起来，绵长得让萧瑟的小城更加萧瑟。

大切停在市局主楼前，韩青和林嘉嘉各自打着伞站在旁边。

"上高速开慢点儿，下雨路滑。"韩青说。

"我来的那天也下雨。我走的江平公路，在那儿发现了范灵灵的碎尸，所以我准备还走那条路。"林嘉嘉顽皮地一笑。

"放着高速不走，非走山路，还下着雨。"

"显得我这车能呗。对了……"

林嘉嘉打开车门，拿出一个小盒子递给韩青。

"送你个礼物。"林嘉嘉递过来一个崭新的未开封的手机盒。

"干吗送我这么贵的礼物？"

"拿着吧，你原来的那部早该被淘汰了，很多事情都可以重新开始了。"

"谢谢。"

"我走了。"林嘉嘉笑了笑。

"再见。"韩青伸出手，和林嘉嘉握了握。

大切开出大门，韩青撑着伞跟着走出去，一直望着大切消失在车阵中。

车上，林嘉嘉从内后视镜看着韩青，有些忧伤地吃着巧克力豆。

韩青刚要转身走，电话就来了，是个陌生号。

"喂？……"她愣在原地。

过道里传来脚镣的响声，坐在会见桌前的韩青望向门口。

周雪曼被狱警带进来，坐到韩青对面。狱警向韩青示意，退出门外警戒。姐妹俩凝视着彼此，沉默了片刻。

"恭喜你啊！案子终于破了，我们俩也可以坦诚相见了。"周雪曼说。

韩青默默地看着她。

"这段时间我一直在想我是怎么开始的，怎么走了这条路。可能从我到你家那天起，一切就注定了。如果你和你妈能对我好一点儿，也许我就不会那么早地离开家，不会着急挣钱想要独立，不会遇到唐文，不会去云安，不会有后来的一切。"周雪曼看着韩青，韩青沉默着。

"爸死的时候，你对他说的那些话，我在门外全听见了。"

韩青很意外。

"我以为你会向我道歉，但你没有，你瞒了我这么多年。"

韩青无言以对。

"从那以后你就变了，每天活在悔恨和自责里。你不知道，我也变了。我每天都会想：你为什么还不道歉？你不道歉，我就这么算了吗？不，我就假装不知道，假装爸是因为我而死的，我照顾你，关心你，让你对我产生感情，我就是想让你更痛苦。"

韩青依旧沉默着。

"表面上我要做你唯一的亲人，可我心里却恨着你！……那天你来我家的时候，我的酒里有赵文斌自杀时吃的那种毒药。我打算在跟你喝最后一杯酒的时候把它喝下去，让你亲眼看着我死。只有这样，你身边才能彻底没有一个可以亲近的人。可你在那个时候突然向我道歉了。你总是在我最恨你的时候向我示弱，袒露你的无助，就像爸死的时候一样，哭得那么可怜。那一瞬间，我忽然觉得可以忘记过去，也许我们能放彼此一条生路，我甚至天真地以为我们有可能重新做一回姐妹。第二天早上，我把毒酒倒了，给你做了早饭，说想跟你离开这儿重新开始，可你却偷走了我和何力的照片。"周雪曼笑了。

"好，既然你要追查到底，那我就成全你。你以为我去大历是想逃跑吗？你错了，我实际上是要去蒙拉。那晚你来我家之前，我把一对小鸟扔到楼下去了，那是华子送我的礼物。我后来又把它们捡了回来，我想把它们带回蒙拉，埋到望天树林里，那是我们开始的地方。完成这件事儿之后，我就会回来，等着你来抓我。我要亲口说出来，让你知道一切的真相，这是对你最后的惩罚。"

两人对望着。

"恨我吗？你应该更恨你自己吧！爸、你妈、钟伟、赵文斌，还有我，都因为你而死，你应该一辈子都不会原谅自己吧！虽然我成了现在这样，但你比我惨，至少我不恨自己，而且我马上就要离开这个世界了，终于快要解脱了。可你怎么办啊，你真的要带着恨、带着痛、孤零零地活下去了，太可怜了。"周雪曼笑了起来，以一种胜利者的姿态。

"我不恨你。"过了许久，韩青终于开口，"我想恨你，也应该恨你，但我没有恨你的感觉。你确实做到了，这些年我真的把你当成亲姐姐了。可能我太笨，居然没有感觉到你恨我，我从你那儿感受到的都是关心和爱护。很多时候，我都觉得很庆幸，虽然没有了爸爸妈妈，但还有一个姐姐，所以我没办法恨你。"

周雪曼的眼里涌起了泪花。

"如果时间能倒流，那么你第一次进我家的时候，我一定会拉起你的手叫你姐姐……如果能用我一个人把爸、我妈、钟伟、赵文斌和你都换回来，那该有多好。"韩青站起来。

"我会照顾好阿姨的，你放心。"说完，韩青转身离去。

"韩青！"

韩青停住，望向周雪曼。

"记得我给你的茶叶吗？里面有个礼物送给你！"

韩青回到家，在餐边柜里找到了周雪曼送给她的茶叶礼盒。

她从里面找到了一张手机SIM卡。把SIM卡装入手机，里面只有一条视频。她点开视频。

海滩上，太阳缓缓升起……

手机镜头反转，竟然是钟伟。

"又是新的一天！不高兴，希望你今天有个好心情。我猜你一个人肯定不会来看日出、听大海的声音，所以录下来发给你。以后每天不管几点，你睁开眼就能看到日出，晚上睡不着时可以听海浪声。每次看到你下班不肯回家，一个人在办公室待一晚上，我都很难受，也很心疼。那天咱俩去吃夜宵，你喝多了，无意中说出来，我才明白是怎么回事儿。原来真的有人不是不想高兴，而是不能高兴。没关系，现在你的秘密已经分成了两半，另一半放在我这儿，你想放多久就放多久。我现在还不知道该怎么劝你，但我希望你能走出来，也想帮你走出来。当然，也可能我们都做不到这一点，那也没关系。我愿意分担你的痛苦、你的悔恨，你不再孤单。这就是我想跟你说的话。我们在一起吧！哎呀，说的什么乱七八糟的。"钟伟按下了暂停键，视频定格在钟伟的脸上。

　　不知道是因为时间没来得及，还是因为钟伟不好意思，这段视频没有发出。

　　韩青来到同一片海滩，看着大海和上空的乌云。
　　"不高兴！"
　　钟伟在远处微笑地朝她挥手。
　　她也微笑地朝他挥手。
　　乌云之上，透出太阳的光芒。